Донцова

Кулинарная книга лентяйки-2
Вкусное путешествие

**Читайте романы
примадонны иронического детектива
Дарьи Донцовой**

Сериал «Любительница частного сыска Даша Васильева»:

1. Крутые наследнички
2. За всеми зайцами
3. Дама с коготками
4. Дантисты тоже плачут
5. Эта горькая сладкая месть
6. Жена моего мужа
7. Несекретные материалы
8. Контрольный поцелуй
9. Бассейн с крокодилами
10. Спят усталые игрушки
11. Вынос дела
12. Хобби гадкого утенка
13. Домик тетушки лжи
14. Привидение в кроссовках
15. Улыбка 45-го калибра
16. Бенефис мартовской кошки
17. Полет над гнездом Индюшки
18. Уха из золотой рыбки
19. Жаба с кошельком
20. Гарпия с пропеллером
21. Доллары царя Гороха
22. Камин для Снегурочки
23. Экстрим на сером волке
24. Стилист для снежного человека
25. Компот из запретного плода
26. Небо в рублях
27. Досье на Крошку Че
28. Ромео с большой дороги
29. Лягушка Баскервилей
30. Личное дело Женщины-кошки
31. Метро до Африки

Сериал «Виола Тараканова. В мире преступных страстей»:

1. Черт из табакерки
2. Три мешка хитростей
3. Чудовище без красавицы
4. Урожай ядовитых ягодок
5. Чудеса в кастрюльке
6. Скелет из пробирки
7. Микстура от косоглазия
8. Филе из Золотого Петушка
9. Главбух и полцарства
   в придачу
10. Концерт для Колобка
    с оркестром
11. Фокус-покус от Василисы
    Ужасной
12. Любимые забавы папы Карло
13. Муха в самолете
14. Кекс в большом городе
15. Билет на ковер-вертолет
16. Монстры из хорошей семьи
17. Каникулы в Простофилино
18. Зимнее лето весны
19. Хеппи-энд для Дездемоны

Сериал «Джентльмен сыска Иван Подушкин»:

1. Букет прекрасных дам
2. Бриллиант мутной воды
3. Инстинкт Бабы-Яги
4. 13 несчастий Геракла
5. Али-Баба и сорок разбойниц
6. Надувная женщина для
   Казановы
7. Тушканчик в бигудях
8. Рыбка по имени Зайка
9. Две невесты на одно место
10. Сафари на черепашку
11. Яблоко Монте-Кристо
12. Пикник на острове сокровищ
13. Мачо чужой мечты
14. Верхом на «Титанике»
15. Ангел на метле
16. Продюсер козьей морды

Сериал «Евлампия Романова. Следствие ведет дилетант»:

1. Маникюр для покойника
2. Покер с акулой
3. Сволочь ненаглядная
4. Гадюка в сиропе
5. Обед у людоеда
6. Созвездие жадных псов
7. Канкан на поминках
8. Прогноз гадостей на завтра
9. Хождение под мухой
10. Фиговый листочек от кутюр
11. Камасутра для Микки−Мауса
12. Квазимодо на шпильках
13. Но−шпа на троих
14. Синий мопс счастья
15. Принцесса на Кириешках
16. Лампа разыскивает Алладина
17. Любовь−морковь и третий лишний
18. Безумная кепка Мономаха
19. Фигура легкого эпатажа
20. Бутик ежовых рукавиц
21. Золушка в шоколаде
22. Нежный супруг олигарха
23. Фанера Милосская

Сериал «Татьяна Сергеева. Детектив на диете»:

1. Старуха Кристи – отдыхает!

А также:

Кулинарная книга лентяйки

Кулинарная книга лентяйки−2. Вкусное путешествие

Простые и вкусные рецепты Дарьи Донцовой

Записки безумной оптимистки. Три года спустя. Автобиография

Дарья Донцова

Фанера Милосская
роман

Продюсер козьей морды
главы из нового романа

Советы
от безумной оптимистки Дарьи Донцовой
советы

Москва
ЭКСМО
2008

ИРОНИЧЕСКИЙ ДЕТЕКТИВ

Фанера Милосская

роман

Глава 1

Человек всегда верит в чудеса, в особенности когда нажимает на банкомате кнопку «запрос баланса».

Внимательно изучив бумажку, которую железный агрегат выплюнул через прорезь, я горестно вздохнула и пошла к своей машине.

Тяжела и незавидна жизнь частного детектива — любой клиент может обмануть его с оплатой. Конечно, перед началом работы я всегда оформляю договор с заказчиком, а в нем четко указана сумма, которую мне, Евлампии Романовой, предстоит получить за работу. Но если клиент человек непорядочный или попросту мошенник, то он не даст ни копейки, и деньги с него стребовать практически невозможно. Ну как поступить с обманщиком? Подать на него в суд? Ой, не смешите меня! Даже если представить, что делом займутся со всей серьезностью, то в лучшем случае у должника будут вычитать из зарплаты некую — смехотворную! — сумму. Авось за триста лет он мне все выплатит!

Впрочем, некоторые обиженные заимодавцы обращаются к так называемым «посредникам», которые «уговаривают» мошенника отдать долг, положив себе в карман четвертую его часть. Вот только я не одобряю применяемые «группой помощи» методы — всякие там горячие утюги, паяльники... Лучше уж фиг с ними, с деньгами, я еще заработаю.

Хотя, если честно, мне очень обидно еще и потому, что нечистоплотная клиентка выглядела интеллигентной, растерянной женщиной. Ее история была весьма банальна: двадцать пять лет прожила в законном, вполне счастливом браке, родила двух детей, а сейчас, после того как отпрыски выросли, она осталась вроде как не у дел. Муж за ту же четверть века сделал карьеру, успешно занимался бизнесом и весьма преуспел (не олигарх, конечно, но семья имеет загородный дом, приличный счет в банке, несколько иномарок). Жить бы даме и радоваться, но у нее зародились некие подозрения в отношении супруга, и она пришла в наше детективное агентство с просьбой проследить за ним.

Я не люблю дел об измене, потому что уверена: от хорошей жены муж налево не свильнет. Все эти песни: «Я отдала ему всю жизнь, хлопотала по дому, сидела с его детьми, а он, гад и мерзавец, завел молодую любовницу» — на самом деле одно лукавство. У меня сразу возникает вопрос: а кто, собственно, просил вас жертвовать карьерой ради быта? Сотни тысяч баб, родив детей, выходят на службу и уверенно поднимаются по служебной лестнице. Скорее всего, вы сами захотели остаться в четырех стенах. Что же касается ЕГО детей, то они ведь и ваши тоже. И, думаю, вы перестали интересовать мужа как личность, приелись ему с вечными, однообразными разговорами об успехах и неудачах отпрысков. Мир у неработающих женщин сужается до размера рублевой монетки, большое значение приобретают мелочи: муж не поставил на место чашку — жена устраивает скандал, задержался на работе — опять вопль, забыл про очередную дату свадьбы — истерика. А некоторые любящие женушки обожают рыться у супруга в карманах, изучать смс-сообщения в его телефоне.

В конце концов мужчина чувствует себя как затравленная мышь. А что делает грызун, которого загнали в угол? Думаете, он бросается на шею к кошке и, держа в одной лапке букет, а в другой коробочку с бриллиантовым кольцом, вопит: «Прости, милая, я тебя обожаю»? Ан нет, он начинает кусаться, а потом живо прогрызает стену и ушмыгивает прочь через крошечную дырку, в которую не пролезает длинная когтистая кошачья лапа. Девяноста девяти процентам мужиков глубоко наплевать на чистоту в квартире и количество пятерок в дневниках у детей. Главное, чтобы жена занималась им, любимым, а уж потом всем остальным. Конечно, хорошо, когда быт налажен, но если вкусный ужин постоянно сопровождается «концертом» без заказа, вы в зоне риска: скорее всего, ваш муж со скоростью света исчезнет из вашей жизни.

Дама, прибежавшая в наше агентство, не исключение. Мне хватило двух суток, чтобы предоставить клиентке необходимые доказательства измены мужа. Светлана, так звали клиентку, не изменилась в лице, но было понятно — она шокирована. Я долго утешала бедняжку, и в конце концов она засобиралась домой.

Когда обманутая жена дошла до двери, я спохватилась:

— Минуточку! Вы не расплатились!

Светлана слегка порозовела.

— Видите ли... я не хочу говорить Павлу о том, что обращалась к ищейке. Мы двадцать пять лет вместе! Краминов не рискнет уйти от меня. Понимаете... тут... Впрочем, это не важно. Погуляет мужик и вернется, никуда не денется! Я буду вести себя как обычно, перестану его ругать, пойду в салон красоты, сменю имидж, одежду...

— Мудрое решение, — кивнула я, — но это вообще-то ваши проблемы, а мне хотелось бы получить вознаграждение за проделанную работу.

О том, что слово «ищейка» прозвучало в данной ситуации оскорбительно, я говорить не стала, в конце концов, не все люди задумываются о том, что болтают.

— Ах да! — спохватилась Светлана. — Надеюсь, у вас есть счет в банке?

— Конечно. Наше агентство ведет белую бухгалтерию, мы с Юрием Лисицей, моим хозяином, аккуратно платим налоги, — заверила я.

— Я переведу гонорар вам на карточку, — царственно кивнула госпожа Краминова.

— Лучше все-таки наличными, — настаивала я.

— У меня при себе таких денег нет, — честно призналась Светлана. — Не волнуйтесь, я прямо сейчас отдам распоряжение клерку.

Ну и что же случилось потом? От клиентки так ничего и не поступило, я в напрасной надежде запросила банкомат и получила ответ: на счету как было, так и осталось — одна тысяча двести рублей. Других средств у госпожи Романовой нет.

Скомкав квитанцию, я бросила ее в пепельницу. Хорошо хоть, что Юрка ничего не знает о деле Краминовой. Лисица заболел свинкой и не высовывается из дома. Инфекцию со смешным названием Юра подцепил от сынишки своей очередной любовницы. Не страшная для ребенка болезнь оказалась очень тяжелой для взрослого человека. А еще «добрый» доктор до полусмерти напугал моего работодателя — взял да и ляпнул:

— Свинка очень губительно действует на мужчин, у них нарушается функция деторождения.

Юрка немедленно впал в панику и позвонил мне. Я помчалась к Лисице и попыталась его успокоить:

— Дорогой, мужик не способен потерять, как выразился твой Гиппократ, функцию деторождения. Еще ни одному парню не удалось родить ребенка, — улыбнулась я. — Действительно, иногда свинка дает осложнения, и мужчина становится бесплоден, но...

— Катастрофа! — прошептал Лисица, серея. — Мне грозит импотенция! Господи! Какого черта я связался с Ленкой, зачем играл с ее сопливым ребенком! Почему меня так наказали за доброе сердце! Я превращусь в евнуха, скопца!

Полдня мне понадобилось, чтобы объяснить почти впавшему в истерику начальнику простую истину: у него ничего не отвалится, импотенция и бесплодие совершенно разные вещи.

В конце концов Юрка воспрял духом и перестал стенать.

— Смотри не наделай без меня глупостей! — велел он мне напоследок. — Тщательно изучай клиентов, сразу отказывай тем, кто похож на мошенника, и не сообщай заказчику результаты расследования, пока не получишь деньги.

Я заверила Юрку, что буду предельно внимательна, и занялась проблемой Светланы, которая при первом знакомстве произвела на меня весьма положительное впечатление. А затем, начисто забыв о втором предостережении босса, я преспокойно вручила Краминовой пакет с фотографиями, не взяв с нее гонорар. Представляете, какой ушат упреков выльется на голову несчастной Лампы, если Юрка узнает правду? В моих интересах крепко держать язык за зубами. Лучше уж я совру хозяину, что за время его болезни в делах был полнейший застой. Юра не удивится отсутствию клиентов. Если честно, люди не особенно торопятся в нашу контору, а сейчас и подавно штиль — на дворе конец мая, все предвкушают отпуск, а выходные проводят на дачах, жарят шашлыки и пьют вино. Даже поиск доказательств неверности своих вторых половин народ отложил до начала осенней депрессии.

Продолжая ругать себя за глупость и доверчивость, я доехала до дома, вошла в подъезд и обнаружила, что лифт не работает. День явно складывался неудачно.

Подхватив сумку с продуктами, я пошла вверх по лестнице. Ладно, не стоит расстраиваться, будем воспринимать мелкие неприятности как... удачу. Я понятно выражаюсь? Сейчас поясню. Многие горожане платят большие деньги в фитнес-центрах, чтобы с гантелями в руках бегать по тренажеру, имитирующему эскалатор, я же имею абсолютно бесплатную возможность потренировать сердечно-сосудистую систему. Давай, Лампа, раз, два, левой, правой...

Подбадривая себя, я ползла вверх, чувствуя, что сердце колотится уже не в груди, а в горле. Может, и впрямь записаться в спортклуб? Вон как я устала, преодолев всего четыре пролета.

— Сукин сын! — полетел над головой визг. — Сейчас тебе мало не покажется! Опять нажрался! Ну погоди!

Почти падая от усталости, я доковыляла до своего этажа и увидела за трубой мусоропровода... черта.

Моя правая рука машинально сотворила крестное знамение, тело прижалось к стене, сердце из горла провалилось в желудок, ноги прилипли к полу, по спине покатились ежи озноба. Прислужник дьявола выглядел до отвращения натурально: черное гибкое тело украшал длинный хвост с кокетливой ярко-красной кисточкой, на голове торчали острые рога, морда была цвета горького шоколада, и на ней очень странно смотрелись ярко-голубые глаза и розовые губы.

— Мерзавец! — возмущался чертяка, тыча большим трезубцем в распростертого на полу мужчину. — Сволочь! Ханурик! Имей в виду, если еще раз набухаешься, утяну тебя с собой в преисподнюю. Усек?

Оружие выпало из руки дьявола и неожиданно тихо, без стука, свалилось на поверженного. Жертва села и обалдело потрясла головой, и я узнала нашего соседа, Костю Якобинца.

— Ты кто? — пьяно ухмыляясь, спросил монстра Константин.

— Черт из ада, — немедленно ответил тот.

Я продолжала тихо стоять, стараясь слиться со стенкой в отчаянной надежде, что меня не заметят. Совершенно не хотелось обращать на себя внимание представителя преисподней.

— Черт? — растерянно повторил как всегда сильно поддатый Костя. — То есть дьявол?

— Он самый, — заверила черная фигура. — Достал ты, Якобинец, всех! Потому я и пришел!

Алкоголик икнул.

— И че? — неожиданно спокойно поинтересовался он.

Я ощущала себя героиней очередного глупого сериала. С одной стороны, я отлично знаю, что никакой преисподней нет, это сказки, придуманные для устрашения детей. С другой... Вот же он! С красной кисточкой на хвосте! Стоит в паре шагов от меня! Слава богу, пока черт занят беседой с Костей и меня не видит.

— Значит, так, — гневно продолжало дьявольское отродье, — или ты, Якобинец, прямо сейчас навсегда бросаешь квасить, или я забираю тебя с собой. Посажу в котел, буду варить в кипятке, заставлю лизать раскаленную сковородку. Выбирай!

— Во блин... — заплетающимся языком сказал Костя и ткнул корявым, грязным пальцем в кнопку вызова лифта. — Ну напугал! Я прямо весь дрожу! Идиот! У меня дома теща, Елена Сергеевна, она похуже тебя будет. А еще я женат на Верке, твоей сестре, так что, считай, мы родственники.

— Нет у меня сестер, — неожиданно обиделся черт, — думай, что говоришь.

— Есть! — заржал Костя. — Моя Верка точно дочка твоего папки. Круче сатаны, зараза! Ну, прощай, меня люди у метро ждут...

С этими словами Якобинец вошел в подъехавший лифт, кабина закрылась и ухнула вниз. Черт неожиданно сел на пол, обхватил голову лапами и зарыдал.

— С ума сойти, лифт-то, оказывается, работает! — не удержалась я от комментария. — Какого черта он меня не повез? Вот оно, Лампино счастье во всей его красе!

Черная фигура перестала рыдать и подняла голову.

— Кто тут? — жалобно спросил посланец ада.

Я прикусила язык, но поздно.

— Романова, ты? — уточнил дьявол.

— Нет, — живо откликнулась я, потом сообразила, что в такой ситуации врать глупо, и поправилась: — В смысле, да. Вы извините, что я упомянула вас, у меня это случайно вылетело, я ничего дурного в виду не имела...

— Ты меня не узнала? — тоненьким голоском перебил чертяка.

— Нет, то есть да. Вернее, лично с вами я не знакома, но понимаю, из какой семьи вы происходите, — вежливо ответила я. — Ничего против вас не имею, кстати, я практически не употребляю алкоголь, правда, курю, но мало, и вообще...

Слова закончились. Я ущипнула себя за бедро — наверное, я сплю и все это мне снится.

Черт поднял руки и... снял голову. В тот момент, когда его шея начала медленно отрываться от ключиц, я зажмурилась и попыталась вспомнить хоть одну молитву, но, увы, безуспешно. На ум пришла песенка «В лесу родилась елочка», но она никак не могла быть полезна в этой ужасной ситуации.

— Эй, Лампа, ты правда, что ли, меня не узнала? — вновь поинтересовался чертяка.

В ту же секунду я ощутила мягкое прикосновение к своему плечу и, заорав: «Спасите!» — открыла глаза.

Около меня стояла жена Кости, Вера Якобинец. Ее тело было упаковано в костюм черта, морду с рогами она держала в правой руке.

— Извини. Напугала? Ей-богу, не хотела! — зачастила соседка.

Я с шумом втянула в себя воздух, пошевелила лопатками, чтобы от спины отклеилась прилипшая к ней блузка, и промямлила:

— Ничего, все нормально. А что, разве уже Хеллоуин на дворе? Вроде праздник осенью.

Верка шмыгнула носом.

— Костик, сволочь, меня довел. Каждый день бухой, сил нет терпеть. Никаких! Нахлебается, орет, визжит, да еще и руки распускает. Перед людьми стыдно, небось весь подъезд в меня пальцем тычет: любуйтесь, люди, жена ханурика пошла...

Слезы градом покатились по круглощекому личику Веры.

— Ты преувеличиваешь, — начала я ее утешать. — Посмотри вокруг: Олег Клоков каждый месяц уходит на неделю в запой, а его семья сматывается на дачу, чтобы спокойно пережить зигзаг отца семейства; у Андреевых со второго этажа вообще все алкоголики, включая бабушку. А Ермиловы? Там Сергей давно перешел на какие-то растворители.

Верка вытерла нос тыльной стороной ладони.

— Зато Лешка Королев пить бросил. Знаешь, чего Ритка придумала? Ее мужик теперь капли в рот не берет! Даже нюхать проклятую водку боится!

— Нет, — устало ответила я и покосилась на сумку с продуктами. Сейчас Вера заведет длинный рассказ, перебивать ее неприлично, а мне еще надо готовить ужин.

— Ты же в курсе, я в театре работаю, костюмершей, за одеждой для спектаклей слежу, — нудно завела соседка. — Вот Ритка и попросила принести ей прикид черта.

— Зачем? — удивилась я.

— Она его нацепила, за мусорником спряталась, дождалась, пока Лешка из квартиры вышел, и налетела на него. «Здрассти, я дьявол, пришел за тобой, ща утащу тебя в ад. Выбирай, либо на тот свет сейчас отправишься, либо от водки отказываешься!» Алексей перепугался и вот уже месяц ни-ни.

— Прикольно, — засмеялась я. — И ты решила воспользоваться ее опытом?

— Угу, — мрачно кивнула Верка. — Только Костю на испуг не взять. Слышала, что он ответил? Мамочка моя хуже сатаны, оказывается, а я ваще родная сестра дьяволу. Сволочь!

Слезы вновь посыпались из глаз соседки.

— Ты, наверное, выбрала неправильный образ, — вздохнула я. — Какие костюмы у вас еще есть на складе?

— Всего до фига, — перестала рыдать Вера, — даже обмундирование Гитлера есть. Недавно пьесу ставили «Карьера Артуро Уи», так Адольфа одели — натуральный нацист!

— Найди кого-то пострашнее, — посоветовала я. — Черт не подошел, значит, надо поэкспериментировать. Сопли лить абсолютно бесперспективное занятие, делу это не поможет. Один раз не вышло, попытайся во второй, вода камень точит.

— При чем тут вода-то? — разинула рот соседка.

— Кап, кап, кап... медленно, методично, глядишь — получается дырка, — пояснила я. — Поэкспериментируй и найди нужный образ, всякий человек чего-нибудь да боится. Лешка при виде черта струхнул, а Косте, выходит, надо иное узреть, чтобы испугаться. Вытри лицо и начинай действовать.

— Спасибо, — кивнула Верка, — теперь я всегда буду с тобой советоваться. Лампа, ты очень умная!

— Скорей я оптимистично настроенная, — улыбнулась я и подхватила сумку.

Верка пошла к своей квартире, длинный хвост с красной кисточкой уныло тащился за ней по полу. Я невольно вздохнула: слава богу, в нашей семье пьянчуг нет, лечить от алкоголизма никого не надо.

Глава 2

Не успела я втянуть вещички в прихожую, как собаки со всех лап ринулись в холл. Думаете, псы спешили приветствовать добрую хозяйку? Вовсе нет, меня они даже не заметили, их манила сумка с продуктами.

Муля бесцеремонно засунула морду туда, где лежала сырая курица, Ада начала ковырять лапой упаковку с сухофруктами, Феня и Капа затеяли драку около свертка с конфетами, Рамик тихо подвывал, уставясь на коробку с булочками. Одна Рейчел интеллигентно сидела в некотором отдалении и делала вид, что еда ей абсолютно безразлична.

— Эй, эй! — возмутилась я, стаскивая туфли. — Отойдите-ка подальше! Ну это ж откровенное хамство! Мульяна, кому говорю!

Старшая мопсиха обиженно засопела и села около кульков. Весь ее вид говорил: «А я что? Я ничего. Это все наглые малолетки! Хотела их остановить и случайно наткнулась на курицу! Между прочим, сырую птицу я не ем».

Ада, опустив уши и прижав хвост, юркнула за Рейчел, Рамик перестал ныть, только Капа и Феня не обратили ни малейшего внимания на гнев хозяйки и продолжали возиться в мешках. Крак... Капа раздавила пару яиц! Я схватила Кирюшкин шарф, невесть зачем висящий в мае на вешалке, и шлепнула им Капенделя.

— А ну, все по местам!

— Лампудель! — заорал Кирюша, влетая в холл. — Слушай, скажи...

Крак! Теперь Феня села на куриные яйца.

— Так говорить или слушать? — сердито уточнила я, расшвыривая в разные стороны обнаглевших мопсов.

— И то, и другое! — ажитированно воскликнул Кирюша. — Иди сюда, скорей.

— Можно сначала продукты на кухню отнести? — ехидно поинтересовалась я.

— Тут такое дело, а тебя всякая ерунда волнует, — подпрыгнул мальчик и потащил меня в свою комнату. — Вот, смотри. Хочешь такой дом?

Я уставилась на экран компьютера, где красовалось изображение симпатичного двухэтажного здания под черепичной крышей, и ощутила зависть к тому, кто владеет этим особнячком. Мы с Катюшей давно мечтаем перебраться за город, нам надоело жить рядом с шумным проспектом и гулять с собаками на крохотном грязном пятачке. Еще раздражает постоянный ремонт, который ведут соседи сверху, — они уже два года долбят по вечерам стены, и похоже, этот процесс продлится вечно. Я давно подыскивала коттедж в лесу, один раз мы даже переехали в поселок, но, увы, все закончилось совсем не так, как хотелось[1]. А потом цены на недвижимость стремительно взлетели, и стало понятно, что с мечтой придется расстаться. Мы планировали устроиться в двадцати-тридцати километрах от столицы, ведь работать нам приходится в Москве, но за накопленную нами сумму теперь можно приобрести лишь сарайчик под Волоколамском. Так что сейчас Кирюша наступил сапогом на больное место.

— Приятный домик, — сказала я.

— Два этажа и мансарда, — потер руки мальчик. — Внизу кухня-столовая, гостиная с выходом на веранду и две гостевые спальни. На втором этаже четыре комнаты, холл-библиотека и гардеробная, под крышей студия. Мы там здорово устроимся. Чур, я поселюсь в мансарде. Ты, мама, Лизка и Костин на втором этаже. Юлька с Серегой займут комнаты на первом. Ну за фигом нам гостевые?

— А вдруг кто с ночевкой приедет? — я вступила в игру.

— Смотри, — подпрыгнул Кирюша и щелкнул мышкой, — тут еще баня есть. Сам дом из кирпича, а она из бруса, там большой зал для отдыха. В случае чего приятелей поселим туда.

---

[1] Читайте книгу Дарьи Донцовой «Принцесса на Кириешках», издательство «Эксмо».

— Здорово, — вздохнула я.

— Участок тридцать пять соток.

— Ну и ну!

— Расположен в двадцати километрах от МКАД, — добавил Кирик.

— Замечательное, наверное, место.

— Газ, электричество, отопление, канализация, вода горячая и холодная, городской телефон, — методично перечислял мальчик. — И знаешь, как называется деревня, в которой стоит наш дом?

— Нет, — грустно ответила я.

— Мопсино, — засмеялся Кирюшка. — Вот где самый прикол.

Из моей груди вырвался тяжелый вздох. Да уж, особнячок подходит нам по всем статьям, даже название у села восхитительное, хотя я согласилась бы жить в таком доме, находись он даже в поселке под названием Гадюкино.

— Здание новое, его построил богатый дедушка для своей внучки, которая училась в Лондоне, — Кирюшка излагал тем временем историю дома. — Старичок решил, что она вернется в Москву, и приготовил коттедж. Только внучка в Англии вышла замуж, дедулю к себе увезла, соответственно ей особняк в Мопсине на фиг не нужен, потому что девчонка стала теперь тамошней леди и обитает в собственном замке. Чуешь, как нам повезло?

— Не хочется тебя разочаровывать, — я попыталась спустить ребенка с небес на землю, — но ты хоть понимаешь, какую цену заломит за элитную недвижимость эта мадам?

Кирюшка прищурился.

— Дом не выставлен на продажу. Он стоит на сайте «Шило-мыло»[1].

---

[1] Сайт придуман автором книги. Здесь и далее любые совпадения названий и имен случайны.

— Извини, не понимаю.

— Деньги хозяйке не нужны. Ее муж лорд Морт-ман собирает старые автомобили, вот жена и хочет получить машину «Чайка». Особняк идет за колеса! Усекла? — запрыгал Кирюшка. — Его и выставили на сайте обменщиков. На-ка вот, почитай объявления.

Монитор моргнул, я уставилась на возникший текст.

«Люди! Имею почти новую детскую коляску «Принцесса», розовую с золотом. Нужен пуховый комбинезон для девочки, рост 1 м 20 см».

«С удовольствием поменяю полное собрание Ф. Достоевского на бензопилу».

«Пять коробок лекарства от ожирения. Хочу чайный сервиз в красный горошек».

«Мерседес», год выпуска 2000-й, в хорошем состоянии, ездила женщина, меняется на комнату в ближайшем Подмосковье, желательно в пятиэтажке, предназначенной к сносу».

— Поняла? — спросил Кирюша.

— Да, — кивнула я. — Ты забыл о маленькой детали — у нас нет машины «Чайка».

Кирюша снова схватился за мышку.

— «Шило-мыло» российский сайт, — объяснял он, — но есть импортные аналоги. Любуйся, это Америка. Джордж Радкоф выменял яхту за... пакет имбирного печенья.

— Такого просто не может быть! — отрезала я. — Это какой-то обман!

— Эх, Лампудель... — Кирюшка укоризненно покачал головой. — Чудеса бывают, надо только в них верить. Вот у Джорджа есть бабушка, которая печет шикарное печенье. Радкоф нашел в сети предложение: некто хотел имбирное печенье и предлагал за него книгу «Лекарственные травы», выпущенную в середине прошлого века. Но одновременно Джордж наткнулся на другое сообщение: один фармацевт мечтал о том самом издании и давал в обмен брошь работы ювелира Корлова, бабочка из черной эмали. Сечешь цепочку?

— Ну?

— Печенье — книга — бабочка! Ясно?

— Пока да. Но где же яхта?

— Погоди, не спеши, — махнул рукой Кирюша, — быстро только неприятности валятся на голову. Слушай дальше. Бабочку Радкоф поменял на картину, ее махнул на старое авто, его — на старинный рояль, который потом ушел в обмен на небольшой катер, его Джордж весьма выгодно толкнул за домик в Алабаме, а затем отдал особняк за бейсбольную карточку.

— Это что такое?

— Ну типа открытки, — пояснил Кирюшка. — Америкосы на них сдвинулись, собирают сериями, и если одной карточки не хватает, коллекция считается неполной. Короче, один долбанутый псих отдал ему за эту самую карточку яхту. Если сократить цепочку, то получится: печенье — яхта. Супер?

— Ясно, — протянула я, — ты намерен повторить подвиг Джорджа. Найдешь путем цепочки ходов «Чайку», и дом твой?

— Приятно общаться с понятливым человеком, — кивнул Кирюшка. — Времени мало, и я уже начал действовать.

— Дом выставлен на короткий срок?

— Нет. Но его могут перехватить, — занервничал мальчик. — Поэтому я отправил этой Марии Мортман письмо, а она прислала ответ. Хочешь почитать?

— С удовольствием.

— Айн момент! Ща, почту открою... Во, изучай, — со счастливой улыбкой сказал он.

И я принялась изучать письмо.

«Уважаемый господин Кирилл Романов! Примите благодарность за отправленное Вами на мой адрес сообщение. Имеющаяся у Вас машина целиком и полностью соответствует экземпляру, который давно мечтает приобрести для своей коллекции лорд Мортман. Если Вы подпишете предварительный договор, то для решения формальностей в Москву прилетит наш поверенный Майкл Рочестер. О времени прибытия адвоката я сообщу Вам сразу после того, как получу заверенный Вами экземпляр договора. Когда я увижу бумагу, дом будет снят с обмена. Особо хочу отметить, что машина «Чайка» — это мой подарок на юбилей лорда Мортмана, который будет отмечаться десятого августа. Я искренне надеюсь, что мы успеем оперативно утрясти все вопросы с законом. Примите мои искренние заверения в дружбе и поймите, какую радость я испытываю при мысли, что могу подарить мужу редкий экземпляр для его коллекции. Надеюсь, что Вы и Ваша семья проведете много безоблачных дней в Мопсине. С глубоким уважением леди Мария Мортман, замок Морт, Великобритания».

Перечитав несколько раз послание, я решила задать Кирюше ряд уточняющих вопросов.

— Ты обманул даму? Сказал, что обладаешь «Чайкой»?

— Вовсе нет, — надулся Кирюшка. — Просто я поторопил события. Я непременно выменяю машину.

— На что?

— Посмотрим, — загадочно ответил он. — Есть задумки!

— По-моему, некрасиво обнадеживать женщину, которая так хочет порадовать супруга, — покачала я головой. — Мария верит, что у тебя есть «Чайка».

— И она у меня будет! — рявкнул Кирюша. — Я подписал договор, дом удален из обменного сайта, скоро он будет наш.

— Ты с ума сошел! — возмутилась я.

— Вот так всегда, — обозлился Кирюшка, — стараешься, ночей не спишь, а в результате — одна благодарность. Я такой особнячок нашел! И мы получим его бесплатно!

— Послушай, — я сбавила тон, — разве ты имеешь право заверять документы?

— Здрассти-пожалуйста! Я давно получил паспорт.

— Но возраст! Ты ж еще мальчик.

— О боже! — Кирюша закатил глаза. — Прилетит из Англии юрист и все решит. В крайнем случае сделку оформят на тебя.

— Ясно, — бормотнула я. — А что, «Чайка» и дом стоят одинаково?

— Понятия не имею, — фыркнул Кирюшка. — При обменах типа «шило-мыло» никто не ведет речи о цене. Имеешь пентхаус и желаешь махнуть его на канцелярскую скрепку? Пжалста! В общем, так... Отвечай, хочешь дом в Мопсине?

— Да, — кивнула я. — Но честным путем, без обмана.

— Все будут довольны! — заорал Кирюша. — Лампудель, очень тебя прошу, никому из наших ни слова. Если уж ты кислую рожу скорчила, то представляю, как Серега отреагирует. И Юлька. Пусть им будет сюрприз.

Очевидно, на моем лице отразилась вся гамма переживаний, потому что Кирюша заныл:

— Лампуша! Поверь! Все срастется!

— Ладно, — кивнула я, — промолчу. Но ты, в свою очередь, пообещай мне: если у тебя до середины июня ничего не выйдет, ты честно признаешься Марии Мортман в обмане и попросишь прощения.

— По рукам! — возликовал Кирюшка. — Начинаю работу.

— И еще... — я хотела продолжить беседу, но мальчик воскликнул:

— Слышишь шорох? Пока мы тут ля-ля разводим, собаки продукты хомячат!

Я моментально забыла про дурацкую игру в обмен и понеслась на кухню. На что угодно готова поспорить: Капа с Феней передавили оставшиеся куриные яйца, а Муля добралась до тушки цыпы и сейчас в полном восторге грызет белое мясо (окорочка мопсиха не тронет, она у нас фанатка здорового питания). Холестериновые лапы поглощает малоразборчивая Ада, ей абсолютно все равно, чем подкрепляться, она способна, не чихнув, проглотить пару головок чеснока и закусить их нечищеным грейпфрутом...

Где-то около восьми вечера раздался телефонный звонок. Я швырнула в мойку шумовку, которой снимала пену с супа, и схватила трубку.

— Позовите Евздрапию Андреевну Романову, — услышала я вежливый женский голос и тяжело вздохнула. Если у вас в паспорте в графе «Имя» стоит «Евлампия», будьте готовы к тому, что окружающие будут перевирать его самым диким образом.

— Евлампия у телефона, — ответила я, ожидая, что незнакомка воскликнет: «Ой, простите». Но на другом конце провода заявили с негодованием:

— Мне нужна Евздрапия.

— Простите, такой здесь нет.

— Зачем тогда берете ее телефон?

— Я взяла свой сотовый!

— Вы Евздрапия?

— Я Евлампия!

— Но мне нужна Евздрапия Андреевна, частный детектив.

— Это я, вы просто неправильно произносите мое имя.

— Да? — с легким сомнением спросила тетка. — Вы уверены, что вас зовут не Евздрапия?

— Стопроцентно, — заверила я. — Что вы хотите? Если вам нужен специалист по деликатным проблемам, то приезжайте завтра в офис.

— У вас была клиентка Светлана Краминова? — бесцеремонно перебила меня незнакомка.

— Не помню.

— Придется освежить память! Отвечайте немедленно!

Я моментально отсоединилась. Я не люблю, когда люди разговаривают со мной, употребляя глаголы повелительного наклонения и забывая про волшебное слово «пожалуйста».

Аппарат незамедлительно заработал вновь.

— Позовите Евздрапию Андреевну Романову.

— Евлампия слушает! — рявкнула я. — Кстати, если вы намерены и дальше хулиганить, то советую запомнить: у меня есть определитель, я вижу ваш номер и сообщу его в милицию.

— Я сама оттуда, — обиделась баба. А затем представилась: — Майор Косарь.

— Здравствуйте, — удивленно пролопотала я.

— Вы работали со Светланой Краминовой?

— Извините, сведения о клиентах не разглашаются.

— Я из милиции! — возмутилась Косарь.

— Этак любой человек позвонит и представится кем угодно, — фыркнула я. — Почему я должна верить вам на слово?

— Я никогда не вру!

— Может, оно и так, но я ваших документов не вижу.

Косарь помолчала, потом другим, почти человеческим, голосом сказала:

— Светлана убита, ваш долг помочь мне.

— Как убита? — ахнула я. — Кем? За что? Такая милая женщина, тихая, интеллигентная... Кому она могла помешать?

— Можете сейчас приехать? — теперь весьма любезно осведомилась собеседница. — В отделение.

— Давайте адрес, — сказала я, — уже несусь.

Глава 3

Майор милиции Косарь оказалась миниатюрной женщиной неопреденного возраста.

— Садитесь, пожалуйста, — указала она на обшарпанный стул. — У вас есть лицензия?

— Я работаю на законных основаниях, хозяин агентства оформил все необходимые бумаги.

— Вы знаете, что обязаны помогать следствию? — нахмурилась Косарь.

— Может, и так, — пожала я плечами.

— С какой целью Светлана вас наняла?

— У нее были трения с мужем.

— В чем они выражались?

Я посмотрела на Косарь. Похоже, она предприимчивая дамочка. Невесть где раскопала мой телефон и теперь хочет получить нужные сведения. Потом оборотистая особа доложит начальству о своих успехах, забыв упомянуть, кто стаптывал подметки в поисках этих сведений. И еще: у майора слишком хитрые глаза.

Что, если она меня обманывает и Светлана жива-здорова, просто попала в неприятность? Ладно, посмотрим, кто кого...

— Краминова не могла найти общий язык с супругом.

— Точнее.

— Насколько я поняла, в семье отсутствовало взаимопонимание.

— Еще подробнее! — тоном гестаповца приказала Косарь.

Я попыталась подавить раздражение.

— Мы не были подругами, я знаю лишь то, что мне сообщили.

— С какой целью Светлана вас наняла? — повторила майор.

— У нее были трения с мужем.

— В чем они выражались?

Я приторно улыбнулась. Если мадам Косарь полагает, что, без конца повторяя одни и те же вопросы, она получит разные ответы, то жестоко ошибается.

— Краминова не могла найти общий язык с мужем.

Косарь открыла ящик стола, вытащила оттуда фотографию и сунула ее мне под нос.

— Смотрите.

Я машинально глянула на снимок и ощутила дурноту. Фотоаппарат запечатлел нечто черное, обугленное, ужасное, отдаленно похожее на человека. На шее трупа неожиданно ярко выделялся крестик.

— Господи, это кто? — вырвалось у меня.

— Тело Светланы Краминовой, — равнодушно сообщила Косарь.

— Боже... — прошептала я. — Что с ней случилось?

— Сгорела. Преступник пытался выдать ее смерть за естественную, — буркнула Косарь. — Если, конечно, можно считать таковой кончину при пожаре.

— А это точно она? — борясь с тошнотой, спросила я. — Узнать невозможно!

— Сомнений нет, — отрезала Косарь. — Супруг опознал крест на шее, на пальце кольцо, которое он ей на свадьбу подарил. Сумочка с документами валялась у ворот, там мобильный и паспорт, а туфли она потеряла. Установлено точно, что почившая — Светлана Краминова. Дело деликатное, у мужа полно денег... Никто из его прислуги откровенно не разговаривает. Ну просто три обезьянки: ничего не вижу, ничего не слышу, никому ничего не скажу! Почему Светлана поехала на старую дачу, где давно никто не живет? Не знаем. Где находился в тот день Павел Краминов? Не знаем. Какие отношения были у супругов? Не знаем. И все же домработницы и шофер кое в чем проговорились, вот и выяснилось: Павел ругался со Светланой каждый день, домой приходил после полуночи, на жену внимания не обращал.

Косарь взяла сигареты и вдруг улыбнулась.

— Меня вообще-то Ниной зовут.

— Лампа, — представилась я, — ко мне лучше так обращаться. Думаете, ее муж убил?

— А кто еще? — устало вздохнула Нина. — Кому помешала не очень молодая домашняя клуша? Она, говорят, никуда не ходила!

Нина протянула руку, взяла с подоконника банку из-под растворимого кофе, стряхнула в нее пепел и продолжила:

— Мне удалось прижать одну из домработниц, и та сказала, что брак Краминовых был фикцией. Они даже вместе не спали.

— У жены с мужем были разные спальни? — уточнила я.

— Последнее время — да, — кивнула Нина. — Причем инициатором раздела стал Павел. По словам той же прислуги, в семье есть кошка, она повадилась дремать у Светланы на подушке. Киска очень любит хозяйку и ненавидит ее мужа. Пару раз оцарапала Павла. Тот терпел, терпел кискино хамство, а потом не вынес и перебрался ночевать в одну из гостевых спален.

— Понятно, — кивнула я, — виновата кошка. С другой стороны — ничего не понятно. Не проще ли не пускать животное на супружеское ложе? Впрочем, может, Светлане сон кошки был важнее удобств мужа? Или та орала по ночам у запертой двери.

— Ага, — закивала Нина, улыбнувшись. — Одновременно с побегом Павла из супружеской койки произошло еще несколько на первый взгляд малопримечательных событий. Краминов занялся своим здоровьем: сел на диету, похудел и стал выглядеть моложе. Дальше — больше. Он сбрил бороду, которую носил последние десять лет, и начал незаметно оттенять волосы. Он не сразу покрасился, нет — Краминов действовал осторожно, пользовался специальным оттеночным шампунем, и близкие не сразу заметили, что у него пропала седина. Одновременно на фирме, которую возглавляет Краминов, появилось очень много заказов. Пришлось бедному Павлу дневать и ночевать на объектах, он возвращался домой за полночь, дико усталый, ни о каком сексе с женой речи не было. Ну и как вам эта картинка?

Я пожала плечами.

— У меня, в принципе, та же информация. Классический сценарий. Седина в бороду, бес не дремлет. Светлана, кстати, не сразу заподозрила мужа в измене. Сначала она даже обрадовалась, что Павел перестал проявлять к ней сексуальный интерес. Мне Краминова честно призналась: интимная сторона брака для нее большого значения не имела, она всего лишь подчинялась мужу, отбывала повинность. Основной радостью супружества для нее были не интимные отношения, а дети и возможность не работать. Знаете, как она восприняла подтверждение того, что у мужа таки есть любовница?

— Ну? — вздернула брови Нина.

— Стоически, — сказала я. — Конечно, ей это было неприятно, но ни вспышек агрессии, ни горя Краминова не демонстрировала. Она только сказала: «Ладно, постараюсь вернуть любовь Павла, рано или поздно молодая любовница ему надоест, и он вернется в семью. Думаю, пришла пора заняться собой: диета, спорт, смена имиджа. Я ведь еще не старуха. Главное — не отпугнуть мужа скандалами. Сделаю вид, что ничегошеньки не знаю». Я не уверена, что цитирую клиентку дословно, но смысл передала точно.

— Правильное поведение, — одобрила Нина. — Но лично я взяла бы табурет и шандарахнула им благоверного по башке. Слышь, Евздрипёкла, ты замужем? — Милиционерша вдруг перешла на дружеский тон.

— Лучше зови меня Лампой, — предложила я. — Нет, мужа я не имею.

— Ох и повезло тебе... — тоскливо протянула Косарь.

Я покосилась на даму. Ее что, силой тащили в загс, а теперь держат около постылого мужа на цепи, в строгом ошейнике? Можно ведь в любой момент уйти и начать жизнь заново...

— Дети у меня, — вздохнув, пояснила Нина, словно подслушав мои мысли, — два пацанчика. Как им без отца? А Серега, зараза, пьет каждый день! Не понять тебе меня, Евфсёкла.

— Будет все же лучше, если ты станешь звать меня Лампой, — настойчиво поправила я ее. — А что касается ребят... Я считаю, что существование под одной крышей с алкоголиком дурной пример для неокрепшей личности.

— Что-то нас в сторону унесло, — опомнилась Косарь. — Ты знаешь имя любовницы Краминова?

— Мальчик, — ответила я.

— Что такое? — насторожилась Нина. — Павел сменил ориентацию?

— Нет, фамилия у девушки такая странная — Мальчик. Ей двадцать один год, зовут Беатриса.

— Гламурно, — щелкнула языком Косарь. — Беатриса! Прямо как королеву.

— Думаю, ее кличут Беата, что сильно принижает гламур, — хмыкнула я. — Интересно, о чем думают родители, когда так называют дочь? В сочетании с фамилией Мальчик просто курьез получился. И внешне в ней нет ничего особенного: шатенка с карими глазами, носит стрижку под пажа, отдаленно похожа на певицу Мирей Матье. Представляешь типаж?

— Ага, — кивнула Косарь.

— Рост и вес средний, фигура не ахти, слишком худая, ноги вовсе не от ушей. И вообще вид у нее какой-то затравленный.

— Зато свежее яблочко двадцати с небольшим годков... — протянула Косарь. — Слышала анекдот?

Объявление в газете: «Меняю одну жену пятидесяти лет на двух по двадцать пять».

— От хорошей супруги муж не убежит, — вздохнула я.

— Полагаешь? — скривилась Нина.

— Любовь в браке постепенно переходит в дружбу и становится от этого только крепче, — выдала я свою теорию. — Если ты всю жизнь старалась для семьи и мужа, то...

— ...то, когда превратишься в тетку второй свежести, — перебила меня Нина, — станешь увядшим с одного бока бутоном, нежный муженек тебя бросит, убежит к той, у которой грудь похожа на теннисные мячики. И потаскун даже не вспомнит о том, что твой бюст превратился в уши спаниеля после того, как ты вскормила ваших общих детей. Прекрати, Лампада, все парни ходят налево, мне ни разу еще не встретился непорочный экземпляр, просто некоторые мужики очень ловкие, их так просто не поймать. Ты долго бегала за Краминовым?

— Пары дней хватило. Он совершенно не скрывался, — пожала я плечами. — Утром уезжал на работу — у Павла большое процветающее предприятие по ремонту квартир. Естественно, есть головной офис, куда приходят заказчики и мастера, склад, где хранятся всякие стройматериалы, но работать с людьми трудно, постоянно возникают трения, в особенности когда речь идет об обновлении жилплощади...

— Знаю, проходила, — опять перебила меня Нина. — Есть люди, есть очень плохие люди, а есть строители, гады и обманщики!

Очевидно, Косарь были свойственны резкие, безапелляционные суждения. Чего-чего, а корректности в ней не было и капли. А в наш век от человека требуется обтекаемо говорить о малоприятных вещах. Уборщица теперь в штатном расписании называется «мастер аппарата по очистке помещения». Под аппаратом подразумеваются швабра или ведро с тряпкой. Скандал во время совещания, откровенная стычка с применением кулаков, определяется как «бурная дискуссия по острому вопросу», неуемное обжорство — «булимия», а полное отсутствие вкуса в одежде и косметике — «смелое решение». Думаю, Нине, с ее манерой называть вещи своими именами, приходится нелегко.

— Каждый день в разное время, — продолжала я, — Краминов выезжал на объекты. К слову сказать, его фирма старалась работать в основном с новыми квартирами, вторичное жилье ремонтировать сложнее — старые трубы, злые соседи... Поэтому у Павла полно заказчиков, которые приобрели жилплощадь в Куркине, Одинцове, Тушине, Красногорске. Понимаешь?

— Ну я не первый день замужем! — фыркнула Нина. — Идеальные условия для неверного мужа. Сказал в офисе, что поехал инспектировать отделочные работы, а сам рванул с девицей веселиться. Мобильный, естественно, он отключал, а на вопрос жены: «Милый, почему у тебя телефон не отвечает?» — с благородным негодованием восклицал: «Любимая, ты же в курсе! Я с утра до ночи на объектах, сегодня мотался в Одинцово, а там не везде связь работает. Даже в Москве случаются «дыры», чего уж ждать от области».

— Примерно так все и выглядело, — кивнула я. — Добыть откровенные снимки оказалось очень легко.

— Че, прямо за делом их сняла? — захихикала Нина. — Сейчас, говорят, есть шикарная оптика. Люди занавески закроют, рулонки опустят, а все равно сфоткать можно инфракрасными или ультрафиолетовыми камерами. Если честно, я в технике не секу.

— Мне подобные прибамбасы не по карману, — усмехнулась я, — хоть и наслышана о разных штучках типа крохотных микрофонов-пулек.

— Это что такое? — изумилась Нина.

— С определенного расстояния стреляешь в стену здания, и фенька начинает работать, транслирует все чужие разговоры.

— Круто!

— Верно. Но я не имею возможности пользоваться «сливками» научно-технического прогресса, действую по старинке. Фотографий много нащелкала, и хоть непосредственный факт измены не зафиксировала, все равно понятно, что Беатрису и Павла связывает нечто большее, чем дружба. Они в первый же день попались. Меня Светлана предупредила, что муж утром поедет в новое здание, Краминова специально пролистала ежедневник супруга, куда тот все дела заносит. Я приехала на место заранее и затаилась. Спустя какое-то время прибыл Павел Львович в красивом, очень приметном белом свитере с разноцветными полосками. С ним был еще один мужчина, похоже, клиент. Потом заказчик вышел, а к дому подошла девушка, Беатриса Мальчик. Ну имя-то ее я потом узнала... Шатенка стала прохаживаться по тротуару, спустя минут десять из подъезда выскочил Краминов и обнял ее. Они целовались прямо на улице, никого не стесняясь.

— Можешь показать мне снимки?

— Нет, я их отдала Светлане.

— А негативы? Или ты на «цифру» фоткала?

— Одним из условий клиента является полнейшее уничтожение всех материалов по делу, — пояснила я.

— И ты его выполняешь? — прищурилась Нина.

— Да, конечно. Видишь ли, мы с Юрой, хозяином агентства, не теряем надежды подняться. Правда, пока дела идут со скрипом, но ведь и Пинкертон начинал всего с двумя сотрудниками. Для частного сыщика репутация — это все. Пойдет слух, что ты обманул заказчика, и люди никогда к тебе не обратятся.

— Ладно, — Косарь хлопнула ладонью по столу. — Ты Павла узнаешь в лицо?

— Естественно.

— Можешь мне помочь?

— Как?

— Я вызвала сюда Краминова на одиннадцать вечера.

— Он согласился приехать так поздно?

— Не согласился, а выдвинул такое условие, — скривилась Нина. — Сказал, что плотно занят, окна нет, а после двадцати трех с милой душой явится.

— Понятно. А что требуется от меня?

— Скажешь, что следила за ним.

Я помотала головой.

— Доказательств у меня нет, он моментально отопрется. Ну заявлю я: «Ходила за этим человеком, видела его с Беатрисой Мальчик», а Краминов в ответ рявкнет: «Она врет, я никогда не был знаком с этой девушкой!» И тупик. У нас нет ни фото, ни других неопровержимых улик. Насколько я понимаю, ты подозреваешь Павла в убийстве жены? Немного нелогично.

— Почему? — склонила голову набок Нина.

— Какой смысл ему убивать Светлану? С ней же можно было просто развестись.

— Ага! И делить имущество! — азартно воскликнула Косарь. — Нет, я носом чую, это он ее кокнул. Мотив классический: старая баба надоела, на примете имеется новая. Значит, так... Не парься по поводу снимков, просто расскажешь, кто ты, и мы его прижмем. Придется безутешному вдовцу рассказать правду про любовницу!

Глава 4

В четверть двенадцатого дверь в кабинет распахнулась, на пороге возник мужчина, который заговорил приятным баритоном:

— Добрый вечер. Прошу извинить за небольшое

опоздание, но Москва словно обезумела, даже сейчас на дорогах пробки.

— Присаживайтесь, пожалуйста, — улыбнулась Нина. — У меня к вам возникла пара вопросов.

— Отвечу на все! — бойко воскликнул Павел и опустился на стул.

Я сидела за вторым письменным столом и делала вид, что изучаю некие бумаги в папке. Для придания большей достоверности Косарь сунула мне договор страховки на свою машину. Лицо Краминова я отлично видела — смуглая кожа (загар вдовец явно получил в солярии), узкий нос с неожиданно широкими ноздрями, довольно крупная родинка под правым глазом, сросшиеся брови, тонкие губы. Самая обычная внешность, из особых примет лишь та самая родинка. Одет Краминов был в хорошо мне знакомый (очевидно, любимый им) хлопчатобумажный белый свитер с вышитым на кармане попугаем, отличительным знаком фирмы «Поль», и в темно-синие классические джинсы. Подобную одежду может носить человек, перешагнувший пятидесятилетний рубеж, хотя свитер был в мелкую розово-зелено-голубую полоску, отчего выглядел по-молодежному. С приходом Павла по комнате поплыл запах дорогого одеколона.

— Где вы находились в день, когда погибла Светлана? — поинтересовалась Нина.

— Я превращаюсь в подозреваемого? — напрягся он.

Внезапно меня что-то обеспокоило — было в облике Краминова нечто настораживающее, странное.

— Просто ответьте, — спокойно попросила Косарь.

— Мотался по объектам, — Павел пожал плечами, — с восьми утра до глубокой ночи бегал по разным домам в Одинцове.

— Вас там видели?

— Нет, я ходил в плаще-невидимке! — начал злиться Краминов. — Кстати, мне бы и правда хотелось иметь волшебный плащ, думаю, тогда бы я точно поймал кое-кого за вороватые лапы.

— Так вас видели? — повторила Косарь.

Краминов положил ногу на ногу.

— Человек тридцать, а то и больше.

— Можете их назвать? — не успокаивалась Нина.

Павел полез в портфель, вынул большой ежедневник, перелистал его и сказал:

— Рабочих я не помню, они гастарбайтеры бог знает откуда, при слове «милиция» моментом перестают понимать русскую речь. Вот клиенты — другое дело. Макаров Эдуард Львович — мы в его квартире были, обсуждали окна. Макаров жлоб, хотел поставить деревянный профиль по цене пластика. Пришлось ему долго объяснять очевидную истину: дорогая вещь — это дорого. Затем я отправился к Нечаевым...

Я, упорно делая вид, что читаю документы, внимательно слушала спокойную речь Краминова. Если ему верить, то в его напряженном расписании нет даже щелочки, чтобы лишний раз вздохнуть, не говоря уж о том, чтобы успеть свильнуть на дачу и поджечь дом.

Очевидно, Косарь пришли в голову те же мысли, потому что она взяла со своего стола папку и уронила на пол листок. Я вздрогнула. Это же один из сделанных мною снимков! И на нем Беатриса!

— Вот я растяпа! — Нина слишком бурно отреагировала на обычную ситуацию. — Павел Львович, сделайте одолжение, поднимите, пожалуйста, а то у меня спина болит.

Краминов нагнулся, подцепил фотографию и протянул ее Косарь.

— Спасибо, — поблагодарила та. — Правда, милое личико?

Краминов пожал плечами.

— Обычное.

Но Косарь не сдавалась — сунула Павлу под нос изображение Беатрисы и в лоб спросила:

— Вам такие девушки нравятся?

— Мне? — изумился бизнесмен.

— Да, да, именно вам, — закивала Нина. — Симпатичная шатенка. Как вы думаете, ей пойдет красное платье?

— Понятия не имею, — не скрывая раздражения, ответил Павел. — Что за идиотские вопросы?

— Вы можете назвать ее имя? — Нина навалилась грудью на стол.

— Чье? — не дрогнул Павел.

— Девушки.

— Естественно, нет.

— А почему? — тоном подколодной змеи осведомилась дознавательница.

— Ну хватит! — Краминов вскочил и шагнул к двери. — Я не имею ни малейшего желания заниматься всякой хренью. Я устал, хочу спать и вообще... Прощайте. Думал, вы обнаружили причину пожара, в котором погибла Света, покажете мне результаты экспертизы, а тут какое-то издевательство...

— Есть выводы специалистов, — почти равнодушно перебила его Нина, — увы, на месте преступления обнаружены следы керосина. Вы пользовались примусом?

— Что? — Павел остановился.

— Примус, — улыбнулась Косарь, — такой прибор для готовки.

— Уважаемая Нина Михайловна, — отчеканил Павел, — боюсь вас разочаровать и уж ни в коей мере не желаю хвастаться материальным благополучием, но даже наша старая дача являлась благоустроенным во всех отношениях домом. Газ, канализация, горячая, холодная вода. Примус? Просто смешно.

— Может, вы имели керосиновую лампу? — заулыбалась Нина.

— Там было электричество! — гаркнул Павел. — И генератор на случай его отключения!

— Сейчас модно лечиться керосином, — не успокаивалась Косарь, — пить его, допустим, от рака, мазать экзему. Даже по телевизору советуют, целитель выступает, забыла, как его зовут... Фонарина, помнишь?

Сообразив, что Косарь вновь перепутала мое имя, я откашлялась и сказала:

— Нет.

— Вы сумасшедшая? — взвился Краминов. — Пить керосин!

— Некоторые с удовольствием употребляют, — кивнула Нина. — Значит, на вашей даче данного горючего не имелось? Может, все же вы сделали запас?

— Нет! — выпалил Краминов. — Мы очень давно не пользовались домом и не собирались туда ездить в ближайшие годы. Зачем нам запасы делать? Да еще керосина!

— А экспертиза нашла его следы, значит...

— Поджог! — ахнул Павел. — Это не несчастный случай? Свету убили? Невозможно!

— Почему? — быстро спросила Нина.

— Жена была... скромная... тихая... никому зла не сделала, — почти прошептал Павел. — Дети, семья... Она не работала, ни с кем не конфликтовала, даже подруг не имела, жила только нами. О боже!

Краминов вытащил носовой платок и, осторожно опустившись на стул, начал демонстративно вытирать глаза.

— Ой, хватит, — поморщилась Нина, — навидалась я в своем кабинете спектаклей, ваш не самый убедительный.

Павел на секунду замер, потом резко осведомился:

— Как вас понимать?

— Говорите, что у жены не было врагов? — насела на него Нина.

— Ни одного, — категорично заявил Краминов.

— И подруг тоже? — уточнила Косарь.

— Да! — кивнул Павел.

— Следовательно, есть только одна личность, заинтересованная в смерти Светланы Краминовой, — торжественно объявила Нина.

— Кто это? — взвизгнул Павел.

— Вы, — коротко отрубила Косарь.

— Я? — ахнул вдовец.

— Ну да, — пожала плечами Нина. — Скажи, Лампарина!

Краминов медленно повернулся в мою сторону, на его лице читались растерянность и страх.

— Я? — повторил он. — Я? Но зачем мне убивать свою жену?

— Вы завели любовницу, — пояснила Нина, — Мальчик.

— Мальчик? — протянул Краминов. — Послушайте, я совершенно нормальной ориентации, никогда не интересовался... да вы... я... Офигели? Дуры!

— Ламповина, говори, — приказала Нина. — Только сначала представься, а уж далее по тексту!

После того как мой рассказ иссяк, Краминов пару секунд сидел молча, потом встал, расстегнул ремень, ширинку...

— Эй, эй! — Нина явно испугалась. — Вы чего? Думаете, раз вечер на дворе, мы тут с ней одни? Сейчас парней из дежурки свистну!

— Вы идиотки! — нервно воскликнул Павел. — Поэтому лучше показать. Смотрите сюда, ищейки... вашу мать!

Быстрым движением он сдернул штаны, я зажмурилась.

— Этта чего? — протянула Нина.

Я приоткрыла один глаз и уставилась на бизнесмена. Нижнюю часть живота Павла пересекал длинный уродливый шрам, чуть повыше торчала резиновая трубка, которая тянулась к некоему подобию пластикового мешка, лежащего в специальном кармане снятых брюк.

— Налюбовались? — язвительно спросил Краминов. — Красиво?

— Этта чего? — Нина жалобно повторила вопрос.

— Похоже, господину Краминову делали операцию, — тихо сказала я, — и теперь у него бесконтрольное мочеиспускание, он вынужден ходить с приемником.

— Радио? — сглупила Косарь. — Ты о чем говоришь?

— Нет, это вместо памперса, — объяснила я. — Он не может самостоятельно пописать, не регулирует процесс, моча скапливается в приемнике, затем наполненный выбрасывается и цепляется новый.

— А она поумней тебя будет, — сказал Павел, глядя на Косарь, и натянул трусы. — Некоторое время назад у меня диагностировали опухоль. Я испугался, потому что она находилась в таком месте... интимном... А хирург — еще тот болван! — возьми да и скажи: «Никто не гарантирует, что после операции вы не станете импотентом». Красиво, да? Вы бы легли под нож, зная, что встанете со стола евнухом?

— Вас просто предупредили о возможных осложнениях, — прошептала я, — хороший врач так всегда поступает.

— Я бы ни секунды не колебалась, — перебила меня Нина, — пусть на фиг отчекрыжат все хозяйство под корень, лишь бы не в могилу.

— Кретинки! — покраснел Павел. — Вы хоть понимаете, что такое для мужика импотенция?

Мы с Ниной переглянулись, а Краминов продолжал:

— Конечно, я начал искать альтернативный способ лечения и нашел центр, где делают уникальную процедуру: вымораживают опухоль, действуют на нее холодом.

— И помогло? — заинтересованно спросила Нина.

Павел нахмурился.

— Что-то у них пошло не так, вызвали обычного хирурга... Короче, я теперь с приемником. Обещают, что через некоторое время там все восстановится. Какая, на хрен, любовница? Да я от жены, с которой фигову тучу лет прожил, в другую спальню сбежал, чтобы она пакет с мочой не видела! Как вы себе представляете адюльтер? Я раздеваюсь, и... девица со свистом уносится. И потом... у меня сейчас... в общем... я... пока — временно, подчеркиваю, временно! — ушел из большого секса.

— Теперь понятно! — воскликнула я.

— Что тебе, дуре, понятно? — пошел вразнос Краминов. — Гораздо вы тут делать выводы, исходя из собственного идиотизма.

— Ваша жена рассказала мне про ситуацию с кошкой, — вздохнула я. — Вроде мужу надоела настырная киска в супружеской постели, и он переехал в гостевую комнату.

— Это был предлог, — буркнул Павел.

— Весьма глупый, — отметила я, — следовало придумать нечто более реальное. Кошка тут ни при чем, сказала Светлана. Она поняла, что вы не хотите спать с ней рядом, и заподозрила, что вы завели любовницу.

— Бабы — дуры! — тут же отреагировал Краминов.

— А мужики кобели и пьяницы! — не выдержала Косарь.

— Вот и поговорили, — улыбнулась я. — Не надо горячиться, лучше побеседуем спокойно. У Светланы не зря возникли горькие мысли. Ну посудите сами! Муж убегает из спальни, худеет, начинает заниматься фитнесом и даже... красит волосы. Ради кого эти подвиги? Явно не для той, с кем прожил четверть века!

Павел смутился.

— Из общей спальни я ретировался, чтобы Света о мочеприемнике не узнала, а худеть мне велел врач.

Он так и заявил: в вашем положении каждый лишний килограмм — враг. Поэтому я и пошел в спортзал. Волосы... Я действительно здорово сбавил в весе, и лицо стало... ну таким... как это объяснить...

— Старым, — кивнула я, — появились морщины. Это обычный эффект при потере веса. В сочетании с седыми волосами вы выглядели намного старше своих лет.

— Значит, была любовница! — насторожилась Нина.

— Он просто был сильно напуган болезнью, — вздохнула я, — и хотел самого себя убедить, что еще молод, до могилы далеко. Отсюда и краска для волос.

Краминов взглянул на меня, но ничего не сказал.

— М-да, забавно! — крякнула Нина. — А что, Светлана действительно не знала о вашей беде?

— Нет! — ожил Павел.

— Но почему вы ей не рассказали? — удивилась я. — Ваша супруга очень переживала, считала, что стала вам не нужна.

Павел вытер вспотевший лоб, и мне сразу стало ясно: его спокойствие напускное, разговор дается ему с большим трудом.

— У Светы было не очень хорошо с сердцем, — сказал он наконец, — врачи поставили диагноз — стенокардия. Мне не хотелось ее волновать, поэтому я молчал про операцию. Когда лег в клинику, жена считала, что я уехал в командировку, отправился в Китай на выставку стройматериалов. Я все здорово организовал, в Пекин ежегодно мотаюсь, там можно много интересного за копейки приобрести, но на сей раз вместо поездки я лег в больницу.

— Светлана вам не поверила, — вставила я. — Она решила, что вы ей изменяете, и наняла меня — хотела уточнить, с кем супруг крутит любовь и насколько прочны эти отношения.

— Красивая история получается! — вздохнула

Нина. — Один молчит о болячке, другая мается от мыслей про неверность мужа и тоже ни слова ему не говорит... Вы что же, улыбались друг другу, внешне все было супер, а внутри ад?

— Я боялся травмировать Свету, — тихо повторил Павел, — поймите, я люблю жену. Вернее, любил.

— Может, она покончила с собой? — вырвалось у меня. — Отсюда и керосин. Небось его можно на стройрынке купить. Хотя... это очень уж жестокий способ ухода из жизни.

Краминов обхватил голову руками.

— О нет, только не это! С кем у меня, говорите, роман был?

— С ней, — ответила Нина и протянула Павлу фото. — Мальчик Беатриса, молодая особа. Люмпен, ты можешь дать о ней сведения?

— Обычная девица, — сообщила я, — поступала в театральный вуз, срезалась на вступительных экзаменах. Зарабатывает выступлениями в третьесортном ресторане «Королева Марго» с репертуаром певицы Мими. Кстати, многие путают звезду и Беатрису, они внешне похожи. У меня сложилось мнение, что Беатриса вовсю использует это сходство, специально сделала прическу, как у звезды. Собственно говоря, это все. К ней на службу я не ходила, не было необходимости.

— И ты меня с ней видела? — изумленно спросил Павел.

— Да, — кивнула я. — Вы вошли в новый дом, причем одеты были в тот же свитер, что и сейчас, пробыли там минут десять, вышли, к вам подбежала девушка, вы обнялись, ну и далее...

— М-да... — задумался Павел. — И где это было?

— В Одинцове.

— Угу, есть у меня такой объект, — согласился Краминов. — Число назови...

— Легко! — с готовностью откликнулась я, открывая ежедневник.

Услышав дату, Павел хлопнул себя по коленям.

— Конфуз получился. В Одинцове один мужик купил квартиру на верхнем этаже и решил еще чердак прихватить. Я полез смотреть помещение под крышей, и тут дверь захлопнулась. Дурацкое положение. Створка железная, изнутри ее не открыть, в здании никто не живет — оно не достроено, шуметь бесполезно, окон на чердаке нет. Долго я там прокуковал, слава богу, хозяин сообразил, что случилась беда, и приехал посмотреть, куда я делся.

— Занимательная история, — хихикнула Косарь.

— Почему же вы не воспользовались мобильным? — удивилась я.

— Оставил телефон в пиджаке, а его кинул внизу, в квартире, — пояснил Павел. — Хозяин увидел пиджак и понял: со мной случилась какая-то неприятность...

— Ясно, — перебила его Нина.

— Вы уверены в своих наблюдениях? — повернулся ко мне Краминов.

Я пожала плечами.

— Вы были в джинсах и в том же свитере, в котором сейчас сидите. Вместе с девушкой вы прошли пешком до супермаркета «Полная ложка» и там сели в малолитражку Беатрисы. Дальше просто. По номеру я установила владелицу, это рутинная работа.

— Это был я?

— Несомненно. Хотя...

— Говорите! — занервничал Краминов. — У вас появились сомнения? Теперь-то вы понимаете, что меня временно — подчеркиваю, временно! — дамский пол не волнует.

— Похоже, он не врет, — покачала головой Нина.

— Но я же их видела! Они совсем не скрывались, целовались, обнимались на улице... Павел купил Беатрисе у супермаркета на лотке плюшевую игрушку — большого медведя с сердцем в лапах и вышивкой «Y love you»... — бормотала я.

— Дайте я еще раз взгляну на фото, — попросил Павел и взял снимок. — Минуточку!

Указательным пальцем Краминов слегка подтянул вверх уголок глаза, отчего тот сощурился, большая родинка на правой щеке чуть сдвинулась в сторону виска.

— Вот черт! — подскочила я. — Что вы делаете? Еще разок повторите этот жест.

— Так? — спросил Краминов и снова потянул пальцем уголок глаза.

Я испытала детское изумление. Что здесь не так? Какая-то деталь меня постоянно настораживает...

— У меня сплошное мучение со зрением, — пояснил Павел. — Очки никак не могу подобрать, перепробовал кучу оптики — сразу голова начинает болеть. Вот и «центрую» один глаз, когда хочу что-то получше рассмотреть.

— Точно! — заорала я. — Родинка! Она же у вас под левым глазом!

Павел потрогал отметину.

— Не понял...

— Родинка у вас на лице, я точно помню, находилась слева!

Краминов пощупал щеки.

— Да нет же, справа.

— Слева, я отлично помню! — не успокаивалась я. — Мне Светлана дала вашу фотографию, и я, помнится, еще спросила ее, свежий ли это снимок.

— Справа, — устало возразил Павел. — Вы же видите!

— А была слева... — протянула я.

— Наверное, он лучше знает, — остановила меня Нина, — ты ошиблась. На фото изображение-то перевернуто! Лево получается справа, вот ты и обозналась.

— Со снимком понятно, — отмахнулась я. — Но ведь я наблюдала Павла, свой объект, так сказать, живьем и готова поспорить на что угодно: родинка была слева. И еще... О черт!

— Что? — тихо спросил Павел.

— Ваши волосы! Они были чуть короче. И уши у вас сейчас другие — верхняя часть заостренная.

Глава 5

Краминов заморгал, Нина разинула рот, а меня несло:

— Ну как же я сразу-то не сообразила... Ведь когда вы вошли, я тут же отметила: что-то не так. Родинка! Она у вас слишком приметная!

— От мамы мне досталась, — неожиданно улыбнулся Павел, — а ей дедушка передал. У моей дочери такая же, а вот у сына нет. Интересно гены работают.

— Ну да, — закивала я, — человек увидит отметину и запомнит, а вот на какой она щеке... Послушайте, вы же разбирали вещи жены?

— Пока нет, — помрачнел Павел. — Если честно, я боюсь даже приблизиться к ее комнате. Жутко мне, понимаете...

— Вполне, — кивнула я. — Но придется пересилить себя, потому что с большой вероятностью вы сумеете найти там сделанные мной снимки, подтверждающие вашу полнейшую невиновность. Наверное, Светлана хранила их в столе или прятала в своем шкафу. Хотя могла и ячейку в банке арендовать.

Косарь протянула руку, взяла папку, открыла ее, вытащила небольшой прямоугольник и протянула мне.

— Узнаешь?

— Да, — ошарашенно сказала я, — это одна из сделанных мною фотографий, кстати, самая неудачная. Я очень хорошо помню, как получился снимок. Краминов и Мальчик шли к супермаркету. Беатриса притормозила возле магазина, торгующего шубами. Смотрите, тут запечатлен кусок надписи: «...ве — тридцать процентов». Пара стояла спиной к потоку прохожих, я затаилась на другой стороне улицы, изображала провинциалку, щелкающую фотоаппаратом. Внезапно на дороге загудела машина, Мальчик, восхищенная манто, даже не вздрогнула, а Краминов резко обернулся, и я нажала на кнопку. Видите? Спина Беатрисы, темные волосы до плеч, стройная фигура, но лица не видно, а вот Павел как на ладони, все в том же свитере и джинсах. Фотография слегка смазана, и она не может служить доказательством измены. Краминов и девица не обнимаются, они просто стоят рядом, неверный муж в ответ на упреки жены всегда может ответить: «Хотел, дорогая, купить тебе новую шубку, вот и прилип к витрине. А уж кто рядом на манто смотрел, понятия не имею». У вас что, один-единственный свитер?

— Нет, — растерянно ответил Павел, — мне его недавно из бутика прислали. Я магазины ненавижу, делаю заказы по телефону.

— Размер угадываете? — удивилась я. — Мне никогда подобный трюк не удается. Пыталась делать покупки через интернет, но вечно ошибалась с длиной и шириной вещей.

На лице Павла мелькнуло выражение превосходства.

— Я по рынкам не бегаю, — снисходительно пояснил он, — в дорогих магазинах постоянный клиент, а продавцы получают процент от сбыта товара, поэтому стараются изо всех сил, у них записаны все мои размеры.

— Понятненько, — кивнула Нина. — И что мы имеем в сухом остатке? На снимке родинка под левым глазом, а у вас под правым. Кстати, уши... Очень интересно! Они определенно не ваши.

Когда Краминов ушел, Косарь с чувством произнесла:
— Спасибо тебе!

— Пожалуйста, — улыбнулась я. — Ответишь теперь на один вопрос?

— Охотно. Задавай.

— Ты интересовалась, все ли снимки Краминова и Беатрисы я отдала Свете, но не обмолвилась, что имеешь фото.

Косарь улыбнулась.

— К слову не пришлось. Я думала, вдруг у тебя что-то интересное припрятано. Так просто ты вряд ли отдашь, а если у меня ничего нет, то, может, поделишься. Тактический ход!

— Ясно, — сказала я, — у каждого свои методы. А как ты на меня вышла?

Косарь стала методично убирать документы со стола.

— Письмо получила, — наконец ответила она, — анонимное.

— Покажи, — попросила я.

Нина заколебалась, потом протянула лист:

— Читай.

«Довожу до вашего сведения, что Светлану Краминову убил Павел Краминов. Муж имеет любовницу. Проверьте его. Жена узнала правду. Она наняла детектива Евлампию Романову и получила доказательства интимной связи супруга с Беатрисой Мальчик. Поговорите с Романовой. Ее телефон...»

Далее шли цифры моего мобильного номера.

— Да ты просто мастер тактического боя! — восхитилась я. — Знаешь, услышав твое высказывание про смену ориентации Краминова, я поверила, что госпожа Косарь понятия не имеет о девушке по имени Беатриса Мальчик. Ты замечательная актриса! Любого можешь обвести вокруг пальца. Но вернемся к анонимке. Насколько я знаю, из нее в лаборатории можно выжать кое-какую информацию.

— Бумага обычная, — сообщила Косарь, — принтер самый простой, такие почти во всех офисах стоят, дешевая, но безотказная техника. Отпечатков на листе нет, тот, кто составлял послание, явно наслышан о дактилоскопии.

— Ну сейчас, когда из телевизора дождем сыплются детективные сериалы, это совсем не удивительно, — протянула я. — А конверт?

— Такие за копейки в любом канцелярском магазине можно купить. Ни логотипа фирмы, ни марки, ни штемпеля, вообще ничего, зацепиться не за что. Кстати, он был не заклеен, следов слюны нет, ДНК не выделить.

— Как же письмо без отпечатков попало в отделение? — прищурилась я. — Похоже, его не почтальон принес. Неужели дежурный спокойно взял анонимку?

Косарь нахмурилась.

— Ты в детективы из какой области подалась? Насколько я знаю, большая часть ваших из наших.

— Не поверишь, я арфистка[1].

— Кто? — изумилась Нина.

— Раньше играла в оркестре на арфе, на такой здоровенной бандуре со струнами, — пояснила я. — А, ладно, это неинтересно. В общем, я не из ваших, но мой лучший друг Володя Костин майор милиции, поднимался с «земли». А почему ты интересуешься?

— Потому что нормальный человек не поймет, каким образом можно незаметно войти в отделение, когда у двери дежурный сидит, — покривила губы Нина.

— Смею предположить, что он отлучился покурить. То есть нарушил должностную инструкцию и оставил пост. А когда вернулся — на столе конверт с твоей фамилией, — сказала я.

— Почти в цель, — вздохнула Нина. — Парень взял чайник и двинул за водой, лапши ему захотелось. Тяжело человеку всю смену голодным сидеть, буфета же у нас нет.

---

[1] Биография Лампы детально рассказана в книге Дарьи Донцовой «Маникюр для покойника», издательство «Эксмо».

Выйдя из отделения, я приблизилась к своей машине, вынула брелок, нажала на кнопку, услышала щелчок открывающейся двери и тут же, ощутив на своем плече чье-то прикосновение, вскрикнула от неожиданности и обернулась.

Рядом стоял Павел Краминов.

— Прости, не хотел тебя напугать, — сказал он.

— А какую цель вы преследовали, хватая одинокую женщину ночью в полутемном дворе? — обозлилась я.

— Извини, не подумал, — отмахнулся бизнесмен. — Хочешь заработать?

— Не откажусь, — кивнула я. — А что надо делать?

Павел покосился на дверь отделения.

— Здесь разговаривать не хочу, давай отъедем на пару кварталов.

— Хорошо, — согласилась я, — последую за вами. Только не гоните, я предпочитаю ездить, не нарушая правил.

То ли Павел подчинился моей просьбе, то ли сам был законопослушным водителем, но его роскошный внедорожник двигался по проспекту со скоростью ленивца. Краминов методично включал поворотник, и припарковался он не у шоссе, а на небольшой площадке возле крохотного магазинчика.

— Залезай, — велел он, приоткрыв переднюю дверцу.

Я с трудом вскарабкалась в его джип и воскликнула:

— Прямо настоящий троллейбус!

— Не совсем, — серьезно ответил Павел, — турникета нет. В общем, ты мне подходишь! Не дура, как эта Косарь, сразу поняла, зачем я волосы покрасил. Для себя старался, не для какой-то бабы. Ну, не стану тянуть кота за рога...

Наверное, тут мне следовало поинтересоваться, из какого места, по мнению Павла, у кота растут рога, но я задала другой вопрос:

— Для чего я вам подхожу?

Краминов начал щелкать пальцами, меня затошнило.

— Сделайте одолжение, перестаньте! Ненавижу этот звук.

Бизнесмен укоризненно покачал головой:

— Этак ты всех клиентов распугаешь! С людьми надо вежливо себя вести, в особенности с заказчиками.

— Вы хотите меня нанять?

— Да, — ответил Павел. — Дело простое: мне нужно узнать, кто решил меня подставить.

— Уточните, пожалуйста, — попросила я.

Краминов вынул из бардачка сигареты, не спрашивая моего позволения, закурил и нервно воскликнул:

— Разве не понятно? Меня хотят впутать в плохую историю. Милиционерша Косарь совершенно права в своих подозрениях. У кого имелся мотив? У неверного мужа. Завел молодую плотву, а дряхлую осетрину вон!

Я внимательно смотрела на Павла, а тот вещал дальше:

— Света заподозрила меня в измене и пришла к тебе. Так?

— Верно, — подтвердила я.

— Фотки ты ей отдала?

— Конечно.

— Ни одной не выбросила? Допустим, подумала, что снимок неудачный, и отправила его в мусор.

— Условия контракта предусматривают передачу всех материалов, — терпеливо пояснила я.

— Смотри, что получается, — оживился Краминов, — жена умерла, а снимок отнесли Косарь. Теперь ты знаешь, что я не имею к девушке со смешной фамилией Мальчик никакого отношения, с ней амурничал некто, косящий под меня. Надел точь-в-точь такой свитер, загримировался, наклеил родинку. И зачем все это затевать? Отвечай!

Я помахала рукой, разгоняя сизый дым, который бизнесмен бесцеремонно пускал мне в лицо.

— Наверное, кто-то очень хочет посадить вас в тюрьму за убийство жены. Это хорошо спланированная акция.

— Найдешь гада — озолочу! — азартно воскликнул Павел. — Кстати, долго работать не придется, круг подозреваемых сужается до нескольких человек. Светлана жила ради семьи, у нее не было подруг.

— Совсем? — удивилась я.

— Ни одной, — подтвердил Павел. — Когда мы поженились, я поставил ей условие: не хочу, чтобы в доме ошивались чужие девки, кофе литрами пили, печенье жрали. Очень хорошо знаю, как бывает: бабенки завистливы, им чужое счастье поперек организма. Увидят, что у Светы удачный брак, и начнут на мозги капать: муж у тебя невнимательный, грубый, мало зарабатывает. Или ко мне липнуть станут. Если подружка нищая, жена начнет дарить ей подарки. Вроде неудобно как-то: сама в соболях, а та в драпдерюге. Да еще на отдых с нами цыпочка покатит! Нет уж, мерси, нам в семье чужих не надо.

— И Светлана безропотно согласилась?

— По первости злилась, — усмехнулся Павел, — а потом поняла, что я прав. Ее школьная приятельница Лиза Рогачева повела себя так, как я предсказывал. Сначала торчала у нас сутками: обедала, ужинала, чуть ли не в койку с нами укладывалась. Потом денег на обои и линолеум попросила. Я не хотел давать, да жена заныла: «Помоги Лизоньке, она живет в грязной берлоге». Я тогда как раз потихоньку ремонтами подрабатывал. Время-то советское было, четверть века тому назад, открыто бизнесом я не занимался, но люди знали: надо попросить Краминова. У меня имелись нужные мастера, мы по ночам шарашили, тише мышей лапами шевелили. Такие ремонты делали — из дерьма торт получался. Ясное дело, денежки у нас водились. Так вот насчет подруги... Светка слезу пустила, она как раз ребенка ждала, ну я и дал слабину, решил: хрен с ней, с Лизкой, помогу ей, а то жена нервничает. За два месяца из Лизкиной норы дворец получился. И как она Свету отблагодарила? Догадываешься?

— Нет, — откликнулась я.

— Халатик в том дворце скинула и говорит мне: «Давно тебя люблю! Ну зачем нам Света? Она не пара достойному мужику». В этот момент, как по заказу, дверь распахивается, Светлана на пороге. Решила посмотреть, как теперь у любимой подруженьки красиво, а тут — картина маслом. У жены преждевременные роды начались! Слава богу, срок уже большой был, младенец нормальным на свет появился. Но с тех пор Света подруг не привечала, с женами моих приятелей не корешилась, гостей принимала и с ответными визитами мы ходили, но чтобы сойтись с кем накоротке — ни-ни. Значит, она не могла никому сказать про мою «измену».

— Вдруг Света с кем-то тайно общалась? — предположила я. — Вас, насколько я понимаю, целыми днями дома нет.

Павел потер руки.

— В особняке Римма Сергеевна, а мимо нее муха не пролетит. Она бы рассказала мне про гостью.

— Ваша мама? — уточнила я.

— Почти, — усмехнулся Павел. — Римма моя нянька, с пеленок меня воспитывала. Ей уже много лет, но ни бодрости, ни зоркости она не растеряла. Пригласи Света кого без моего ведома, Римма доложила бы. Нет, посторонние не появлялись. А вот семья... — Павел потер затылок. — У меня сын Олег и дочь Анюта. Обидно признаваться, но мальчишка ничего от меня не взял. Внешне, правда, похож, а вот характер... Эх, чего там говорить, я сам виноват! Баловала его Света донельзя, никаких моих возражений не слушала. Сын для нее был всем! Представляешь, Олег восемь школ сменил.

— Многовато, — согласилась я.

— Ага, — кивнул Павел. — Отовсюду его выгоняли: успеваемость нулевая, поведение еще хуже. Надо было пацана ремнем поучить, а Света каждый раз на учителей накидывалась. Как же, ее мальчика обидели! В результате дитятко еле-еле вуз окончило, при помощи моих денег и материнской настойчивости. И он меня ненавидит.

— За что? — изумилась я.

— «Мазератти» ему не купил, — нехотя признался Краминов. — Наследничек на день рождения пожелал пафосную тачку. Я его спросил: «Что хочешь в подарок?» А нахал спокойно ответил: «Машину, как у Володи». Это его приятель, у которого отец в прошлом профессиональный уголовник, а ныне не поймешь каким бизнесом занимается. Миллиардами ворочает. Ну я и ответил: «Когда денег заработаешь, сам такую и купишь». И он надулся, сквозь зубы здоровался. Вот Анюта хорошая! Она прилежно учится, всем интересуется.

— Некупленный автомобиль не слишком подходящий повод для ненависти к отцу, — не выдержала я. — Может, есть еще какие трения между вами и сыном?

— В школе Нюту всем в пример ставили, она в пятнадцать лет аттестат заработала, через два класса перепрыгнула, — сделав вид, что не услышал вопроса, продолжал Павел. — И в МГУ тоже клювом не щелкала, филфак окончила. И тут же второе образование получать отправилась, за три года историю выучила, а сейчас на философию подалась.

— Анюта замужем?

— Нет, — с легким осуждением сообщил Павел. — Нюта, как теперь принято говорить, имеет бойфрендов. Я их не запоминаю, быстро меняются, из-за этого она теперь тоже со мной в контрах.

— Почему? — не поняла я. — Вы запрещали ей... э... без штампа в паспорте общаться с парнями?

Павел снова достал сигареты.

— Я похож на сатрапа? Нет, конечно. Ее кавалеры в доме живут. Я месяц назад за завтраком ее очередного любовника Виктором назвал. Мирно так сказал: «Витя, наливайте кофе, пока горячий», а он как зыркнет из-под бровей: «Я Сергей». Эка чепуха, ну ошибся, с кем не бывает. Так ведь целую войну устроили! Анюта две недели морду отворачивала. Тогда я ей кредитку прихлопнул — позвонил в банк и приказал: «Блокируйте карту!» Мигом дочка в кабинет принеслась и хвостом затрясла: «Ой, папочка! Такая незадача вышла! Наверное, моя «Visa» размагнитилась». Ну я ей и объяснил ситуацию: если я «папочка», то она любимая дочь, а коли из-за очередного мужика отца гнобить решила, тогда денег нет! Вот так. Теперь у нас все тип-топ. Короче, в моем доме подлюга живет. И план ее таков: Свету убить, а меня виноватым сделать.

— Это уже слишком, — вздохнула я. — Родные дети все-таки!

— Странно, что вы, будучи частным детективом, не растеряли душевной невинности, — отрезал Краминов. — Разве вам не встречались кровные родственники, перегрызающие друг другу глотки?

— Было несколько дел, — согласилась я.

— Тогда почему вы изумляетесь? — фыркнул Краминов. — Еще раз напоминаю: Света не могла ни с кем поделиться информацией о своем походе к частному детективу, так что...

— А детям рассказала? — с недоверием перебила я собеседника.

— Нет. Но мы живем вместе, комнаты не запираются. Скажем, Олег мог войти в спальню к матери и увидеть снимки. Враг в моем доме! Он не остановится! Я хочу его найти и обезвредить. Лично. Без помощи милиции. Мне позор и шум не нужны. Вы меня понимаете?

Я молча смотрела на собеседника. Если человек с пеной у рта уверяет вас, что весь мир его ненавидит, то я уверена: он сам не очень хорошо относится к окружающим. Вот, например, Павел Краминов! У бизнесмена погибла любимая жена, целиком и полностью посвятившая себя семье. И что? Павел ни разу не произнес: «Хочу найти преступника, который лишил жизни Свету». Нет, у него иная мотивация — он озаботился поисками того, кто решил впутать его в криминальную историю. Похоже, о Светлане муженек забыл.

— Ты согласна? — деловито спросил Павел.

— Надо посоветоваться с хозяином, — ответила я.

Краминов улыбнулся, достал из бардачка блокнот, быстро написал на листке цифру, показал ее мне и спросил:

— Теперь, может, сама примешь решение? Если хорошо сработаешь, то выдам тебе еще и премию, а наградой ты с хозяином делиться не обязана, она, как чаевые, остается в личном пользовании.

— Хорошо, — кивнула я, — завтра в девять утра встречаемся в нашем офисе, оформляем договор и обсуждаем детали.

— Йес! — подвел итог Краминов.

Я распахнула дверцу и начала осторожно выкарабкиваться из нереально высокого джипа. Производители обязаны были предусмотреть в подобных машинах лифт!

— Бу-бу-бу... — вдруг тихо пробормотал что-то Павел.

Я обернулась.

— Вы мне?

— Все девки одинаковы, — вдруг горько произнес Краминов, — за бабки удавятся. Любую можно купить. Вопрос лишь в цене.

В первую минуту я испытала желание достойно

ответить наглецу: «Завтрашняя встреча отменяется! У нашего агентства слишком много клиентов!» Но уже через секунду задушила свой порыв. Вспомнила цифру в блокноте и прикусила язык. Наверное, меня и правда легко купить. Но очень уж хочется иметь домик в Подмосковье! Это раз. И два: если работаешь с людьми, приходится сдерживать свое самолюбие. Абсолютное большинство клиентов считают себя всегда правыми, а если они ошибаются и говорят гадости, надо стараться воспринимать это спокойно.

— Наверное, вас часто обижали, — только и ответила я, спрыгивая на асфальт. — На свете существуют порядочные женщины, жаль, если вам они ни разу не встречались.

Глава 6

Домой я пришла очень поздно и тут же наткнулась на дамские туфли огромного размера. Сначала мне показалось, что у вешалки валяются мужские ботинки. Ну согласитесь, редкая женщина расшвыривает обувь в разные стороны! Правая туфля лежала неподалеку от зеркала, левая отлетела почти к двери, да еще они были похожи на лыжи. Но потом я заметила здоровенные каблуки и изумилась еще больше. Из домашних на «гвоздиках» способны бегать только Юля и Лиза. Но у первой ножки Золушки, а вторая ни за что не нацепит подобный «шедевр» обувной промышленности.

Кстати, дома-то никого, кроме нас с Кирюшей, нет! Лиза в Англии и пробудет там до осени — шлифует знание языка. Конечно, нехорошо было забирать Елизавету из школы в начале мая, но ей на будущий год надо поступать в вуз, она решила стать переводчицей, вот мы и подумали: физика, химия, математика ей не понадобятся, а английским лучше овладевать в Великобритании. Юля, Сережка, Вовка Костин и Катя укатили в Париж, это совместный наш подарок Катюше на день рождения. Ей путешествие досталось бесплатно. Правда, подруга родилась не в мае, но путевка в несезон значительно дешевле.

В результате мы с Кирюшей остались одни. Двоих детей отправить в Лондон на целых четыре месяца нам не под силу, и Кирик сам предложил:

— Пусть уж Лизка едет, мне английский разговорный ни к чему. Компьютерщики не болтают, в сети всем по фигу, какое у меня произношение, а пишу я правильно.

Проявив благородство, Кирюша загрустил и через пару дней после отъезда Лизы начал делать заявления типа: «Мальчикам очень полезны эклеры с заварным кремом». Или: «Лучшая пища для мозга — домашние пирожки с мясом». И я покорно бежала к плите — мне хотелось побаловать Кирюшу.

Так откуда взялась эта жуткая обувь? Только сейчас я заметила около «лыж» на каблуках еще одну пару. Эта была крохотная и какая-то жалкая — ободранные сандалики некогда желтого, а теперь темно-серого цвета.

Из кухни послышался грохот, я ринулась на звук и остолбенела. Под потолком плавали клубы синего дыма, у плиты стояла великанша в трогательном розовом халате с оборочками. Он был слишком короткий, чуть выше мощных коленок, открывал волосатые голени, а ступни прятались в тапках, которые я сначала приняла за ласты. Рукава тоже были малы, из них высовывались две лапы, смахивающие на медвежьи, толстые пальцы цепко держали вилки, ими монстр переворачивал пухлые котлеты, источавшие невыносимый смрад.

— Здрасти, — оторопело вымолвила я.

Чудовище повернуло голову и степенно ответило:

— Ну привет! — потом снова занялось приготовлением бифштексов.

— Вы кто? — невежливо спросила я.

— Эльза Кох, — невозмутимо ответило чудище и чихнуло прямо в котлеты.

Я вздрогнула. В детстве, шаря у отца в кабинете по полкам, я обнаружила жуткую книгу под названием «Преступления фашизма». Среди прочих ужасов там имелся рассказ о некой Эльзе Кох, сотруднице лагеря смерти Освенцим, любимым развлечением которой было делать абажуры из кожи людей. Подходящее имечко для гостьи.

— Что вы здесь делаете? — рискнула я продолжить расспросы.

— Живу, — пожала могучими плечами великанша.

Я покрылась мурашками. И тут же принялась себя успокаивать. Не волнуйся, Лампа, ты просто ошиблась дверью. Поднялась на другой этаж и вломилась к соседям... Но в ту же минуту вспомнила: я открыла замок своим ключом, и квартира наша. Вон на шкафчике стоят кружки с изображением собачек, я давно их собираю.

— Хочешь поужинать? — внезапно радушно предложила Эльза.

— Нет, спасибо, — я поспешила отказаться.

— Хорошие гамбургеры, — продолжала стряпуха, — и дешево мне достались. Они со срока сошли, но чего плохого может случится с замороженной жрачкой? Я, например, без мяса не могу.

Продолжая нахваливать отвратительно воняющую еду, Эльза сняла сковородку с конфорки, вилкой сбросила в тарелку штук шесть котлет и села за стол.

— Жаль, макарошек нет, — грустно сказала она. — Очень их уважаю, только не длинные, а спиральки. Ты какие любишь?

— Ракушки, — почти в обмороке ответила я, наблюдая, как в кухню влетает Ада.

Наши собаки живут по четкому расписанию, которое они сами себе установили. Утром, например, псы любят поспать до десяти. Стоит посмотреть, с какими недовольными мордами они бродят в полвосьмого по двору. Только что не говорят: «Злые люди! Зачем выпихнули нас на улицу ни свет ни заря». После завтрака стая отдыхает. Когда домой с учебы и работы возвращаются хозяева, псы оживляются, но ровно в девять вечера они заваливаются на боковую. И тут может происходить что угодно — собаки даже ухом не поведут.

Исключение составляет Дюша. Вот она всегда ищет возможности подкрепиться и несется на кухню, если понимает: там собираются трапезничать. Адюша всеядна, она способна проглотить любой мало-мальски съедобный предмет, и мне сложно назвать продукт, который не придется Аде по вкусу. Лук, чеснок, мандарины, квашеная капуста, соевый сыр тофу, безвкусное печенье из рисовой муки... — сгодится все! Дюша слопает любое угощенье, оближнется и начнет клянчить добавку. Один раз я собралась готовить баклажанную икру, налила в кастрюлю растительное масло, поставила ее на стол и вышла на балкон за овощами. Когда я вернулась, Адюня стояла у эмалированной посудины и с азартом хлебала масло. Согласитесь, это уже слишком! Впрочем, на счету у мопсихи множество подвигов. В частности, выпитый шампунь, которому производители в приступе креативности придали аромат молочного шоколада.

И вот сейчас, не обращая на меня никакого внимания, Дюшес подрулила к Эльзе и поставила лапки на колоннообразную ляжку дамы.

— Ух ты, пучеглазенькая... — просюсюкала Эльза. — Кушаньки охота? На, не жалко!

Эльза наколола котлетку на вилку и протянула Дюше. Я хотела воскликнуть: «Собаке ни в коем случае нельзя давать жирную еду», но не успела, потому что случилось невероятное. Черный нос Ады затрепетал ноздрями, треугольные ушки прилипли к голове, хвост, всегда свернутый бубликом, расправился и загнулся под живот, лоб собрался во множество морщин, глаза выкатились до такой степени, что я перепугалась, как бы Дюшес их не выронила. Ада чихнула и завыла.

— Не нравится? — беззлобно поинтересовалась Эльза, держа котлету у морды взволнованной Ады. — Понюхай еще, может, сожрешь? Дико вкусные гамбургеры!

Аду скрючило, она поставила передние лапы на пол и, покачиваясь, отошла к холодильнику. Я обомлела. Хороша, наверное, еда, раз даже Дюша отказалась ее пробовать. Из кого, простите, пожалуйста, слеплены котлетки?

— Больно ты разборчивая, — укоризненно заметила Эльза. — А мы неизбалованные, нас жисть приучила: что имеем, тем кендюх и набиваем!

Странное словечко «кендюх» осталось мне непонятным. Аду стало тошнить. Эльза посмотрела, как мопсиху выворачивает наизнанку, сунула в рот забракованный мопсихой бифштекс и резюмировала:

— Ой, как ее крючит! Плющит прям! Может, клизму ей поставить? Слону это завсегда помогает.

У меня закружилась голова. Откуда взялась эта Эльза? Где у человека кендюх? Лично у меня его вроде нет. При чем тут слон? Неужели собака способна отравиться, только понюхав пищу?

Пока я пыталась собрать мысли в кучу, Эльза вытянула руку, открыла холодильник, вытащила пакет и, удовлетворенно сказав: «Кефирчик желудку подмога», начала выливать себе в пасть кисломолочный напиток.

Ада со стоном рухнула на пол. Я подхватила мопсиху, оттащила в ванную, вымыла ей морду, принесла в свою спальню, положила на кровать, сама плюхнулась рядом и пробормотала:

— Спокойно, Дюша, это глюк. Завтра проснемся, и будет у нас полный порядок. Ни монстра, ни котлет, ни вони! Спи спокойно.

Мопсиха благодарно лизнула меня в шею, потом с сопением отползла к моим ногам и закинула на меня одну лапу, вторую, третью, четвертую... Я, забыв раздеться, начала дремать. Тут Ада положила мне на спину пятую конечность, шестую... Сон мигом улетел прочь. У мопсихи не может быть столько лап!

— Кто здесь? — заорала я, вскакивая и зажигая лампу. Яркий свет ослепил меня, пришлось зажмуриться.

— Кто здесь? — эхом ответили с постели.

Я открыла глаза. На краю родной кровати сидел худенький мальчик лет тринадцати в голубой фланелевой пижамке, слишком теплой для мая. Но тщедушный ребенок весил меньше меня, поэтому ясно, отчего он решил утеплиться, — небось и жарким летом мерзнет из-за полнейшего отсутствия жировой прослойки на тельце.

— Ты кто? — одновременно закричали мы и уставились друг на друга.

— Я Руди, — пояснил подросток, — Руди Кох. А ты?

— Какого черта ты залез в мою постель? — проигнорировав его вопрос, я задала свой.

Мальчик поднял руку и пригладил вихры. Меня внезапно укусила жалость — ребенок был на редкость некрасив. Слишком бледное, почти синее личико украшала россыпь крупных веснушек, глубоко посаженные глаза непонятного цвета прятались под неожиданно густыми бровями, тонкий нос крючком нависал над губами.

— Я в той кровати, куда меня положили, — промямлил Руди. — Я только что из ванной. Душ по коридору направо. Нас Кирилл тут устроил, сказал, здесь мы можем жить.

Я рухнула в кресло. Кое-что начало проясняться. Значит, Кирюша разместил в нашей квартире этих странных людей, а Руди после ванной перепутал двери — гостевая комната по коридору чуть дальше.

— Эльза твоя мама? — Я решила разобраться в ситуации до конца.

— Да, — кивнул мальчик, — мы вместе работаем.

— Работаем? — в изумлении повторила я. — Кем?

— Эльза в слоновнике, а я верх, — загадочно ответил Руди.

— Верх чего? — окончательно запуталась я.

— Пирамиды, — пояснил Руди. — Она мною заканчивается — и в полет. Жаку такого не выполнить! Хоть он всем про пятерное сальто впаривает, но так с верхушки на...ся, мало не покажется.

— Не ругайся! — машинально сказала я. — Мальчикам не следует употреблять нецензурные выражения.

Если вдуматься, то последнее мое заявление прозвучало довольно глупо. Значит, мальчикам нельзя материться, а остальным — за милую душу?

— Я девочка! — обиженно воскликнул ребенок, совсем выбив почву у меня из-под ног.

Я ринулась к Кирюшке, растолкала его и сурово спросила:

— Это кто?

— Где? — потряс головой Кирик.

— Не идиотничай! Эльза и Руди кто?

— А-а-а... — протянул Кирюша. — Ты же разрешила!

— Жарить ночью мерзостные комья фарша, от запаха которых даже Аду стошнило, я разрешила? Или положить в свою кровать Руди? — взвилась я.

— Как она к тебе попала? — захлопал ресницами Кирюша. — Я же их в гостевой устроил.

— Немедленно объяснись! — приказала я.

— Я вымениваю дом, — сообщил Кирюшка. — Надеюсь, ты не забыла про леди Мортман? Она хочет «Чайку». Припоминаешь?

— Да, — прошипела я. — Но с какого боку тут жуткая маменька с дочкой?

— Эльза ухаживает за слонами, — зачастил Кирюша, — она работает в цирке шапито, ездит с ним по разным городам. В провинции с квартирами легко, а в Москве чума. Дикие деньги дерут, и директор шапито отказывается снимать циркачам жилплощадь. Вернее, он нашел какой-то склад и всех туда запихнул. Еще сказал: «Радуйтесь, иначе придется на улице спать». Вот Эльза и решила сама подсуетиться. Только денег у нее пшик. Понятно?

— Пока да, — кивнула я, — продолжай.

Глава 7

В поисках нормального, но дешевого жилья Руди влезла в интернет и наткнулась на сайт «Шило-мыло». И тут Эльзе пришла в голову воистину замечательная идея. Она вывесила объявление такого содержания: «Если кто пустит к себе пожить спокойную женщину с дочерью, то я буду каждый вечер пускать его бесплатно на цирковое представление и разрешу покататься на слоне».

Текст попался на глаза Кирюшке, который до этого наткнулся на другое сообщение, в котором некая Марина обещала отдать настоящий старинный кинжал за возможность поездить на слоне.

— Понимаешь, как здорово? — ликовал Кирик, кутаясь в одеяло. — Эльза с Руди перекантуются у нас, Марина проедет верхом на слоне, а я получу кинжал!

— Пока не вижу никакого повода для радости, — сухо ответила я.

— Лампуша, — начал подлизываться Кирюша, — я же не для себя стараюсь. Кто мечтает о домике? Сад, тюльпаны, гамак, мопсы на солнышке резвятся...

Я помимо воли блаженно улыбнулась.

— И зачем тебе нож?

— У меня дух захватывает от везения, — засуетился Кирюша, — Маринин кинжал, именно такой и никакой другой, ждет Виктор, который меняет его на кенгуру.

Я попятилась.

— На кого?

— Лампа, ты что? Кенгуру — это сумчатое животное.

— Знаю, — буркнула я.

— Я отдам кинжал, заберу кенгу, ее передам Лёве за пластинку Элвиса Пресли, прижизненное издание. И так до «Чайки» дойду!

— Думается, что машина, даже древняя развалюха, стоит дороже заигранного диска, — решила я внести ноту здравого смысла в сонату маразма.

— Лампудель! — вздохнул Кирюша. — На пластинке автограф самого Пресли! Просто чудо, что за него хотят всего-навсего одно кенгуру. Или одну кенгуру? В каком роде его ставить?

— Понятия не имею, — простонала я. — И в данной ситуации мне наплевать, как называть животное: кенгура, кенгуру, кенгур или кенгурятина. Меня волнуют иные проблемы!

— Какие? — изумился Кирюша. — У тебя их ваще нет! Всё на моих плечах. Эльза с Руди у нас будут только ночевать, они весь день работают в шапито. Руди акробатка в группе, всякие сальто выделывает. Кстати, она меня на представление пригласила. Я кинжал возьму, а кенгуру транзитом доставлю, от одного хозяина к другому. Ладно, мне спать пора. Все идет шикарно! Дом наш!

Высказавшись, Кирюша плюхнулся в кровать и натянул на голову одеяло.

Ощущая себя пушинкой, которую ветер бросает во всех направлениях, я побрела в свою спальню... и обнаружила в кровати трубно храпящую Эльзу и тихо посапывающую Руди. Очевидно, мамаша тоже перепутала спальни. Делать нечего, пришлось укладываться в гостевой на не очень удобном диване.

Утром, ровно в девять, в нашем офисе появился Краминов, и мы уладили все формальности.

— Мне потребуется под каким-нибудь благовидным предлогом побывать у вас дома, причем инкогнито, — сказала я. — Насколько я понимаю, вы не хотите, чтобы домашние знали про частного детектива?

— Конечно, нет! — воскликнул Павел. — Сейчас придумаю. Э... э... э... вот — секретарь. Ты мой помощник.

— Ясно, — кивнула я. — Но зачем секретарю приезжать к боссу домой? Если раньше подобного не случалось, то сейчас мое появление вызовет настороженность у преступника, если таковой и правда находится среди ваших родственников.

Краминов сложил руки на груди.

— В пять вечера встретимся в городе, я привезу тебя в дом и скажу, что ты будешь разбирать шмотки Светы. У жены полно одежды. Там на самом деле следует навести порядок. Отличное прикрытие.

— Ваши дети согласятся? — спросила я.

— С какого перепугу им протестовать? — нахмурился клиент.

— Вещи... интимная зона, мало ли что среди них попадется... Обычно за покойным убирают ближайшие родственники.

— Ерунда! — Павел стукнул кулаком по столу. — В пять будь на Волоколамке.

— Она длинная, — напомнила я.

— В самом начале, там, где развилка с Ленинградкой, — уточнил бизнесмен.

Я кивнула:

— Хорошо.

— Сейчас чем займешься?

— Поеду к Беатрисе Мальчик. Надеюсь, она дома. Девушка поет в кабаке, так что наверняка встает поздно.

— Зачем тебе эта шлюха? — насупился Краминов. — Говорю же, преступник затаился в моей семье. Слушай приказ...

— Так не пойдет, — перебила я его. — Это мое расследование, и веду я его самостоятельно. Если понадобится ваша помощь, непременно обращусь к вам. Лучше скажите, как мне представиться вашим домочадцам?

— Романова, — послушно ответил Павел, — Евлампия.

Я машинально отметила, что бизнесмен, в отличие от многих, сразу запомнил трудное имя, и возразила:

— Лучше мне появиться под фамилией вашей настоящей секретарши, чтобы не попасть впросак.

— Романова сойдет, — махнул рукой Павел, — а имя... Елена.

— Ладно, вам виднее, — кивнула я. — До вечера.

Павел мрачно посмотрел на меня.

— Все вы, бабы, такие! — отрезал он. — Никого не слушаете, советов не принимаете, глупости творите... а другим расхлебывать.

Моя толерантность с треском лопнула. Даже если человек ваш клиент, ему не следует оскорблять женщину.

— Все мужики козлы и импотенты! — в тон ему ответила я. — Жрете пиво и ни о чем, кроме рыбалки и выпивки, не думаете, натуральные гоблины!

— Эй, поосторожней, — покраснел Краминов. — Люди бывают разные.

— Отдельное спасибо за слово «люди», — улыбнулась я. — Значит, вы признаете, что и среди женщин пусть крайне редко, но все же встречаются порядочные и здравомыслящие натуры?

— Нет! — отрубил Павел.

— Исключения отсутствуют?

— Полностью.

— Значит, и ваша жена была малопривлекательным человеком? — не выдержала я.

Павел умолк, потом устало сказал:

— Не опаздывай! Ровно в семнадцать у подземного перехода, на стороне движения в сторону области.

Дом, в котором жила Беатриса Мальчик, ничем не отличался от своих соседей, бело-серых блочных башен, возведенных в конце семидесятых годов прошлого века. Стены кабины лифта оказались покрыты непристойными рисунками и надписями, и пахло в ней соответственно. Задержав дыхание, я поднялась на шестой этаж и позвонила в дверь с цифрой «7», вторая часть номера — «9» — исчезла без следа. То ли она отвалилась от старости, то ли ее отодрали те же руки, что изуродовали лифт.

Беатриса открывать не спешила. Я глянула на часы — всего лишь полдвенадцатого, для певицы из ресторана, которая ложится спать около четырех-пяти утра, это раннее утро. Но, похоже, ее нет дома. Поколебавшись пару секунд, я решила побеспокоить соседей, но их тоже дома не оказалось. Из-за створок слышался собачий лай, гулкий, злобный, и звучал он в унисон — похоже, у людей из разных квартир были псы-родственники. Как все собачники, я знаю, что тявканье так же уникально, как человеческий голос, а здесь равномерное, сердитое «гав-гав» началось, едва я нажала на звонок, и прекратилось, как только мой палец оторвался от кнопки. Мало того, что сторожа — братья, так их еще и выучили у одного инструктора. Да и двери похожи — железные, с пластиковыми накладками, имитирующими дерево. Вот только вход в восьмидесятую украшала табличка с надписью: «Собака не злая, просто у нее слабые нервы».

Бесцельно постояв на площадке этажа несколько минут, я спустилась во двор. Села в машину и позвонила в справочную.

— Девятнадцатый, слушаю, — ответил мужской голос.

Из груди вырвался вздох. Ну вот, сейчас начнется! Если в справочной службе я попала не к женщине, то вместо короткого ясного ответа на вопрос услышу нечто непредсказуемое. Я не феминистка, никогда не говорю «все мужики — козлы», более того, считаю такое заявление грубым, но я давно убедилась: если нужна точная информация, лучше иметь дело с представительницей слабого пола.

— Мне нужен адрес магазина «Поль», — попросила я.

— Повторите по буквам, — потребовал юноша.

— Полина, Ольга, Лена, мягкий знак.

— Подождите, — велел оператор и пропал.

Я сидела, прижав трубку к уху, потом удивилась. Молодой человек отправился пешком по городу? Он что, бегает по улицам в поисках магазина и читает вывески? Неужели не догадался воспользоваться поисковой системой в компьютере?

— Соединяю вас с консультантом, — ожил телефон. И я услышала другой голос, увы, тоже бас:

— Александр, слушаю.

— Адрес магазина «Поль».

— Повторите по буквам.

— Полина, Ольга, Лена, мягкий знак.

— Минуту, — холодно проронил Александр и пропал. На сей раз дело пошло быстрее — через двадцать секунд сотрудник справочной категорично заявил: — Такого магазина в Москве нет.

— Вы не правы! Я заходила туда, покупала подарок другу, вот только не помню улицу. Мне необходим точный адрес.

— Магазина «Полина» в столице нет, — не сдавался оператор.

— Мне нужен бутик «Поль», — поправила я.

— Вы уж определитесь, — с раздражением сказал Александр, — «Полину» сначала спрашивали.

— Э, нет! Я сказала «Поль», вы велели уточнить

по буквам, и тогда я произнесла: «Полина», в смысле первая «п». Понятно?

— Минуту, — остановил меня парень и вскоре сказал: — Торговая точка «Первая «п» отсутствует, есть «Первый поцелуй». Хотите телефон?

— «Поль»! — взвыла я. — «Поль», пэ, о, эл и мягкий знак! Ну куда уж проще? Весьма распространенное за рубежом мужское имя! Фирма торгует трикотажем — свитера, водолазки, кардиганы. Их отличительный знак — вышитый слева на груди вещи попугай. Неужели никогда не встречали? Очень популярные шмотки у мужчин зрелого возраста.

— Попугай? — вдруг проявил человеческий интерес Александр.

— Да, — устало ответила я. — Напоминаю вам, что услуги справочной небесплатны. Пока вы идиотничаете, минуты бегут и складируются деньгами на моем счету!

— Минуту. Магазин «Тридцать восемь попугаев», товары для животных. Записывайте координаты.

Терпение мое лопнуло.

— Позовите старшую по смене! — заорала я.

— Здравствуйте, Николай.

— У вас что, женщины не работают? — взвыла я.

— В нашей смене есть сотрудники обоих полов, — невозмутимо ответил Николай.

— Пусть меня обслужит девушка! — потребовала я.

— Вы позвонили в справочную службу, — напомнил Николай.

— Знаю, что не в «Секс по телефону»! — Я окончательно пошла вразнос. — Давайте сюда девочку!

Сейчас он потребует: назовите по буквам. Но Николай неожиданно оказался сообразительным, из трубки прозвучало контральто:

— Здравствуйте, Наталья, слушаю.

— Слава богу! — обрадовалась я. — Адрес магазина «Поль», пожалуйста.

— Мужской трикотаж?

— Именно так.

— Записывайте, — бойко сказала Наталья.

Я схватила блокнот и ручку. Ну почему представители сильного пола не способны сразу дать справку? Вот уж всем загадкам загадка.

В «Поль» я вошла очень осторожно. Насколько помню, пол в этом магазине сделан из белых полированных гранитных плит. У меня, едва ступаю на такое покрытие, начинается нечто вроде морской болезни. А еще повсюду горят мощные галогеновые светильники, на окнах отсутствуют драпировки, продавщицы, сплошь хорошенькие блондиночки, одеты в нечто напоминающее слишком узкие и чрезмерно короткие халаты медсестер. Просто ожившая мужская эротическая фантазия! Но мне от обилия света делается плохо.

— Здравствуйте! — Девушки начали кланяться чуть ли не в пояс, едва я вошла внутрь. — Что хотите?

— Посмотрю свитера, — обтекаемо ответила я.

Одна из продавщиц незамедлительно пошла вместе со мной. Я усмехнулась. В фирменных магазинах, таких, где сложно найти носки дешевле чем за сто баксов, обслуживающий персонал делится на две категории. Представители первой мгновенно вас оценивают, подсчитывают в уме, сколько стоит ваша сумка, туфли, джинсы, и мигом отворачиваются, если посетительница «не тянет» на несколько тысяч евро. Ярко накрашенные личики девушек-консультантов полны презрения к тетке, которая явно ошиблась адресом, приперлась в магазин, где ее никто не ждет и уж тем более не собирается обслуживать. Но есть и другие продавщицы, крайне приветливые, если не сказать прилипчивые. Очевидно, они тоже понимают, что вы не тратите миллионы на прикид, но почему-то начинают объяснять преимущество своего товара, демонстрировать его... Избавиться от такой девушки практически невозможно, она как робот-сквоттер, в который заложена определенная программа. В «Поле» работают девицы из второй категории.

— Ищете летний пуловер? — начала атаку девочка.

Я посмотрела на бейджик с именем «Лена», приколотый к белому халатику, и кивнула.

— У нас сейчас отличная коллекция! — воскликнула консультант.

— Спасибо, Лена, я просто хочу посмотреть.

— Материал будущего сезона — шелк.

Вот так и никак иначе. Раз сказано — шелк, то все должны носить одежду из оного!

— Ага, — буркнула я.

— Он изумительно сочетается с летом.

— Угу.

— Яркие, сочные краски коллекции соответствуют нашему настроению.

— Эге.

— Обратите внимание на свитера с тематикой «Яхты».

— Ага, — кивала я, перебирая вешалки.

— Или «Фрукты», — не успокаивалась Лена. — Революционное решение! До сих пор считалось, что принт «Клубника» исключительно женский, но «Поль» сломал косное мышление, и теперь все мужчины наденут роскошные летние полуверы, украшенные...

Я тряхнула головой и решительно оборвала безостановочно болтающую продавщицу:

— Елена! У вас были очень красивые свитера: белый фон, мелкая разноцветная полоска?

— Коллекция «Лето с зеброй»? — уточнила Лена.

— Названия я не знаю.

Тонкая рука девушки выхватила одну вешалку.

— Такие?

— Да, — обрадовалась я. — Только вы мне жилетку показываете.

Лицо Лены приняло страдальческое выражение.

— Ужасно! — прошептала она.

— Что случилось? — испугалась я.

— Ничем не могу вам помочь! — чуть не заплакала консультант. — Свитеров было всего три. Один крохотный, почти детского размера, его госпожа Гаврилова купила для сына. Второй отправили постоянному клиенту, а третий приобрела девушка.

— Ну надо же! — Я изобразила горькое разочарование. — Мой муж очень хотел такой.

— Можно заказать по каталогу. — Лена ринулась к столику с журналами.

— Долго ждать? — спросила я.

— Три месяца, — приуныла продавщица.

— Слишком долгий срок, а я ищу подарок на день рождения.

— Есть замечательные рубашки-поло, — воспряла духом Лена. — Тема «Лошади».

— Супруг хотел именно тот свитер, — не сдавалась я. — Скажите, кто еще может ими торговать?

— Мы единственные дилеры, — гордо сообщила Лена.

— Наверное, на вещевых рынках полно вещей от «Поля», — хмыкнула я.

Глава 8

На лице Лены отразился откровенный ужас.

— Что вы такое говорите. Это просто невозможно! — почти в обморочном состоянии возразила она. — Фирма выпускает вещи малым тиражом, стоят они очень дорого, и подделать свитер не получится.

— Да? — с сомнением спросила я. — Думаю, ловкорукие вьетнамцы способны на любую имитацию. У каждого метро полно «Гуччи» и «Шанель».

Лена взяла жилетку и вывернула ее наизнанку.

— Смотрите! Шов обработан золотой нитью, пуговицы имеют пять дырочек, а не четыре, да еще по их краю непременно идет надпись «Поль». И попугай! Он вышит вручную, а глаз у него — голографическая наклейка. Теперь самый прикол...

Девушка вихрем помчалась к кассе, схватила лежащий там фонарик и направила узкий пучок света на изображение птицы. Моментально серое тельце птички стало красным, а на нем проступила большая черная буква «Р».

— Это гарантия подлинности, — веско произнесла Лена.

— Да уж, впечатляет! Защита, как у денег! — восхитилась я.

— Потому и стоит дорого, — вздохнула Лена. — А еще, конечно, качество. В рекламном проспекте написано, что изделия выдерживают триста стирок без ущерба для краски и формы. Но на самом деле они, похоже, вечные. Вон там стойка с классикой, видите? Ну, темные вещи.

— Да, — кивнула я.

— Один клиент рассказывал, что очень давно, еще до революции в СССР, купил себе водолазку в Париже, так она до сих пор как новая.

— Наверное, вы всех постоянных покупателей знаете, — улыбнулась я.

— Конечно, — согласилась Лена. — У них дисконтные, накопительные карты, и мы людей обзваниваем, когда приходит новая коллекция.

— Ваш магазин мне порекомендовал господин Краминов.

— Павел Львович у нас часто вещи приобретает, — подтвердила Лена. — В отличие от многих мужчин он не боится экспериментов в одежде.

— Вот на нем-то мой муж и увидел белый свитер с разноцветными полосками.

— Верно, Павел Львович его приобрел.

— Он сам приходил?

— Нет, — улыбнулась Лена. — В нашем бутике

есть его мерки. Господину Краминову идеально подходит XL. Мы знаем вкусы постоянных клиентов. Павлу Львовичу всегда привозят каталог, а потом доставляют выбранное в удобное для него время.

— А кто купил другой свитер? Не детский, а для взрослого?

Лена развела руками:

— Не помню.

Я вынула из сумочки удостоверение и показала его девушке.

— Ой! — испугалась та. — Милиция!

— Тише, пожалуйста, не надо привлекать к нам внимание, — попросила я. — Вы очень поможете следствию, если припомните, кто приобрел второй свитер.

— А зачем это вам? — прошептала девушка.

— Убита жена Краминова, — ответила я. — Больше ничего не могу сказать.

— Вау! — побледнела Лена и схватилась за сердце.

— Что случилось? — спросила одна из продавщиц, дама лет сорока. — Елена, ты почему в таком виде?

— Голова закружилась, — пробормотала девушка и опрометью бросилась в подсобку.

— Простите, пожалуйста, — заулыбалась мне старшая. — Увы, смена погоды действует на всех. Елена будет наказана за то, что не сумела обслужить вас. Что желаете?

— Не надо ругать девушку, — попросила я, — она великолепно работает. Я хотела купить свитер, но его сейчас у вас нет.

— Можно оформить заказ.

— Спасибо, я подумаю. До свидания.

— Заходите, будем рады, — поклонилась администратор, на лице которой и впрямь сиял незамутненный восторг.

Я вышла из бутика, сделала пару шагов, достала сигареты и закурила. Значит, свитеров было три. Про один сразу забываем, он почти детский. Второй приобрел Краминов, а вот третий...

— Ну дожили до стыда, — прозвучал рядом хриплый голос.

Я машинально повернула голову. В двух шагах от меня, в подворотне дома, пристроился мужчина лет пятидесяти. На нем были костюм и шляпа, головной убор, который теперь практически исчез из обихода, а у ног субъекта стоял здоровенный пузатый портфель. Догадываетесь, по какой причине этот тип забрел в арку? Правильно, мужик решил использовать относительно темное пространство в качестве туалета.

Я смутилась и отвела взор.

— Чего щуришься? — громко спросил дядька. — Тебе говорю, бесстыжая! Баба, а куришь на улице! Вот дожили, ни стыда, ни совести у людей не осталось, никакого воспитания и понятия о приличиях, все им можно...

Я чуть не выронила сигарету.

— Послушайте, я просто спокойно курю. А вот вы чем занимаетесь? Кстати, в двух шагах отсюда расположен туалет!

— Там дорого, — спокойно ответил «ментор», застегивая ширинку. — И потом, мне можно, потому что я справляю естественную потребность, нас такими господь создал. А ты — женщина с дурными привычками, настоящая проститутка!

Высказавшись, «божье» создание поправило шляпу, схватило портфель и было таково. Мне оставалось лишь с глубочайшим изумлением смотреть вслед блюстителю нравственности.

— Она правда умерла? — произнес тихий голосок.

Я вздрогнула и обернулась. Рядом стояла Лена, продавщица из «Поля».

— Ты спрашиваешь про жену Краминова? — уточнила я.

Лена кивнула и нервно спросила:

— А при чем тут свитер?

— Долго объяснять, но если ты вспомнишь, кто его покупал, то... в общем, свитер может привести к убийце Светланы.

— Мамочки! — девушка прижала ладошки к щекам. — Она сказала... утюг... Чаевые дала! Очень щедрые!

— Хочешь кофе? — предложила я.

— Мне сейчас кусок в горло не полезет, — промямлила Лена.

— Но вода-то прольется, — улыбнулась я. — Вон там кафе, пошли. Чай успокаивает, а пирожное действует как лучший антидепрессант.

Девушка безропотно двинулась со мной.

Устроившись за столиком, я спросила:

— Так что тебе сказала покупательница?

Лена подняла на меня глаза, полные слез.

— Вы же не расскажете Карине?

— Кто она такая?

— Наша заведующая. Меня уволят!

— Если все сейчас объяснишь, у меня не будет повода общаться с твоей начальницей.

Лена сцепила пальцы рук в замок и начала рассказ...

«Поль» работает круглосуточно, клиенты магазина люди обеспеченные, в основном бизнесмены, им надо, чтобы торговая точка была открыта постоянно. Единственное, что отличает дневную смену от ночной, — это количество служащих: после полуночи в бутике остаются всего две девушки.

В тот день дежурили Лена и Катя. Последняя собралась замуж и постоянно болтала по телефону с женихом, а потом попросила коллегу:

— Лен, отпусти меня с Лешкой в кафе. Все равно никого нет. Ну что тебе, трудно?

— Ладно уж, — смилостивилась Елена. — Только

принеси за услугу вкусненького. Пирожное или кусочек торта.

— Непременно! — обрадовалась Катя и выскочила за дверь.

Лена села в кресло, но тут колокольчик снова звякнул. Продавщица решила, что вернулась Катя, что-то забыв, однако в бутик вошла покупательница — очень симпатичная, молодая, с темными волосами.

— Мне нужен свитер, — вежливо попросила она, — белый, с разноцветными полосками, размер XL.

— Простите, такого нет, — ответила Лена.

— Не может быть! — расстроилась девушка.

— Извините. Возьмите другой, — предложила Лена, — допустим, светло-желтый.

Шатенка оперлась о прилавок.

— Найдите белый, я заплачу хорошие чаевые.

— К сожалению, ничем не могу вам помочь, — улыбнулась Лена, — мы не прячем товар под прилавок.

— Понимаешь, — чуть ли не со слезами на глазах доверчиво заговорила посетительница, — меня муж убьет... Он привез из Лондона белый с разноцветными полосками пуловер от «Поля», поносил его, я постирала вещицу и решила погладить...

— Ой-ой-ой! — покачала головой Лена. — Надо всегда на ярлычок смотреть. Там утюг перечеркнут!

— Представляешь, я его прожгла! — горестно подхватила посетительница.

— Неприятно, — согласилась Лена.

— Не то слово, — сказала клиентка. — Ты моего муженька не знаешь! Мне теперь не жить! Убьет!

— Из-за шмотки? — усомнилась продавщица.

Лицо клиентки исказила гримаса.

— Да, да, да, — еле слышно ответила она. — Будет страшный скандал! Вот я и решила купить новый, такой же. Помоги, пожалуйста! Завтра он из командировки возвращается... Ну придумай что-нибудь, а!

Кстати, а что там на полке? Точь-в-точь такой, как мне нужен, белый в полоску!

— Этот товар отложен, — пояснила Лена, — его забронировали для клиента и...

Посетительница молнией метнулась к шкафу, отпихнула стоявшую на дороге Лену, схватила свитер и прижала к груди.

— Не отдам!

Консультант растерялась и попыталась навести порядок.

— Девушка, я не могу вам продать данный товар. Он уже заказан.

— У меня жизнь рухнет! — чуть не зарыдала клиентка. — Петя очень нервный, точно прибьет меня...

Продавщица примолкла на минутку, а затем закончила рассказ:

— Мне стало жаль несчастную. Видно, у них в семье не очень хорошие отношения, раз жена ночью помчалась в магазин из-за такой ерунды, как испорченная одежда. Конечно, изделия от «Поля» очень дороги, но те, кто их покупает, как правило, тратят на трикотаж отнюдь не последние деньги.

— И вы ей помогли? — спросила я.

Лена кивнула.

— Сначала я сказала девушке: «Вам нужен XL, а на полке XXL лежит». Но она не смутилась, закричала: «Ой, ерунда, у них разница только в длине рукава!» Вообще-то это правильно в принципе, можно ведь подвернуть край, многие так делают, это даже модно. Тенденции нынешнего лета...

— Лена! — остановила я девицу, вознамерившуюся приступить к чтению лекции о моде. — Как звали клиентку?

— Понятия не имею, — пожала плечами продавщица, — мы имен не спрашиваем. Постоянных-то клиентов, конечно, знаем, а эта была впервые.

— Она как платила?

— Наличкой, — уверенно кивнула Лена.

— Девушка была худенькой, темноволосой, прическа под пажа, большие, широко расставленные глаза, очень бледная, будто сильно устала или болеет. Так?

— Вроде похоже, — закивала Лена.

Я взяла чашку с чаем. Девяносто девять процентов за то, что в бутик ночью прибегала Беатриса Мальчик.

Покинув кафе, я потолкалась у книжного лотка, купила себе несколько изданий, потом села в машину и попыталась суммировать информацию. Что странного в приобретении модной тряпки? Да ничего, многие люди любят красиво одеваться. Но если учесть, что в Москву завезли лишь три единицы товара и в одной щеголял Краминов, то поведение Беатрисы очень подозрительно. Значит, девица купила весьма недешевый свитер для... кого? Для своего любовника, который является двойником Краминова? Таинственную личность от Павла отличает только местонахождение родинки.

Мне необходимо срочно поговорить с Беатрисой! И куда могла отправиться утром певичка из ресторана? Ей положено спать до обеда. Хотя... вполне вероятно, что она уже на службе, разучивает с музыкантами новые песни. Ну что ж, я знаю название заведения, где работает Беатриса, сейчас уточню адрес и съезжу туда. Надеюсь, найду там подруг или недругов Мальчик и узнаю какие-нибудь интересные подробности ее биографии.

Место работы Беатрисы оказалось на юго-востоке столицы. Я долго искала ресторан с пафосным названием «Королева Марго». Представьте мое изумление, когда я увидела, что вывеска украшает вход... в подвал. Чтобы вкусно поесть и повеселиться, гостям нужно спуститься вниз и открыть самую обычную железную дверь. Сразу за ней начинался длинный темный коридор. Наверное, по вечерам тут все же горят лампы, но сейчас различить что-либо на расстоянии вытянутой руки оказалось сложно.

— Есть тут кто? — крикнула я, всматриваясь в темноту.

Ответа не последовало. Очень осторожно, мелкими шажками я начала пробираться вперед, увидела слабый свет и в конце концов добралась до не слишком большого зала. Круглые столики, в основном на двоих, стояли вокруг сцены с шестом, на которую падали лучи светильников. По периметру помещения располагались ложи с занавесками. Все понятно, это «Мулен Руж»[1] для бедных, стрип-клуб, где собираются в основном мужчины, желающие посмотреть на обнаженных девушек.

— Люди! — позвала я. — Неужели никого нет? Ушли и забыли запереть дверь?

Под потолком вспыхнула люстра, и сразу бросилась в глаза убогость помещения: в полутьме столики смотрелись новыми, скатерти чистыми, а сцена сияющей. Действительность оказалась иной: мебель потерта, полотняные салфетки давно не были в прачечной, а на подмостках полно мусора.

— Чего орешь? — послышалось из угла, и в то же мгновение я увидела полную женщину с пылесосом. — Че надо?

— Можно у вас кофе выпить? — Я решила прикинуться посетительницей.

Уборщица вытаращила глаза.

— Че? Какой те кофий!

— Латте или капучино, — невозмутимо ответила я.

— Тю! Вот дура! — беззлобно засмеялась поломойка. — Тута тебе не «Быстроцыпа». К метро ступай, тама и пожрешь.

— Хотелось посидеть в приличном месте!

---

[1] «Мулен Руж» — одно из самых известных в мире кабаре, находится в Париже. (*Прим. автора.*)

Баба икнула:

— Нашла приличное место... Шалман, вертеп с голыми девками! Кабы не бедность поганая, я бы ни ногой сюда. Тьфу, прямо стыдобища! Крутят голыми жопами, а им за это деньги суют. И...

— Варвара Михайловна, вы почему не работаете? — полетело по залу строгое меццо. — Убирайте тщательно, иначе не заплачу.

— Тык тут одна пришла кофий жрать, — меланхолично отозвалась хозяйка швабры.

Послышался цокот каблуков, и в освещенную часть зала выпорхнула женщина лет двадцати пяти, одетая в строгий офисный костюм.

— Кофе? — не скрывая удивления, спросила она.

Я объяснила:

— Шла мимо, мне понравилось название, время почти обеденное. У вас подают ланч?

Администратор навесила на лицо дежурную улыбку.

— Здесь ночной клуб. Загляните к нам после одиннадцати вечера, будет интересная шоу-программа.

— Тьфу! — сплюнула уборщица и, подхватив пылесос, ушла.

— Кажется, ваша служащая чем-то расстроена, — попыталась я завести разговор.

Неожиданно женщина рассмеялась:

— Ну да. Она к нам приводила на кастинг свою невестку, та хотела в шоу выступать. Но мы не принимаем дилетантов, у нас репутация, клиенты постоянные. Кому нужна деревенская девка, с сопением стаскивающая с себя лифчик? Стриптиз — это искусство! Естественно, я ей отказала.

— Наверное, ваши артистки сплошь профессионалки.

— Абсолютно верно, — согласилась администратор. — Приходите и убедитесь в красоте постановки. Сегодня премьера, шоу по мотивам пьесы Чехова «Заводной апельсин».

Я заморгала. Насколько помню, у великого драматурга никогда не было произведения с таким названием!

— А пока — до свидания, — решительно завершила беседу администратор.

— Вообще-то я ищу Беатрису Мальчик, — призналась я.

— Кого? — изумилась собеседница.

— Вашу певицу, Беатрису Мальчик, — повторила я.

Женщина нахмурилась.

— Верно, у нас есть певческий номер, его исполняет Жанна. Никаких Беатрис. И мальчиков, кстати, тоже. Среди танцоров нет юношей.

— А Жанна здесь? — обрадовалась я.

— Нет, она приходит к полуночи, — живо отреагировала администратор.

— Очень красивая девушка, — вздохнула я.

Лицо администратора потеряло настороженность.

— Ясно... — протянула она. — Но вы зря пришли. Жанка спец по мужикам. Даже не подходите к ней, конкретно пошлет, вы не первая, она вашим очень нравится.

— Люблю темноволосых девушек. — Я закатила глаза. — У меня прямо пунктик! Как увижу кудри цвета шоколада, тут же пропала! Влюбилась!

— Жанна блондинка, — возразила администратор. — Кстати, натуральная. Между нами говоря, жуткая дура.

— Я про Беатрису. Она шатенка.

— У нас такой нет!

— Я видела ее пару дней назад, — уперлась я, — роскошная красавица! Ну, пожалуйста, разрешите поговорить с девушкой. Ничего плохого я не сделаю, просто предложу ей дружбу. Если не захочет, уйду без скандала.

— Вы вроде не похожи на истеричку, — медленно сказала администратор, — я не стану звать охрану, а то наши вышибалы натуральные монстры. Уходите подобру-поздорову, нет тут никаких Беатрис, вы ошиблись. Хотя... припоминаю...

— Что? — обрадовалась я.

— Жанна как-то приболела, — пояснила администратор, — температура, кашель, насморк. Но шоу должно продолжаться! Вот она и прислала на замену подружку. Может, это и была ваша Беатриса? Мне ее имя ни к чему, договора мы не оформляли, как они потом с Жанной деньги делили, понятия не имею.

— Дайте мне телефон Жанны, — не успокаивалась я.

— Она вчера уволилась, координат не оставила, — тут же соврала местная начальница.

— Послушайте, я же приду вечером и увижу девушку. Ей-богу, смешно! То, говорите, она поет, то заболела, то с работы ушла...

— Мы рады клиентам, — фальшиво заулыбалась администратор, — ждем вас. А сейчас — до свидания, клуб закрыт для посещения.

Глава 9

Тонкие пальцы администраторши вцепились в мое плечо.

— Вам прямо по коридору, — замурлыкала она.

— Там темно, — сопротивлялась я.

Почему-то мне очень не хотелось вытаскивать удостоверение частного детектива. На обычных людей документ действует парализующе, даже самый добропорядочный гражданин слегка побаивается структур, занятых расследованиями. Но в стрип-клубе белые маргаритки не работают, ушлую врунью-администраторшу не так просто напугать. Увидит ксиву и позовет вышибалу...

— Боишься споткнуться? — ехидно осведомилась собеседница и щелкнула выключателем. — Теперь сама дойдешь или тебя в зубах донести? Кстати, кто тебя впустил?

— Никто, — мрачно ответила я, — дверь не заперта.

— Ну, Ванька, блин, козел ленивый! — пришла в негодование администратор и резво двинулась по коридору. — Давай поторопись, у меня работы выше головы.

Я медленно тащилась следом, стены коридора украшали фотографии полуобнаженных девиц. Внезапно один из снимков привлек мое внимание.

— Это ваши звезды? — спросила я, притормозив.

— Верно, — не оборачиваясь, согласилась женщина.

— А вот и Беатриса! — торжествующе воскликнула я. — Хорошенькая, темноволосая. У всех девушек под снимками клички вроде «Розовая зайка», а у той, что мне понравилась, — «Наш Мальчик — девочка». Отличный каламбур. Кто придумал, ты?

Администратор остановилась, обернулась, отцепила от пояса рацию...

— Не стоит тревожиться, — быстро сказала я и вытащила удостоверение.

— Блин! — с чувством произнесла она. — Так ты не лесбиянка?

— Как видишь, нет!

— За фигом прикидывалась?

— Мы можем поговорить в тихом уголке?

— Пошли в кабинет, — вздохнула администратор. — Меня Ирой зовут. А к вам как обращаться?

— Лампа, — улыбнулась я.

— Ты не из милиции... — Ира снова отбросила «вы».

— А я и не представлялась сотрудницей уголовного розыска. Являюсь частным детективом. Просто «корочки» похожи, но, если внимательно посмотреть, сразу увидишь слова «Агентство «Лисица».

— Заворачивай сюда, — велела Ира и втолкнула меня в крошечную комнату. — Хочешь кофе? Правда, дерьмовый, из банки. Бармена нет, машинка выключена, хотя и оттуда мерзотное пойло льется, экономим на всем. Говори, чего надо?

— Когда приходит на работу Беатриса?

— В районе полуночи, — спокойно ответила Ира.

— Каждый день?

— Скорее уж ночь, — вздохнула Ира. — Нет, она работала через сутки. Беатриска пела во вторник, четверг и субботу. Голос у нее слабый, но клиентам нравилось. Она косила под малолетку. Ну просто группа «T.A.T.U.» — клетчатая юбочка, белая рубашечка, гольфы до колен, на голове хвостики... Одни мужики слюни пускали, другие жалели «несчастного подростка», но и те и другие хорошо платили. Беатриска еще та шельма была!

— Почему ты говоришь о ней в прошедшем времени? — удивилась я. — Она уволилась?

Ирина заморгала.

— Ты разве не в курсе? Беатриска померла!

Я вскочила на ноги.

— Ее убили?

— Нет, — помотала головой Ира, — она вроде отравилась, несвежее сожрала. Так случается — совсем девчонка, а на тот свет отправилась. И вот что странно: выглядела она замечательно, никогда на здоровье не жаловалась, веселая, хихикала постоянно. И что оказалось? Я прям не поверила, когда Кристя позвонила. Вот кто переживает! Я ее даже от работы освободила. Понимаешь?

— Нет, — честно призналась я. — Расскажи, пожалуйста, в подробностях.

Ира вынула из ящика стола банку с кофе, две

пластиковые чашки, включила стоящий на краю чайник и начала вводить меня в курс дела...

Как и везде, в «Королеве Марго» есть свои звезды, из них самая яркая Кристина Рыбникова. На сцене девушка выступает под псевдонимом Крис Монро и изо всех сил пытается походить на актрису, у которой позаимствовала громкую фамилию-псевдоним. Ирина очень ценит Кристину, та приносит хороший доход и работает как каторжная — мало того что выходит к шесту три раза за ночь, так еще и танцует приватно, в специальной комнате.

— Откровенно трахаться с мужиком у нас нельзя, — спокойно объясняла Ирина, — по углам камеры торчат, за секс сразу уволят. Но все остальное — сколько угодно. А уж если парень получил удовлетворение от наблюдений за танцовщицей, это его личное дело. Главное, без интимных контактов. А Кристя, как никто другой, умеет довести клиента до безумного состояния.

Некоторое время назад Рыбникова попросила Иру:

— Возьми на работу мою лучшую подружку. У нее умерли родители, помочь некому.

Ирине стало неловко. Отказывать звезде клуба нельзя, еще обозлится и уйдет к конкурентам, прихватив с собой большую часть постоянных клиентов. Но, с другой стороны, в «Королеве Марго» полный комплект стриптизерок, кому-то из-за новой танцовщицы придется потесниться у шеста, начнутся обиды, истерики, разборки.

Кристина правильно поняла колебания Иры и живо уточнила:

— Беатриска певица.

— Очень хорошо, — обрадовалась Ирина, — я как раз ищу пару для Жанки. Пусть приходит.

С первого взгляда Мальчик Ирине не понравилась — особой красотой Беатриса не отличалась. Правда, личико у девушки было смазливое, но для шоу в «Королеве Марго» нужна фигура с пышной грудью, а с формами у претендентки было, мягко говоря, неважно. Не впечатлил и слабый голосок. Но Кристина так просила за подругу! Ира решила рискнуть. И кто бы мог подумать, что хитрая Беатриса превратит свои недостатки в достоинства? Появление «школьницы» на сцене вызвало бурный ажиотаж в зале. Ясное дело, Беатрису моментально взяли на постоянный оклад.

— Очень исполнительная девушка, — с искренним сожалением рассказывала Ира, — не пила, не кололась, не нюхала, не жевала дрянь. Всегда вовремя на работе, никаких там просьб об отгулах, не косячила, старалась. Идеальный вариант! У нас она одна такая была — милая, приветливая, драк не затевала, с другими девками не ругалась. Если кто истерить начинал, моментально уходила, за все время работы ни с кем не поругалась. Просто рекорд! Знаешь, что за кулисами творится?

— Представляю, — печально усмехнулась я.

— Э нет! Это видеть надо!

— Когда-то я играла в симфоническом оркестре на арфе и понимаю, какие нравы царят по ту сторону занавеса, — сказала я.

Ира заморгала.

— Слушай, тебе много платят?

— Не жалуюсь.

— Не хочешь подзаработать у нас? Удобно получится: клуб открывается по вечерам, день у тебя будет свободный, — начала соблазнять меня Ирина.

— Боюсь, не слишком хорошо буду смотреться у шеста, да и формы подкачали, на меня клиенты не западут, — засмеялась я.

— Мы тебя оденем в длинное, совершенно закрытое ярко-красное платье, — начала фантазировать администратор. — Посадим на краю сцены, ты арфу щиплешь, а в середине девка раздевается... Стебно!

— Огромное спасибо за предложение, но лучше дай мне телефон Кристины, — попросила я.

Ирина взяла мобильный, продиктовала цифры и добавила:

— Если надумаешь, прибегай. Идея с арфой прикольная.

— Выгонят из агентства — непременно воспользуюсь твоим предложением, — пообещала я и ушла.

Стриптизерка не торопилась взять трубку. Сначала я услышала долгие гудки, затем бодрый речитатив:

— Сейчас не могу ответить на ваш звонок, занята с олигархом. Если вы тоже владелец нефтяного моря, то оставьте сообщение после звукового сигнала, если нет — не утруждайте себя, я трахаюсь лишь с парнями из списка «Форбс». «Ламборджини» и особняк на Рублевке — непременное условие».

Я откашлялась.

— Кристина, вас беспокоит личный секретарь человека намбер уан в списке «Форбс». По понятным причинам не могу назвать фамилию хозяина, но он хочет жениться на вас и увезти в Ниццу. Сообщите, пожалуйста, когда освободитесь, куда можно прислать кольцо с бриллиантом в сто карат. Меня зовут Лампа, и вот это уже не хохма.

Едва я положила трубку, как сотовый зазвонил. Очевидно, стриптизерка прослушала автоответчик и заинтересовалась звуковым письмом. Но на том конце провода оказался Кирюша.

— Если ты не поможешь, не видать нам дома! — нервно воскликнул он. — Ты же ясно сказала: не подведу.

— Да? — растерялась я. — Было такое?

— Лампа! Я рассчитывал на твою помощь! А ты забыла!

— Конечно, нет! — фальшиво возмутилась я, пытаясь припомнить, что обещала сделать для мальчика.

— Купила клюквенное варенье? — сердито поинтересовался Кирюша.

Мою душу охватила радость. Слава богу, речь идет всего лишь о джеме.

— Да, милый. Уже положила в багажник целых четыре банки, — лихо соврала я. — Видишь, я прекрасно помню чужие просьбы.

— А еще ты лгунья, — немедленно отреагировал Кирик. — Вопрос про клюкву был проверочным. Ничего такого я не просил. Ты на фиг позабыла про коттедж леди Мортман, который она меняет на машину «Чайка». Если сейчас не поможешь, я обижусь навсегда!

Мне стало неудобно. Конечно, Кирюшке пришла в голову редкостная ерунда, он никогда не сумеет добыть для нас домик в деревне. Но ребенок увлечен, верит в успех предприятия, надо ему подыграть.

— Сделаю, что смогу.

— Стопудово обещаешь?

— Да, — опрометчиво подтвердила я и тут же пожалела о сделанной глупости, но поздно, Кирик радостно закричал:

— Лампудель, ты настоящий друг! Прямо сейчас, не задерживаясь ни на секунду, несись и забери Зему, ее надо отвезти к нам! Сечешь?

— Нет, — ответила я, — не очень.

— Ну что тебе, трудно? — заорал Кирюша. — Туда-сюда смотаться.

— Кто такая Зема? — уточнила я.

— Она наш шанс в цепочке, — загадочно ответил Кирик. — Зему я меняю на кинжал, который мне дала Марина, которую Эльза сегодня катала на слоне. Ты хоть про циркачей помнишь?

Мой нос словно ощутил жуткий смрад, который издавали вчерашние котлеты, и я чихнула.

— Да разве их забудешь...

— Вот и шикарно! — Мальчик пришел в восторг. — Кинжал я уже отвез, твое дело транспортировать Зему к нам.

— А почему она не может поехать на метро?

— Зема боится большого скопления народа, и ей в подземке делается плохо...

— Но зачем нам какая-то Зема? — попыталась я оказать сопротивление. — Хватит Эльзы и Руди.

— Земфира поживет только до вечера, — пообещал Кирюшка, — в одиннадцать за ней явится Леха, он отдаст мне супер-пупер-хакерскую программу, которую я передам Андрею Сергеевичу.

— А это кто? Насколько помню, — осенило меня, — ты говорил вчера про диск с автографом Элвиса Пресли...

— Неважно, — перебил Кирюша, — сейчас запомни лишь необходимое: Земфира идет в обмен на программу. У меня поменялись планы. Пластинки не будет.

— И Зема согласится?

— На что?

— Меняться.

— Ее не спрашивают!

— Но как же так?

— Лампудель, — взвыл Кирюша, — хочешь дом в деревне? Отвечай коротко!

— Да.

— Тогда вези Зему.

— Она поедет?

— Непременно.

— Ты уверен?

— Я сейчас сойду с ума, — с отчаянием простонал Кирик. — Почему бы просто тихо не выполнить мою просьбу?

— И как ты себе представляешь ситуацию? Я вхожу в дом и заявляю: «Зема, собирайся, отправишься на другую квартиру»?

Кирюша снова застонал, потом процедил:

— Ладно, можешь себя не утруждать. Пусть все

развалится. Я выстроил шикарную цепочку, соединил все звенья... Ну и фиг со мной!

— Давай адрес, — сдалась я.

Глава 10

Лишь позвонив в дверь квартиры Земфиры и услыхав басовитое: «Кто там?» — я поняла весь идиотизм ситуации, в которую втравил меня Кирюша.

Что ответить на простой вопрос?

— Я пришла за Земой, — робко проблеяла я.

— Шикарно! — откликнулся хозяин и отпер замок.

Меня шатнуло в сторону. Крошечная прихожая была почти полностью занята шкафообразным дядькой в майке. Грудь и голые руки синели наколками, сделанными явно не в тату-салоне. Одноцветные картинки, в частности церковь с куполами, «рисуют» на зоне. Чтобы узнать, сколько раз «чалился» носитель татушек, нужно лишь пересчитать количество крестов.

— Миша, — неожиданно застенчиво представился бывший зэк. — Ты того, стой тут, она ща придет! Зема, канай сюда!

Из глубины квартиры послышались странные звуки вроде шлепков и чавканья. Михаил посторонился, я прищурилась. По длинному коридору топала весьма уродливая тетка непонятного возраста и странного вида: маленькая голова, на ней вязаная шапочка, тело облачено в затрапезный ситцевый халат, темные, загорелые руки странно висят в воздухе. И женщина не шла, она мелко подпрыгивала, а шлепающие звуки издавали надетые на ее ноги... ласты.

Мне стало дурно. Земфира сумасшедшая! Разве будет нормальная женщина разгуливать дома в беретке и ластах? Понятно теперь, почему родственники согласились выменять Зему на хакерскую программу, зато неясно, зачем психопатка понадобилась каким-то людям. Господи, во что меня втравил Кирюшка?

— Давай пошевеливайся, — приказал Земе Миша. Та послушно попрыгала вперед, добралась до нас...

— Мама! — взвизгнула я. — Это же не человек!

— Так понятно, — кивнул уголовник. — Это ж кенгуру.

— О боже! — испугалась я. — И что мне с ней делать?

— Сажай в машину и увози, — заржал Миша.

Я попыталась прийти в себя.

— Почему она в халате? И шапка на голове...

Михаил почесал лысину.

— Да все из-за гаишников... — пожаловался он. — Говорят, нельзя кенгуру так перевозить. Даже в собственной машине[1]. Один раз меня остановили, увидели Зему и такой штраф стребовали! Вот я и придумал, как гаишников обдурить. Наряжаю кенгуру под бабу, и если они интересуются, отвечаю: мол, теща моя. Спокойно прокатывает! Главное, устрой ее впереди, сзади она блевать начинает, и ремнем пристегни, иначе вертеться будет.

— Ясно, — прошептала я. — Похоже, Зема совсем молодая — ростом пониже меня, и весом не очень большая.

— Хрен знает, сколько ей лет, — элегически протянул бывший зэк, — паспорта у нее нету!

— А ласты-то зачем? — не успокаивалась я.

Миша снова поскреб голову.

— Скачет она прытко и высоко, не угнаться за ней, а в ластах не может прыгать. Тоже я придумал. Круто? Так берешь или нет?

— Земфира со мной пойдет? Сопротивляться не станет?

---

[1] Данное заявление целиком и полностью на совести Михаила. Автор не знает, что сказано про диких животных в Правилах дорожного движения.

— Куды ей деваться? — меланхолично ответил Миша и протянул мне поводок.

Тут только я заметила на шее у несчастного сумчатого ошейник и тянущийся от него кожаный ремешок.

Очевидно, Миша не очень нравился Земе, потому что кенгуриха охотно двинулась со мной на улицу. Очень надеясь, что во дворе не окажется много народа, я довела животное до машины и без особых усилий устроила его на пассажирском сиденье. Зема не протестовала. То ли она ко всему привыкла, то ли устала от приключений, то ли была пофигисткой, но факт остается фактом: кенгуриха мирно умостилась внутри малолитражки и не выразила протеста при виде ремня безопасности.

Я села за руль и спросила:

— Тебе хорошо?

Зема горько вздохнула, мне стало жаль животное.

— Неудобно, наверное, в ластах? Давай сниму...

И снова со стороны бедолаги не последовало ни малейшего возражения. Может, Миша напичкал несчастное существо наркотиками? Вроде Зема представительница дикой природы, а ведет себя тише декоративного кролика.

Машина бойко покатила по проспекту, Зема часто задышала, но через пару секунд успокоилась и, как мне показалось, уснула.

Я включила радио и вывернула на МКАД. Удивительно, но на Кольцевой дороге не было пробки. Я нажала на газ, лихо пролетела несколько километров, и тут из-за припаркованной у обочины машины выпрыгнул гаишник и замахал жезлом. Пришлось притормозить.

— Нарушаем? — бойко спросил круглолицый парень. — Несемся с недозволенной скоростью?

— У вас нет радара, — заявила я.

— Зато глаз-ватерпас, — хохотнул патрульный. — Протокол составим или как?

Откровенная наглость меня возмутила. Между прочим, стрелка спидометра моей машины держалась точно на отметке «90».

— Глаз к делу не пришьёшь, — пошла я в атаку.

— Так-так... — начал злиться парень. — Страховка есть?

— И «Каско», и «Осаго», — с торжеством ответила я.

— Техосмотр?

— Талон в правах, — отбила я очередную подачу.

— Кхм... — закашлял инспектор. — Аптечка?

— Не первый день за рулём! Могу продемонстрировать. Лекарства с нормальным сроком годности, жгут, шприцы и два презерватива в наличии. Ей-богу, не понимаю, зачем они шофёру, на ходу заниматься сексом не с руки, но, раз ГАИ требует, у меня всё в ажуре, — отчеканила я. — Огнетушитель и знак аварийной остановки тоже имеются. Можно ехать?

На лицо сержанта наползло выражение горького разочарования, я же ощутила себя мстительницей за весь женский род. Почти все шофёры на МКАД нарушают скоростной режим, но гаишники редко тормозят очень дорогие машины — они откровенно побаиваются: мало ли кто там за рулём или в салоне. И ободранные «Жигули» хозяев полосатых жезлов не привлекают — ими владеют не самые обеспеченные граждане. А вот блондинка на новенькой малолитражке — самая жирная рыбка: у неё явно в кошельке шуршат бумажки, и она определённо дура, оставила дома голову и все документы. Вот только со мной этот фокус не прошёл!

— Пассажир не пристёгнут ремнём! — вдруг обрадовался мент.

— Как это? — возмутилась я. — Вон, всё в порядке.

— Кого везёшь?

— Какая вам разница?

— Имею право обыскать тачку.

— Покажите постановление прокурора.

— Оно не требуется!

— Спорим, что ты не прав? — Я пошла вразнос.

— Документы по моему требованию обязаны показать не только шофер, но и пассажиры.

— Они не участники дорожного движения.

— Я представитель органов! — патетично воскликнул сержант.

— Печени, почек или желудка? От чьего имени действуешь? — не выдержала я. Обычно я не связываюсь с дорожной инспекцией, но сегодня коса нашла на камень.

— Гражданочка, ваш паспорт! — заорал сержант, обращаясь к Земе. — Эй, чего она молчит?

Я полезла в сумочку, достала пятьдесят рублей и протянула парню.

— На и отстань.

— Э, нет, — покачал головой инспектор, — похоже, дело нечисто. То хамила, нагличала, пальцы веером распускала, а как только я подружкой заинтересовался, любезной стала. Регистрации у нее нет?

— Оставь мою тещу в покое! — ляпнула я.

— Кого? — изумился парень.

— То есть эту, как ее, свекровь.

— Пусть представится!

— Земфира, — после небольшого колебания сообщила я. И добавила: — Укачало ее слегка.

— Певица, что ли? — с жадным интересом спросил инспектор.

Я испытала огромное желание стукнуть его по носу правами, но нападение на милиционера слишком дорогое в прямом и переносном смысле удовольствие, поэтому как можно спокойнее ответила:

— Нет, самая обычная пенсионерка.

— Бабушка? — зачем-то уточнил патрульный.

— Уж не дедушка, — не удержалась я от ехидства.

Тут Зема медленно повернула голову и уставилась на нас.

Сержант судорожно икнул, а я начала мысленно

подсчитывать содержимое кошелька. Интересно, сколько взяточник сдерет с меня за провоз кенгуру?

— Послушай, — отмер парень, — а чего у ней такие большие глаза?

— Чтобы тебя лучше видеть, — ответила я.

— А почему у нее такой здоровенный нос?

— Чтобы тебя лучше обнюхать, — отозвалась я. — Осталось спросить про уши и зубы. Сразу отвечу: первые нужны для замечательного слуха, а вторые — чтобы быстро-быстро сожрать тебя, внучка! Короче, сколько?

— Чего? — жалобно спросил гаишник.

— Рублей.

— За что?

— За перевоз кенгуру, — протяжно вздохнула я. — Только имей в виду, больше пятидесяти баксов у меня нет.

— Так она не человек! — осенило патрульного. — Фу, блин... То-то смотрю — рожа жуткая, волосатая. Еще пожалел тебя.

— Да ну? — изумилась я. — С какой стати?

— Если маменька такая, то какой же красоты у тебя муж! — выпалил сержант.

Внезапно он перестал казаться мне противным.

— А зачем тебе эта тварь? — спросил он. — Вместо собаки держишь?

— Долго объяснять. Сколько с меня?

— Ну... — начал сомневаться мздоимец. — Говоришь, есть пятьдесят гринов? Тогда гони сотню.

— Очень логично! — фыркнула я.

— Все водители врут, — авторитетно заявил парень, — ровно вдвое преуменьшают наличные средства.

И ведь сержант прав — у меня в кошельке как раз сотня долларов в рублевом эквиваленте.

Внезапно с дороги донесся визг тормозов и крики людей. Мы с гаишником одновременно посмотрели в сторону источника шума. Поток автомобилей в едином порыве шарахнулся вправо и замер, а впереди, быстро удаляясь, то поднималась вверх, то опускалась странная фигура: голова в яркой вязаной шапочке и развевающийся по ветру халат.

— Зема удрала! — ахнула я. — Ну как она сумела открыть дверцу и ремень отцепить?

— Жесть! — заорал бритоголовый мужик, высовываясь из здоровенного «Хаммера». — Пацаны, у меня глюки? Кто там скачет?

— Кенгуру! Дяденька, кенгуру! — зашлись в восторге дети из стоящих чуть поодаль «Жигулей». — Вы видели, дяденька? Прикольно! В России теперь и они живут!

— Охренеть можно от демократии, — проскрипело из черной «Волги». — Это Ельцин бардак развел, при Брежневе порядок был. А уж при Сталине не то что кенгуру, воробьи шепотом летали. Позор, а не страна.

— Слышь, пень, не хай Родину! — рявкнул водитель «Хаммера».

Я выскочила из машины и вцепилась в патрульного.

— Останови движение!

— Так уж и так никто не едет, — бормотнул сержант.

— Распихай всех в одну полосу.

— Как? — вытаращил глаза сержант.

— Послушай, мне надо поймать кенгуру! И тебя по голове за сумчатое на МКАД не погладят. Не дай бог авария случится!

Сержант начал дуть в свисток, потом бросился к своей бело-голубой «десятке».

— Земфира, — загремело над притихшей дорогой, — немедленно остановитесь и вернитесь в машину! Земфира, государственный номер...

Крик стих, сержант высунулся из окошка.

— Какой у нее номер, у Земфиры твоей?

— Идиот! — топнула я.

— Ага, понял, — кивнул парень и снова схватил рацию: — Пост, ответьте третьему. Слышь, Серега! Тормози дорогу, там кенгуру к тебе скачет. Какая, какая... Обычная! В халате и шапке. Нет, я не пил! Тьфу, блин!

— Дай сюда, — засуетилась я и отобрала у него рацию.

— Вовка, ты о...ел? — неслось из динамика.

— Вовка в порядке. Здрассти, я Лампа.

Рация хрюкнула.

— Кто?

— Водитель Романова, государственный номер... — Я решила перейти на понятное гаишникам «суахили». — Из моей машины убежала Зема, то есть кенгуру по имени Земфира. Я совершила глупость, сняла с нее ласты, животное воспользовалось моей оплошностью и усвистело.

— Что вы с нее стащили? — пискнули в ответ.

— Ласты, — повторила я, — такие резиновые лапы, вроде как у утки, их для быстрого плавания применяют. Зато шапочка и халат остались. Зема скачет вперед, мы с Вовкой стоим на шестьдесят пятом километре, машины было замерли, но уже снова пытаются ехать. Задержите поток!

— Слышь, вы там чем обкурились? — тихо спросили с поста. — Или грибочков нажрались? Насобирали на обочине МКАД и слопали? Вовка, ты где?

— Здесь, — жалобно ответил сержант, выдирая из моих пальцев рацию. — Так все и случилось, она не врет. Я хорошо вижу, кенгуру к вам прет... Ой, мама! Нет, назад несется!

Я кинулась влево. Фигура Земы приближалась, дорога вновь встала намертво, люди повысовывались из окон и начали комментировать происходящее:

— Кино снимают!

— Милостыню просят!

— Во, новые русские, совсем охамели!

— Мамочка, это почтальон?

— Ой, ой, боюсь, укусит!

Земфира поравнялась с нами. Сержант Вова, успевший вылезти из машины, взвизгнул и живо нырнул в салон. Я попыталась схватить Зему за лапу, но куда там! Сумчатое бойко проскакало мимо. Мои ноги подогнулись, я села на грязный асфальт и громко зарыдала. Домой теперь возвращаться нельзя — Кирюша не простит мне упущенную Земфиру. И в эту самую минуту ожил мой мобильный. Не обращая внимания на его треньканье, я продолжала всхлипывать.

— Тетя, — заорали дети из «Жигулей», — не переживайте, мы вам котенка подарим! Он хороший, только срет везде. Правда, мама?

— Возвращается, — крякнул толстяк из «Хаммера». — Назад прыгает. Вот паскуда! Ты чего сопли льешь?

Последний вопрос был обращен ко мне.

— Кенгуру, — всхлипывала я, — обмен на диск... кинжал за слона... домой не пустят...

— Странно, что тебя оттуда одну выпустили, — скривился владелец супердорогого внедорожника армии США. — Ох, бабы, одна морока от вас! Лады, не дрейфь. Стой, сволота!

С воплем, который не под силу издать даже раненому слону, толстяк кинулся наперерез Земе, которая возвращалась и снова почти поравнялась со мной. Оглушительный звук слегка испугал беглянку, она на секунду остановилась, и этого мгновения хватило хаммеровладельцу на то, чтобы сбить животное с ног и сесть на него сверху.

— Давай, — пропыхтел мужик, — зови людей, ща мы ее на место сунем. Только поскорей!

Я скачками понеслась к гаишнику и попыталась открыть дверцу.

— Вовка! Выйди!

Но дорожный инспектор намертво заблокировался внутри — храбрый парень совершенно не собирался высовываться наружу.

— Эй, шмакодявка! — заорал толстяк, с трудом

удерживая Зему. — Тебе че велели? Людей звать, а не ментов! Синие птицы прилетают, когда не надо, а когда в них есть нужда, их не допросишься.

— Помогите, пожалуйста! — закричала я. — Граждане! Милые! Любимые! Не оставьте в беде!

Из «Жигулей» горохом высыпались дети.

— Мы ее за лапки схватим, — зачастили они, — а мамочка по башке тюкнет. Мама умеет, она завсегда папу скалкой бьет!

Дорога захохотала в едином порыве, и из автомобилей начали выходить люди. Я, размазывая по лицу остатки макияжа, слезы и сопли, наблюдала, как неожиданно ставшую апатичной Зему тащат к моей малолитражке. Больше всех старались дети и мама, а папа, по свидетельству малышей нещадно битый супругой, снимал приключение на камеру. Не прошло и десяти минут, как Земфира вновь очутилась на пассажирском сиденье, намертво пристегнутая ремнем безопасности, задние лапы в ластах, на голове шапка, на теле халат. Одежда, правда, была грязной, но это уже малозначительная деталь.

— Рули спокойно, — велел толстяк.

— Спасибо, — закивала я. — Вы такой смелый! Отчаянный и храбрый! Как только не побоялись с кенгуру сражаться?

Мужчина сплюнул, потом сказал:

— После Владимирского централа я с крокодилом в обнимку спокойно спать лягу. Кто пересылку прошел, ниче не боится. Кенгуру — это тьфу! Ну, кати, герла. Устроила тут, блин, пробку! Один геморрой от вас, от баб!

Глава 11

Непостижимым образом Зема опять трансформировалась в покорную спутницу. Может, к послушанию ее обязывали ласты? Но я теперь знала, на что способно кроткое с виду сумчатое, и изо всех сил сжимала кожаный поводок. Меньше всего мне сейчас хотелось встретить соседей. Почти половина жильцов и так считает Романовых слегка долбанутыми — двое детей и шесть собак! А если увидят меня вместе с кенгуру, разговоров не оберешься. Станут бегать в гости, рассматривать Зему, охать, ахать, фотографироваться с экзотической жиличкой.

Во дворе, по счастью, никого не оказалось. Мамаши увели детей обедать, пенсионерки сели смотреть сериалы, остальные еще не вернулись с работы.

Быстрее лани я пересекла двор, заставленный лавочками, влетела в подъезд, вскочила в лифт...

— Эй, погодьте, — загремело от входной двери.

Я застонала и нажала на кнопку, но тут в кабину всунулась нога, следом в узкое пространство втиснулся Костя Якобинец.

— Здорово, Лампа! — гаркнул он, распространяя, как всегда, густой запах алкоголя.

Стараясь не дышать, я кивнула.

— И вам привет, — вежливо заявил алкоголик, обращаясь к Земе.

Кенгуру оглушительно чихнула. Якобинец вздрогнул и повторил:

— Доброго денечка!

Как все алкоголики, Константин подвержен резкой смене настроения, а оно сильно зависит от количества залитого внутрь спиртного. Приняв на грудь два стакана, Якобинец становится мил, начинает обожать весь свет и готов исполнить любые ваши просьбы. Кстати, Костя рукастый, он умеет практически все: от починки электропроводки до переборки автомобильного мотора. Нет бы ему стиснуть зубы и остановиться, не пить третью дозу! Только у Якобинца отсутствует сила воли, поэтому он продолжает банкет и переходит в состояние агрессии, потому и затевает драки, скандалы.

— Че она молчит? — злился Костя, близоруко щурясь. — Эй, Лизка, со старшими надо здороваться!

Я опустила глаза. Надеюсь, Лизавета никогда не узнает, с кем ее перепутал Якобинец. В лифте, правда, горит экономно-тусклая лампочка, и Константин, как обычно, под градусом, но все равно ведь обидно.

— Здравствуй! — продолжал орать Костя. — Лизка!

— Это не девочка. — Я решила успокоить пьяного идиота.

— Так в платье одета, — икнул Якобинец.

Хороший аргумент, если учесть, что из-под ситцевого подола торчат две темно-коричневые лапы, обутые в ласты!

— Отстань, — велела я.

— Нет, пусть поздоровкается, — налился багрянцем алкоголик.

— Она не может!

— Почему? — не отставал Костя.

— Глухонемая, — коротко ответила я.

Якобинец заморгал, потом неожиданно вытянул руку и погладил Зему по вязаной шапочке.

— Ох ты, господи... — с явной жалостью пробормотал он. — И давно языка лишилась?

Я кивнула. Может, теперь сосед угомонится? Но пьянчуга повел себя неожиданно: взял Зему за одну из передних лап и проникновенно произнес:

— Беда, конечно, но, ежели задуматься, она к добру. Ты, деточка, послушай умного человека. Плохого тебе не посоветую, соображения у меня на пятерых хватит. В жизни завсегда так получается, сначала глядишь: ой, худо! А потом скумекаешь: к хорошему случилось. Вот ты, к примеру, языка лишилась, значит, караоке не споешь. Плохо? Ваще ни в куда! А теперь заедем с заду и посмотрим проблеме оттуда. Что увидим?

Я закрыла глаза. И что, по мнению Кости, можно разглядеть через то место, о котором он упомянул?

— Сплошную удачу! — возвестил Якобинец. — Немую бабу всякий мужик замуж возьмет. Это ж счастье! Пришел — молчит, ушел — она ни слова. Свезет же кому-то... Ну, не плачь, дай я тебя поцелую, Лизочек!

Лифт дернулся и остановился, двери кабины начали разъезжаться, и в этот самый момент Костя схватил двумя руками Зему за голову и попытался облобызать ее лохматую морду. Оставалось радоваться тому, что Лизавета никогда не узнает об ошибке соседа. Лично мне, если бы меня перепутали с кенгуру, сей факт нанес бы тяжелую психическую травму.

— Не трогай ее, — приказала я.

Но Якобинец не привык исполнять чужие просьбы, он вытянул губы трубочкой и внезапно икнул. По кабине поплыл смрад. Уж не знаю, что пил Костя, но закусывал он, похоже, дохлой жабой.

Зема чихнула, но алкоголика это не остановило, он со смаком чмокнул животное. Морду кенгуру исказила гримаса искреннего отвращения, Земфира сделала молниеносное движение лапой, и Якобинец вылетел из лифта, как пробка из бутылки с шипучкой. Крупное тело пьянчуги пролетело по воздуху, стукнулось о дверь его собственной квартиры и рухнуло на грязный пол. Похоже, Костя лишился чувств.

— Дура, — зашипела я на Зему, — не смей трогать соседей! Он в принципе безобидный. Не дай бог его жена выглянет...

И точно! Дверь Костиной квартиры приоткрылась, высунулась Верка.

— Мерзавец, сукин кот, скотина, козел! — запричитала она. Потом увидела меня и с любопытством воскликнула: — Привет, Лампа! А кто это с тобой?

— Теща, — коротко ответила я и впихнула Зему в нашу прихожую.

По спине тек пот, голова кружилась, руки тряслись, но в душе появилось ощущение выполненного долга. Я пообещала Кирюше доставить Земфиру домой — и справилась с совсем не легкой задачей.

Из комнат начали подтягиваться собаки. На всякий случай я покрепче сжала поводок, но ни псы, ни кенгуру не выказали агрессии, обнюхали друг друга и остались довольны.

Я сняла с Земы ошейник и начала стаскивать с себя туфли.

— И куда в грязи идешь? — спросил чей-то голос.

От неожиданности я пошатнулась и шлепнулась прямо в груду обуви.

— Тапки надеть надо, — продолжал бас. — А ну стой!

Я подняла голову — в коридоре маячила шкафообразная фигура Эльзы, циркачка беседовала не со мной, а с Земой.

— Поперла в калошах в квартиру... А ну сымай!

— Это кенгуру, — сказала я, вставая.

— И чего? — изумилась Эльза. — Теперь ей тут в баретках разгуливать?

— Если стащить ласты, Зема убегает, — пояснила я.

— Все равно не ладно, да и бечь некуда, — помотала головой Эльза. — Эй, Руди...

— Че, мам? — высунулась из комнаты девочка.

— Где мои тапки? Ну, те, которые мне слегка малы.

Подросток исчез, но через секунду материализовался снова и протянул родительнице здоровенные мешки, сделанные в виде гигантских собачек.

Эльза потрясла Зему:

— Давай, стряхивай копыта...

Я с огромным удивлением наблюдала, как кенгуру подчиняется циркачке, и в конце концов не выдержала:

— Ты ее не боишься?

— Хвостатую? — уточнила Эльза и пожала могучими плечами. — А че дрожать-то? Разве я кенгуров не видела? Я и с медведем влегкую договорюсь, у меня со всеми животными контакт. Знаешь, лучше с гиенами на одной подстилке спать, чем с Гариком обедать.

— Кто такой Гарик? — невесть зачем спросила я.

— Муж мой бывший, — безмятежно пояснила Эльза, — породы козлов бродячих, семейства сучьих, отряда мерзавцев. Хочешь перекусить?

— Съем чего-нибудь и поеду по делам, — ответила я и пошла в кухню.

Через секунду мне стало понятно: Эльза, как и вчера, самозабвенно занималась готовкой. Под потолком витал невыносимый «аромат», на сковородке шкворчали бифштексы.

— Тебе четыре котлетки или шесть осилишь? — радушно предложила Эльза, пропихивая меня к столу.

— Из чего ты их делаешь? — воскликнула я. — Мясо какое?

— Да из селедки, — пояснила Эльза. — Очень полезное блюдо. В жирной рыбе имеются три кислоты, которые борются с атеросклерозом, стимулируют сердечно-сосудистую систему.

— Ты рассуждаешь как врач, — вежливо заулыбалась я, пятясь к выходу.

— Так диплом ветеринара имею, — протянула Эльза.

— Да ну?

— И чего удивительного? — хмыкнула циркачка. — По-твоему, кто за слонами должен ухаживать, балерина? Устраивайся, я к котлеткам кашу сварила. Вкусно получилось, люблю манку. А ты?

— Манка, — эхом повторила я, — и бифштексы из сельди. Прикольно.

— Еще молочко есть, — с радостью уточнила Эльза. — Могу, впрочем, салатик к обеду накромсать, из огурцов с лучком!

От циркачки исходили волны добродушия и убаюкивающего спокойствия, она явно хотела сделать мне приятное, от души накормить вкусным ланчем и предлагала рыбные зразы, манную кашу, свежее молоко и огурцы с репчатым луком. Вот только что будет, если я слопаю сей набор? Наверное, в квартире придется срочно ставить второй унитаз, потому что вряд ли я смогу когда-нибудь покинуть туалет после такого обеда.

— Ну, чего встала? Устраивайся, — поторопила меня Эльза.

И тут, на счастье, затрезвонил мой мобильный.

— Вы оставили сообщение на автоответчике, — еле слышно произнес незнакомый женский голос.

— Простите, наверное, произошла ошибка, — ответила я, наблюдая, как Эльза снимает со сковородки «деликатесные» котлетки.

— Нет, у меня определился ваш номер, — настаивала незнакомка, — я Кристина Монро.

— Ах да, здравствуйте! — закричала я, выскакивая в коридор. — Мне крайне необходимо с вами поговорить. Можно приехать?

— Прямо сейчас?

— Да!

— Ну ладно, — после некоторого колебания согласилась Кристина. — А вы кто? Зачем я вам понадобилась?

— Речь пойдет о Беатрисе Мальчик.

— Она умерла.

— Знаю. Но тут такая ситуация... есть проблема... В общем, по телефону о ней не сказать.

— А, понимаю, — неожиданно сердито воскликнула Кристина. — Хорошо, жду. Адрес знаете?

Иногда в Москве по непонятной причине пропадают пробки. Никто не способен объяснить, отчего на дорогах возникают заторы и как они рассасываются. Мне сегодня повезло, до дома Рыбниковой я долетела за четверть часа — все светофоры показывали зеленый свет, а водители решили не попадаться мне на глаза.

— Думаете, раз мы с ней дружили, то я ее долг унаследовала? — хмуро спросила Кристина, распахивая дверь. — Имейте в виду: не дождетесь.

Танцовщица показалась мне удивительно красивой: лицо словно у античной статуи, женственная фигура, изящная шея — просто Венера Милосская. Сейчас редко встретишь подобный тип.

— Не дождетесь, — повторила Кристина, — понятненько?

— Вы о чем? — изумилась я.

— Ладно прикидываться! — сдвинула брови стриптизерка. — Мы с Беаткой друг от друга секретов не имели.

— Очень хорошо, — кивнула я. — Тогда объясните, пожалуйста, зачем ваша подруга купила в бутике «Поль» белый мужской свитер с разноцветными полосками. И как зовут ее любовника?

Кристина заморгала.

— Вы о чем?

— О мужчине, который, прикидываясь Павлом Краминовым, неправильно приклеил родинку — посадил ее не под тем глазом.

— Так вы не за деньгами? — протянула Кристя.

— Нет, за информацией. И даже готова за нее заплатить.

— Ты кто? — еще больше нахмурилась Кристина.

— Лампа Романова, частный детектив, вот удостоверение.

Рыбникова погасила намек на улыбку.

— Обрати внимание, — живо сказала я, — не имею к милиции никакого отношения, работаю одна. Клиент платит — я танцую. Мы с тобой занимаемся схожим делом!

Кристина ухмыльнулась.

— Оно и видно! Ладно, заходи, коллега. Так что случилось?

— У Павла Краминова убили жену, — стала я вводить Кристину в курс дела. — Слышала про него?

— Нет.

— А говоришь, у вас с Беатрисой друг от друга тайн не было, — напомнила я.

— Правда, — кивнула Кристина, — мы не секретничали.

— Но любовника она от тебя скрыла, и то, что надумала подставить Павла, тоже.

— У Беатки был парень, Юрка Горелов, — грустно сказала Кристина, — но, когда она заболела, он живо слился. Больше она на мужиков не смотрела.

— Я следила за Краминовым по поручению его жены и готова поклясться, что бизнесмен, вернее, тот, кто себя за него выдавал, очень близко общался с Беатрисой.

Кристина тяжело вздохнула:

— Там не любовь.

— А что?

— В двух словах не скажешь.

— Сделай одолжение, объясни.

— Беатка умерла, — протянула стриптизерка, — все похоронено.

— Отнюдь, — возразила я. — Жив Павел Львович Краминов, против которого могут выдвинуть обвинение в убийстве жены. Кстати, если ты мне поможешь, думаю, бизнесмен хорошо отблагодарит тебя. Давай объясню, в чем дело.

— Ну ладно, — после небольшого колебания ответила Кристина, — пошли в комнату.

Глава 12

Стриптизерша оказалась хорошей слушательницей. Она не перебивала меня, а когда я добралась до конца истории, решила быть откровенной...

Все началось с того, что у Беатрисы заболел зуб и

она отправилась к стоматологу поставить пломбу. Дантист выполнил свою работу быстро, безболезненно и взял недорого. Очень довольная Беата забыла о неприятности, но через день челюсть снова заломило, и пришлось девушке бежать в поликлинику. На сей раз врач возился дольше, правда, Беатка вновь не испытала неприятных ощущений. Однако через сутки у девушки поднялась температура. Ни кашля, ни насморка, ни каких-либо других признаков обычной простуды у нее не наблюдалось, и Кристина сказала подруге:

— Наверное, косорукий идиот занес инфекцию. Иди к нему и требуй бесплатного лечения. Если он откажет, пригрози жалобой в департамент здравоохранения.

— Неохота ругаться, — прошептала неконфликтная Мальчик. — Лучше пойду к другому специалисту, раз этот напортачил.

— Ну уж нет! — возмутилась Кристя. — Он должен отработать гонорар! Денежки получил? Теперь пусть старается!

Чтобы мягкотелая Беатриса не сдалась, Кристина пошла вместе с ней.

Клиника показалась Рыбниковой вполне приличной, небольшой, но уютной, кругом чистота, медперсонал вежливый, удобная приемная. Беатка ушла в кабинет, а подруга развалилась на диване. Не успела она взять в руки журнал, как появилась служащая и принесла чай, печенье, конфеты. Злость на стоматолога испарилась. В конце концов, даже у самого опытного врача бывают неудачи. Рыбникова начала читать статью и вдруг поняла: что-то случилось. Беатка не выходила, зато стоматолог то и дело выскакивал в коридор, бегал туда-сюда. Кристя испугалась, схватила его за халат и спросила:

— С Беаткой беда?

— Вы кто? — нервно поинтересовался медик.

— Подруга, — ответила Кристина, — близкая, мы вместе работаем.

— А где ее родственники?

— Она сирота, — пролепетала Рыбникова, — у нее никого нет. Да что происходит?

— Посидите спокойно, — велел враг и унесся.

Через час медсестра вывела Беатку. Та выглядела ужасно: бледная до синевы, глаза огромные, губы будто стерлись.

Кристина кинулась к подружке.

— Тебе плохо?

— Хуже некуда! — зарыдала Беатриса. — Мне осталось жить меньше года!

— С ума сошла? — Кристя вытаращила глаза. — Не пори ерунду!

Но тут подруга стала заваливаться на бок, медсестра подхватила Беатрису и буквально понесла по коридору. Кристя осталась стоять, разинув рот.

Дверь кабинета, откуда вышла Мальчик, приоткрылась, выглянул дантист в безукоризненно свежем халате.

— Это вы сопровождали Мальчик? — спросил он.

Кристина кивнула.

— Необходимо связаться с ее родителями, дайте мне их телефон, — мягко попросил врач.

— Отца Беата не знает, а мама ее умерла два года назад, — ответила Кристя, — я же вам уже объясняла: Беатриса сирота.

— Муж?

— Нету.

— Братья, сестры, тетки? Хоть кто-нибудь из родни имеется?

— Никого, — тихо пояснила Кристина, — только я, лучшая подруга, мы с детства вместе.

— Пойдемте, пожалуйста, — велел доктор. — Меня зовут Сергей Леонидович.

Кристина на подгибающихся ногах вползла в уютный кабинет, доктор сел за стол и предложил:

— Чай, кофе?

— Лучше сразу скажите, что случилось, — испуганно попросила Кристя.

— Не скрою, — озабоченно сказал Сергей Леонидович, — ситуация очень серьезная. Вы имеете хоть какое-нибудь отношение к медицине?

— Не-а, — затряслась Рыбникова.

— А кем работаете?

— Стриптиз танцую, — после небольшого колебания ответила девушка. — А Беатка поет в том же клубе.

— Понятно, — кивнул врач, — тяжелая работа.

Кристя исподлобья посмотрела на эскулапа, но на лице Сергея Леонидовича не было ни выражения брезгливости, ни масленой улыбки. Он просто спокойно констатировал факт: девушке, раздевающейся ночью у шеста, деньги достаются нелегко.

— Беатриса в карточке указала, что она продавщица, — продолжал доктор. — Это правда?

— Нет, — замотала головой Кристя. — Я уже говорила, она со мной работает, только не танцует, а поет. Наверное, просто постеснялась признаться. Кое-кто нас за шлюх считает.

— Это, по крайней мере, объясняет ее хронический фарингит, — вздохнул доктор. — Вы любите подругу?

— Очень! — воскликнула Кристя.

— Боюсь, я сообщу вам не очень приятную информацию, — протянул Сергей Леонидович и замолчал.

— Говорите, — храбро приказала Кристина.

— Вообще-то я не имею права разглашать сведения о состоянии больной, вы ведь не родственница...

— У нее никого нет, — в очередной раз напомнила Рыбникова.

— Мальчик очень тяжело больна, — решился на откровенность Сергей Леонидович.

— Чем? — воскликнула Кристя.

— Обвальное падение иммунитета, — обтекаемо ответил врач, — причем уже... э... в терминальной стадии... очевидно... э... э... Скажите, она часто болеет?

— Чем? — тупо повторила Кристина.

— Простуда, слабость, проблемы с желудком, боли в спине... — начал перечислять Сергей Леонидович.

— Нет, никогда не жаловалась, — заверила стриптизерка.

Врач кивнул:

— Сильный, молодой организм, и это сработало против Беатрисы.

— Я не понимаю! — чуть не заплакала Кристина.

Сергей Леонидович сцепил пальцы в замок.

— У каждого человека есть свой порог сопротивления болезням. Один согнется от легкого сквозняка, другой даже не чихнет, простояв целый день голым на морозе. Как вы думаете, кому больше повезло? Кто имеет реальные шансы дожить до глубокой старости?

— Второй, — предположила Кристина.

— Нет, — грустно улыбнулся врач. — Все с точностью до наоборот — первый. Он моментально ощущает симптомы недомогания и начинает лечиться, а здоровяк пропускает первую стадию, вторую, третью, его иммунитет рушится только на червертой, а тогда уже поздно включать в битву врача, это не поможет.

— У Беатки рак! — посерела Кристя.

— Онкология сейчас лечится — химиотерапия, лучевая, гормоны, операция. Положение Мальчик намного хуже!

— Что может быть страшнее опухоли, — прошептала Кристина.

— Дурочка, — неожиданно по-отечески ласково произнес врач. — Полно напастей, по сравнению с которыми онкология кажется подарком: красная волчанка, рассеянный склероз, проказа... Скажи, вас в клубе проверяют?

— На наркотики?

— Анализ крови сдаете? СПИД, сифилис, гепатит, вирусные инфекции...

— Нет. А зачем?

— Деточка, вы же общаетесь с людьми.

— Мы не проститутки, а танцовщицы! — возмутилась Кристя.

— Но ведь случаются интимные контакты?

— На работе это запрещено, — отрезала Кристина. — Да, мы раздеваемся перед публикой, однако это все. Если исполняем приватный танец, то за нами незаметно подглядывает охрана — на стене кабинета висит зеркало, оно с обратной стороны прозрачное.

— Ясно, — кивнул Сергей Леонидович.

— Что бы вы о нас ни думали, — продолжала возмущаться Кристина, — но телом мы не торгуем! Почти у каждой есть парень.

— И у Беатрисы?

— Да.

— Он должен немедленно сдать анализ на иммунный статус.

Кристина моргнула, потом, переварив информацию, прошептала:

— У Беатки СПИД?

— Не совсем, — замялся Сергей Леонидович. — Хуже!

У Кристи потемнело в глазах.

— У человека в крови имеются как белые, так и красные клетки... Слышали про них? — спросил врач.

— Ну... в принципе... слышала, — робко откликнулась Кристина.

Сергей Леонидович вытащил из ящика стола листок.

— Мы сделали ей экспресс-анализ. Лейкоцитов у нее единица, а нижняя граница нормы четыре и пять. Нейтрофилов пять, а должно быть не менее сорока восьми, палочкоядерные практически отсутствуют... Понимаете?

— Ни хрена я не разбираюсь в вашей науке! — закричала Кристя. — По врачам не хожу, анализ крови ваще не делала, и Беатка по больницам не таскалась. Она к вам зуб запломбировать пришла.

Сергей Леонидович спрятал распечатку в ящик.

— Дантист хорошо сделал свою работу, пломба на месте.

— Но у Кристи опять челюсть заболела!

— У нее во рту обнаружились характерные язвы, свидетельствующие о терминальной стадии процесса, — монотонно объяснял Сергей Леонидович. — Сейчас остается лишь облегчить ее страдания, но я не имею права выписать сильнодействующие наркотики, и тут, понимаете...

Доктор замялся.

— Да говорите, вашу мать! — потеряла способность сдерживаться Кристина. — Что с Беаткой? Как ей можно помочь?

Сергей Леонидович не обиделся на грубость. Налил в стакан воды и протянул Кристине:

— Выпейте.

— На хрен мне ваша газировка! — пошла вразнос Рыбникова.

— У вашей подруги редчайшее заболевание, — загудел врач, — в мире насчитывается всего несколько человек с подобной патологией. Болезнь Сомари—Вильсон.

— Чего? — разинула рот Кристя.

— Названа по имени двух врачей, которые первыми описали ее симптомы, — тоном преподавателя продолжал Сергей Леонидович, — она относится к иммунным нарушениям. Лечить ее не умеют. Лекарства от нее не существует.

— Может, антибиотики? — робко предложила Рыбникова.

— Они не помогут. Как правило, процесс развивается годы, — сказал Сергей Леонидович, — десятилетия. Врачи плохо умеют диагностировать эту болезнь, часто путают ее со СПИДом.

— Так это не ВИЧ! — обрадовалась Кристя. — Значит, Беатка еще будет жить? Сами сказали, десятилетия пройдут!

Доктор с откровенной жалостью посмотрел на Рыбникову.

— Ваша подруга умирает. Она больна очень давно, скорей всего, с детства. Язвы во рту — свидетельство скорого конца. Я писал диплом по болезни Сомари—Вильсон, поэтому и смог поставить диагноз.

— Беатку ничего не беспокоило, кроме зуба! — заголосила Рыбникова.

— Сейчас у нее появятся боли, — «успокоил» ее Сергей Леонидович, — очень сильные. К сожалению, наркотиков ей не дадут. Сомари—Вильсон нет в списке на получение этих препаратов. Будь она онкологической больной, вот тогда получила бы все.

— Что же делать? — прошептала Кристя.

Сергей Леонидович развел руками.

— Увы... Человечество пока не знает средств борьбы с этой напастью. И еще одно.

— Ну что? — испытывая давящую усталость, поинтересовалась Кристина. — Неужели еще не все плохое сообщили?

— Обязан предупредить вас: данных о том, как распространяется Сомари—Вильсон, нет, — резко сказал Сергей Леонидович. — Одни исследователи считают, что происходит генетический сбой. В семьях, где удавалось диагностировать патологию у одного члена, как правило, не было долгожителей, кровные родственники умирали, не дожив до сорока лет. Другие ученые полагают, что Сомари—Вильсон вызывает вирус, то есть можно заразиться при тесном общении.

— Как гриппом? — жалобно уточнила Кристя.

— Ну, думаю все же, воздушно-капельным путем болезнь не передается, иначе бы эпидемия Сомари—

Вильсон охватила земной шар. Но ведь как-то она от человека к человеку переходит... — глядя Кристе в глаза, ответил врач. — Вы в зоне опасности.

— Ясно, — кивнула Рыбникова. — Беатке сообщили диагноз?

— Я обязан был это сделать, — сухо отозвался Сергей Леонидович.

— Как же нам дальше жить? — заломила руки Кристина. — Мне смотреть на мучения Беатки? Или бежать к наркодилеру за героином?

Сергей Леонидович встал, запер дверь на ключ, потом подошел к сейфу, открыл его, вынул пластиковую тубу и сказал:

— Поверьте, мне очень жаль, что судьба столь жестоко распорядилась жизнью вашей подруги. Как врач, я испытываю моральные мучения, понимая: девушка в ближайшее время уйдет на тот свет, потому что современная наука пока бессильна. Увы, мы не боги. Вот, держите!

— Это что? — спросила Кристя, забирая упаковку.

— Новейшее болеутоляющее средство, — объяснил Сергей Леонидович. — Самая современная разработка, действует на клеточном уровне, купирует даже... Ладно, вам лишняя информация ни к чему. Я не имею права давать препарат больным, он пока не прошел апробацию, ведутся клинические испытания. Есть подозрение, что действие его губительно для печени, но Беатрисе-то уже все равно.

Сергей Леонидович замолчал.

— Спасибо, — прошептала Кристина. — Я никому! Ни слова! Никогда! Как им пользоваться?

— Одну таблетку утром, перед завтраком, строго натощак, запивать водой, она действует целый день. Две ни в коем случае не принимать, может случиться коллапс.

— А там сколько? — тряхнула пластиковой коробкой Кристина.

— Тридцать штук.

— Когда кончится, можно рассчитывать на повторение? — взмолилась стриптизерка.

Сергей Леонидович крякнул.

— Вам хватит. Если останется, очень прошу, верните пилюли, у меня к ним ограниченный доступ.

В полной прострации Кристина покинула кабинет Сергея Леонидовича. Слова «вам хватит» и просьба вернуть остаток лекарства означали лишь одно: Беатрисе предстоит жить меньше месяца...

Рыбникова замолчала, я сочувствующе произнесла:

— Представляю, какой вы ужас пережили. Но еще хуже пришлось Беатрисе!

Кристина встала и взяла чайник.

— Первые три дня были кошмаром. Беатка рыдала, ей конкретно становилось плохо. Она сразу начала принимать таблетки, хотя боли не ощущала, но у нее появились тошнота, понос, скачки температуры, вылез герпес на губе, возник лающий кашель. Все как предвидел Сергей Леонидович. Вам не понять, что чувствует человек в такой момент. Я наблюдала за Беаткой и понимала: это все! Но потом случилось чудо.

— Какое?

Кристина поежилась.

— Беатка продолжала работать. Я просила ее наплевать на клуб и жить в свое удовольствие — спать до полудня, по магазинам шляться... Но она ответила: «Глупо дрыхнуть, когда биографии наступает конец, я дома с ума сойду. Лучше подохну, распевая песенки в образе девочки-конфеточки». Она вообще отменила себе выходные. Я работала как всегда, а она двойную норму...

Как-то Беатка прибежала к Кристине в очень возбужденном состоянии и налетела на подругу.

— Меня вылечат!

— Конечно, — моментально согласилась Кристя, которая каждый день без устали повторяла: «Все будет хорошо, ты выздоровеешь».

— Нет, правда! — запрыгала Беатка. — Я нашла врача.

— Где? — изумилась подруга.

— В клубе! Он профессор!

— Да? — с сомнением спросила Кристя, полагавшая, что большие ученые в «Королеву Марго» не заглядывают.

— Ты только послушай!

— Говори, — приказала Рыбникова.

Оказалось, что сегодня около двух часов ночи в клуб пришел немолодой мужчина. Было видно, что он не завсегдатай стрип-заведений. Сначала дедушка во все глаза пялился на шест, затем уставился на Беатку, которая за последнее время сильно похудела и стала похожа уже не на школьницу, а на детсадовку. Пенсионер прослушал пару песен, потом купил у бармена шоколадку и подарил Беатке.

Той стало смешно: чего-чего, а шоколад ей тут еще не предлагали.

— Вы замечательная певица, — с чувством сказал старичок, вручая презент, — талантливая! Вас ждет большое будущее.

— Маловероятно, — горько улыбнулась девушка, — но, если вам понравилось, могу спеть приватно.

— Отлично! — восхитился дедулька. — Лично для меня?

— Только это стоит денег, — предостерегла его Беатриса. — И речь идет сугубо о песнях. Понимаете? У нас не бордель!

— Деточка, — замахал руками старик, — что ты такое говоришь! Я просто восхищен твоим голосом. У меня сегодня был тяжелый день, сплошные неприятности, шел мимо, увидел вывеску, ну и заглянул, решил отдохнуть, а здесь ты, талантливый ребенок. Кому платить?

Пенсионер назвался Иваном Петровичем и оказался обеспеченным человеком, он «выкупил» Беатку до утра, заказал в кабинет еду и стал потчевать певицу. Она не хотела обижать приветливого дедулю и сказала:

— Иван Петрович, я не могу ужинать.

— На вид все свежее, и вкус отменный, — уговаривал ее старичок. — Или ты диету держишь? Вот уж дурость, у тебя кожа да кости! Как врач скажу: надо питаться разнообразно, чтобы в пище в достаточном количестве были жиры, белки и углеводы. Зачем на свете столько продуктов? Каждый человеку на пользу.

— Вы терапевт? — изумилась Беата.

— Не похож? — засмеялся пенсионер и вынул визитку.

— Доктор наук, профессор, академик Зарицкий Иван Петрович, — прочитала Беатриса. — А вы что-нибудь слышали о болезни Сомари—Вильсон?

Глава 13

Академик поднял брови:

— Я-то о ней знаю. А вот ты откуда в курсе?

— Подруга заболела, — осторожно ответила Беатриса.

— Ясно, — кивнул Иван Петрович и неожиданно схватил певичку за руку. — Что у тебя здесь?

— Где? — вздрогнула она.

— Красные пятна на сгибе локтя. Откуда отметины?

— Не знаю... не видела. Наверное, аллергия, — предположила Беата.

— Рот раскрой, — приказал Зарицкий.

Беатка стиснула зубы, но старичок нажал девушке на какие-то точки за скулами, и ее нижняя челюсть сама по себе отвисла.

— Эге, — удовлетворенно отметил Иван Петрович, — ясна картина. Тошнит?

— Постоянно, — шмыгнула носом Мальчик.

— Скачешь ночами в прокуренном помещении! —

возмутился Зарицкий. — Не спишь, плохо питаешься. От такого образа жизни кони дохнут!

— Не хочу умирать в постели, — уперлась Беатка. — Лучше — бах, на сцене отдать концы.

— А почему ты не лечишься? — поразился Зарицкий.

— Сами знаете, лекарства нет.

— Вот это неверно, — улыбнулся Иван Петрович. — В Москве есть один человек, зовут его Равиль, он справляется с любой болезнью.

— А как к нему попасть? — оживилась Беата.

Старичок вынул телефон и продиктовал цифры.

— Прямо с утра звони, скажи, я послал. Но сразу хочу предупредить, Равиль странный.

— Он поможет? — с безумной надеждой спросила Беатка.

— Стопроцентно, — кивнул Зарицкий — вот только все непросто.

— Что? — испугалась Мальчик. — К нему очередь? Запись на год вперед?

— Сама поймешь, — загадочно пообещал Иван Петрович. — Но он тебя вылечит.

— И вы поехали к Равилю? — спросила я.

— Побежали, — кивнула Кристя. — Позвонили ему и тут же договорились о встрече. Ну я вам скажу, с левой резьбой врач! Но Беатке сразу стало легче. Он рекомендовал бросить болеутоляющее, навыписывал кучу лекарств.

— Каких?

— Да самых простых. Прямо смешно: активированный уголь, еще какие-то таблетки копеечные, названия я забыла. Представляешь, язвы у Беатки во рту мгновенно зажили.

— Потрясающе!

— Но совсем хорошо ей не стало, анализы были плохие. И Равиль сказал: «Тело пытается выздороветь, а душа гниет. Надо на ментальном уровне изменить́ся».

— Интересно, — процедила я.

— Необходимо совершать добрые поступки.

— Ага!

— Раздать деньги нищим.

— Понятно. Можно подумать, у вас миллионы! Нажили состояние нечестным путем? Украли, ограбили, наворовали? — обозлилась я.

— Равиль сказал, что мы в своем клубе способствуем похоти, поощряем низменные инстинкты. Мужские взгляды аккумулируют негатив, и он оседает на нас, — заученно повторила Кристя.

— Ловко.

— От этого Беатка вся в болезни, как в паутине.

— Но ты тоже работаешь в клубе и здорова, — напомнила я.

Кристя тяжело вздохнула.

— Так фишка легла, Беатрисе не повезло. А еще Равиль сказал, что образ ребенка, выбранный ею, сильно ослабляет духовный иммунитет.

— Глупости! Полная бредятина!

— Нет, — уперлась Кристя, — просто люди еще не доросли до правильного понимания вещей.

— А вот я, кажется, подтянулась до этого уровня и могу тебе сказать, что было дальше. Равиль принялся выкачивать из Беатрисы деньги.

— Он их совсем не брал! — возмутилась Кристя. — Лечил бесплатно.

— Да ну? Но ты меня встретила на пороге заявлением: долг Беатрисы на подругу не переходит. Значит, она одолжила у кого-то денег? Зачем?

— Еще до болезни, — пояснила Кристя. — Она машину купила, у барыги взяла под проценты, а отдать не успела. Теперь он, сукин сын, на меня наезжает, свою крышу на меня натравливает, я думала, ты от них. Хотела предложить: по завещанию Беаткина машина моя, пусть заберут ее и отвалят!

— Ладно, разобрались с этой ситуацией, — кивнула я. — Давай дальше про Равиля. Денег он не брал, но, полагаю, все же попросил нечто за услугу.

— Ну да. Он так обрадовался!

— Чему же?

— «Ты избавлена от материального зла, осталось только принести жертву божеству здоровья, и тогда наступит полнейшее исцеление», — повторила чужие слова Кристина.

— Звучит угрожающе. Чего он захотел? Чтобы она убила животное?

— Что ты! — снова возмутилась стриптизерша. — Равиль добрейший человек, буддист! Он мухи не обидит, таракана не тронет. Беатке предстояло совершить доброе дело.

— И какое?

— Она должна была купить в магазине «Поль» белый свитер с цветными полосками, размер XL. Ночью пойти, чтобы никто не знал.

— На свои деньги? Однако дорогая цена у хорошего поступка!

— Нет, — шлепнула ладонью по столу Кристя, — он дал ей бабки.

— Равиль?

— Ага.

— А дальше? Сделай одолжение, излагай события внятно. — Я начала злиться.

— А потом она должна была помочь, — заторопилась Кристина, — Павлу... фамилию забыла. Мужик такой, под глазом родинка.

— Краминов?

— Точно! Откуда знаешь?

Надо было напомнить стриптизерше начало нашего разговора, но я не стала этого делать.

— Продолжай, пожалуйста.

— Значит, Беата покупает свитер, отдает его Павлу, а потом ходит с ним по городу, изображая его возлюбленную, — закончила Кристя.

— И она так поступила?

— Да.

— А что дальше?

— Беатриса очень старалась...

— И потом?

— Павел перестал ей звонить и просить о свидании.

— Ну?!

Кристина заплакала.

— Мы опять приехали к Равилю, он угостил нас чаем, пообещал, что Беатка доживет до ста лет, только надо из Москвы уехать, очень быстро. Она жутко обрадовалась... и... и... и... умерла.

— Когда?

— Ночью, — шепотом ответила Кристина. — Я ее домой проводила, хотела остаться, а она сказала: «Езжай, все уже закончилось». Утром меня будто что-то стукнуло — проснулась в девять, звонила ей, звонила, а она не отвечала. Помчалась к ней на квартиру, открыла дверь, у меня ключи есть, а Беатка... возле унитаза лежит, ее сильно рвало.

— Ты, наверное, вызвала милицию!

— Да, — кивнула Кристина. — Вернее, сначала «Скорую», думала, Беату еще спасти можно, мне показалось, что она дышит. А врачи на меня наорали и в ментовку звякнули.

— И что сказали спецы?

— Отравление, — простонала Кристя. — На столе банка из-под рыбных консервов осталась, пустая, Беатка ее содержимое целиком съела. Никаких следов насилия, все на местах, ничего не взято.

— А было что брать?

— Нет, — чуть не плакала Рыбникова, — у нее ничего не было. Один долг за машину. Уж не знаю, откуда барыга мой телефон раздобыл и ну бабки требовать, угрожать: «Отдай, а то хуже будет!» Я ему сначала спокойно сказала: «Я ничего у вас не брала, отвяньте». А тот заявил: «По условиям договора долг переходит на поручителя, а им ты записана, гони лавэ. Я на хозяина работаю, приедут к тебе от него, вот тогда запищишь!»

— Когда я позвонила, ты решила, что я являюсь тем самым лицом, и все же пригласила к себе? Очень глупое поведение.

— Я думала, посмотрит человек вокруг и поймет, что из меня вытрясти нечего, — зарыдала Кристя. — К тому же я решила предложить забрать тачку, если он не сжалится. Я Беатку одна хоронила. Никто из «Королевы Марго» не пришел. Хозяин девкам запретил ее имя упоминать, испугался, что клиенты про смерть услышат.

— У тебя сохранились координаты Равиля?

— Клиника называется странно. «Имар», нет, «Итар». Или «Исар»? — Кристина всхлипнула. — Адрес был у Беатки, название улицы я забыла, вроде там рядом Москва-река.

— Ладно. А Зарецкого как найти?

Кристина стала вытирать лицо руками.

— У Беатки где-то визитка лежит. Можно поискать.

— Сделай одолжение, непременно ее найди, потом позвони мне, — велела я. — И последний вопрос. Девушка была одинокой, ты не знаешь, почему милиция пренебрегла формальностями? Квартира Кристины не опечатана?

— Там висела бумажка, — заявила стриптизерша, — но ведь надо было вещи взять для похорон. Хоть и кремировали тело, но в ночнушке-то в гроб не положишь, я ту бумажку с двери и сдернула. Это нарушение закона?

— Не самое ужасное. А кому теперь достанется квартира?

— Мне, — коротко ответила Кристя и добавила: — Едва Беатка про болезнь свою узнала, тут же завещание составила.

— Похоже, подруга тебя любила, — отметила я.

— Очень, — согласилась Кристя. — Мы были родней сестер, как теперь жить — не знаю.

— Думаю, тебе нужно использовать шанс, предоставленный Беатрисой, — вздохнула я. — Сколько еще у шеста провертишься — год, другой? А потом куда? Через шесть месяцев тебя признают официальной наследницей, сдай квартиру и иди учиться. Беатриса будет счастлива, глядя на тебя с небес.

Кристя снова судорожно зарыдала и кинулась в ванную.

— Господи, — донеслось до меня, — Беатка, прости, прости, прости! Я не думала, что все так ужасно! Смерть — это навсегда! Она не лечится!

Я потопталась немного у санузла, потом поскреблась в дверь.

— Кристя, тебе плохо?

Ответа не было.

— Открой, пожалуйста.

— Уходи, — глухо раздалось из ванной. — Больше мне сказать нечего. И у меня нет сил. Не думала, что будет так страшно и тяжело!

Ровно в семнадцать я встретилась с Павлом Краминовым.

— Как дела? — танком поехал на меня клиент. — Есть новости?

— Тружусь помаленечку.

— Работать надо лучше, — не преминул заметить Павел.

— Как именно? — прищурилась я. — Уточните, что значит «лучше».

Краминов сделал глубокий вдох. Похоже, он с большим трудом удерживал себя в рамках. Наверное, он нервничает, но ведь это не дает ему права обращаться со мной как с обслуживающим персоналом.

— Значит, ты мой секретарь, — ожил Краминов, — Елена Романова.

— Ясно.

— Я поручил тебе разобрать шмотки Светланы.

— Понятно.

— Можешь ходить по всему дому и задавать вопросы.

— Такое поведение насторожит ваших домашних.

— Они идиоты!

— И все же... Что за причина может заставить секретаря разгуливать по особняку?

— Светка собирала всякую хрень, фигурки из дерьма, — с явной неприязнью ответил вдовец. — Скажешь, что я велел тебе все собрать, вот ты и шастаешь по зданию, интересуешься, сия дрянь из ее коллекции или элемент интерьера от дизайнера. Йес?

Я кивнула, и мы поехали в коттеджный поселок. Здоровенный внедорожник Краминова несся впереди, моя малолитражка старалась не отстать от джипа. Наконец кортеж въехал в лес и замер около трехэтажного дома под красной черепицей.

Выйдя на вымощенную камнем площадку, я вдохнула неправдоподобно свежий воздух Подмосковья и испытала укус зависти. Именно таким мне виделся в мечтах собственный коттедж, даже террасу мы хотели сделать незастекленной, открытой и заставить ее плетеной мебелью.

— Папочка приехал! — защебетал дискант. — Папулечка, солнышко, я по тебе скучала!

По лицу Павла скользнула легкая брезгливость.

— Папулечка хочет нямочки? — сюсюкал невидимый ребенок. — Ой, мне не разрешили выходить во дворик, поэтому я не беру у папусеньки портфельчик. Риммочка сердилась за грязь, я сбегала утром за хлебушком в наш магазинчик — папулечка же захочет свеженького! — кроссовочки не сняла, а Риммочка...

— Не тарахти! — резко приказал Павел.

— Ой, папулечка злится! — испугался ребенок.

— Нет, — уже спокойнее сказал Краминов, — голова болит.

— Сейчас Тиночка принесет папусеньке аспиринчик.

— Не стоит беспокоиться, — вновь начал закипать хозяин.

— Ай, ай! Папулечка не любит больше Тиночку, — испугалась девочка.

— Замолчи!

— Все, ни гугушеньки! Папулечка устал? Бедненький, любименький... Я могу тебе газетку почитать или массажик сделать...

Краминов скрипнул зубами и начал подниматься по ступенькам, я двинулась за ним, дверь в особняк была открыта настежь.

В большом холле было прохладно и сумеречно, у шкафа темнела фигура девочки.

— Зажги свет, — приказал Павел, — темно, как в заднице.

Дочь поспешно метнулась вправо. Я не видела лица девочки, но, судя по одежде, ей едва ли исполнилось четырнадцать лет. Короткое светлое платье с завышенной талией не прикрывало колен, на ногах красовались домашние тапки в виде кошек и гольфы с кисточками. Белокурые волосы были собраны в два длинных хвоста и висели, как уши у собаки бассета, густая челка спускалась ниже бровей. Весу в девочке не было никакого, я рядом с ней казалась слонопотамом.

— Зажги люстру, — повторил Краминов.

— Риммочка запретила, — прочирикало тщедушное создание и, звякнув браслетами, затрясло хвостами.

— С какой стати? — возмутился Павел.

— Пришел большой счет за электричество, — пояснила девочка. — Риммочка очень расстроилась, сказала, что мне нельзя играть в приставку. Папулечка, ты же разрешишь? Мне принесли новый диск, Олежек купил. Папулечка, я недолго, ну пожалуйста!

С каждой секундой мое изумление становилось все сильнее. Насколько я помню, Павел говорил, что его дети уже взрослые. Откуда же взялась семиклассница?

— Кто в доме хозяин? — загремел Краминов. — Я или домработница?

— Ты, папулечка, замечательный и добрый, — подскочила школьница и потеряла тапочки.

Я прикусила губу: «папулечка замечательный и добрый» звучит как «Гудвин великий и ужасный». Интересно, Краминов тоже заставляет всех носить зеленые очки?

— Тогда щелкни выключателем! — побагровел Павел.

Девочка проворно выполнила приказ, под потолком вспыхнула огромная люстра, я на секунду зажмурилась.

— Это Елена, — кивнул в мою сторону Краминов, — мой секретарь. Она наведет порядок на половине Светы.

Глаза распахнулись, девочка подскочила ко мне, вытянула вперед правую руку и, делано улыбаясь, быстро заговорила:

— Так приятно! Я Тиночка. Столько о тебе слышала и так тебе завидую! Ты с папочкой каждый день рядом, а меня он на службу не взял. Я не обижаюсь, я ведь не очень умная. Но я хочу помогать папочке! Вот выучусь и стану лучше тебя, да!

На секунду меня затошнило. От заморыша исходил совсем не детский аромат, девочка по глупости надушилась тяжелым «восточным» парфюмом, пригодным для брюнетки-матроны эдак восьмидесяти лет. Детям лучше использовать свежие запахи, с ягодными или цитрусовыми нотами. А светлое платье под лучами люстры оказалось интенсивно-розового цвета, такого же колера у Тины были губы и щеки. На ее личике лежал слишком толстый слой косметики, в ушах покачивались многочисленные нитки из стразов, на запястьях блестели браслеты, на шее гремели бусы. Гламур разбушевался!

— Мы зе непременно подрузимся, — продолжая сюсюкать, а заодно перестав выговаривать некоторые буквы, произнесла Тина.

Потом она глянула на меня снизу вверх, чуть склонив голову. Так смотрит на хозяина описавшаяся в гостиной болонка.

Я машинально пожала протянутую лапку и вздрогнула — из-под челки в упор зыркнули глаза злого хорька, потом веки моргнули, взор голубых очей стал конфетно-приторным. В ту же секунду я поняла: серьги не со стразами, они бриллиантовые, браслеты золотые, платье очень дорогое, волосы умело покрашены стилистом. И Тине не тринадцать лет, а как минимум двадцать, а то и двадцать пять.

Глава 14

— Это кто? — шепотом спросила я у Павла, когда Тина, голося: «Папочка вернулся домой!», побежала в глубь дома.

— Супруга Олега, — сообщил Краминов.

— Кто? — не поняла я.

— Жена моего сына, — с легким презрением объяснил Павел. — Одевается, как нимфетка, причесывается, как пятилетняя девочка, ведет себя так, что я теряюсь. Правда, она меня искренне любит, всегда готова угодить, единственная из всех выбегает к двери: провожает-встречает и без остановки болтает. Если надо что узнать — поговори с Тиной, у нее на языке ничего не удержится. Но Олег ее очень любит, у них счастливый брак. Тебе она показалась странной?

Я пожала плечами, а Краминов продолжал:

— Зла от Тины никакого, но иногда она меня раздражает. Невестка каким-то образом ухитряется сделать меня вечно виноватым. Примется языком мотать, я на нее наору, она сразу заморгает, заплачет, и тут же у меня возникает стойкое ощущение: я — сволочь! Ну что Тина плохого совершила? Пришла в восторг от того, что свекор домой вернулся, предлагала ужин, несла тапки чуть ли не в зубах, переживала, что я слишком устал... Очень некомфортное состояние, словно я ударил котенка. Посижу в кабинете и иду к Тине. Загляну в ее спальню: она сидит у телика с рукоделием, смотрит сериал. Начинаю прощения просить: «Дорогая, извини, я сорвался, на работе неприятности».

А она глаза поднимет и опять частит: «Папулечка, ты слишком много трудишься! Так мне тебя жалко! Ты самый лучший! Я тебе шарфик вяжу. Нравится? Это сюрпризик. Хочешь чайку?» Ну и как дальше поступить? Ощущение собственной дерьмовости только усиливается. Знаешь, что я потом делаю?

— Могу предположить. Едете в ювелирный и приобретаете невестке очередные серьги, браслет или ожерелье. Так?

Павел кивнул и толкнул тяжелую дубовую створку.

— Входи, это спальня Светланы.

Огромная комната с тремя большими окнами была обставлена в стиле мадам Помпадур. Не знаю, правда ли существует подобный стиль, но лично я так называю белую мебель с позолотой и вычурной резьбой.

Кровать походила на аэродром. Матрац прикрывало голубое стеганое покрывало, такого же вида были и многочисленные разнокалиберные подушки, наваленные вдоль резной спинки. Ложе, естественно, стояло на львиных лапах, с потолка над ним нависал балдахин.

Возле одного из окон стоял секретер: небольшая доска для письма и тройка крошечных ящиков. Подобную мебель обожают снимать в романтических, псевдоисторических лентах. Вероятно, вы видели такие сцены: в своем будуаре сидит молодая графиня, по ее щеке катится слеза, дама открывает секретер, вынимает из ящичка пачку писем, перевязанную атласной лентой... ну и так далее. Я наблюдала похожие предметы интерьера в магазинах, но не предполагала, что кто-то может купить их.

Дальше стояли диван и два кресла — естественно, комплект, — обитые бархатом цвета летнего неба. Торшер, телевизор, DVD-проигрыватель, небольшой держатель с дисками. И никаких шкафов. На полу пушистый ковер, занавески все в рюшах, золотых шнурах и пудовых кистях. Полнейшая чистота и казарменный порядок. Так выглядят гостиничные номера в шикарных отелях. Вроде дизайнер попытался навести уют, повесил картины, расставил вазы с цветами, но в комнате отсутствует нечто, делающее ее жилой. У нормального человека вряд ли будет столь идеальный порядок. Хотя, может, после смерти хозяйки здесь потрудилась домработница.

— А где Светлана держала вещи? — спросила я.

Павел показал на две маленькие двери в стене.

— Там смотри.

Я открыла одну. Ванная. И вновь чистота и порядок. Флаконы с духами, бутылки с шампунями, банки с кремами стояли, словно солдаты на плацу — шеренгами, по росту.

За другой дубовой дверцей обнаружилась гардеробная. Платья справа, блузки, юбки и брюки слева, туфли на колодках, сумки на крючках, белье на полках. Интересно, сколько времени в день Света тратила на развешивание шмоток? Я очень хорошо знаю:

вещи следует содержать в порядке, тогда они дольше тебе прослужат, но все равно, прибегу домой, скомкаю пуловер и запихну его в непотребном виде на полку. А еще я всегда нахожусь в поисках носков, обнаружу один, и никак не получается отрыть второй. Зато у Светы они скручены по парам и разложены по цветам. Просто оторопь берет от такой маниакальной аккуратности! Или здесь наводит порядок горничная?

— Светлана, похоже, была хорошей хозяйкой, — вздохнула я.

— Даже слишком! — неожиданно воскликнул Павел. — Она из-за этого постоянно ссорилась с Нютой, не говоря уж об Олеге. Дети придут из школы, вещи швырнут, а Светлана к ним с замечаниями пристает! Сколько у нас битв из-за обуви разгоралось! Ее никто ровно у двери не ставит, снимут — и вперед.

Я вспомнила гору ботинок и кроссовок, которая возвышается в нашей прихожей, и заметила:

— Ну это у всех!

— Только не у нас, — неожиданно зло заявил Краминов. — Света всякий раз выходила в холл и молча убирала ботинки. Ничего не говорила, но вздыхала... Понимаешь?

— Думаю, да. Так что я ищу?

— Не знаю, — крякнул Павел. — У Светы никаких тайн не было, все на виду, дверь всегда открыта.

— Сейчас она была закрыта, — заметила я.

— Наверное, Римма после того, как протерла пыль, прикрыла, — пояснил Павел. — Здесь ты ничего не обнаружишь, но раз ты тут под предлогом разборки, то все равно походи, осмотрись. Потом спустишься вниз, познакомишься с народом, поболтаешь. Мне ли тебя учить? Тот, кто задумал спектакль в этом доме, поджег дачу и убил Свету!

— Погодите, я не очень понимаю, — остановила я Павла. — Какая дача?

— Где сгорела Светлана! Ты забыла, как погибла моя жена?

— Нет, просто я хотела уточнить. У вас в придачу к особняку есть еще и дача? Зачем?

Краминов сел в кресло.

— Я же говорил: это старый дом, принадлежавший моим родителям, раньше мы там отдыхали каждое лето. Потом, когда мой бизнес пошел в гору, мы переехали сюда, в особняк, на постоянное жительство. Ясно? Фазенду решили не продавать, оставили на память. Ею много лет не пользовались, мы туда не ездили.

— По какой же причине Света туда направилась?

Павел оперся ладонями о колени.

— Ладно, хоть и нехорошо о покойной дурно говорить, да придется. Я не собираюсь чернить память жены, но, если хочу найти организатора спектакля, следует приоткрыть тебе некоторые семейные тайны. Света была сумасшедшей.

— Шизофрения? — заинтересовалась я. — Или маниакально-депрессивное состояние? Кстати, мне она показалась вполне адекватной, трезво рассуждающей особой.

— Сумасшедшая, так сказать, в бытовом плане, — уточнил Краминов. — Хотя я сам во всем виноват.

— Может, расскажете подробней?

Павел вынул сигареты.

— Когда мы поженились, я настоял на том, чтобы Света не работала. У нас сначала родился один ребенок, потом второй. Ну какая тут служба?

— Тысячи женщин отдают детей в сад и продолжают трудиться, — пожала я плечами, — моя ближайшая подруга Катя — хирург. Ночные дежурства и все такое. Но у нее двое мальчиков!

— Ага, а потом отпрыски становятся уголовниками и шлюхами, — обозлился Павел. — За детьми нужен глаз! Я, кстати, не сразу принял решение, чтоб Света не работала. Когда Олег и Нюта чуть подросли, мы их устроили в детский сад, а Света пошла в школу преподавать литературу. И что получилось? Жена занята чужими детьми, а свои постоянно болеют, времени на них нет, дома бардак, на ужин сосиски или макароны, мне рубашки чистой не найти! Я выдержал три месяца и решительно сказал: «Выбирай. Если охота пахать на ниве просвещения, получать копеечную зарплату и занять ближе к пенсии должность завуча, мешать тебе не стану. Но имей в виду, разведусь с тобой, отниму детей и найду им новую мать, которая окружит малышей любовью и заботой».

— Жестко, — покачала я головой.

— Зато честно! — гаркнул Павел. — Света приняла мудрое решение — стала вести дом. Нам все завидовали! Дети ухожены, Нюта замечательно учится, я ни о чем, кроме зарабатывания денег, не думал. Идеальная семья!

— Светлана тоже так считала? — осведомилась я.

— Естественно. У нее не было амбиций. Собственно, что она умела? — с презрением задал риторический вопрос Краминов. — Хорошо готовила, вязала, шила, убирала, стирала, но умственно не росла. Понимаешь?

— Пока что ясно одно: Светлана пожертвовала собой ради счастья и удобства окружающих.

— Мы ее обожали! — слишком горячо воскликнул Павел. — А когда с ней стряслась беда, постарались сделать вид, будто ничего особенного не происходит. Ей прощали все.

— Что же дурного делала Света?

— Несколько лет назад она стала нервной, если не сказать истеричной, могла зарыдать по любому, самому незначительному поводу, — вздохнул Павел.

— Например?

— Испекла пирожные, а я есть отказался, — усмехнулся Краминов. — Или другой пример: связала Нюте платье, а той оно не по вкусу пришлось. В общем, чепуха, но Света принималась плакать. Дальше — больше. Приеду с работы усталый, выйду из машины, жена тут как тут: «Милый, посмотри, какие у меня лилии расцвели!» Вместо того чтобы тихо лечь на диван, мне приходилось тащиться в сад и восхищаться цветами. А я растения не люблю, зеленеют, и ладно. Ну никаких сил нет на восторги! И вот как-то раз, помнится, день тяжелый выдался, я еле живой до дома добрался, полтора часа по пробкам пилил, а тут Светлана с очередным заявлением: «Дорогой, давай покажу, как клумбу обустроила!» А у меня контракт сорвался, заместитель запил, из налоговой хрен припер, жадная сволочь, все ему мало, сколько ни дай. Стою, дышу, о тишине мечтаю. Ан нет, любимая супруга стрекочет: «Клумба, клумба...» Ну я и сорвался, заорал: «Какого черта примоталась? Делать нечего? Пойди кастрюли почисть!»

— Красиво, — кивнула я. — А Света?

— Зарыдала и ушла.

— Понятное дело!

— Утром я проснулся, решил извиниться, пошел жену искать, нашел ее в саду и говорю: «Ну, Светик, показывай клумбу». А она странно так усмехнулась и спрашивает: «Хочешь полюбоваться? Пошли». Приводит меня на лужайку и тычет пальцем в черную яму. «Вот, смотри». Я от удивления даже присел. «А где цветы?» И тут жена как завизжит: «Порубила лопатой и сожгла! Тебе не надо, а мне зачем...» Такая агрессия из нее поперла! Прямо с ног сшибала. Орала: жизнь-то она зря прожила, и никому не нужна, и в доме с ней не считаются, домработница ее указаний не выполняет, дети хамят, я грубиян и сволочь... В общем, загубили мы ей жизнь.

Павел примолк, потом уже другим тоном продолжил:

— Я ее в охапку и к врачу, решил — заболела.

Света никогда не истерила, всегда спокойная была, а тут просто злобная фурия... Саблезубый тигр!

— И что нашел врач?

Краминов скривился.

— Ерунду. Климакс. Прочитал мне лекцию, мол, гормональные изменения влияют на характер, причем не в лучшую сторону. Говорил: ваша жена переживает трудный период, ее истерики на самом деле крик о помощи. Необходимо ее поддержать, и лучшее оружие — нежность и ласка.

Краминов сломал так и не закуренную сигарету.

— Сначала я на дурака в белом халате обозлился, потом понял: идиот кое в чем прав. Олег и Нюта с матерью не считаются, она у них на роли «принеси — подай — пошла вон». Римма, горничная, может хозяйке замечание сделать. Домработница в доме столько лет, что и не вспомнить, когда пришла. Ее наняли еще мои родители, девочкой к себе взяли, после их смерти она к нам перешла. Предки всегда жили очень обеспеченно, отец из цеховиков. Знаешь, кто это?

— Подпольный бизнесмен советской поры, владелец незаконного завода, — кивнула я. — Чем занимался папенька? Пошивом плащей болонья?

— Нет, — улыбнулся Краминов, — постельным бельем. Лев Яковлевич был гениальный человек! Он договорился с монашками чуть ли не по всему СССР, и божьи невесты строчили простыни, пододеяльники, наволочки, от самых простых до шикарных, с кружевом и монограммами. А Света родом из нищеты, о чем ей моя мать, Маргарита Михайловна, не забывала напомнить. Я в свое время посмотрел, как к жене мои родичи относятся, и уехал из шикарной квартиры, где провел детство. Снял комнату, решил самостоятельно подниматься. С родителями потом помирился, но со Светой мама на равных общаться не хотела, и Римма переняла от нее отношение к молодой хозяйке как к плебейке. Отсюда и проблемы.

— Не следовало брать в дом домработницу, которая не уважает членов семьи.

— Римма одинока, куда ей идти? Своих детей нет, она меня сыном считает.

— На мой взгляд, лучше было пожалеть жену.

Краминов вскочил.

— Нечего меня учить!

— Просто я высказала свое мнение.

— Его никто не спрашивает.

— Правда? Значит, я неверно поняла свою задачу, — спокойно ответила я. — Решила, что меня сюда позвали как раз чтобы выслушать мое мнение о гибели Светланы и ситуации с Беатрисой Мальчик. Ваши отношения с женой изменились после визита к врачу?

Павел опустился в кресло.

— Я старался. Предложил ей: «Давай организуем небольшую частную гимназию, ты станешь директором».

— А она?

— Сказала: «Не хочу, мне это неинтересно». Попытался заехать с другой стороны. Сейчас все пишут книги, и я посоветовал Свете: «Накропай роман, я его издам, будешь писательницей. Дело нехитрое — стучи по клавишам ноутбука, вот и все дела». Снова не попал. Ну чем еще бабы увлекаются? Благотворительность! Надумал создать фонд для сирот, собрался жену сделать его директором, но Света так на меня глянула, что я сразу отбросил эту идею. Я поговорил с домашними, приказал обращаться с мамой уважительно, Римму припугнул увольнением. И что?

— Не послушались?

Павел хохотнул.

— У меня не забалуешь! Кредитки сразу прихлопну. Наоборот, начали приседать и кланяться, но... Как бы это объяснить? Внешне все вроде стало замечательно, а на поверку — сплошное издевательство. Ну, например. Света просит Римму порезать яблоки для пирога. Домработница накромсала антоновку и сообщает: «Готово». Жена возмущается: «Почему кожуру не сняла?» «Вы не велели, — нежно тянет Римма. — А Павел Львович приказал слушать хозяйку и точно исполнять все ее указания. Вы сказали: порежь. Про чистку ни словечка».

— Ясно, — кивнула я. — Света слишком долго занимала последнее место в доме, а по приказу авторитет не вернешь.

— Потом она утихла, сидела целыми днями в беседке. Несколько лет так провела, — грустно продолжал Краминов. — И вот радость: в последние месяцы увлеклась фигурками, перестала затворничать, начала активно ездить в город, искала экспонаты.

— И где же коллекция? — удивилась я. — Собрание не в спальне?

— Статуэтки частично расставлены по дому, но основная их масса здесь, — ответил Краминов и отдернул занавеску.

Глава 15

Я заморгала. То, что я посчитала третьим окном, закрытым шторой, на самом деле оказалось нишей с полками, на которых впритирку друг к другу стояли самые разные фарфоровые фигурки.

— Что она собирала? — удивилась я, рассматривая поделки.

— Статуэтки, — повторил Павел. — Разве не видно?

— Какова тема коллекции?

— Ты о чем?

— Как правило, люди коллекционируют что-то одно. Ну, допустим, марки с гербами городов или с изображениями собак. Нельзя собирать вообще все марки, необходимо выбрать направление, иначе погибнешь в горе кляссеров[1].

---

[1] К л я с с е р — альбом для марок.

Павел начал шагать по комнате.

— Я не слишком жену расспрашивал, — признался он, — просто был рад, что она хоть чем-то занялась. Светлана раньше вообще не выезжала в город, а когда увлеклась безделушками, стала по магазинам ходить.

— То есть как не выезжала? — поразилась я. — Сидела сиднем в поселке?

Краминов кивнул.

— Да, последние пару лет жену трудно было вытащить из дома, она упорно отказывалась от общения с людьми. В театре у нее через секунду после входа в фойе начинала нестерпимо болеть голова, в кино ей становилось душно, в магазине казалось, что слишком много народу.

— Вы звали супругу посмотреть новый фильм, а она отказывалась?

— Ну, мне-то недосуг впустую часы просиживать. Я ей предлагал: «Света, сходи на открытие Московского кинофестиваля, вот приглашение». А она губу оттопырит и заявляет: «Спасибо, я плохо себя чувствую, лучше в беседке полежу».

Я продолжала разглядывать фигурки. Павел не приглашал жену — полагал, что супруга отправится на мероприятие одна. Краминов дурак или просто ущербный человек, начисто лишенный душевного такта? Наверное, Света очень любила мужа, раз не ушла от него и не стала искать человека, которому стала бы нужна не как мать и хозяйка, а как обычная женщина.

— В принципе, у Светы не было необходимости кататься в Москву, — продолжал Павел. — Продукты привозила Римма — с Игорем, шофером, ездила за припасами. Вещи, всякие там платья, кофты, обувь, из бутиков доставляли на дом. Знаешь, как жена дни проводила?

— Готовила, убирала, стирала?

— Дом чистят две девчонки, которых присылает агентство «Белоснежка», — пояснил Краминов. — За приходящей прислугой следит Римма, есть еще горничная Ольга, кашеварит повариха. Светлана иногда становилась к плите, но все реже и реже. В последнее время она очень изменилась, это была уже другая женщина! Отправлялась в сад и сидела там целыми днями в беседке. Утром уходила и пропадала там до вечера, в любую погоду. Понимаешь, почему я обрадовался, когда она фигурками увлеклась? Света начала выезжать, бегать по магазинам, возвращалась с покупками, возилась тут, расставляя статуэтки... Ладно, осмотри комнату, походи по дому, поболтай с домочадцами. Повторяю: сука, придумавшая хитрый план, живет со мной под одной крышей!

— Вы кого-нибудь подозреваете?

По лицу Краминова скользнула тень.

— Нет, но знаю: гад тут. Действуй!

Павел резко повернулся и вышел, я осталась одна и принялась осматриваться.

Через час мне стало понятно: в спальне нет никаких потайных мест. Ящички секретера содержали лишь малозначительную ерунду вроде дешевых заколок и бижутерии. Фальшивые украшения были аккуратно разложены по коробочкам, бархатные «укладки» казались более дорогими, чем эрзац-бриллианты, хранящиеся в них. Одежда тщательно выстирана и отглажена, в гардеробной не нашлось ничего мятого или запачканного, все сумки имели первозданный вид. Светлана была маниакально аккуратна! Ну скажите, вы полностью освобождаете ридикюль, когда меняете один на другой? Я нет, во всех моих торбах царит вдохновенный беспорядок: в кармашках жвачки, на дне расчески, носовые платки, смятые бумажки, конфетки. Здесь же идеальная чистота. Такое ощущение, что покойная была роботом, а не живой женщиной. Интересно, как проходил ее день?

Я подошла к тумбочке и посмотрела на часы — не

электронные, а самый обычный вариант. Стрелка будильника установлена на цифре «7».

Я села в кресло и попыталась сосредоточиться. Краминова просыпалась тогда, когда вся страна собирается на работу, но Светлана не ходила на службу и могла позволить себе не торопиться. Она, наверное, принимала душ, потом развешивала полотенца, выравнивала флаконы и баночки по линейке, поправляла коврик, завтракала и уходила мечтать в беседку. А вечером, раздеваясь, вешала платье на плечики, чистила обувь, педантично насаживала туфли на колодки, освобождала ридикюль, выбрасывала ненужное, умывалась, снова расставляла пузырьки и флаконы. Просто офигеть! Зачем ей столько сумок? Она с ними совершала променад по участку?

И что же все-таки собирала жена Павла? В коллекции должна быть система, а ее собрание похоже на винегрет. Вот девушка в купальнике, около нее собачка породы такса, рядом младенец в коляске, следующим идет парень в костюме аристократа эдак восемнадцатого века и тут же... жираф. Такое ощущение, что Светлана просто хватала первое, на что падал взгляд.

Еще интересный момент: в комнате нет ни книг, ни бумаг.

Я вышла в холл и спустилась по лестнице в просторную столовую, где вокруг длинного стола ходила юная девушка в сером платье.

— Здравствуйте, — сказала я.

— Добрый вечер, — прозвучало в ответ.

— Меня зовут Елена Романова, я секретарь Павла Львовича. А как к вам обращаться?

— Оля, — коротко сообщила девушка.

— Скажите, пожалуйста... — начала я разговор, но тут с террасы через распахнутую стеклянную дверь вошла пожилая дама в черном костюме и сурово воскликнула:

— Ольга, почему подсвечники не чищены?

Горничная густо покраснела.

— Э... э... да... секундочку, — залепетала она.

— По какой причине болтаешь? — злилась незнакомка. — Нужно работать. А вы кто?

Я приветливо улыбнулась.

— Елена, помощник Павла Львовича.

— А-а-а, — протянула дама, — наслышана.

— Вы, наверное, Римма? — предположила я.

— Правильно, — царственно кивнула домработница, не преминув поправить меня: — Римма Сергеевна. Что вы хотите?

— Павел Львович велел мне собрать по дому вещи Светланы, — объяснила я. — Ему очень тяжело смотреть на них, они будят воспоминания.

— Спальня на втором этаже, — отрезала Римма.

— Там я уже осмотрелась, и теперь возникли вопросы.

Римма уставилась на меня.

— Вы не хотите оставить себе что-нибудь на память? — завершила я.

Уголки губ домработницы поползли вниз.

— Я?

— Ну да.

— Оставить себе?

— Верно.

— Зачем?

— На память.

— О ком? — с невероятным презрением поинтересовалась Римма.

— О Светлане, — делая вид, что не замечаю ее тона, мирно журчала я. — Конечно, очень ценные вещи, вроде бриллиантового колье, вам взять не разрешат, но милую безделушку, фигурку, картину — с доброй душой. Давайте я попрошу Павла Львовича, чтобы он разрешил вам выбрать что-нибудь по вкусу?

— Какого черта ты здесь стоишь? — рявкнула Римма на Ольгу. — Ступай в прачечную. Белья до неба лежит, а она тут бездельничает. И не забудь о подсвечниках!

Втянув голову в плечи, девушка шмыгнула в коридор, Римма повернулась ко мне.

— Давно ты у Павла Львовича работаешь?

— Достаточно, — обтекаемо ответила я.

— Что-то раньше я тебя не видела!

— Не было необходимости приезжать в дом.

— Не ври! — фыркнула Римма. — Не стоит пытаться меня обмануть, это бесполезно. Я на три метра под землей вижу! Значит, ты секретарь Елена?

— Ну да.

— И откуда ты сейчас заявилась?

— Из офиса. Господин Краминов попросил оказать ему личную услугу, я прибыла прямо с работы.

— Ох, хватит, — перебила меня Римма, — не гунди! А то у нас в доме нет никого, кто шмотки сложит. Павел Львович утром прикажет, к вечеру здесь ни одной нитки не останется. Ты кто?

— Секретарь Елена. — Я решила не сдаваться.

Римма села на стул.

— Значит, так. Ты кто угодно, только не помощница Павлуши.

— Почему вы пришли к такому выводу?

— Говоришь, прямо со службы приехала?

— Верно.

— Домой к себе забегала?

Я поразилась странному вопросу.

— Нет.

Римма удовлетворенно кивнула.

— Хочешь убедить меня, что сидишь в приемной в футболке, джинсах и кроссовках? У Павла в конторе все женщины в костюмах и блузках, это раз. Теперь дальше. Год назад хозяин забыл дома важные документы и прислал за ними Елену. Это приятная брюнетка лет пятидесяти, ты на нее абсолютно не похожа. Можешь, конечно, сейчас соврать, что перекрасилась и сделала пластическую операцию. Очень смешно!

— Вы удивительно наблюдательны, — протянула я.

— Давай без комплиментов, — отбрила Римма.

— Я просто констатирую факт. Вы правы, я никогда не работала помощницей Краминова, я частный детектив Евлампия Романова.

— Что ж, тогда другое дело, — кивнула Римма. — Зачем тебя наняли?

Я заколебалась, а домработница неожиданно улыбнулась:

— Впрочем, без тебя знаю. Павлуша решил найти перстень?

— Что? — изумилась я.

— Хватит, — скривилась Римма, — со мной можно не прикидываться. Я брюлики не брала, служу в семье Краминовых столько лет, сколько ты на свете не живешь. Задумай я их обворовать, сумела бы момент вычислить. В доме есть сейф, мне шифр известен, сколько раз оттуда деньги и цацки доставала.

— Постойте, какой перстень? — остановила я Римму.

— Сказала уже, не прикидывайся.

— Я правда не знаю!

— Зачем тогда сюда приперлась? — грубо поинтересовалась домработница. — Тебе за работу платят?

— Конечно.

— Значит, тебе лучше со мной дружить, я помочь могу. Если найдешь вора, получишь деньги.

— Павел нанял меня для другой цели.

— И какой?

— Он хочет узнать, кто... ну... Простите, я не могу раскрывать детали!

— Между прочим, я догадываюсь, у кого вороватые лапы.

— Я впервые слышу о кольце. В доме что-то пропало?

Римма нахмурилась.

— Ты не хочешь откровенничать, а почему я должна выбалтывать семейные тайны? Пусть Павел Львович прикажет, тогда и раскрою рот. Но даже он не заставит меня выложить то, что знаю.

— Ладно, — сдалась я. — Произошла таинственная история с девушкой по имени Беатриса.

Римма молча выслушала мой рассказ.

— Бред какой-то, — заявила она после того, как я замолчала. — У Павла нет любовниц!

— Вы уверены?

Домработница оперлась грудью на стол.

— Мужчины иначе устроены, чем женщины, их постоянно на сторону тянет. Может, раньше он и ходил налево, только очень аккуратно, для семьи ущерба не было. Но сейчас Павла бабы не интересуют.

— Почему? — провокационно спросила я.

— Неважно, просто поверь мне, — прошептала Римма. — Вот что, пошли в мою комнату, здесь ушей полно.

— В доме много людей живет? — поинтересовалась я, пока мы преодолевали бесконечные коридоры.

— Олег, сын Павла, Нюта, его дочь, и сам хозяин, — ответила Римма. — Трое получается.

— Секундочку, а Тина? Жена Олега? Она здесь не живет?

— Куда ж ей деваться?

— Но вы про нее забыли.

— Еще попроси девок с тряпками назвать! — презрительно отозвалась Римма. — Я поломоек и убогих за людей не считаю. Тина идиотка!

— Идиот тоже человек, — рассердилась я. — Ходит по дому, зажигает свет, смотрит телевизор, ест, пьет...

— Ну в этом смысле — да, — согласилась Римма, — пожрать она не дура. Знает толк в черной икре.

— Пожалуйста, назовите всех! Вместе с прислугой и теми, кого считаете кретинами.

— Всех? — переспросила Римма. — Павел Львович, Олег, Нюта, Тина, Ольга, она младшая горничная, шофер Игорь, кухарка Валя, еще раз в неделю приезжают Олеся и Вера, дом капитально моют. Но мозгов на хитрости ни у кого, кроме Олега, нет.

— Вы подозреваете сына хозяина?

Римма толкнула белую дверь, и мы вошли в небольшую, очень уютную комнату, тесно заставленную мебелью. В отличие от спальни Светланы здесь было много книг, в основном из серий «Жизнь замечательных людей» и «Великие географические открытия».

— Перстень точно он спер, — ответила Римма, садясь в кресло, — а про остальное я не в курсе.

— Что за история с перстнем?

Домработница сложила руки на животе.

— Маргарита Михайловна, мать Павла, обожала украшения, а Лев Яковлевич ей их без счета дарил. После смерти родителей драгоценности перешли Павлу. Но ведь мужчина не станет надевать безделицы...

Итак, выяснилось следующее.

Краминов передал украшения своей жене. Любая другая женщина пришла бы в невероятный восторг, но Светлана не очень обрадовалась.

Дело в том, что Маргарита Михайловна, мягко говоря, недолюбливала невестку, называла ее в глаза «оборванкой» и «нищетой убогой». До самой смерти свекровь считала Светлану оборотистой девицей, которая сумела округтить хорошо воспитанного мальчика и женить его на себе исключительно из желания влезть в богатую семью и жить за счет супруга. Вот Светлана и не хотела носить украшения вздорной «мамули».

Глава 16

Мнение свекрови о невестке с годами не менялось. Маргариту Михайловну не обрадовали внуки, а решение Светланы осесть дома и заняться хозяйством добрая «мамочка» прокомментировала так:

— Кто бы сомневался! Естественно, ей не хочется пахать!

Сама Маргарита Михайловна работала в больнице рентгенологом, любила свою службу и на пенсию так и не вышла — продолжала натягивать на себя свинцовый фартук даже в семьдесят лет. Краминову считали замечательным диагностом. Так, как она, снимки не умел читать никто, глазу Маргариты Михайловны мог позавидовать суперсовременный томограф.

Понимаете теперь, почему Светлана не желала носить ее драгоценности? Кстати, кроме личной неприязни к свекрови, у Светы имелась еще одна причина не прикасаться к цацкам. Она была совершенно безразлична к украшениям, у нее даже не были проколоты уши.

Однажды Римма стала свидетелем разговора Павла и Светы.

— Проколи уши, — велел муж, — и носи мамины серьги!

— Не уверена, что Маргарита Михайловна пришла бы в восторг от твоего предложения, — тихо протянула жена.

— Мама давно умерла, а ты все с ней счеты сводишь! — обозлился Павел.

— Нет, нет, — испуганно ответила жена, — ты меня неправильно понял. Маргарита Михайловна в последние годы увлеклась книгами по акупунктуре, даже хотела на иглотерапевта учиться, помнишь?

— Мать до преклонных лет сохранила ясный ум, — подтвердил супруг.

— Как-то раз мы пили чай в гостиной, и я заметила, что она сидит без серег, — продолжала Света. — Ну я и поинтересовалась, где украшения. Свекровь спокойно ответила: «Знать бы раньше про точки в организме, никогда не проколола бы уши, но в мои студенческие годы ни о чем таком нам не сообщали. Ушная раковина особое место, ткнут иголкой не туда, а у человека зрение падает или слух нарушается. Дам тебе дружеский совет: никогда не носи серег». Вот почему я ответила тебе, что ей бы не понравилось.

— А-а-а, — протянул Павел. — Но против ожерелий, браслетов и колец мама не возражала.

— Бусы, по ее глубокому убеждению, нарушают функцию щитовидной железы, перстни раздражают энергетические меридианы, а браслеты не дают правильно работать сердцу, — мигом нашлась Света. — Если помнишь, Маргарита Михайловна незадолго до кончины сняла с себя все золото!

Павел покосился на жену и больше не настаивал на ношении украшений, они хранились в сейфе. В доме есть два железных ящика: в одном держат деньги, не очень большие суммы на хозяйственные расходы, в другом лежат документы и «алмазный фонд».

Когда Света погибла на пожаре, безутешный Павел Львович решил похоронить жену с царскими почестями. Он завел беседу с прибывшим на дом агентом, а Римма испытала огромное желание треснуть по башке противную бабу из ритуальной конторы. Хитрюга живо смекнула, что вдовец находится в неадекватном состоянии, и стала раскручивать Краминова: продала Павлу роскошный гроб из красного дерева, впарила живые орхидеи. Когда дело дошло до расшитого золотом покрывала, преданная домработница не выдержала и вмешалась в беседу.

— Это уж слишком!

Павел вздрогнул.

— Ты о чем?

— Домовину открывать не будут, — заметила Римма. — Извините, конечно, за напоминание, но людям придется прощаться с ящиком.

— И что? — протянул хозяин.

— Да, что? — вякнула агентша. — Что же, кости без покрывальца оставить?

Промолчи противная бабенка, смутись она от того, что домработница поняла: идет развод клиента, Римма бы не нахамила ей. Но тетка продолжала:

— Дорогой покойной нужно дать все лучшее. Это последний подарок. Больше вы ничего никогда ей не купите.

— Верно! — ахнул Павел. — Точно замечено: именно последний подарок!

Он подскочил и убежал.

— Сволочь! — с чувством заявила агентше Римма, когда за хозяином захлопнулась дверь. — На людском горе наживаешься!

— Не похоже, что последнее добро забираю, — парировала ушлая мадам, — небось есть еще заначка. А ты чего переживаешь? Боишься, тебе на зарплату не хватит?

В подобном духе дамы побеседовали около десяти минут, потом Римма спохватилась и пошла искать хозяина — Павел не возвращался в гостиную. Вдруг ему стало плохо?

Краминов был в кабинете, стоял у раскрытого сейфа.

— Павлуша, ты в порядке? — спросила Римма.

Тут надо дать некоторые пояснения. Римму наняли в дом, когда забеременела Маргарита Михайловна, девочка была привезена Львом Яковлевичем из деревни и только-только получила паспорт. Конечно, никто Римму к младенцу не подпускал, мать сама ухаживала за сыном, домработнице поручили черную работу, но девушка искренне полюбила симпатичного малыша, и к тому времени, когда Павлик пошел в школу, между прислугой и сыном хозяев установилась прочная дружба. Сколько раз Римма покрывала мальчика! Маргарита Михайловна была строга, она полагала, что детей надо держать в строгости, и охотно пускала в ход ремень. Наказав отпрыска, она лишала его ужина и отправляла в кровать. Павлик не очень расстраивался — он великолепно знал, что около полуночи, когда родители крепко заснут, в детскую осторожно войдет Римма с тарелкой и начнется пир. А еще Краминову-младшему плохо давался русский язык, Паша писал с чудовищными ошибками и не умел внятно составить даже самое простое предложение. Римма же, несмотря на образование, полученное в деревенской школе, явно обладала литературным даром. Угадайте, кто вплоть до десятого класса сочинял для мальчика доклады?

Любовь к Павлу Римма сохранила на всю жизнь, хозяин платит ей тем же чувством. Но на людях, даже при членах семьи, домработница редко забывает про церемонное «вы» и отчество, наедине же она зовет Краминова Павлушей и обходится с ним по-свойски.

— Ну-ка глянь, — приказал Павел, — где перстень, который отец подарил матери на семьдесят лет?

— Со здоровенным изумрудом? — уточнила Римма. — Платина и бриллианты?

— Именно так, — кивнул хозяин.

— В укладке, наверное, лежит.

— Его нет, — сухо ответил Павел.

— Совсем? — изумилась Римма.

— Наполовину, — обозлился Краминов. — Поглупей чего спроси!

Домработница начала просматривать коробочки. Украшения содержались в идеальном порядке. Рубины прятались в красных шкатулках, гранаты в бордовых, жемчуг покоился в белых атласных мешочках, сапфиры в голубых. Все находилось на своих местах, вот только отсутствовал ларчик колера молодой травы, в котором лежал тот самый дорогой перстень.

— Украли! — ахнула Римма.

— Не пори чушь, — оборвал ее Павел. — Драгоценности, как видишь, в сейфе, свободного доступа к ним нет.

— Комбинацию цифр знают дети, — напомнила домработница. — Да и Светлане она была хорошо известна.

Павел хмуро глянул на Римму.

— Я знаю, что ты недолюбливала мою жену, но нужно думать, прежде чем говорить. Зачем брать тайком то, что и так принадлежит ей? Сама знаешь, сколько раз я уговаривал Свету надеть украшение, а она отказывалась.

— Верно, — признала Римма, — ей оно к чему, а вот Олег с Нютой...

— Нет, — зашипел Павел, — дети тут ни с какого бока! В особенности Олег. Не станет же парень носить женское кольцо!

Римма покачала головой. Павел умный бизнесмен, но порой он демонстрирует детскую наивность.

— Здоровенный изумруд в окружении немаленьких бриллиантов, да еще в платиновой оправе, легко продать, — рискнула предположить домработница. — Перстень обалденных денег стоит!

Павел стукнул кулаком по сейфу.

— Бред! Ни Олегу, ни Нюте деньги не нужны, они могут с карточки любую сумму снять.

— Давно перстень испарился? — решила уточнить Римма.

Краминов сел в кресло.

— Я хотел, чтобы Светлана надела его на юбилей Романа Дягилева. Жена, конечно же, стала сопротивляться, но я заставил ее примерить кольцо, вот тогда в последний раз его и видел.

— Вроде Света в люди без побрякушек пошла, — Римма попыталась вспомнить давние события.

— Верно, — вздохнул Павел, — кольцо велико оказалось, даже с большого пальца соскакивало! С той поры я сейф не открывал, а сейчас подумал... Последний подарок... Короче, решил изумруд с женой в гроб отправить...

— Такую дороговизну! — ахнула Римма.

— А его нет, — не обращая внимания на ее возглас, довершил Павел. — Испарился вместе с коробкой. Кто спер?

— Олег, — вырвалось у Риммы. — Сам знаешь, сколько денег он на баб тратит!

— Прекрати, — поморщился хозяин. — В нашей семье воров нет! Это прислуга или... или... или...

— Кто еще? Дома гостей практически не бывает, — резонно заметила Римма, — поломойки шифра не знают. Камера! Мы про нее забыли, а она же прямо на железный шкаф направлена. Посмотрим запись и увидим вора.

— Техника не работает, — буркнул Павел, — отключена. Ступай в гостиную, я сейчас вернусь. Никому в доме ни слова! Непременно сам разберусь, ты не вмешивайся.

Римма спустилась в комнату, где терпеливо ждала агентша. На душе у домработницы было гадко. Теперь, когда Римма узнала про отключенную камеру, она потеряла последние сомнения: Олег — вор...

— Почему вы заподозрили сына хозяина? — удивилась я.

Римма встала, открыла окно в сад и печально ответила:

— Говорят, господь отдыхает на детях гениев, а у нас внуки кривые получились. Павел весь во Льва Яковлевича пошел, в отца. Он очень талантливый, бизнес с нуля поднял. А Олег... Да что там говорить! Ничего делать не умеет. Знаешь, где он трудится?

— Теряюсь в догадках.

— У папочки на фирме, — скривилась Римма.

— Не вижу ничего странного. Многие родители устраивают детей к себе, отпрыски вникают в тонкости дела, а затем его наследуют.

— Может, и так, — закивала Римма, — но Олегу по барабану работа, он на службу к полудню прикатывает. Отец в семь стартует, идет по коридору — по мобильному в каждой руке, он по двум сразу болтает, третий в кармане звонит. А Олежек после одиннадцати из спаленки, потягиваясь, выходит, кофеек неспешно попивает. Конечно, если домой прибывать в три утра, рано не вскочишь.

— Бывают люди-жаворонки, а бывают совы, — подначила я Римму, — у Олега график на ночь сдвинут.

Домработница с треском захлопнула окно.

— Не смеши! Олег по клубам шляется, баб снимает. Ничего хорошего от Краминовых не взял, весь в мать!

— Разве Светлана гуляла? — удивилась я. — Только что я слышала обратное: она из дома не высовывалась.

— Я не в том смысле, — недовольно уточнила Римма. — Тихая она была, словно змея. Глаз никогда не поднимала, наверное, боялась, что в них ее мысли прочтут. Я ей не верила, чутье подсказывало: не та она, за кого себя выдает!

В моей душе зашевелилась жалость к Свете. Хоть я и видела госпожу Краминову всего пару раз, но успела составить собственное мнение о жене Павла.

Самые частые клиенты частных детективов — дамы, решившие поймать мужа с любовницей. Мне не раз приходилось показывать дамочкам изобличающие фото и комментировать их. Всегда удивляюсь, ну зачем они хотят собственными глазами увидеть факт адюльтера? Неужели и впрямь полагают, что супруг, застигнутый врасплох, устыдится, бросит свою Лолиту и вернется в лоно семьи? Скорее все будет наоборот — муж обозлится, и брак рухнет окончательно. Если хочешь сохранить семью, не долби клювом печень второй половины, не читай эсэмэски на его телефоне, не зашивай ему в лацкан пиджака миниатюрный диктофон, не нанимай сыщика — ничего хорошего не выяснишь, только заработаешь нервное расстройство в обнимку с язвой желудка и попадешь в плен к ревности. Меньше знаешь — лучше спишь! Но большинство жен думают иначе. Не счесть случаев, когда, увидев, мягко говоря, компромат, мои клиентки орали:

— Ну он у меня попляшет! Шлепну фотки ему на лысину, получит по заднице! Поймет, каким следует быть мужу!

А вот Светлана отреагировала иначе. Она явно была шокирована, но агрессии не выказала. Более того — сделала мудрое заявление:

— Мужу ничего не расскажу. Буду бороться за свой брак, изменю прическу, пойду в фитнес-клуб, авось Павел снова мною увлечется. Я сама виновата в том, что он предпочел молоденькую.

Света проявила удивительное здравомыслие! Она хотела уточнить факт измены только по одной причине: чтобы узнать, как себя вести, имеется ли другая женщина, не чудится ли ей призрак любовницы. Краминова не желала терять мужа.

Римма ошибается в оценке хозяйки, на домработницу сильное влияние оказала покойная Маргарита Михайловна, которая не любила жену сына.

— В Олеге нет ничего от Павла Львовича, — с горечью продолжала Римма, — ни клеточки, весь в маменьку. За всю жизнь он одно хорошее дело совершил — женился правильно.

Я пришла в изумление.

— Вы любите Тину?

Римма рассмеялась:

— Тину?

— Ну да, раз вы считаете, что у Олега замечательная супруга.

— Ой, какая ерунда! — перебила меня Римма. — Отец Тины очень богат, он даже покруче Павла Львовича, занимается нефтью. Ты Тину видела?

— Она выбежала встречать Павла Львовича.

— Придурочная, да? Ума у нее как у школьницы. Даже сериалы не смотрит, потому что не понимает их, для ее мозгов они слишком сложные. И куда было деть папеньке такую доченьку? Даже за очень большие деньги не пристроить ни в институт, ни на работу. Девчонка еле-еле школу окончила, и отец решил: пора ей замуж. Стали родители Тине жениха искать, и тут красота их неописуемая финт выкинула — сбежала.

— С кем?

— С бабушкой, — фыркнула Римма. — Хорошие вопросы задаешь.

— С кем? — переспросила я.

— Любовника она завела, — пояснила домработница. — Дура дурой, а сообразила. В общем, с Вадимом, шофером родительским, скорефанилась. Парень решил счастье себе сковать. Поди, плохо, зятем в такую семью пристроиться, как полагаешь?

— Во всяком случае, материальных проблем у молодой пары не возникнет, — дипломатично ответила я.

— Антон Петрович всерьез собрался Тину замуж пристроить, — продолжала Римма, — ну и пошла у них битва... железных канцлеров. Вадим тайком Тинке на ушко нежные слова нашептывает, Антон Петрович женихов отсматривает, и везде облом выходит! Если будущий зять требованиям соответствует, его при виде Тины чуть не тошнит. А ежели юноша готов руку и сердце предложить, то денег у него нет. То есть, получается, пересадит папенька дочурку со своего коня на чужого ишака, избавится от одного геморроя, а приобретет другой — двоих по жизни в зубах тянуть придется...

Пока Антон Петрович строил планы, Вадик убедил Тину расписаться, и парочка тайком сбегала в загс. Наивный шофер полагал, что новоявленный тесть — матери Тина лишилась в раннем детстве — с распростертыми объятиями примет молодых и откроет золотым ключиком дверь в безбрежное счастье, но тот, увидав свидетельство о браке, рассвирепел. Сначала магнат разорвал бумагу, потом велел охране скрутить зятя и запереть его на чердаке. Через двое суток олигарх зашел туда и сказал насмерть перепуганному парню:

— Значитца, так! Доскакал ты, молодец, до камня, а на нем выбито: «Дурак». Но я не злой, хочу добром на твою пакость ответить. Сам выбирай себе судьбу, предлагаю варианты. Брак признается недействительным, и ты уходишь из дома. Если ты настаиваешь на статусе мужа, затеваешь суд, брак все равно признают недействительным, и ты опять-таки убираешься вон. Станешь качать права, я заявляю о похищении и изнасиловании дочери, принуждении ее к браку, он все же признается недействительным, но ты не идешь на все четыре стороны. В последнем случае ты уезжаешь на зону лет этак на пятнадцать. И каково твое решение?

Думаю, никто не сомневается, что ответил водитель.

Глава 17

Лишившись любимого, Тина заболела, слегла в кровать и стала плакать. Врач, спешно вызванный к ней, покачал головой и сказал:

— Замуж ей надо. Зря вы, Антон Петрович, Вадима выгнали, может, и сложилась бы жизнь у девочки счастливо.

— Пошел вон! — обозлился бизнесмен. — Тоже мне, психолог хренов.

— Я-то уйду, — беззлобно заявил доктор, — но лучше Тине не станет. Не понравился вам шофер, ищите другого кандидата, но действовать надо оперативно. Простите, конечно, но вашей дочери чисто физиологически нужен мужчина.

Антон Петрович в растрепанных чувствах отправился на работу. А в тот день у него была запланирована встреча с Павлом Краминовым. Мужчины знали друг друга шапочно, просто вежливо раскланивались, но сейчас им предстояло договориться по ряду вопросов, поскольку их интересы в бизнесе неожиданно пересеклись.

Переговоры завершились к обоюдному удовольствию, и сделку решили обмыть в ресторане. За десертом Антон Петрович неожиданно спросил:

— У тебя семья есть?

— Жена и двое детей, — ответил Краминов.

— А у меня одна дочь, будь она неладна, — буркнул собеседник.

— Гуляет? — с явным сочувствием осведомился Павел. — По клубам таскается? Мальчики, выпивка?

— Лучше б она водку жрала! Сплошное горе, — в сердцах заявил Антон Петрович. — Мать ее давно умерла, я специально не женился, не хотел мачеху в дом приводить. И что вышло?

— Наркотиками балуется? — предположил Краминов.

— Нет, — отмахнулся Антон Петрович и выложил правду про Тину.

— Послушай, — оживился Краминов, — у меня есть сын. Хороший парень, ленив немного, но это не самый большой грех. Давай детей поженим, а? Ты в качестве приданого в мой бизнес вложишься.

— Заманчивое предложение, — кивнул Антон Петрович. — Но зачем твоему сыну такая обуза? У Тины ум семилетнего ребенка, не захочет он с такой девушкой возиться.

— Не волнуйся, — усмехнулся Павел, — я решу проблему.

Через три месяца сыграли пышную свадьбу, молодая жена перебралась в дом к мужу.

— Вот уж странность, — покачала я головой.

— Что ты имеешь в виду? — Римма скорчила гримасу.

— Олег молодой человек со средствами. Какой ему смысл связывать свою судьбу с не совсем нормальной особой?

Домработница только вздохнула.

— Вложение капитала. Деньги Антона Петровича очень нужны Павлу, его бизнес после получения приданого сильно поднялся. Олегу отец так сказал: «Ты ни хрена не делаешь, а хочешь кататься на шикарной тачке и гулять с королевами красоты. Изволь отрабатывать сладкую жизнь — женись на Тине». Олег было рыпнулся, но Павел заявил: «Не согласишься — выгоню. Живи тогда где хочешь на лично заработанные копейки, от меня медного пятака не дождешься. А вот если пойдешь в загс, останешься любимым сыном, и это непременно скажется на твоем денежном содержании. И в конце концов отразится в завещании. Тина по уму ребенок, ты сможешь вести прежний образ жизни. Вот только два условия: жену не обижать и никаких детей. Она младенца выносить не сумеет, да и мне не нужны внуки с кривой генетикой.

— Понятно, — протянула я.

— Олег гуляет по-прежнему, — добавила Римма. — Тину он, ясный день, за человека не считает. Правда, она не злая, но уж очень надоедливая — сядет на кухне и ну болтать... Голова кругом идет от глупостей, которые она несет. Я больше пяти минут не выдерживаю, непременно скажу: «Тина, отвяжись, сходи в сад, погуляй». Она не обижается, убегает, а меня потом совесть грызет, зачем на убогую собак спустила. С другой стороны, если ей разрешить под ногами путаться, ничего по хозяйству не успеешь, у меня же под началом вся прислуга. Поломойки — тупые козы, ничего сами делать не способны, только после хорошего пинка шевелятся. А еще...

— Если Павел отстегивает сыну приличные деньги и позволяет вести себя, как тому заблагорассудится, почему вы решили, что именно Олег украл перстень? — перебила я. — У парня хватает средств!

Римма оглянулась на дверь и понизила голос:

— Ха... Олег бездонная яма! Полгода тому назад они с Павлом так поругались, что тут крыша поднималась! Сыночек у папы тугрики клянчил, немалую сумму, мол, в карты проигрался! Отец долг оплатил, но орал жутко. Заставил сына на коленях клясться, что больше за покер не сядет. А теперь, похоже, он опять дров нарубил, после смерти Светланы безвылазно в доме сидит. Даже с Тиной на пару пазлы собирал. Понимаешь, да? Видно, совсем дело плохо, раз с идиоткой занимается. Ну прямо цирк!

Римма многозначительно замолчала.

— Что-то странное случилось в доме? — насторожилась я.

Домработница пожала плечами.

— С одной стороны, нет, с другой — да.

— А именно?

Собеседница крякнула и продолжила:

— Как Светлана погибла, Олег по дому начал шляться. Видно было, что ему тоска голову крутит. Прямо не знал, куда деться. Потом, гляжу, у него с Тиной любовь-морковь. Сидят рядом голубками, картинки складывают, девчонка к мужу в комнату бегает. Раньше-то Олег на нее особого внимания не обращал, а тут то в баню вместе пойдут, то в джакузи залезут... Ну прямо медовый месяц! Я в сад пошла роз в вазу нарезать, щелкаю секатором, вдруг слышу странные звуки: охи, ахи... Поднимаю голову! Матерь Божья! На балконе Тина голая, муж ее на парапет посадил и ну стараться! Никого вокруг не замечали.

— Молодым людям свойственно подобное поведение.

— Ха! Раньше-то он на нее плевать хотел, — отметила Римма, — а сейчас вдруг страсть обуяла! И Тина изменилась.

— Стала умнее?

— Наоборот, совсем в дуру превратилась! Волосы осветлила, красной помадой мажется, в губы силикон накачала, — перечисляла Римма. — Как раз в тот день, когда Света умерла, она ездила в косметическую лечебницу, чуть ли не сутки там провела, хорошела для мужа. Может, Олега новый вид жены заводит?

— Почему все-таки вы его вором считаете? — вернула я экономку к нужной теме.

— Он вдруг в Питер укатил, заявил, мол, ему отпуск положен, — хмыкнула Римма. — А Тину здесь оставил. Только она не понимала, что ее бортанули, и веселая ходила, песенки напевала. Олега пять дней нет, а жена по шесть раз на дню переодевается. Да, еще в фитнес начала ездить! Павел невестке шофера нанял, Юрку, он ее и катает на спортивные занятия. И откуда у Олега бабки? Он, думаю, опять долгов наделал, сидел, трясся, боялся, что хвост прижмут, потом осмелел. С женой-дурой помиловался и снова по красоткам поскакал. Где средства взял? Если же вспомнить, что перстень пропал... Кто знал шифр от сейфа? Олежек. Кому легко испортить видеокамеру? Ему. Прислуга, кстати, и не слышала про наблюдение, оно тайное. Соотнесем информацию, и какой ответ получится?

— Римма Сергеевна, — робко раздалось из коридора, — извиняйте, я кошку разбила. Простите!

Домработница встала и распахнула дверь, на пороге маячила горничная Оля, по щекам ее текли слезы.

— Я не нарочно, — лепетала она, — тряпкой махнула... она брык набок. Че теперь делать?

— Осколки заметать! — гаркнула Римма. — Взялась на мою голову, идиотка... Собирай черепки. Имей в виду, вычту из зарплаты.

— Ой, не надо! — зарыдала Оля в голос.

— Хватит сопли лить, — приказала Римма, — пошли, гляну, столь ли велика беда.

Она последовала за девушкой по коридору, а я поспешила в кабинет к Павлу. Бизнесмен сидел у стола, перебирая какие-то бумаги.

— Почему вы не сказали, что в доме произошла кража? — спросила я.

— У меня все на месте, — не поднимая глаз, буркнул он.

— А перстень, пропавший из сейфа?

— Ерунда, — по-прежнему уставившись в документы, ответил Краминов.

— Бриллианты с изумрудом в оправе из платины вы считаете пустячком?

Павел резко встал.

— Тот случай не имеет ничего общего с делом, ради которого я тебя нанял.

— Вы уверены?

— Абсолютно.

— Все равно следовало о нем рассказать.

— Может, тебе еще голую задницу продемонстрировать? — заорал бизнесмен и отвернулся к окну.

На секунду я онемела от хамства, потом шагнула к двери.

— Стой, — попросил Павел. — Ну извини, я очень нервничаю. Перстень тут правда ни при чем. Я знаю, кто его взял. Нехорошо, конечно, что без спроса, но ситуация выяснилась.

— Олег?

— Не имею ни малейшего желания далее беседовать на эту тему. Кольцо позаимствовал член семьи.

— Остальные драгоценности на месте?

— Да.

— Вы уверены?

— Однозначно.

— Может, глянете? Очень прошу, проверьте содержимое сейфа.

Краминов пожал плечами, подошел к картине с изображением сцены охоты и отодвинул полотно в сторону. Обнажилась железная дверка, хозяин набрал код, выдвинул ящик и сказал:

— Не хватает только одной коробки. Я сразу сообразил: действовал свой, чужой бы прихватил все.

— Понятно, — кивнула я. — Следующий мой вопрос может показаться бестактным, но, извините, мне нужен ответ.

— Давай, — кивнул Краминов.

— У вас есть завещание?

— Конечно.

— И кто наследник имущества?

— После моей смерти все должно было отойти Светлане, — пояснил Павел. — За исключением городской квартиры моих родителей, которая отписана Римме вместе с достойной пенсией.

— Но ваша супруга скончалась, значит, потребуется переписать завещание.

— Нет, адвокаты предусмотрели все коллизии. Теперь состояние разделят Нюта и Олег, других родственников нет.

— Значит, они выиграли от смерти матери?

— Да, — сухо подтвердил Краминов.

— Между богатством и свободой ваших детей стоят родители. Матери уже нет... — Краминов только зыркнул на меня. — Теперь единственная помеха вы?

— Именно так.

— Вот по какой причине вы решили, что организатор комедии с Беатрисой находится в доме!

Краминов отвернулся к окну.

— Следовало сразу ввести меня в курс дела, — наседала я.

— Не получилось, — коротко обронил бизнесмен, — как-то язык не повернулся.

Я села в кресло.

— Давайте откровенно. Кого вы подозреваете?

Павел подошел к книжному шкафу, достал с полки фотографию и положил передо мной.

— Скажи, чей это снимок?

— Ваш, — после некоторого колебания ответила я, — сделан, думаю, совсем недавно.

— Это Олег, — хмыкнул Павел.

Я засмеялась.

— Вашему сыну не так уж много лет, а на снимке мужчина, мягко говоря, за сорок.

— Это Олег, — повторил Краминов. — Год назад Нюта увлеклась театром, захотела сама поставить пьесу, и я дал ей денег на забаву. Затея, конечно, провалилась, режиссер из дочери никакой, продюсер тоже. Олег вместе с дочкой загорелся идеей театра, и Нюта дала ему роль, он играл мужчину средних лет. Гример «состарил» сына, и вот что вышло — точная копия меня.

— Понятно. Полагаете, с Беатрисой гулял Олег?

— Именно так, — горько обронил Павел. — Ему очень нужны деньги. Увы, Олег не способен зарабатывать, тратит мой капитал и постоянно недоволен количеством падающих ему с неба средств. Думаю, он придумал такой ход: мать узнает о моем романе с Беатрисой, начнет нервничать и умрет... Видишь ли, у Светланы было сердечное заболевание, ей категорически нельзя было волноваться. Олег станет вполне обеспеченным мужчиной и сможет уехать отсюда. Знаешь, все так запутано... Некоторое время назад я женил его на Тине, исключительно из деловых соображений.

— Мне уже сообщили подробности этого брака. Римма полностью в курсе дела.

Павел чуть поднял брови.

— Да, я от нее ничего не скрываю, даже часто прошу совета. Так вот, сын пару раз подходил ко мне с разговором, что он не предполагал, как трудно жить с Тиной, и хочет развестись. Я был категорически против. Не одобряю распущенности, считаю: если расписался, то терпи, сумей найти ключик к жене, с любой бабой можно стать счастливым, но удачная семейная жизнь — это каждодневный труд. У нас со Светой случались кризисы, однако я работал, выстраивал отношения.

— Думаю, после развода дочери Антон Петрович живо забрал бы свою долю из вашего бизнеса. Он вкладывается в дело до тех пор, пока дитятко устроено. Ведь так? — ехидно спросила я.

Павел осекся, потом вдруг кивнул.

— Да. Верно. В общем, я решил: раз от Олега нет ни малейшего толка, то пусть сидит и молчит. Я ему запретил даже думать о разрыве с Тиной. Знаешь, что он предложил?

— Теряюсь в догадках.

— «Папа, сними мне дом. Я согласен на небольшой, всего пять-шесть комнат. И дай денег на жизнь. Я уеду, а Тина останется здесь, по документам мы будем считаться супругами, вот Антон Петрович и не предъявит претензий». Каково?

— Сильно, — вздохнула я. — А вы?

— Приказал ему убираться вон.

— И после этого Олег наделал долгов, а потом украл перстень, чтобы расплатиться с кредиторами? Полгода назад Олег проиграл в покер нехилую сумму, вы оплатили счет, но взяли с него слово, что сын более не будет играть в карты, ведь так?

Краминов отвернулся, потом встал и начал медленно ходить между столом и балконной дверью.

— Мальчик не послушался папу, — продолжала я, — он опять, как выражается Римма, нарубил дров, испугался содеянного, украл перстень — странно даже, что не уволок все украшения! — бросил Тину и укатил в Петербург. То ли надумал погулять, то ли ему надоела прежняя жизнь. Почему вы не сказали, что сына нет в Москве? Павел Львович, детектив сродни адвокату, и я, и законник сможем помочь клиенту лишь в одном случае: если имеем полную картину. А мне приходится информацию из вас по капле выдавливать!

Краминов замер, потом сказал:

— Олег лентяй, мажор, никудышная ветвь семьи. Но он не вор, он взял ровно столько, чтобы оплатить долг. Пропажу перстня я заметил накануне похорон жены. Желания затевать разборку не имел, сама понимаешь почему. И в первый момент я не подумал на Олега. Потом, гляжу, он дома сидит, больным сказался, ну у меня и возникли подозрения. Когда они окрепли, я попытался с сыном побеседовать, а он увильнул от разговора: «Прости, папа, давай отложим разборки на завтра, у меня грипп». Я утром на работу уехал, а он смылся. Говорю же, дурак. Найду и... и... Короче, теперь я совсем уж разное о нем думаю. Завещание, м-да... — Краминов остановился, откашлялся и тихо сказал: — Он не вор, он убийца! Олег решил получить состояние матери.

— Что? — удивилась я. — У Светланы имелся капитал? Я думала, она являлась домашней хозяйкой без средств, жила за счет мужа, деньги в семье принадлежат вам. Или я ошибаюсь?

Павел сжал кулаки.

— Жизнь полна сюрпризов. Когда я расписался со Светой, знал лишь одно: ее мать поднимала дочь одна, где отец, Света понятия не имела. На момент нашей свадьбы невеста была нищей в буквальном смысле слова. Именно за бедность моя мама не любила невестку. Она полагала, что Светлана расчетлива, вышла замуж за состояние, примазалась к обеспеченной семье. Мать не уставала мне повторять: «Сыночек, эта женщина не та, за кого себя выдает. Она очень хитрая, подлая, злая, ловко прикидывается хорошей женой и матерью. Я Светлане не верю. Если в руки к ней упадут с неба деньги, она продемонстрирует свое подлинное лицо, бросит тебя. Такая особа может убить за звонкую монету». Даже долгие годы нашего стабильного брака не переубедили маму, она до гробовой доски едва терпела Свету, хотя внешне, при посторонних, демонстрировала хорошее, даже нежное отношение к невестке. Но самое интересное, что на жену и впрямь свалились деньги.

— Откуда? — поразилась я.

Краминов откинулся на спинку.

— Пару лет назад Света получила наследство. Оказывается, ее отец выбился в люди, стал владельцем небольшого предприятия во Владивостоке, заводика по переработке крабов. Семьи он не завел, поэтому перед смертью продал фабрику, а деньги завещал единственной дочери, Светлане. Представляете ее потрясение, когда позвонили из адвокатской конторы? Жена вошла в права наследства, деньги она положила в банк и завещала их Олегу. Нюте не достанется ничего. Конечно, деньги не очень большие, но парню на какое-то время хватит. Он это понял и начал действовать. Рассчитал так: нет матери — есть деньжата. А если меня за убийство жены загребут, то сын заработает огромный капитал. Вот он и придумал план, как разом от родителей избавиться. Потом сдрейфил и удрал, заварил кашу, гаденыш, и смылся. Только он назад приползет, когда все прокутит. Ум у Олега короткий, он ко мне же вернется. Он полагает, что я идиот, который ни до чего не докопается.

— И каков капитал? — воскликнула я. — Сколько у Светланы на счету?

— Да ерунда, — отмахнулся Павел, — всего-то миллион от папочки пришел.

— Рублей? — уточнила я.

— Долларов, — поправил Краминов. — Так, пустячок.

Глава 18

Я икнула.

— Миллион в американской валюте? Вы считаете такой куш пустяком?

Краминов снисходительно улыбнулся.

— Мой бизнес предполагает другие суммы.

— И капитал теперь достанется Олегу?

— Естественно, по завещанию.

— А про Нюту ваша жена не вспомнила?

Павел нахмурился:

— Нет.

— Но почему? Обычно дочь бывает ближе к маме.

Хозяин с некоторой неохотой продолжил:

— Нюта очень умная девушка, она постоянно учится, в отличие от лоботряса Олега копит знания и замуж не торопится. Дочь часто повторяет: «Не хочу превратиться в клушу, как мама».

— Мило!

— Да, Нюта слишком категорична. Она не понимает, в чем главное предназначение женщины, поэтому часто скандалила со Светой, грубила ей, последние два года они практически не общались, — признался Павел. — Девочка считала маму... э... э... как бы помягче сказать...

— Дурой, — безжалостно уточнила я, — наседкой.

— Увы, именно так, — согласился Краминов. — А Олег, несмотря на свою никчемность, очень ласков, он мать не обижал, а проявлял любовь. Чисто внешне, конечно. Сын ужасный эгоист. Вот тебе пример. Два года назад Свете ночью стало плохо, подскочило давление — гипертонический криз. «Скорая» увезла ее в клинику, Олег сопровождать мать не поехал. Он даже из спальни не вышел, когда явились врачи. Прокемарил, как всегда, до полудня, потом хорошо позавтракал и покатил в больницу, бросился маме на шею и застонал: «Я так переживал! Ночь глаз не сомкнул, кусок в горло не лез. Мамулечка, я тебя обожаю!» Ясное дело, Света растрогалась: хороший мальчик, беспокоится о ней. Нюта в палате не показывалась, во всеуслышание заявив: «Мать придуривается, от безделья ерундой мается, хочет, чтобы ей внимание уделили!» Олег же плакал у койки. И как вам поведение детишек?

Я отвела глаза в сторону. На мой взгляд, оба хороши. Потом спросила:

— Где работает Нюта?

— Сто раз говорил: она учится, получает третье высшее образование, — с плохо скрытым раздражением сказал Краминов.

— И нигде не работает?

— Сказал же: девочка обожает получать знания, — добавил Павел. — Не в пример брату, балбесу.

— А на какие деньги живет Нюта? — безжалостно уточнила я.

— Более глупого вопроса и не представить! — обозлился Краминов. — Содержание семьи — это моя обязанность.

Я поерзала в не очень удобном кресле.

Однако интересно получается. Нюта не работает, безостановочно учится, чем приводит папу в восторг. Краминову не приходит в голову, что вечный студент тот же лентяй, обычному человеку за глаза хватает пяти лет, чтобы овладеть выбранной профессией. Нюта сидит на шее у отца, но к ней папочка относится с явной симпатией, а Олега, мягко говоря, недолюбливает. Не очень-то теплые отношения были у Павла и со Светланой. Он считал жену никчемным существом, этакой болонкой, сидящей в гостиной на бархатных подушках. Он даже не рассказал ей о своей болезни и неудачной операции. Конечно, неприятно сообщать кому-либо о необходимости ходить с мочеприемником, но ведь жена не посторонний человек. Павел попытался меня уверить, что скрыл свою беду исключительно из желания не волновать Свету, но, думаю, супруга стала ему настолько безразлична, что не возникло и мысли откровенно обсудить с ней состояние своего здоровья. Впрочем, Светлана тоже хороша! Проводила целые дни в саду, в беседке, не общалась с родными, и, похоже, ей было наплевать на мужа. Внимательная, любящая супруга, пусть даже и живущая в отдельной спальне, мигом заметит, что мужу не по себе. А тут полнейшее равнодушие друг к другу. Кажется, покупка очередной фарфоровой безделицы интересовала мать семейства больше, чем судьба всех членов клана Краминовых.

— Давай подведем итог и назовем вещи своими именами, — предложил Павел. — Я подозреваю Олега в устройстве спектакля. Найди мне доказательства его вины. Только сын мог, загримировавшись, сойти за меня, больше некому.

— Где сейчас Олег?

— Не знаю, но, думаю, он не в Питере.

— Парень давно пропал?

— Исчез через несколько дней после похорон Светланы.

— И вы не забеспокоились? — ахнула я. — Вдруг случилась беда?

— Какая? — скривился Павел.

— Заболел, попал в аварию, лежит в реанимации...

— Случись с мерзавцем неприятность, он мигом бы начал мне трезвонить, знает, что я не захочу огласки и вытащу его из дерьма.

— А если его похитили?

— Право, смешно. Никто не требует выкупа. Нет, дело обстоит иначе: устроил, сволочь, спектакль, погубил мать и сбежал. Скрывается невесть где, через полгода рассчитывает получить миллион. Вот негодяй, решил меня в тюрьму засадить! — побагровел Павел. — В общем, найди его, сообщи мне адрес его убежища. Разберусь с недоумком по полной программе. На цепь его посажу! Понимаешь, что будет, если выяснится, что мерзавец сбежал? Антон же, отец Тины, немедленно долю из бизнеса заберет.

Я выпрямила ноющую спину. Ну вот, теперь все стало на свои места. А то я терялась в догадках: почему успешный бизнесмен, владелец процветающего бизнеса не стал искать знакомых в милиции, не задействовал собственную службу безопасности, а обратился к скромному частному детективу? Речь идет о чести семьи, дело слишком деликатное даже для того, чтобы вмешивать своих охранников. В подобном случае лучше иметь дело с абсолютно посторонним человеком, который навсегда исчезнет из твоей жизни, получив хорошие деньги. Хоть Павел и ненавидит Олега, он не может от него избавиться, ведь тогда вмиг лишится денег Антона Петровича. У отца нет сомнений: весь спектакль устроил любящий сыночек, которому надоело клевать крошки с его руки. Деточка решил сцапать весь батон и придумал план: мать узнает об измене отца и погибает на пожаре. Вроде несчастный случай, но потом в милицию приходит анонимное письмо с фотографиями встреч Павла и Беатрисы. И что подумает следователь? Вот он, мотив, старый как мир: любовница! Сколько мужей отправили на тот свет опостылевших жен, чтобы начать новую жизнь с другой женщиной, более молодой и красивой? И какое количество из них избежало правосудия, обеспечив себе алиби на то время, когда супругу сбил некий, так и не найденный, шофер или когда случился пожар на старой даче? Павел Львович явно ошибается в отношении Олега — сынок способен на активные действия. Только он дрогнул, испугался и сбежал.

— У Олега есть друзья? — спросила я.

— Понятия не имею.

— Но кто-то же из его приятелей к вам ходит.

— Нет. Я не люблю гостей.

— Ясно, — кивнула я. — Олег сам сидит за рулем?

— Еще шофера ему нанимать!

— И где его автомобиль?

— С ним исчез. Если б парня похитили, тачку бросили бы! Он мерзавец, подонок, сукин сын! — пошел вразнос Павел. — Тина пока не переживает, я ей сказал, что муж в командировку поехал. Но даже она, с ее недоразвитым мозгом, скоро начнет вопросы задавать.

— Тина выглядит веселой, — признала я.

— Мне по барабану, я ее не разглядываю, — буркнул Павел. — Она мне не нужна. Но если до Антона дойдет правда и он узнает, что его доченьку кинули, тут жди беды. Найди Олега как можно быстрее и скажи ему: отец, мол, все прощает — и перстень, и смерть матери, и фокусы с изменой, возвращайся немедленно, иначе проблемы на фирме косяком потянутся, и тогда конец спокойной жизни. Вот кретин! Решил, что ему миллиона пока хватит, а там, глядишь, меня посадят. Да он профукает эти деньги за три месяца! Купит спортивную машину, разобьет ее, схватит часы за пару сотен тысяч и, ку-ку, снова нищий. Конечно, он ко мне приползет. Я бы его и искать не стал, тратить время и деньги, но Антон...

Краминов задохнулся от возмущения.

— Попытаюсь вам помочь, — тихо сказала я. — Вам следовало сразу честно мне рассказать, какая ситуация в семье.

— Нормальная ситуация, — прохрипел Павел, — все так живут. Ничего удивительного.

— В каком отделе работает ваш сын?

— Заведует пиаром, рекламой, — внезапно усмехнулся Павел. — Лучшее место для вруна и негодяя.

— Я могу завтра поговорить с его коллегами?

— Да, но очень осторожно.

— Конечно, не волнуйтесь. И еще одно: мне бы хотелось побывать в беседке.

— Где? — удивился Краминов.

— Ваша жена проводила целые дни на участке, там есть беседка.

— Иди в сад, от веранды тропинка тянется, — пояснил Краминов. — Только я не знаю, что там, никогда не заглядывал внутрь.

Я вышла из особняка и двинулась по дорожке. В воздухе витал аромат сирени, хотя самих цветущих кустов поблизости не было, вокруг стояла замечательная тишина, нарушаемая лишь птичьим щебетом. Райское местечко! Но я бы ни за какие пряники не согласилась тут жить. Уж лучше в душном городе, со своей семьей. Да, мы частенько спорим, порой даже ругаемся, дети вечно хотят есть, собаки хулиганят, а сейчас у нас и вовсе поселились Эльза, Руди и кенгуру в ластах, но пусть уж так, чем как у Краминовых.

Пресловутая беседка оказалась дощатым домиком, выкрашенным в ярко-зеленый цвет. Римма предупредила меня, что ключ лежит под крылечком, я наклонилась, без труда нашла его и отперла замок.

Странное место для хозяйки огромного, шикарно обставленного дома. Больше всего любимое пристанище Светланы напоминало дачку, которую снимают не очень обеспеченные москвичи, чтобы вывезти маленьких детей летом на свежий воздух. Пятнадцатиметровая комната со стенами, оклеенными дешевыми обоями. В одном углу громоздится трехстворчатый старомодный гардероб, в другом притулился письменный стол, какие обычно стоят в школах, а рядом простецкий стул. Еще здесь была софа, прикрытая гобеленовым покрывалом. И все. Ни телевизора, ни электрочайника, ни холодильника.

До того как войти в этот сарай, я думала, что Светлане было неуютно в той атмосфере, которая окружала ее в особняке, вот она и оборудовала для себя тихий уголок. Я ожидала увидеть совсем иное: мягкую мебель, DVD-проигрыватель с кучей дисков, полки с книгами, ковры, цветы. Ну не знаю, как Светлана понимала слово «уют», но, на мой взгляд, им в павильоне и не пахло. Чем же она занималась тут целыми днями? Сидела на жестком стуле с деревянной спинкой? Лежала на софе?

В полном недоумении я подошла к софе и пощупала матрас. Хм, на таком ложе долго не пролежишь — поролоновое покрытие потеряло плотность, сквозь него выпирают пружины. И не могла Краминова тосковать, ничего не делая, здесь даже старых журналов нет. Может, какие-то вещи сложены в столе?

Я начала выдвигать ящики и обнаружила в них полнейшую пустоту. В душе окончательно укоренилось недоумение. Она здесь плакала? Говорила безостановочно по мобильному телефону? С кем? И Павел, и Римма несколько раз подчеркнули: Светлана уходила в павильон утром, возвращалась в дом вечером. Может, у Краминовой развивалось психическое заболевание?

Я села на жесткий стул и перевела дух. В так называемой беседке было очень душно и одновременно влажно, противно пахло сыростью. Отопления в курятнике нет, обогревается он электробатареей — вон она, стоит у шкафа. Зимой здесь, очевидно, холодно, осенью зябко, летом жарко. А еще тут отсутствуют окна. Домик, по сути, является деревянным ящиком, подобием гроба!

В голове завертелись разные мысли. Когда-то со мной в оркестре работала скрипачка Аня Фиш, очень тихая, скромная девушка. В коллективе горели страсти, музыканты постоянно сплетничали, подсиживали друг друга, дрались за зарубежные командировки. Аня никогда не участвовала в «забавах» и этим была мне очень симпатична. Я попыталась подружиться с интеллигентной девушкой, но Фиш не шла на контакт. Она практически не разговаривала с окружающими, скользила тенью на свое место, брала скрипку, отыгрывала концерт и уходила, опустив глаза в пол. Очень скоро все перестали замечать Аню, к ней не придирался даже дирижер — он крайне редко предъявлял ей претензии, хотя остальным доставалось от него по полной программе. Одна я нет-нет да и поглядывала на чересчур спокойную коллегу. И заметила одну странность: после работы Аня в любую погоду шла в сквер, садилась на скамеечку, обнимала футляр со скрипкой и замирала в напряженной позе. Находиться в таком положении Фиш могла часами. Я думала, может, у нее не сложились отношения с родичами или девушка живет в коммуналке с противными соседями, и испытывала к Анечке острое чувство жалости. Потом Фиш вдруг пропала, а вскоре на репетицию приехала милая дама, назвалась ее мамой и сообщила:

— Дочку поместили в психиатрическую клинику.

Оказывается, нежелание Ани общаться, ее замкнутость, любовь к сидению на скамейке под дождем и снегом являлись симптомами шизофрении. Я тогда с огромным изумлением узнала, что шизофреник очень часто, пока болезнь окончательно не захватит его, способен вполне успешно работать, ни дома, ни на службе его не считают больным, а некоторые странности поведения списывают на плохой характер.

Может, у Светланы было нарушение психики? В

семье Краминовых, если, конечно, группу людей, живущих в особняке, можно назвать семьей, не обращали внимания друг на друга.

Я встала и распахнула дверки гардероба. Ничего! Ни вешалок, ни вещей, ни корзинки с вязаньем или коробки с пазлами. Только какая-то бумажка валяется в углу. Я нагнулась, чтобы поднять ее, оперлась на заднюю стенку шкафа и не удержалась на ногах, упала внутрь.

Нос ощутил головокружительный аромат цветущей сирени, и я сообразила, по какой причине потеряла равновесие. Часть шифоньера сдвинулась в сторону, приоткрылась щель, в нее были видны зеленые ветки. Я вскочила и протиснулась сквозь узкое пространство. Вот так фокус! Из сарая можно выйти минуя дверь, и эту дорогу явно некоторое время назад использовали — впереди вьется узкая, правда заросшая травой тропинка.

Затаив дыхание, я прошла несколько метров и уткнулась в забор. По верху чугунной решетки шла колючая проволока, но я уже знала, что следует искать калитку или ее подобие. Точно, вот он, выход! Два прута оказались слегка раздвинуты. Взрослый мужчина тут ни за какие коврижки не пролезет, но я элементарно просочилась между железными пиками и побежала по едва различимой тропке. Она извивалась в разные стороны и в конце концов уперлась в здоровенную, высоченную бетонную ограду четырехметровой высоты. Сооружение, смахивающее на Великую Китайскую стену, тянулось вдаль. Перелезть через такую преграду, если вы, конечно, не профессиональный альпинист со специальным снаряжением, практически невозможно. В плитах не было проломов, не заметила я и подкопов. Пришлось возвращаться в сараюшку.

Я задвинула заднюю стенку гардероба, подобрала бумажку со дна шкафа, поняла, что это всего лишь обычная салфетка, вернее, скомканный бумажный носовой платок, подошла к двери, которая изнутри была снабжена железной задвижкой толщиной в мою ногу, и пошла к особняку, обратив внимание, что по дорожке тоже давно не ходили — на ней успела вылезти трава.

— Апчхи, — донеслось из кустов, росших чуть поодаль.

— Кто там? — подскочила я.

Ветки зашевелились, показалось лицо горничной Оли.

— Напугала вас, простите, — заулыбалась она. — Римма в магазин поехала, а мне велела обертки в саду собрать.

— Обертки? — удивленно переспросила я. — От чего?

Оля продемонстрировала прозрачный пакет.

— Тина конфеты постоянно жрет, а бумажки из своего окна кидает. Очень неаккуратно.

— Некрасиво, — согласилась я. — Наверное, нужно ей объяснить, что так делать нельзя.

Уголки губ Оли поползли вниз.

— Ага, — протянула она, — и кто ей указ? Без толку че говорить, она глупая очень. Во свезло!

— Вы имеете в виду Тину? — уточнила я.

— Ну не себя же! — горько воскликнула Оля. — Мне за копейки чужой мусор приходится убирать, а Тина у богатого родилась, за обеспеченного замуж вышла, ей все можно. Пошвыряет бумажки — чьи-то руки уберут. Каждый день у нее новый прибамбас.

— Что вы имеете в виду?

Оля шмыгнула носом.

— Римма сказала, ты, типа, секретарь? Будешь шмотки хозяйки складывать? На Павла Львовича за зарплату пашешь?

Я кивнула.

— Значит, своя, — повеселела Оля, — из наших, из прислуги. Ой, тут, блин, дурдом! Тина все себе позволяет. Например, взяла и целиком свой гардероб поменяла.

— Да ну! Это как? — проявила я ожидаемое горничной любопытство.

Оля плюхнулась на садовую скамейку.

— Садись, покурим.

— А можно? — усомнилась я. — Тебе разрешают?

Горничная вытащила из кармана фартука сигареты.

— Павел Львович сюда никогда не заглядывает, а главная сука, Римма, за хлебом отвалила, у нас есть полчаса, чтобы расслабиться. Я тебе ща про Тину расскажу!

Было видно, что Оля испытывает к жене Олега жуткую зависть.

— Ты читаешь мои мысли, — улыбнулась я, — сама хотела передохнуть. Так что со шмотками красотки случилось?

— Ой, она такая хитрая! — с горящим взором заявила горничная. — Вроде дура, а умная, знает, как своего добиться.

Глава 19

Некоторое время назад Тина исчезла на сутки. Хозяева перед прислугой не отчитываются, но что-либо скрыть от горничной, которая убирает за вами постель и раскладывает вещи по полкам, трудно. Оля мигом догадалась, куда отправилась придурковатая Тина: в лечебницу, к специалисту-косметологу.

— Хотела Олегу понравиться, — хихикала горничная. — Муженек-то жену не очень в кровати ублажал, по неделям в ее спальне не показывался, а Тине ой как потрахаться хочется. Прикинь, у нее под кроватью целый ящик искусственных членов! Ну не дура ли? Думала, там никто ее игрушки не найдет. Но, видать, силиконовая радость настоящего мужика не заменит, вот она и решила похорошеть.

— Если мужчина тебя не любит, то бесполезно экспериментировать с внешностью, — вздохнула я. — Дело не в объеме груди, цвете волос и длине ног, просто чувства нет, и оно от имплантатов не появится.

— А вот и неправда твоя, — скривилась Оля. — Олегу проститутки нравятся, он от девок из стрип-баров тащится, и Тина правильно новый образ подобрала. В губы себе гель закачала, красной помадой их намазюкала, так что рот у нее теперь как у утки, а еще, похоже, форму бровей изменила и волосы нарастила. Такая, блин, получилась! Раньше лучше было, у нее глаза человеческими казались, а сейчас натуральная кукла. Но Олег-то на это повелся!

— Да ну?

— Стопудово! — засмеялась Оля. — За задницу ее начал щипать. Сидит в гостиной, зырит телик, тут женушка входит и к нему. Раньше Олег как в экран пялился, так и оставался сидеть, а теперь нет, схватит ее за сиськи, и, гляжу, в спальню топают. А ты говоришь, в клинике не помогут... Если деньги есть, любого мужика заманишь, импланты вставишь — и собирай парней охапками!

Я молча слушала Олю, сопоставляла ее слова с тем, что уже слышала. Тина сильно изменилась не только внешне, стала еще глупей, чем была, превратилась в семилетку. При виде Павла Львовича невестка сюсюкала, перед Риммой заискивала, даже Олю угощала конфетами.

— Сладкое она другое жрать стала, — посмеивалась горничная. — До клиники шоколад трескала, круглые конфетки в золотых бумажках, другие не трогала. Да, видно, ей объяснили, что ее разнесет от таких, вот и перешла на леденцы без сахара.

— Почему после косметической операции нельзя есть шоколад? — изумилась я.

Оля снисходительно посмотрела на меня.

— Хирург сразу предупреждает: потолстеете — мой труд насмарку пойдет. Если чего себе вкачали, вшили, отрезали, утянули, прибавили — держите вес.

— А ты откуда знаешь?

Горничная замялась, потом призналась:

— Хотела себе грудь сделать, сходила на консультацию, она бесплатная, да только где денег на импланты взять? Впрочем, можно гель вкачать, это дешевле, шрамов не будет, и домой сразу отпустят. Наверное, наша красотка так и поступила. А мне инъекции не по карману. Я же не Тина — идиотка с грузовиком баксов, — сама зарабатываю. И одежду вот так, махом, поменять не могу. Знаешь, че она отчебучила?

— Нет.

— Прихожу я на работу, а у Тины на кровати вся гардеробная валяется. Тинка увидела меня и сипит: «Запакуй все в мешки, хочу в приют для бедных сдать, пусть носят, милосердную помощь оказываю».

— Почему «сипит»? — удивилась я. — У девушки по-детски звонкий голос.

— А, — отмахнулась Оля, — она в клинике простыла, ты про ерунду спрашиваешь. Я о другом: прикинь, она все шмотки выкинула! Я прям офигела, подчистую все сгребла: пальто, шубы, нижнее белье.

— И как ты поступила?

Оля пожала плечами.

— Хозяин — барин, приказали — выполнила.

— Тина осталась голая? — подначила я девушку.

— Ага, жди. Олег ее в город отвез, вернулись с самосвалом шмоток, — с горькой завистью сообщила горничная. — Это мне на новые сапоги надо год копить, а им чего... Но самая-то хохма в чем — она купила те же кретинские платья, только новые!

— И как отреагировал на это Павел Львович?

— Он в домашние дела не вмешивается, — махнула рукой Оля. — Че ему какие-то шубы? Не его размерчик! Хозяин миллионами ворочает, станет он шкафы проверять... У него знаешь какая позиция: я вам денег даю, сколько хотите, а вы ко мне не лезьте. Вот и все. Павел Львович на своих и не глядит, он даже не заметил, что Тина себя улучшила. Мне бы такого мужа!

— Думаю, не очень приятно, когда супруг тебя в упор не видит.

— Да ты че? — не поняла меня Ольга. — Денег — лом, гуляй, как пожелаешь! Другие мужики, даже богатые, каждую копеечку просчитывают, а Павел Львович не парится. Ему на все, кроме бизнеса, плевать. Вон Светка как чудила!

— И как? — навострила я уши.

— Раньше целыми днями в беседке сидела, — затараторила Оля, — уйдет туда с утра пораньше, запрется и сидит. Обедать не являлась, нам даже близко к двери подходить не разрешала. Если че надо, сказала, звоните на мобильный. Здорово, да? Римма говорит, она раньше другая была, готовила сама, но я здесь не первый год и ни разу Светку у плиты не видела. Правда, она в последнее время перестала в беседке скрываться. В город ездить принялась, ну прям как на работу! Фигурки для коллекции искала.

— Собирательство — это страсть, — отметила я.

— Думаешь, она правда в коллекционериху превратилась?

— В доме полно статуэток, — обтекаемо ответила я.

Оля схватила меня за руку.

— Я раньше работала у Введенских, они посуду коллекционировали. Все четко по теме: суповые тарелки восемнадцатого века. Кто ж подряд что ни попадя хватает? Ты ее музей-то видела? Склад дерьма! Знаешь, что случилось?

Я посмотрела на горничную.

— И что?

Девушка прижала палец к губам.

— Тс... Любовника она завела!

— Не придумывай. — Я решила подтолкнуть Олю к еще большей откровенности. — Кому нужна тетка с двадцатипятилетним семейным стажем?

Горничная вновь вынула пачку сигарет.

— Ха, дура ты! Фигурки были только поводом, чтобы из дома исчезнуть! Светка с мужиком время проводила, потом хапала в любом ларьке что под руку попадется, и домой, вроде как с добычей. Знаешь, почему меня Введенские уволили?

— Даже не рискую предположить.

— Я случайно тряпкой одну из их драгоценных тарелок задела, и та разбилась. Крику было! Зарплату не дали и выперли меня. А Светка... Она ваще внимания на статуэтки не обращала. Римма штуки три кокнула, две я на тот свет, в фарфоровый рай, отправила, и ничего. Хозяйка даже не заметила. Разве это коллекция? А Павла она ненавидела!

— Думаю, ты ошибаешься. Все говорят, у Краминовых была образцовая семья.

Оля захихикала.

— Ага, для посторонних. Если они вместе куда ехали, Павел такой вежливый становился! Подсаживает Светку в автомобиль, она ему улыбается... Еще дома, у вешалки, маски натягивали. А на самом деле? Муж жену в упор не видел. А как он на нее орал! Да при всех! Павел Львович гневливый, ему что не так, мигом визг, мат, порой и руки распускает. Конечно, Светка денег не зарабатывала, нахлебницей жила, но ведь жена же. Другая так себя поставит, что ей все должны, а наша хозяйка молчком к себе шмыгала. Он ей в лицо: «Дура! Пустое место!» А она голову опустит и... фр... нету ее! Хозяйка тут Римма. Недавно домоправительница предложила ремонт дома затеять. Сказала: «Пора паркет отциклевать».

Света ее перебила: «Ни в коем случае!» И они начали спорить, прямо как на базаре. Понимаешь? Жена хозяина возражает, а прислуга на нее наседает. Как тебе такое?

— Странно, — кивнула я.

— Дальше круче, — хмыкнула Ольга. — Павел Львович как заорет на Свету: «Заткнись, дура! Как Римма сказала, так и будет! Твое место у забора!»

— И как отреагировала жена?

— Встала и поплелась к себе, я за ней с чистым бельем шла. Вдруг Светка хвать вазочку с полки и в руке ее сжала, хрень в куски развалилась, у хозяйки из пальцев кровь потекла. Я испугалась, кинулась к ней, говорю: «Ой, вам больно, сейчас йод принесу!» А она радостно так говорит: «Спасибо, Оля, все хорошо. Надо договор скрепить». Я прифигела. Скажи, сумасшедшая баба?

— М-да... — протянула я.

— Ольга! — полетел над садом голос Риммы. — Ты где, лентяйка чертова?

Горничная ойкнула и опрометью кинулась в кусты, а я, не заходя в дом, пошла к своей машине.

Выезд из поселка преграждал шлагбаум. Толстый парень в камуфляжной форме постучал пальцем в боковое стекло, я открыла окно и вопросительно глянула на охранника.

— Извините, — чуть смущенно сказал он, — не мною придумано, хозяева так на общем собрании поселка решили. Если человек чужой — машину проверяем. Откройте багажник, пожалуйста.

— Легко, — улыбнулась я и дернула за рычажок.

— Спасибо, — сказал через секунду парень.

— За что?

— Вы не ругались.

— Надо подчиняться правилам.

— Все бы так рассуждали... — вздохнул охранник. — А то лают, как собаки.

— Здесь, наверное, очень богатые люди живут, — поддержала я беседу.

— Бедных нет.

— А что там за бетонная стена тянется?

Молодой человек поправил куртку.

— Новый комплекс строят. Будет большой фитнес, медцентр, магазин. Только для жителей двух поселков, нашего и «Шервуда», больше никого не пустят. Вообще-то правильно — врачи рядом будут. А то сейчас, пока «Скорая» из Москвы доберется, сто раз помереть успеешь.

— И давно забор возвели?

— Ну... может, месяцев пять-шесть назад, точно не скажу, я здесь недавно.

— А что там раньше было?

— Другая ограда стояла, наша, — пояснил охранник. — Только хозяева участков, которые к ней прилегали, жаловались, что изгородь решетчатая, через нее перебраться легко. Там поле было, а за ним деревня, Голубкино. Оттуда запросто могли местные прийти и спереть чего. Нам приказывали раз в час периметр обходить, а теперь, с новым бетонным ограждением, спокойно.

— Ясно, — кивнула я и порулила в сторону Москвы.

Руки и ноги действовали автоматически, дорога оказалась на удивление пустой, и ничто не мешало спокойно обдумывать полученные сведения.

Светлана не сидела в домике, вот почему там нет ни малейшего намека на уют. Краминова входила в сарай, задвигала щеколду, потом вылезала через шкаф, легко преодолевала забор... А дальше что? Бежала через поле? Куда? Она ходила в деревню? К кому? Зачем? Надо будет заехать в село Голубкино и порасспрашивать аборигенов. Горничная Ольга абсолютно права, да мне и самой бросилось в глаза, что коллекция фарфоровых статуэток напоминает винегрет. Похоже, Света на самом деле покупала первые подвернувшиеся под руку фигурки, ей требовалось оправдание для своих поездок в город. Почему? Можно поставить вопрос по-иному: зачем Краминова моталась в Москву тайком? И с какой целью она до этого носилась в деревню? Почему я решила, что именно туда? А куда же еще? Ведь не бродила жена Павла по полю?

Впереди горел зеленый сигнал светофора, который незамедлительно трансформировался в красный, нога нажала на педаль тормоза, а мысли продолжали бежать. Павел совершенно не интересовался женой, в конце концов, она могла наврать про фитнес, поездки в косметическую лечебницу. Впрочем, нет! Светлану возил шофер, а она, наверное, не хотела посвящать постороннего человека в свои планы, вот и придумала оригинальный ход: «охоту» за фигурками. Небось заходила в магазин и... И что дальше?

Я неотрывно смотрела на светофор. Все равно что-то тут не так! Зачем женщине каждый день мотаться в Москву? Да еще с утра! Она же не работала. Любовник? Но, простите, это уже похоже на вторую семью. Ни один мужчина, даже страстно влюбленный Ромео, не станет проводить целые дни с Джульеттой — она ему быстро надоест. И потом, кавалеру-то надо ходить на службу. Или он олигарх на пенсии? Но тогда ситуация становится еще более непонятной. Если Светлану и мистера Икс, богатого, обеспеченного человека, связывала такая страсть, отчего она не ушла от Павла? Дети выросли, в опеке не нуждаются, с дочерью у нее отвратительные отношения, с сыном получше, но все равно, похоже, особой близости у матери с чадом не наблюдалось, внуков ей не родили, а муж давным-давно забыл про нее. В доме к Краминовой относились без всякого уважения, после смерти свекрови роль правительницы перешла к Римме, которая считала себя истинной хозяйкой, а жену Павла так, не пришей кобыле хвост. Почему же Светлана не покинула роскошный особняк?

Единственное объяснение — деньги. Краминовой не хотелось жить на скудные алименты, которые Павел выделил бы бывшей супруге. Но коли ее любовник обладал богатством, причин у Светы мучиться в семейном коттедже не было. Ой, я ведь совсем забыла про наследство, доставшееся Светлане от отца. Значит, дело все-таки не в деньгах. Тем более если ее Ромео был недостаточно обеспечен, то он обязан ходить на работу и возможность встречаться с любимой утром у него отпадала. В таком случае зачем Светлана убегала спозаранок? Неужели она пешком неслась через поле к кому-то, проживавшему в селе Голубкино? Ее избранник лапотный крестьянин далеко не юного возраста? Тогда хоть объяснимо, почему дама сматывала из дома удочки сразу после завтрака, — торопилась помочь любовнику собрать колорадских жуков на картофельной ботве. И все равно мало верится в такой поворот событий.

Я припарковалась в родном дворе и пошла к подъезду, продолжая размышлять.

Ладно, пусть Света была ну очень оригинальной особой и мое последнее предположение верно. То есть она обожала кого-то из Голубкина и около мужа ее удерживал только материальный расчет. Но ведь Краминова получила наследство! Целый миллион долларов! Значит, вопрос упирается вовсе не в звонкую монету. А во что?

И дальше. Зачем мадам понесло на старую дачу? Откуда там взялся керосин? Где сейчас Краминов-младший? Ждет, пока отца арестуют за убийство жены? Полагает выйти из тьмы, когда папенька получит большой срок?

Нет, кажется, я ничего не понимаю. Вообще! Зато хорошо знаю: все загадки имеют отгадки и на любой вопрос есть правильный ответ, нужно лишь найти его. Что ж, надо прерваться. Вот сейчас приму душ, поем, лягу в кровать с книгой Татьяны Поляковой, понаслаждаюсь лихо закрученным сюжетом и мирно засну, а завтра с новыми силами ринусь в бой.

Желудок сжала железная рука. Есть так хочется, что я, пожалуй, с огромным аппетитом слопаю очередные котлеты из селедки, которые, очевидно, уже пожарила Эльза. Надеюсь, Кирюша выгулял собак?

Внезапно слева раздался знакомый лай, и я повернула голову на звук. На пустыре, за детской площадкой и скамейками, на которых обычно сидят молодые мамаши, носились наши собаки. А невдалеке маячила довольно высокая фигура.

Я пошла к псам. Кто их «пасет»? Кирюша? Но мальчик не стал бы выходить на улицу в ситцевом халате. Эльза?

Всматриваясь в незнакомца, я подходила ближе, ближе... и внезапно поняла: на ступнях его не лыжи, а ласты, на башке вязаная шапка, а сзади высовывается мощный хвост. Земфира! Собак вывела на прогулку кенгуру!

— Зема! — заорала я. — Ты ключи взяла? Дверь заперла? Кто разрешил тебе хозяйничать? Почему Рейчел без намордника и строгого ошейника? Конечно, она не кусается и весь двор обожает стаффиху, но существуют правила выгула больших псов, мы их тщательно соблюдаем, потому что не хотим неприятностей!

Кенгуру повернула голову и грустно глянула на меня. Продолжая негодовать, я приблизилась к стае и онемела — на спинах у собак стояли выведенные фломастером номера. Муля была первой, Ада второй, Феня третьей, Рейчел пятой, Рамик шестым. Кого-то не хватало. Я отметила это краем глаза и завопила:

— С ума сойти! Кому пришло в голову пачкать псам шерсть?

— Немедленно отойди от животных! — прогремело со скамейки. — Первый выстрел предупредительный, в воздух, второй — прицельный. Ать-два, через левое плечо! Шагом марш, пока жива!

Я посмотрела в сторону лавочек, увидела крепкого мужика в камуфляже с большим пистолетом в руке и в полном ужасе кинулась к подъезду. Что происходит? Во дворе псих с оружием! Спрятавшись за дверью, я вытащила мобильный и позвонила домой.

— Эльза у аппарата, — раздалось из трубки.

— Это Лампа. Что у нас случилось?

— Лично я котлеты жарю, — меланхолично ответила циркачка.

— Где собаки?

— Не знаю.

— А Кирюша?

В трубке послышался шорох, и я услышала бойкое:

— Привет, Лампудель.

В голосе Кирюши не было и намека на беспокойство. Моя вспотевшая от страха и волнения спина в момент высохла, и я закричала:

— Кирик! Немедленно объяснись!

Глава 20

— Все под контролем, — сообщил Кирюша, когда я перестала вопить, — это Федор Степанович.

— Кто?

— Милый старичок, поживет у нас недельку, — бодро ответил мальчик.

— И зачем нам дед с пистолетом? — зашипела я. — По какой причине Земфира до сих пор не отправилась к новым хозяевам? Ладно, я уже привыкла к Эльзе с ее котлетами, а от Руди и вовсе нет никакого напряга, она тише жабы Гертруды в аквариуме, но кенгуру и пенсионер нам определенно не нужны.

— Ты хочешь получить дом?

— Да.

— Тогда веди себя спокойно. Земфира уедет послезавтра.

— Но почему только послезавтра?

— Возникла маленькая нестыковка в планах. Но ее заберут, не переживай.

— А идиот с оружием?

— Фу, Лампудель! — укорил меня Кирик. — Разве так можно! Степаныч — звено в цепи обмена. Его родственники дают кляссер советских лет.

— Что еще такое? — только и сумела спросить я.

— Не знаешь, что такое кляссер? — удивился подросток. — Альбомчик, где хранят марки.

— Не о том речь, — перебила я Кирюшу. — При чем тут марки?

— За Земфиру я получаю ковер семнадцатого века и меняю его на собаку породы горный альтшуллер — уникальный экземпляр, единственный в России, а в Европе их всего десять штук. Пса отдаю за собрание постеров, которые надо дополнить марками Московской Олимпиады, и тогда...

У меня закружилась голова.

— Раньше у тебя была другая цель, ты что-то говорил про кинжал. Ладно, уточнений не требую, только скажи, зачем мы получили Степаныча?

Кирюша издал тихий стон.

— Ситуация постоянно меняется, но я ее контролирую. С кинжалом вышел облом, зато появился полковник в отставке, который живет вместе с семьей сына, у которого есть кляссер. На «Шило-мыло» выпало объявление: «Кто возьмет папу на неделю, отдам ценные марки».

— Но зачем Степаныча спихивать на семь дней к чужим? — недоумевала я.

— Он достал всех своих, — признался Кирюша, — они отдохнуть от него решили. А Степанычу сказали, что дома трубы прорвало и канализация лопнула. Вот его к хорошим друзьям сына и отправили, на несколько суток, пока аварию не устранят.

— Мило... — пробормотала я. — Похоже, родственники обожают дедулю. Можешь ему сказать, что в меня стрелять нельзя?

— Он на самом деле прикольный, — хихикнул Кирюшка. — Сам предложил с собаками и Земой погулять. Правда, я помог ему вниз стадо спустить. Слушай, ты же около дома?

— Ну да.

— Тогда транспортируй всех наверх. Сейчас позвоню Степанычу и расскажу про тебя.

— Ага, сделай одолжение, — в полном изнеможении ответила я. — А знаешь, я начинаю думать, что мне уже не очень домик хочется...

— Обратной дороги нет, — строго заявил Кирюшка и отсоединился.

Через минуту над двором понеслось зычное:

— Лампадель Андреевна!

— Здесь, — отозвалась я, высовываясь из подъезда.

— Спешу доложить: во вверенном мне коллективе происшествий не случилось, — заявил Степаныч, приближаясь строевым шагом. — Появилась тут одна малосимпатичная личность с намерением произвести вражеские действия в отношении собак, но проявленная мной бдительность и предупреждение о возможном применении оружия обратили неприятеля в бегство. Победа одержана по всему фронту!

— А почему у животных на спинах цифры? — спросила я.

— Коим же образом опознать наличествующий состав? — изумился Степаныч. — Увидишь солдата — и приказываешь ему назвать фамилию, а тут ответа не дождаться, поэтому я применил метод клеймения трупа.

— Что? — одними губами спросила я.

— В армии разное случается, — вздохнул Степаныч, — гражданским лучше не знать. Я принял решение о принудительной нумерации. Эй, номер первый!

Муля тихо гавкнула.

— Удивительного ума солдат, — отметил Степаныч, — враз понял и отзывается. Не всякий человек такой сообразительностью обладает — на иного хоть оборись, приказ не исполнит. Ну, ать-два домой! Стройся по старшинству! Я первый поднимусь, а вы... э...

— Лампа, — подсказала я, — можно по-простому, без отчества.

— А вы, значит, Лампа, за нами, чеканя шаг, следуйте, — скомандовал Степаныч. — Эх, видали б вы, какая у меня красота на плацу была... Ну, чего молчите?

— Надо что-то говорить?

— Следует сказать: «Разрешите выполнять?» — пояснил Степаныч. — И я отдам приказ. Ну, давайте!

— Разрешите начинать?

— Выполнять, — терпеливо поправил полковник и глянул на Мулю, в нетерпении переминавшуюся у закрытой двери подъезда.

На секунду у меня возникло подозрение, что Степаныч считает Мулю сообразительнее меня, поэтому я бойко спросила:

— Разрешите исполнять?

— Выполнять!

— Да, простите. Так можно идти домой?

Пенсионер махнул рукой:

— М-да... Кажется, правильного обращения мне не дождаться. Номер первый!

Муля опять бойко тявкнула.

— Настоящий сержант, опора командира! — восхитился полковник. — Входим в дом в порядке очередности, без суеты и спешки. Запевай, ребята!

Муля завыла в голос, Феня, поколебавшись секунду, присоединилась к подруге.

— Эх, — топнул Степаныч, — а ну: «Когда бы девчонкам медали давали-и-и, то все бы девчонки героями стали-и-и. Ждут они ребя-а-ат...»

Дверь стукнула о косяк, я посмотрела на Зему и приказала:

— Теперь наша с тобой очередь. Смотри, не споткнись о ступеньку...

Не успели мы с кенгурихой втиснуться в узкий лифт, как в кабину с воплем: «Погодите, я с вами!» — влетел как всегда «тепленький» сосед по лестничной клетке Костя Якобинец.

И тут я выронила ключи. Пришлось присесть и искать связку на полу.

— П-привет, Л-лампа, — стал вдруг заикаться Костя.

— Здорово, — буркнула я, не поднимаясь с корточек.

На секунду воцарилась тишина, потом пьяница спросил:

— А че у тя с мордой?

— Лицо как лицо, — ответила я.

— Больно глазья большие, — не успокаивался Якобинец, — и нос, того самого, шибко коричневый. Много пудры натрусила.

Я подняла голову и поняла: Костя беседует с Земой! Идиот, пропивший последний ум, принял кенгуриху за соседку!

В полном негодовании я собралась выпрямиться и сказать Якобинцу пару ласковых. Значит, у Земы глаза более выразительные, чем у меня? Черт знает что такое! Но я не успела осуществить задуманное, события начали развиваться слишком стремительно.

Костя вытянул руку и схватил Земфиру за лапу.

— Ах ты ягодка, — просюсюкал он, — давай поцелую...

В ту же секунду кабина замерла, дверки разъехались в разные стороны, и с лестничной клетки послышался визгливый голос Верки:

— Приперся, урод? Получку принес, хрен горбатый?

Костя отпрянул от Земы, кенгуриха со вкусом чихнула и сделала ленивое движение лапами... Поверьте, это был удар настоящего боксера, Николай Валуев посинел бы от зависти, увидав этот апперкот.

Якобинец полетел по воздуху, причем Костя передвигался молча. Алкоголик пересек небольшое пространство между лифтом и своей квартирой, сшиб Верку, стоявшую в раскрытых дверях, и исчез в глубине помещения. Через пару секунд раздался оглушительный звон — судя по звуку, Якобинца донесло аж до кухни.

Я с уважением посмотрела на Земфиру. Однако она молодец, способна постоять за себя, уже второй раз нокаутирует пьянчугу. Кажется, у нас появилась своя традиция.

— Что это было? — простонала Верка, поднимаясь.

Я живо отперла дверь и, впхнув опять ставшую сонной Зему в прихожую, ответила:

— Да вот твой Костя решил к моей теще пристать, полез спьяну целоваться и получил в нос.

— Ах гнида! — заорала Верка. — Трупофоб проклятый, уже к старухам клеится!

— Наверное, ты хотела сказать геронтофил, — решила я поправить соседку.

— Скотина! — пошла она вразнос. — Лампа, ты уж извини нас. Сама знаешь, как супруг набухается, совсем плохой становится. А бабка у тебя крепкая. Надо же, как моего шандарахнула!

— Да, прикольная старушка, — согласилась я, — лучше ей под лапу, то есть под руку, не попадать.

Едва я очутилась в родном жилище, как наткнулась на Кирюшу, который лихорадочно завязывал шнурки.

— Ты куда? — изумилась я.

— На улицу.

Хороший ответ, четкий и правильный. А то я думала, что Кирюша собирается в кроссовках пойти в душ.

— И зачем?

— Капа пропала, — доложил Кирик, — Степаныч ее не привел.

— Не может быть! — испугалась я.

— Он собак пронумеровал, — нервно пояснил Кирик, — Капа имела на спине цифру четыре. Может, это поможет ее найти?

Тут только я поняла, что мне показалось во дворе странным: я видела стаю, машинально отметила — какого-то номера не хватает, но, вместо того чтобы забить тревогу, стала знакомиться со Степанычем. По спине прошел озноб, я испугалась: мопс абсолютно неприспособлен для жизни на улице. Хорошо хоть сейчас тепло и нет дождя.

Почти час мы с Кирюшей носились по пустырю и окрестным дворам, выкрикивая:

— Капа, Капуся, Капуччина, Капень...

Собачка словно сквозь землю провалилась.

— Орешки кешью! — заорал, пытаясь соблазнить мопсиху, мальчик.

— Колбаса! — подхватила я. — Сыр, Капуля, сыр!

— Изюм!

— Конфеты!

— Зефир!

— Мармелад! — надрывались мы по очереди.

В конце концов сдались.

— Только бы под машину не попала... — возвел глаза к небу Кирик, — Лампа, иди глянь на дороге, ну там, у палатки с курами гриль!

В сотне метров от нашего дома находится ларек, где торгует тихая Маша. Вероятнее всего, у девушки в паспорте указано иное имя, но постоянные покупатели знают черноглазую, черноволосую, смуглую красавицу именно как Марусю.

Куры на вертелах готовятся у нее круглосуточно, и мне непонятно, когда Маша спит. В какое время ни подойдешь к будке, смуглянка всегда за прилавком, стоит, улыбается и спрашивает: «Тебе, как всегда, побольше и позажаристее?»

Запах от гриля течет над улицей, и наша Капа во время прогулки пару раз пыталась удрать к месту, где румянятся цыпы. Но ей ни разу не удалось завершить операцию — злые хозяева, осведомленные о пристрастиях мопсихи, всегда начеку. Но сегодня-то стаю опрометчиво отпустили со Степанычем! А прямо за будкой Маши простирается широкая улица, движение на которой не останавливается даже за полночь.

Мне стало жутко, ноги подкосились.

— Иди, Лампа, — прошептал мальчик, — больше ей некуда деться.

— Почему я? — пискнула я.

— Потому что я не могу, — честно признался Кирюша и малодушно юркнул в подъезд.

Еле-еле переставляя ноги, я побрела к ларьку. Надеюсь, вы никогда в жизни не попадете в подобную ситуацию, когда идешь и понимаешь — ничего хорошего тебя там, впереди, не ждет, сейчас ты увидишь нечто ужасное и станет ясно: произошло несчастье, изменить ситуацию невозможно, это конец. Но и не пойти тоже нельзя, потому что никто, кроме тебя, не сумеет это сделать, остальным страшно и горько. Услышать о несчастье легче, чем увидеть тело Капы...

Еле живая, я дотащилась до киоска и осторожно перевела дух: никаких сбитых собак или следов крови нет.

— Что хочешь? — высунулась из окошка Маша.

— Здравствуй, — сказала я.

Девушка улыбнулась.

— Привет.

— Не видела ли ты Капу? — поинтересовалась я.

Маша великолепно знает наших собак по именам — иногда я, крепко держа поводки, подхожу к будке за курицей. Вся стая стоит смирно, а Капудель начинает танцевать на задних лапах, выпрашивая у продавца кусочек жареной грудки, и очень часто получает его.

— Капу? — переспросила Маша.

Я кивнула.

— Знаешь, — сказала девушка, — я тут на пять минут в туалет отбегала, может, она в тот момент за курицей и подходила? Странно, что не подождала, я записку повесила: «Сейчас вернусь», можно было прочитать.

Я изумилась. Неужели Маша предполагает, что Капа умеет читать? Но потом поняла — она просто шутит — и решила попросить у нее помощи:

— Маш, можно на твой ларек объявление наклеить?

Девушка склонила голову набок.

— Ну не знаю... Отец может рассердиться, лучше на автобусной остановке.

— Там сорвут.

— А что ты продаешь? — заинтересовалась красавица. — Или жильцов ищешь? Так я тебе хорошую семью посоветую.

— У нас Капа пропала, — всхлипнула я, — с прогулки не вернулась. Я бегала с Кирюшей по двору — никаких следов. Честно говоря, мы подумали, не под машину ли она попала?

Улыбка слетела с лица Маши.

— Вот беда! — покачала она головой. — А зачем ты девочку одну отпустила? Сейчас такое время, что ребенок не должен без взрослых ходить! Уж не знаю, успокоит ли тебя мое сообщение, но на проспекте никаких происшествий не было. Объявление приноси, отец возражать не станет, для него дети — святое, свои или чужие — без разницы. Вот горе, ой беда!

Я отшатнулась от прилавка.

— Хочешь курицу? Возьми бесплатно, — явно желая сделать мне приятное, предложила торговка.

— Ты не Маша! — воскликнула я.

Лицо продавщицы покрылось красными пятнами.

— Глупости не говори, а? — слишком шумно возмутилась она. — Кто я, по-твоему, Ваня?

— Не знаю, но точно не Маша. Девушка, которая здесь постоянно торгует, в курсе, что Капа не ребенок, а собака.

— Кто? — вытаращила глаза самозванка.

— Мопсиха.

— Ты так переживаешь из-за какой-то суки? — с укоризной поинтересовалась незнакомка.

Я повернулась и пошла прочь.

— Постой, пожалуйста! — крикнула девушка.

Я обернулась.

— Чего тебе?

— Меня Таней зовут, — сверкая огромными черными глазами, сообщила торговка. — Если отец узнает, что я Машу заменяю, он нас обеих убьет. Понимаешь, Маша на свидание ходит, а нам нельзя с мужчинами встречаться, не дай бог братья пронюхают или отец. Вот мы и придумали этот фокус.

С этими словами Таня сдернула с головы парик.

Роскошные, кудрявые, иссиня-черные волосы повисли в руке, под ними обнаружилась короткая стрижка.

— Волосы меняют человека, — затараторила Таня, — ты одна догадалась, остальные постоянные покупатели меня Машей спокойно называют. Они же за прилавком ожидают увидеть мою сестру, вот и не сомневаются. Очень легко за другую сойти, всего-то парик нужен, ну там еще брови погуще нарисовать. Понимаешь? Возьми курицу бесплатно, только никому ни словечка про нашу придумку, а?

— Не волнуйся, — заверила я ее, — мне и в голову не придет разбалтывать чужие тайны. Но ведь отец или братья могут сюда подойти, их не обмануть, живо вас разоблачат.

Таня засмеялась.

— Не! Они уверены, что мы с Машей на такое не способны. Знаешь, как в семье бывает: если о тебе составили некое мнение, можно легко прикидываться, поддерживать его, а втихаря что хочешь творить. Главное — внешне приличие соблюсти. Родителей легко обмануть, да и братьев тоже, они ж себя считают умнее всех, поэтому дураки.

— Лампа, — донеслось издалека, — беги домой! Капа нашлась.

Не чуя под собой ног, я понеслась в квартиру и с огромным облегчением узрела всех собак.

— И где она пряталась? — спросила я, стаскивая туфли.

— Не знаю, — пожал плечами Кирик. — Пока мы с тобой по дворам шатались, Степаныч, Эльза и Руди весь дом обыскали.

— Даже в холодильник заглянули, — пояснила девочка, — и стиральная машина пустая была.

— Главное — она нашлась, — ликовал Кирюша, — слава богу!

Я кивнула и пошла на кухню. Есть расхотелось, попью чаю.

У плиты стояла Эльза, как всегда жарившая комья фарша. Вот только сегодня котлеты были синего цвета.

— Съешь пару штучек? — предложила циркачка.

— Спасибо, нет, — поспешила я отказаться, решив не уточнять, из какого зверя она приготовила ужин.

— Есть салат, — продолжала Эльза. — Во!

Я посмотрела на стол, где высилась миска, набитая серо-розовой массой, плавающей в майонезе. Сверху в качестве украшения лежал кусок мякоти фаланги краба.

— Не любишь морепродукты? — поинтересовалась Эльза.

Вообще-то я очень уважаю всяких гадов, живущих в океане, но при виде майонеза вздрагиваю от отвращения, поэтому быстро сказала:

— У меня аллергия на гребешки и всяких там креветок.

— Тогда спокойно лопай салатик, — ухмыльнулась циркачка. — Крабовое мясо не натуральное, это, типа, рыбные палочки. С виду одно, а по сути другое. Но внешне один в один!

Внезапно ничего не значащий треп показался мне очень важным. «С виду одно, а по сути другое...» Почему меня насторожила ничем не примечательная фраза? Имитация краба... Таня, которая, натянув парик, моментально превратилась в Машу... Конечно, девушки — сестры, между ними есть определенное сходство, но они ведь не близнецы. Как сказала Таня? «Люди думают увидеть Машу и не сомневаются — торгует сестра. А родители с братьями считают себя слишком умными, поэтому их легко обмануть». По какой же причине ничего не значащие слова показались мне очень важными? Но додумать мне не дали.

— Лампа, выйди! — закричал из коридора Кирюша. — К тебе пришли!

Я не ожидала никаких гостей, поэтому крайне удивилась.

В прихожей стояла Вера.

— Хочешь чаю? — вежливо спросила я.

Верка помотала головой.

— Не, спасибо, обпилась уже. Слышь, Лампа, твоя бабка не хочет заработать? Я ей могу две тысячи в месяц платить, почти целая пенсия получится. Дорого, конечно, но я на все пойду!

— Прости, не понимаю, — абсолютно искренне ответила я. — Какая бабка? У нас никаких старух нет.

Верка прижала руки к груди.

— Помоги! Пожалей нас! Костя квасит каждый день, ниче его не берет. Ты же знаешь, я даже чертом одевалась — он не вздрогнул.

Я вспомнила, как испугалась, увидав у мусоропровода Веру в костюме дьявола, и кивнула.

— А тут затрясся, — продолжала соседка. — Ему старуха... ну та бабка, что у вас живет... два раза по морде заехала. Вот я и подумала: может, будет к нам бабушка по вечерам заглядывать, и тогда мой Якобинец ханку жрать перестанет? Главное, алкоголика напугать. И похоже, ей это удалось. Ох, как она ему вмазала!

Мне стало жаль Веру.

— Сейчас я тебе кое-что расскажу, только поклянись: никому во дворе слова не обронишь.

— Чтоб мне всю жизнь на бутылки работать! — топнула Верка.

И я изложила ей историю про Зему.

— А где можно купить кенгуру? — заинтересовалась Вера, после того как был окончен мой рассказ.

— Не знаю, — растерялась я, — в зоопарке, наверное. Только не советую тебе заводить дома сумчатое.

— Почему? Костя пить бросит!

— Думаю, начнутся другие проблемы, — ответила я. — Если честно, я даже не знаю, кто хуже: алкоголик или бесшабашная Зема.

Глава 21

— У-у-у-у! — завыла над ухом сирена.

Я резко села на кровати и, ощутив головокружение, рухнула назад в подушки. Что происходит? Будильник показывает ровно шесть утра, а я, как сейчас помню, поставила его на восемь. С какого перепугу часы начали трезвонить в несусветную рань?

Понадобилась пара минут, чтобы сообразить: звук несется не с тумбочки, а из коридора. Я опять приняла полувертикальное положение, схватила халат, и тут дверь в мою комнату резко распахнулась, на пороге появился Степаныч с горном в руке.

— Вставать! — заорал дед и поднес трубу ко рту. — У-у-у!

— Вы с ума сошли? — возмутилась я, прикрываясь одеялом. — Посмотрите, который час!

— Ясный день на дворе, — сообщил Степаныч. И следом гаркнул: — На поверку становись! Построение в коридоре, твой номер восьмой.

— А кто первый? — ехидно осведомилась я. — Вы?

— Она, — дед ткнул пальцем в Мулю. — Я не подлежу нумерации, командир — начальник, он вне списка.

Мне стало обидно. Получается, я последняя в коллективе?

— Мне не надо так рано вставать, — попыталась я сопротивляться.

Степаныч задудел в трубу.

— У-у-у! Согласно распоряжению утренняя поверка в шесть, завтрак через семь с половиной минут, далее отбытие по делам, отмыв территории, вскапывание рва безопасности, отработка шага по плацу, обед, десять минут свободного времени, обработка внутренних помещений от мыша, обход постов, смена дежурных и отбой!

— А личное время? — вздохнула я, нашаривая босыми ногами тапки. — И потом, у нас нет мышей, не говоря уж о плаце.

Понятно теперь, отчего родные сумасшедшего полковника решили избавиться от него хоть на недельку. Чтобы временно забыть о командире, никакого кляссера не жаль.

— На особом режиме пустых минут не предусмотрено, — заявил дедок.

Я вздрогнула.

— Простите, а где вы служили?

— Это сведения государственной важности, — надулся Степаныч. — Восьмой, не волынь, шагай на поверку!

— А как называлась воинская часть? — настаивала я. — Номер-то можно сказать?

— ИТК тысяча девятьсот восемьдесят четыре дробь сто сорок два «ге»! — рявкнул Степаныч.

Я поежилась. «ИТК» расшифровывается просто: исправительно-трудовая колония. Степаныч стерег зэков, отсюда его замашки. Делать нечего, пойду умываться, засыпать уже бессмысленно. Надеюсь, бойкого дедулю скоро заберут от нас, и мы забудем о побудках с горном.

Здание, в котором располагался офис фирмы Краминова, поражало великолепием: зеркальные стекла, полированный гранит, роскошные лифты, мраморная лестница, устланная безукоризненно чистым ковром. Очевидно, уборщиц тут — тучи.

Фирма Павла Львовича занимала два последних этажа. Я доехала до нужного, вышла из кабины и сразу налетела на стойку ресепшен, за которой восседала юная особа — естественно, красавица, блондинка с голубыми глазами и пухлыми губами, покрытыми розовой перламутровой помадой. На груди у нее висел бейджик «Каролина».

— Здравствуйте, — улыбнулась я, — Павел Львович заказал мне пропуск.

— Он предупредил, — затрясла длинными волосами Каролина, — вы Романова. В отдел пиара идете?

— Верно, — кивнула я.

— Сорок вторая комната.

— Спасибо.

— По коридору налево.

— Поняла.

— Идите осторожно, там ступенька.

— Вы очень внимательны.

— Еще шлепнетесь, — продолжала сверкать улыбкой девушка, — потом возни не оберешься — врачи приедут, труповозку ждать придется, пока тело не уберут...

Я вздрогнула.

— Чье тело?

— Так ваше, — весело пояснила Каролина, — там ступенька есть, побежите, шлепнетесь, лбом о пол хлопнетесь, и ку-ку, несите белые тапки.

— Надеюсь избежать подобной участи, — ошарашенно ответила я, — ноги пока не подкашиваются!

— А нельзя быть такой уверенной, — обрадовалась возможности поболтать Каролина. — Вот мой сосед, к примеру. Не пил, не курил, с одной женой жил, заболел и умер. За четверть часа скончался!

— Увы, никто не застрахован от заразы, — пробормотала я, бочком отодвигаясь от стойки ресепшен.

— Он под машину попал, — бойко сказала Каролина.

— Навряд ли это происшествие можно назвать болезнью!

— А чего? Ведь умер! — захихикала девушка. — Или Полина из пиара. Та ваще руки-ноги поломала и уволилась. Шикарное место потеряла.

— Каролина, немедленно перестань трепаться! — воскликнула девушка, одетая в серый офисный костюм, выходя из коридора. — Вы к кому?

— В отдел рекламы, — повторила я и удивилась, увидев на значке, аккуратно пришпиленном к лацкану пиджака, надпись: «Луиза, старший специалист». То ли Краминов велел всем сотрудницам взять псевдонимы, то ли местные кадровики специально подбирают девушек с экзотическими именами.

— Пойдемте, провожу вас, — сказала Луиза. — Будьте осторожны, здесь небольшая ступенька...

— Уже наслышана о ней, — усмехнулась я, — Каролина очень ярко живописала приезд спецмашины, которая заберет мой труп.

Луиза укоризненно посмотрела на меня.

— Каролина жуткая дура. Конечно, нехорошо так отзываться о коллегах, но, думаю, вы сами поняли. Она способна наболтать дикие вещи.

— Странно, что особу с подобными привычками держат на ресепшене.

Луиза усмехнулась.

— У входа Настя сидит, она там главная. Каролина при ней язык прикусывает, ее забота — кофе варить и в переговорную подавать.

— Но сейчас девушка одна.

— Наверное, Анастасия отлучилась на пару минут, — предположила спутница.

— Все равно непонятно, отчего Каролину не увольняют.

Луиза закатила глаза.

— Она кое-кому нравится.

— Ясно, — кивнула я.

— Вам сюда, — сказала моя сопровождающая и бесцеремонно толкнула дверь.

Я вошла в комнату, увидела худенькую девушку в белой блузке и прочитала на бейджике имя Сандра. Нет, вот это уж точно псевдоним.

— Чем могу помочь? — тихо спросила сотрудница.

— Меня зовут Евлампия Романова.

Внезапно Сандра стала пунцово-красной и начала лихорадочно комкать лист бумаги.

— Господин Краминов меня предупредил, — залепетала девушка, — сказал, что вы придете... просил никому тут не говорить... Олег пропал! Но я не знаю, куда он поехал... И про Полину тоже... Если кто-то сказал, что мы дружили, он врет, врет, врет!

Из глаз девушки внезапно брызнули слезы.

— Вы успокойтесь, — попросила я, — всех дел-то — ответить на пару вопросов.

— Я ничего не знаю.

— Давно здесь работаете?

— Ничего не знаю! — впала в еще большую истерику Сандра. — Люди врут. У меня с Олегом ничего не было! Он мне не нравится и никогда не нравился! Очень уж пафосный! Он был...

— Почему «был»? — резко перебила я дрожащую, как заячий хвост, собеседницу. — Хотите дать мне понять: Краминов-младший умер?

— Нет! — отшатнулась Сандра. — Ничего я не знаю!

— Даже время найма на работу не помните?

— Нет.

— А как ваша фамилия?

Сандра заморгала.

— Что?

— Фамилию назовите, — нежно попросила я. — Вот моя, например, Романова. А ваша?

— Попова, — очень тихо ответила Сандра.

— Замечательно. Уже намного лучше, наметился прогресс, налицо положительная динамика — ваша память проясняется. Может, теперь отчество назовете?

— Петровна, — пролепетала Сандра.

— Давно вы тут сидите?

— С девяти утра.

— Не сегодня, я имела в виду стаж.

— Больше года.

— Отлично. Ваш начальник Олег Краминов?

— Ничего не знаю!

— Сандра, это же смешно. Возьмите себя в руки.

Девушка обхватила плечи руками и умоляюще посмотрела на меня. Потом подняла взгляд вверх, отвела глаза в сторону и затряслась в ознобе.

— Думаю, нам не помешает чашечка кофе, — громко сказала я.

— Буфет в полдень откроется, — промямлила Сандра.

— Можно пойти в кафе, рядом с вашим зданием я приметила вывеску.

Сандра помотала головой.

— Нет. Обед в час. У нас строго с дисциплиной. Если уйти не по делу — уволят.

— Павел Львович не рассердится, — заверила я, — нам необходимо обсудить интересный рекламный контракт. Пошли!

— Контракт? — заморгала Сандра.

Я кивнула.

— Ах, контракт... — протянула девушка. — Хорошо!

Сандра схватила сумочку, выскочила из-за стола и вышла в коридор.

— Там ступенька! — предупредила она. — Осторожней, из-за нее куча народу упала. Бегут и ногу подворачивают. Олег недавно навернулся. Прихожу утром, а он тут на полу охает, лицо в крови.

— Так сильно ушибся? — удивилась я.

Сандра кивнула.

— У нас здесь пепельница на ножке стояла, Краминов прямо в нее носом и врезался. Ничего страшного, но кровищи было... Олег так орал! У него нос распух. Пепельницу он сам вышвырнул. Прикольно.

— Похоже, маленькая неприятность, случившаяся с начальником, вас порадовала, — заметила я, входя в кафе и усаживаясь за хлипкий, крошечный столик.

Меня всегда удивляют заведения, где посетителей сажают за неудобные «спичечные коробки», а еду при этом раскладывают на здоровенные тарелки. Еще напрягают диваны — вроде удобно развалиться на мягкой мебели, но, чтобы спокойно поесть, мне нужен самый обычный стул. А салфетки! Ну почему повсеместно исчезли простые бумажные прямоугольники? Отчего их заменили куски полотна? Я, например, стесняюсь вытирать ими жирные губы и руки, кому-то ведь потом придется отстирывать пятна.

— Ничего не знаю, — привычно ответила Сандра, — ни о каких неприятностях не слышала.

— Сами же только что рассказывали про ступеньку, — напомнила я.

— Ах это! — опомнилась девушка. — Да, было. Но другого ничего не знаю. Про Полину в том числе.

Я улыбнулась.

— Мой лучший друг Володя Костин работает в милиции.

Сандра прижала ладони к щекам.

— Ой!

— Сейчас он занимается убийствами.

— Ай!

— Но начинал в простом районном отделении, — мирно журчала я, делая вид, что не замечаю все возрастающего ужаса собеседницы. — Одно время его даже отправили в так называемую детскую комнату возиться с малолетними правонарушителями. Так вот, очень часто школьники лет десяти, входя в кабинет, прямо с порога заявляли: «Я ничего не знаю о краже телевизора!» или «Слыхом не слыхивал, кто «Жигули» разул!» Понимаете?

— Нет, — одними губами ответила Сандра.

— Володя не успевал слова сказать, а дети уже сами говорили о телике и машине. Если они ни в чем не замешаны, откуда знали про происшествие? Вот и вы так. «Ничего не знаю про Полину». Я-то интересовалась Олегом!

По щекам Сандры потекли слезы.

— Павел Львович сказал, что вы частный детектив и мне надо быть с вами откровенной.

— Верно, я работаю в агентстве.

— Но это не милиция?

— Нет, конечно.

— Вы меня не посадите?

— Таких прав я не имею, — заверила я девушку. — Зато умею хранить чужие тайны и могу помочь тому, кто попал в беду. А с вами произошла какая-то неприятность? Или я ошибаюсь?

Сандра судорожно закивала, потом навалилась грудью на кукольный столик и зашептала:

— Вам не понять...

— Попробуйте объяснить, вдруг я въеду в ситуацию, — тоже понизив голос, ответила я.

— Мне не с кем посоветоваться!

— Понимаю.

— Мама в ужас придет. Вдруг меня с работы выгонят?

— Найдете новую службу.

— На хороший оклад очередь стоит, — простонала Сандра. — Я сейчас и.о. завотделом — получка ого-го какая!

Мое терпение стало иссякать.

— Послушай, хватит ныть, лучше рассказывай.

— Никто не сумеет мне помочь...

— Очень правильная мысль! — фыркнула я. — Трудно решить проблему, если ничего о ней не знаешь.

Сандра заморгала, потом начала комкать салфетку:

— Дайте честное слово, поклянитесь, что никому ни слова не скажете. Я и правда в беде...

— Обещаю! — торжественно заявила я. — Давай, решайся, хуже тебе уже не будет. Что случилось?

Девушка стиснула кулаки, прижала их к груди и завела рассказ...

Глава 22

После окончания школы Сандра не попала ни в МГУ, ни в МГИМО, ни в другое престижное место. Да она и не относила документы в вузы из топ-листа, девушка очень хорошо понимала, что ее шансы стать студенткой практически равны нулю. Особой тяги к знаниям Сандра не имела, и если честно, ей очень хотелось работать парикмахером — с детства она с удовольствием стригла кукол, а став постарше, делала прически одноклассницам. Вероника, мама Сандры, не имела ничего против хобби дочери и сама часто просила сделать ей укладку. Поэтому, сказав родительнице: «Я хочу поступить в парикмахерское училище», выпускница не ожидала никакого сопротивления.

И тут разразилась гроза. Впрочем, нет, сравнение с этим природным явлением в данном случае слишком слабое. Тайфун, ураган, цунами, смерч — вот более подходящие определения для того, что разразилось над головой девушки. Мама Вероника категорически запретила дочери даже думать о расческе и ножницах.

— Занимайся на досуге чем хочешь, но получи приличную профессию, — потребовала она и отправила дочь в институт менеджмента, психологии, философии и социальных проблем.

Естественно, учебное заведение было платным. Несмотря на красивое длинное название, знаний там практически не давали, зато диплом вручали через два года, и в нем стояли вожделенные слова — «высшее образование».

— Отлично! — обрадовалась Вероника, когда дочь продемонстрировала «корочки». — Теперь изволь возвращать долг, ведь на твое обучение ушли все накопления.

Сандра кивнула, чувствуя себя весьма некомфортно. Дело в том, что, кроме нее, в семье была вторая дочь, тоже названная в честь какой-то литературной героини. Но самое печальное заключалось в том, что Элиза страдала церебральным параличом, передвигалась в инвалидной коляске. До сих пор Вероника бегала по трем работам, а больную стерегла бабушка, у которой был крайне вздорный характер, но теперь Сандре предстояло найти денежное место, чтобы помочь маме.

— С высшим образованием устроиться легко, — была уверена Вероника, — мне добрые люди правильный совет дали, в рекламе шикарные оклады.

Но, увы, ее расчет не оправдался. В крупные компании Сандру брать не хотели — нет опыта и диплом не престижный, а там, куда принимали с распростертыми объятиями, предлагали зарплату в пять тысяч. Естественно, не пресловутых условных единиц, а всего лишь так называемых деревянных рублей.

Сандра приуныла, и тут ей сам бог пришел на помощь. Совершенно случайно девушка столкнулась в метро с бывшей одноклассницей Полиной Вулых. В школьные годы девочки особо не дружили — сидели за соседними партами, но после уроков не общались. Полина неожиданно обрадовалась, увидав Сандру, позвала ее в кафе, и там, выпив бокал вина, Попова пожаловалась на трудности с устройством на работу.

— Я тебе помогу! — вдруг оживилась Полина. — Приходи завтра в офис, у нас в отделе есть вакансия.

Сандра прибежала к девяти утра по указанному адресу и, увидев здание, затаила дыхание от восторга. Неужели ее сюда возьмут? Наверное, Поля пошутила!

Но одноклассница говорила правду, и в действительности все оказалось еще лучше, чем та обещала: Сандре дали замечательный оклад. Вероника не могла нарадоваться на дочь, больной сестре наняли сиделку, что избавило их от присутствия вечно ворчащей бабушки. Сандра работала вместе с Полиной, которая проявляла исключительное дружелюбие, а начальником отдела был сын хозяина фирмы Олег Краминов, местный плейбой, менявший шикарные машины с маниакальной частотой. Впрочем, Сандра сразу поняла, что Олег не только любитель пафосных тачек, но еще и самозабвенный бабник, массивное обручальное кольцо на правой руке не было помехой для походов налево. Но Краминов-младший был умен и соблюдал «птичкино правило»: в гнезде не гадить. В конторе Олег вел себя безупречно, рук не распускал. Да он и не задерживался особо долго на службе — являлся к полудню, а сразу после двух уезжал. Весь воз работы волокли Полина и Сандра.

Через три месяца Поля вручила коллеге конверт.

— Что там? — удивилась Сандра.

— Загляни внутрь, — загадочно сказала Вулых.

Сандра послушно открыла клапан и ахнула.

— Вау! Деньги! Так много!

— Да, — довольно кивнула Поля, — премия от Олега. Следующая будет через квартал.

— За что? — растерялась Сандра.

Полина улыбнулась.

— Олег человек справедливый. Мы же тут за троих пашем, вот он и подкидывает периодически. Скумекала? Самому-то Краминову влом в офисе париться.

— Жаль его жену, — покачала головой Сандра.

— Она идиотка, — неожиданно обозлилась Полина, — дура, в медицинском смысле слова.

— Да ну? — поразилась Сандра.

И Полина рассказала подруге про Тину. Откуда она знала такие подробности, Сандра не спросила, но коллега была в курсе мельчайших деталей.

— Это их отцы договорились, — с горящими глазами сплетничала она. — Павел Львович в бизнесе пошатнулся, а папочка Тины финансы в его дело влил. Красиво получилось.

Сандра вздохнула и повторила:

— Жаль Тину!

— Не неси чушь! — резко оборвала ее Поля. — Живет как королева, делает что хочет, ей на золотом подносе лучшее несут.

— Плохо, когда муж бабник, — стояла на своем Сандра.

— Она этого не понимает, потому что дура.

— Даже идиотка чувствует отношение к себе, — не сдалась Сандра, — он же, наверное, избегает ее.

— Ошибаешься, — злобно прошипела Поля, — регулярно супружеские обязанности выполняет. Не ее жалеть надо, а Олега. Мучается он с женой, а ему нужна нормальная...

Поля, не договорив, захлопнула рот, но Сандре стало понятно: коллега влюблена в Краминова и мечтает занять место Тины. Вот только мечтать ей придется до конца своих дней — Павел Львович ни за что не разрешит сыночку бросить жену.

С того дня Поля перестала стесняться Сандры и стала вовсю ее эксплуатировать.

— Прикрой меня от всех, буду уходить часто, — деловито заявила Полина, — а ты сиди в кабинете безвылазно и работай. Если кто меня спрашивать будет, говори, что я уехала к клиентам. Смотри, не подведи. Закрытые двери кабинета могут вызвать подозрение.

И тут до Сандры наконец дошло — так вот почему Поля пригласила ее на службу! Она давно придумала свой план!

После памятной беседы Сандра взвалила на свои плечи непосильную ношу. Полины и Олега практически никогда не было в офисе. Где бывают начальник и подруга, проводят ли они вместе время или развлекаются поодиночке, Сандра понятия не имела. Меньше знаешь — лучше спишь! Зато сумма в конверте, который каждые три месяца падал в лапки девушки, возрастала в геометрической прогрессии, что Сандру весьма устраивало.

Но не так давно плавное течение жизни нарушилось. Однажды Сандре около полуночи позвонила Полина и приказала:

— Немедленно приезжай в офис.

— Зачем? — поразилась та.

— Потом объясню, — каменным голосом заявила Полина, — а сейчас слушай и запоминай. Войдешь не с центрального — зарули в соседний дом, поднимись на чердак и пройди его насквозь. Там найдешь железную дверь, она не заперта, толкни ее, и окажешься на чердаке нашего здания, где есть выход на черную лестницу. Я тебя жду. Только тихо! На чердаке увидишь дохлого голубя, не визжи, он там прямо на пути лежит.

— Ага, — прошептала Сандра, — но зачем...

— Ты получаешь деньги бочками, — оборвала ее благодетельница, — пора отрабатывать. Впрочем, я не настаиваю, можешь не бежать. Вот только имей в виду, на фирме скоро будет сокращение штатов.

— Уже лечу! — перепугалась Сандра. — Стрелой!

— Без шума и пыли, — напомнила подруга, — будь осторожна!

Все оказалось именно так, как сказала Полина: двери на чердаки были не заперты, и на полу валялась дохлая птица. Очевидно, Поля сама недавно прошла этой дорогой. Было лишь одно непредвиденное обстоятельство — пересекая на цыпочках один из чердаков, Сандра в свете карманного фонарика, который тоже приказала ей прихватить Вулых, внезапно заметила на полу браслет, очень красивый, из белых жемчужин, ярко засиявший, когда узкий луч упал на него. Сандра сначала приняла украшение за эксклюзивную бижутерию, но, наклонившись, тут же сообразила: жемчуг натуральный, а между бывшими песчинками, которые, словно гадкие утята, с течением времени превратились в белых лебедей, сияли довольно крупные бриллианты, вставленные в золотую оправу. Сандра никогда не видела столь оригинальной и дорогой вещи.

Полина ждала подругу у выхода на черную лестницу.

— Явилась наконец... — прошипела она. — Сколько можно копаться? Иди сюда, живо, ну!

Сандра двинулась за коллегой и, поскользнувшись, чуть не рухнула — пол почему-то оказался мокрым.

— Дура! — злым голосом воскликнула Поля. — Держись на копытах. Или ты пьяная?

Сандра хотела сказать, что просто споткнулась, но тут туфли превратились в коньки, и Попова все-таки упала, больно стукнувшись о плитку, которой был устлан коридор...

На секунду рассказчица смолкла, потом продолжила:

— У нас в офисе, неподалеку от кабинета Павла Львовича, есть ступенька. Зачем она там, никто не знает. Полнейший идиотизм! Даже свои, если торопятся, спотыкаются, а уж посетители и подавно ногами ее задевают.

— Меня предупредили на ресепшене, — кивнула я. — И Луиза, которая сопроводила меня в твою рабочую комнату, постоянно повторяла: «Ступенька! Осторожно!» Да и ты тоже о ней говорила.

Сандра пожала плечами.

— На мой взгляд, следует поднять уровень пола всего коридора и устранить перепад. Нехорошо, когда клиенты шлепаются, на фирму могут и в суд подать. Но Павел Львович отчего-то не желал ничего менять. Наш хозяин вообще странный — способен на ерунду кучу денег выбросить, а нужное не купит. В общем, я поспешила, поскользнулась, стукнулась о ступеньку и носом в пол угодила. Слава богу, не сильно расшиблась, просто испугалась...

— Дура, дура, дура! — в полнейшем негодовании повторяла Полина. — Вставай!

Сандра начала подниматься и внезапно заметила странную вещь... Пол покрывает светлая плитка из полированного гранита. Конечно, издали это выглядит очень красиво, создается ощущение, что находишься во дворце Снежной королевы, но, с другой стороны, видно каждое пятнышко. Так вот сейчас на стыках между плитками, обработанных, естественно, белой затиркой, ярко выделялись темно-бордовые следы. Кто-то пролил на пол чай или кофе. Сандра машинально потрогала впадинку пальцем, поднесла руку к глазам и вздрогнула:

— Это кровь! Почти свежая!

Полина на секунду растерялась. Сандра с нарастающим ужасом смотрела на нее. До сих пор она ни разу не видела, чтобы одноклассница «теряла лицо», но сейчас Вулых отвела взгляд в сторону и прикусила нижнюю губу.

— Что случилось? — окончательно перепугалась Сандра.

— Глупость страшная! — слишком весело воскликнула Полина. — Поэтому я и позвала тебя. Представляешь, купила два литра говяжьей крови — у меня завтра гости, хотела чернину сделать.

— Извини, — не поняла Сандра, — что?

— Блюдо из потрохов. А для него нужна кровь, ее в супермаркетах в банках продают, — охотно пояснила Полина. — Ну да это неинтересно, важно другое. Я тут, понимаешь, грохнулась! Все из-за этой гребаной ступеньки!

Сандра снова вздрогнула — ее поразило грубое слово, вылетевшее изо рта Поли. Не надо думать, что девушка никогда не слышала ненормативную лексику, просто Полина обычно держалась подчеркнуто интеллигентно.

— Уронила бутылку, — как ни в чем не бывало продолжала Поля, — и все разлила. Пришлось пол мыть. В общем, помоги! Если кто узнает, что я в коридоре покрытие испортила, мне несдобровать, заставят ремонт оплачивать.

Чем дольше говорила Полина, тем большее волнение охватывало Сандру. Во-первых, до сегодняшнего дня она ни разу не замечала, чтобы подруга заботилась о продуктах. Полина живет в коммунальной квартире с множеством соседей, часто говорит, как ей противно выходить на кухню, потому и предпочитает питаться в кафе. А тут какая-то чернина... И зачем так нервничать? Ну пролила говяжью кровь! Кстати, во что она была налита? Сначала Поля сказала «банка», потом «бутылка».

— Там есть мешок, — в конце концов заявила Полина, — его надо унести. Давай вместе, а то одной тяжело.

Испытывая недоумение, смешанное со страхом, Сандра проследовала за Полей и увидела здоровенный черный пластиковый пакет, туго набитый чем-то упругим.

— Бери за углы, — деловито приказала Поля, — и вперед.

— Что там? — сообразила спросить Сандра, когда девушки, отдуваясь, втащили ношу на чердак.

— Тряпки, — не моргнув глазом сообщила одноклассница.

— Да ну? — усомнилась Сандра. — Такие тяжелые? У меня прямо руки из плеч едва не вырвались!

— Думаешь, легко кровь собрать? — пропыхтела Поля. — Гора ветоши ушла! И еще там гранит. Понимаешь, плитка кое-где попортилась, когда термос с кровью падал, он железный, отбились кусочки камня.

Сандра опустила глаза. Так, значит, уже новая версия: не банка, не бутылка, а термос. И насчет обломков чушь — пол в коридоре не поврежден...

Попова внезапно прекратила рассказ и начала рыться в сумочке, приговаривая:

— Ну куда же подевалась губная помада?

— Сандра, — строго сказала я, — говорите, что было дальше.

— Я уехала домой, — протянула собеседница.

— А Полина осталась с мешком?

— Ну... э...

— Куда он делся?

— Мы его в машину запихнули.

— У Вулых есть автомобиль?

— Нет, она не водит. А я умею, у меня есть малолитражка, — не упустила возможности похвалиться

Сандра. — Купила не так давно, правда, подержанную.

— Так откуда авто, в которое вы погрузили ношу?

— Не знаю. Во дворе стояли «Жигули», очень старые, серого цвета. Полина велела засунуть мешок в багажник.

— Дальше.

— Я ушла.

— А что делала Вулых?

— Я же ушла, — повторила Сандра. — Откуда мне знать?

— Ладно. Как разворачивались события дальше?

Сандра скрутила из бумажной салфетки шарик и начала гонять его по столешнице.

— Утром я пришла в офис как обычно, к началу рабочего дня. Вхожу в контору, а там суматоха! Народ носится, вопит: «Скорую» вызывайте!» Олег споткнулся о ступеньку и упал, прямо носом в железную пепельницу угодил. Знаете, такие, на длинной ноге, их часто в общедоступных местах ставят. Кровищи налилось! Еще и губу повредил, — живописала Сандра, — пол залил, как раз в том месте, где следы от говяжьей крови остались. До сих пор видно — везде идеально белый пол, а там несколько темных полосок.

— Интересно... — покачала я головой. — После неприятности, случившейся с сыном хозяина, никто, конечно, не удивился, что стыки между плитками изменили цвет.

— Вы читаете мои мысли, — прошептала Сандра. — А еще вот что. Олег никогда раньше полудня на работу не являлся, а в тот день припер в полдевятого. Настя, девушка, которая на ресепшен сидит, очень удивилась. Она услышала крик из коридора, побежала и нашла Олега. Он раньше всех на службу приехал. Тогда вообще все вверх тормашками пошло! У Павла Львовича как раз жена умерла.

— Занятно. Мать скончалась, а сын на работу ни свет ни заря примчался. Вы никому не сообщали о происшествии, которое приключилось с Полей?

Сандра помотала головой.

— Нет.

— А что она пообещала вам за молчание?

Девушка повернула голову и уставилась в окно.

— Говори! — приказала я. — Хотя ладно, сама догадаюсь: место начальника отдела.

Глава 23

Собеседница покраснела.

— Да, — подтвердила она, — именно так. Полина сказала, что она увольняется, нашла другую работу, уходит по-тихому, а меня поставят сначала на ее место, затем повысят до завотделом. Перспектива открывалась великолепная!

— А куда денется Олег?

— Не знаю. Но Полина сдержала обещание, — почти прошептала Сандра. — Я думала, она время потянет, но Вулых наутро уже не пришла, меня в обед начальник отдела кадров вызвал и сказал: «Полина упала, сломала ногу, теперь будешь ее обязанности выполнять, зарплата вдвое больше».

— И ты не забеспокоилась? Вдруг Вулых и правда попала в травматологическое отделение?

Сандра помотала головой.

— Нет. Она мне вечером позвонила на мобилу с какого-то странного телефона — на дисплее выпали одни нули, я никогда такого не видела — и сказала: «Все идет по плану. Меня не ищи, делай карьеру. Я вышла замуж за иностранца и лечу в Америку. Раньше тебе рассказывать не хотела, боялась сглазить».

— И ты ей поверила?

— Да! — с абсолютно честным лицом ответила

Сандра. — А потом Олег перестал ходить на службу. Меня снова в отдел кадров вызвали, и начальник велел: «Пиши заявление, будешь и. о. Тридцатого числа прихвати с собой на службу лопату».

— Зачем? — удивилась я.

— Вот и я тот же вопрос задала, — слабо улыбнулась Сандра, — а Михаил Сергеевич ответил: «Деньги сгребать». Все получилось, как Полина обещала.

— Значит, Олег уволился? — уточнила я.

— Ну да, раз меня на его место взяли, — пожала плечами Сандра. — Впрочем, точно не знаю. Я ведь пока и. о.

— Краминов-младший тебе дела передал?

Личико Сандры искривила гримаса.

— А он их имел? Заглядывал в офис на час-другой и убегал. Я ж за него пахала!

— Олег объяснил причину своего ухода?

— Мы не беседовали, он просто не пришел. А потом из отдела по найму персонала позвонили.

— Если все так замечательно, по какой причине ты нервничаешь? И отчего решила рассказать мне правду?

Пальцы Сандры начали выбивать барабанную дробь.

— Я... э... да... не хотела... Вы мне поможете?

— А что произошло?

Сандра опустила голову.

— Сегодня утром позвонила какая-то тетка. Номер не определился, а она сказала: «Верни немедленно браслет из жемчуга с брюликами. Он у тебя, больше его никто взять не мог».

— А он и правда у тебя?

Сандра сцепила в замок дрожащие кисти.

— Я думала... э... сантехник лазил трубы чинить и потерял. Вот и взяла... ну... э...

Я не сумела сдержать смех.

— Слесарь выронил дорогое украшение? Изумительная версия! Ну да, люди, которые приводят в порядок канализацию, как правило, ходят на работу в бриллиантах. Тебе не повезло, парень обронил только браслет, а мог ведь ожерелье потерять... И потом, разве рабочему надо возвращать потерю? Ты абсолютно права, если украшение посеял сантехник, то его можно взять себе. Так?

Сандра молчала.

— Ладно, не будем зацикливаться на мелочах, — вздохнула я. — Звонившая представилась?

— Нет. Просто потребовала: сегодня в одиннадцать вечера положи коробку с браслетом в урну, которая стоит на остановке автобуса «Поселок Мечникова, дом один».

— Где такая находится?

— В Подмосковье, — всхлипнула Полина, — маршрут автобуса пятьсот сорок девять, он от метро «Тушинская» до больницы ходит. Мне эта баба очень четко объяснила: там есть церковь, остановки друг напротив друга, мне надо на ту, которая по направлению к столице. Рядом будет новый дом — из светлого кирпича, невысокий, трехэтажный — и магазинчик. И что мне теперь делать?

— Вернуть украшение.

— Я же его давно продала, — хмуро ответила Сандра, — а деньги маме вручила, они больной сестре нужны. Потому его и взяла. А сейчас мне так страшно! Та тетка... она... сказала: «Если не привезешь, из-под земли тебя достану и легко докажу, что ты убийца».

Из глаз Сандры покатились слезы.

— Я никого пальцем не трогала, — с трудом промямлила она, — в мешке... том самом, тяжелом... были тряпки!

— Ты сама-то веришь в это? — прищурилась я.

Сандра вцепилась пальцами в край стола.

— В офисе все сотрудники на месте, живы-здоровы!

— У Павла Львовича жена погибла, — напомнила я, — сгорела на старой даче, опознать тело сумели лишь по некоторым вещам. По странному совпадению это случилось в ту ночь, когда вы с подругой тащили к машине «тряпки».

Сандра зажала рот рукой.

— И кто мог потерять дорогой браслет? — безжалостно говорила я. — Девочкам из конторы такая безделушка не по карману! Кстати, ты раньше видела то украшение на чьем-нибудь запястье?

— Нет, — еле слышно ответила Сандра. — Ну за что мне эти неприятности?

Я навалилась на хлипкий столик.

— Желая сделать карьеру и получить много денег, ты, похоже, вляпалась в очень некрасивую историю. Поверь, это лишь начало. Если Павел Львович узнает о твоей роли в произошедшем...

— Мама! — охнула Сандра. — Но я не хотела, меня втянули, впутали!

— Надо уметь сказать «нет» человеку, который предлагает нечто, скажем мягко, странное, — сурово сказала я. — Ты бы прыгнула с моста на железнодорожные пути, если бы Полина тебя попросила?

— Я похожа на дуру? Конечно, нет!

— А тяжелый мешок потащила ночью к автомобилю.

— Там была ветошь! — с отчаяньем повторила Сандра.

Я стукнула ладонью по столу.

— Прекрати! Сделаем так. Спокойно работай, не показывай волнения. Я зайду в торговый центр, куплю там браслет из пластмассовых жемчужин, положу его в коробочку, заверну в бумагу, суну в ту самую урну и прослежу, кто возьмет «посылку». Так, по крайней мере, мы узнаем, кто требовал от тебя украшение. А ты пока сиди тихо.

— Хорошо, — согласилась Сандра.

— И помни: если проговоришься кому-то, будет плохо. Павел Львович узнает правду и выгонит тебя из фирмы с волчьим билетом. Впрочем, это еще наименьшая неприятность. Если хозяин обратится в милицию, ты окажешься за решеткой.

Сандра прижала руки к груди.

— Я все сделаю! Только помогите!

— Попробую, — пообещала я. — Да, кстати, дай мне координаты Полины.

— Она, наверное, сменила мобильный. Я пробовала звонить на прежний, там автомат отвечает: данный номер не существует, — прошептала Сандра. — И с квартиры она съехала, соседи не знают куда. Полька исчезла.

По дороге в деревню Голубкино меня обуревали разные мысли. В основном — вопросы, ответов на которые пока не было. Впрочем, кое о чем я все же догадывалась. Скорей всего, глупая Сандра стала пешкой в руках хитрой, расчетливой Полины. Очевидно, встреча одноклассниц была отнюдь не случайной. Поля сначала пристроила Сандру на хорошее место, а потом стала использовать в своих интересах. Поздним вечером в офисе Павла Львовича явно кого-то убили.

Почему я подумала о преступлении? Вспомнила кровь, которая окрасила швы между плитками. Ведь не принимать же всерьез рассказ про экзотическое блюдо под названием чернина! Так чье тело тащили в мешке через чердак? Очевидно, останки Светланы.

Я притормозила у светофора и снова задумалась. Значит, жена Павла Львовича по какой-то причине решила тайком пробраться в служебный кабинет мужа. Не желая «светиться» на первом этаже, у центрального входа, где круглосуточно сидит охрана, дама воспользовалась чердаком и уронила по дороге браслет. Наверное, Светлана сильно нервничала, потому и не заметила пропажу. Или так торопилась, что не стала заниматься ее поисками.

Светофор поменял свет, нога нажала на педаль, но голова по-прежнему была занята расследованием.

Зачем Светлана поехала в офис? Откуда она знала про чердаки? Кто сообщил Краминовой, что можно пройти через соседнее здание?

Тяжелый вздох вырвался из груди. В мешке, стопроцентно, находился труп Светы. Отчего я пришла к подобному выводу? Из чистой логики. В деле был замешан Олег — он заметал следы, пожертвовал даже собственным лицом, разбил нос и губы. Думаю, на такой шаг он мог решиться лишь в крайнем случае. Скорее всего, убийство Светланы было незапланированным. Она явилась в офис, чтобы с кем-то побеседовать или что-то взять, и погибла. Убийца в панике засунул тело в мешок, начал вытирать кровь. Хотя почему я постоянно говорю о преступнике в единственном числе? Их ведь было двое: Полина и Олег.

Попробую реконструировать события. Светлана идет по коридору, происходит нечто форсмажорное, ее убивают, запаковывают труп, моют пол... Но зачем зовут Сандру? Очевидно, Олег впал в истерику. Ну да, наверняка ведь нелегко зарезать собственную мать! От него не было толку, вот Полина и кликнула одноклассницу. Полина явно была не одна, она не водила машину. Но кто-то же увез труп! После падения Сандры до убийцы дошло — кровь жертвы затекла на затирку, окрасила белые швы между плитками в бордовый цвет. Завтра уборщица заметит непорядок, попытается отмыть шов — Павел Львович педантично следит за чистотой — и догадается, что перед ней засохшая кровь... Ох, нехорошо получится! Вот и пришлось Олегу непривычно рано приезжать в офис и биться лицом о железную пепельницу. Теперь кровавые следы никого не удивят, вся контора судачила о том, как сын хозяина споткнулся о ту самую ступеньку. Думаю, большинство сотрудников позлорадствовало, услыхав об этом. Но никому не пришло в голову, что Олег заметает следы преступления. Так кого столь рьяно защищал наш плейбой? Полину? Право, смешно! Он беспокоился о себе. А Поля ему помогала, за что получила хорошую мзду и смылась подальше.

Внезапно меня осенило. Перстень! Вот почему Олег спер украшение, все сходится! Кольцо отдали Полине. Но почему мне не по себе? Отчего кажется, что во всем этом есть некая странность? Вновь ни к селу ни к городу вспомнилась Маша из ларька с курами гриль.

Я резко свернула вправо. Асфальт закончился, впереди пролегала узкая колея, а в том месте, где шоссе превращалось в деревенскую дорогу, стояла палатка с водочно-сигаретно-жвачным ассортиментом.

— Эй, есть там кто-нибудь? — заорала я, высовываясь из окна.

Из павильончика выглянул черноволосый мужчина.

— Не кричи, а? — укорил он. — Чего хочешь, покупай, пожалуйста.

— Где Голубкино?

— Тута, — продавец меланхолично кивнул на проселок, — вперед езжай.

— Далеко?

— Совсем чуть, — заверил меня торговец, — километра три-четыре.

— Отлично! — воскликнула я.

— В Голубкино поедешь? — вдруг переспросил кавказец.

— Да.

— Слюшай, хочешь пить, наверное? — Торгаш решил слегка подзаработать.

— Да нет, — разрушила я его надежды, — своя вода в машине имеется, всегда вожу бутылку.

— Мороженое съешь!

— Не хочется.

— Шаурму сделаю...

— Вот уж ее точно не надо!

— Бесплатно! Бери любое! Все твое! — замахал руками продавец.

— Я вполне способна заплатить. И по какой причине вы вдруг решили меня угостить? — удивилась я. — Сегодня день неслыханной щедрости?

— В Голубкино хочешь?

— Ну да.

— На машине?

Странный разговор начал меня утомлять.

— Пешком далеко, сами сказали, три-четыре километра.

— А может, все десять, — протянул продавец, — никто расстояние не мерил. Подвези Мадину, а? Я тебя угощу, а ты ее в Голубкино доставь. Сюда она на велосипеде приехала, да, видишь, беда случился...

Продолжая говорить, мужчина указал на старенький «Спутник», прислоненный к стене магазинчика, — переднее колесо имело форму «восьмерки».

— Народ злой, — сердился кавказец, — не хотят Мадину везти. Троих просил, только плевали. Я тебе большую шаурму сделаю, слово Ибрагима! Курицу положу, свежую!

— Мадина знает, где Голубкино? — перебила я болтливого Ибрагима.

— Мы там живем, — закивал продавец. — Давно приехали, а все чужие. Плохие люди! Водку пьют, в долг просят!

— Зови жену, — велела я.

Ибрагим издал гортанный клич, из павильона вынырнула молодая женщина с сильно выпирающим животом. Я приоткрыла пассажирскую дверь.

— Садитесь.

— Подкинете? — по-детски обрадовалась Мадина.

— Конечно, — кивнула я, — беременной тяжело одолеть четыре километра.

— Всех возьмете?

— С вами кто-то еще есть?

— Ребенок. Маленький.

— Не бежать же ему за машиной, — улыбнулась я.

— Зияд! — заорала Мадина.

Из павильончика выскочил малыш, одетый в джинсовый комбинезончик. Не дожидаясь приглашения, он ловко влез на переднее место, Мадина, охая, стала устраиваться сзади.

— Мама, а я? — запищал тоненький голосок.

На крылечке около Ибрагима невесть откуда материализовалась девочка лет семи-восьми.

— За машиной беги, — без намека на улыбку велела Мадина.

— На заднем сиденье полно места, — быстро сказала я, — малышка легко поместится.

— Скажи тете спасибо, — приказала Мадина дочери, — повезло тебе.

— Можно Зухру возьму? — пропищала крошка.

— Не хочешь оставлять куклу? — спросила я. — И ее прихватим.

— Зухра моя сестрица, ей три года, — ответила малышка. — На руках посидит, ей тяжело идти.

— Сколько у вас там еще детей? — не выдержала я.

Мадина подняла глаза, потом стала загибать пальцы на правой руке.

— Зияд, Зухра, Ахмед, Ибрагим...

— Это же муж, — перебила я.

— Нет, сын, его зовут как отца, — пояснила Мадина. — Забыла кого-то.

— Меня, — пискнула малышка.

— Ох, верно. Сухелья, Зияд, Зухра, Ахмед, Ибрагим... Кто еще?

— Махмуд, мамочка!

— Ага! Махмуд, Сухелья, Зияд...

— Зови всех, — приказала я.

Минут через пять моя «букашка», под завязку забитая детьми, медленно потащилась по проселку.

— На машине лучше, чем на велике! — в полном восторге заявила Сухелья.

— Вы все ездите на одном велосипеде? — запоздало изумилась я.

Мадина кивнула и попыталась сложить руки на необъятном животе.

— И как же вы умещаетесь? — искренне заинтересовалась я.

— Я педали кручу, — охотно пояснила Мадина, — Зияд и Махмуд на раме, Ахмед с Ибрагимом на багажнике, Зухру кто-нибудь держит. Всех назвала?

— Меня забыла, мамочка! — ожила Сухелья.

— Ты взрослая, пешком бежишь, — вздохнула Мадина. — Вот скоро еще кто-то родится, тогда Ахмеду тоже на своих двоих ходить придется.

— Не тяжело с таким количеством ребят? — задала я бестактный вопрос.

— Аллах больше, чем нужно, не пошлет, — спокойно ответила Мадина, — лишь бы здоровые получались.

Мы поговорили немного о детских болезнях, и я перешла к иной теме.

— Давно в Голубкине живете?

— Я приехала беременная Сухельей. Красиво тут,

только холодно. И люди злые, — пожаловалась Мадина. — Нас не любят, обзывают чебуреками. А что такое чебурек? Непонятно, но все равно обидно.

— Ничего особенного, он на кутаб похож, пирожок с мясом, — улыбнулась я. — Не обращайте внимания, скорей всего, вам просто завидуют: семья дружная, дети хорошие, муж при бизнесе.

— Мы лучше их! — с жаром закивала Мадина. — Бежали от войны голые, а сейчас все имеем. А почему? Водку не пьем и работаем, а русские мужики с бутылкой живут. Как Ибрагим магазин открыл, все толпой пошли, в долг стали пьяную воду просить, да муж так ничего не дает. Вот нас и ненавидят.

— Скажите, Мадина, не приходила ли в Голубкино женщина по имени Светлана? — задала я главный вопрос.

— Есть такая, у колодца живет, козьим молоком торгует. Но ты к ней не обращайся. Грязная очень, и коза у нее больная. Одна дачница отравилась, хотела в милицию жаловаться.

— Я о другой даме говорю, она из коттеджного поселка, который за полем стоит.

Мадина прищурилась.

— И чего ей в Голубкине делать?

— Не знаю, — призналась я, — просто спрашиваю. Очень надо выяснить, с какой целью она сюда ездила.

Мадина ткнула рукой в окно.

— Не слышала я ничего! Стой тут, пожалуйста, приехали.

Я помогла матери вытащить детей, машинально погладила по голове вертящуюся под ногами Сухелью и пошла к соседней избе, которая смотрелась очень убого на фоне добротного кирпичного дома Мадины.

Глава 24

— Куда прешь? — заорали с покосившейся терраски, едва я шагнула за калитку. — Ну обнаглел народ! Тут частная территория.

— Простите, мне нужен кто-нибудь из хозяев, — растерялась я.

— Ну здесь я, — слегка изменила тон баба, показавшаяся под навесом. — Чего надоть?

— Я из коттеджного поселка, того, что за полем.

— За молоком хозяева послали? Я не торгую.

— Нет, нет.

— Ваще ниче не продаю, — уперла руки в боки хозяйка. — Вали вон!

— Извините, не...

— Уматывай!

— Я хотела просто спросить! Неужели трудно ответить по-человечески?

Глаза хозяйки слегка потемнели.

— Че? По-человечески? Ты чеченку на машине привезла! Не желаю с тобой разговаривать.

— Думаю, Мадинка не чеченка. — Я решила хоть как-то продолжить разговор.

— Уж не москвичка ли? — заржала во все горло баба, обнажив гнилые черные зубы.

— Нет, вероятно, осетинка или аварка, на Кавказе много национальностей. И какая разница, в конце концов?

— Вот уж верно, — злобно выплюнула бабища. — Чебуреки они все! Вали к такой-то матери, раз ты с ними заодно!

Мне стало противно находиться в захламленном дворе рядом с грязной в прямом и переносном смысле бабой, и я, не попрощавшись с ней, вышла на улицу. Разве можно делать вывод о человеке на основании его национальности? Говорят, все русские пьют. Конечно, в России немало тех, кто дружит с бутыл-

кой, но в нашей семье алкоголиков нет, и многие
мои друзья пьют вино по праздникам. Говорят, все
чеченцы террористы. Да, есть боевики и те, кто им
помогает. Преступников следует сажать в тюрьму. Но
при чем тут остальные люди? В нашем доме живут
Бероевы — великолепные врачи, в свое время убе-
жавшие из Владикавказа, сейчас они работают в
больнице, спасли много жизней. Говорят, все азер-
байджанцы воры. Вероятно, встречаются среди вы-
ходцев из Баку нечистые на руку люди. Но мы уже
много лет покупаем овощи и фрукты у приветливого
Саши, и он ни разу не обманул нас даже на копейку.
И разве среди русских, поляков, итальянцев, фран-
цузов не бывает уголовников? Живи я в Голубкине,
то постаралась бы подружиться с хозяйственной Ма-
диной, дети которой небогато, но чисто одеты, а от
бабы, живущей в грязном дворе, предпочла бы дер-
жаться подальше.

— Тетя! — тихонечко прозвучало снизу. — Тетя
на машине!

Я прогнала печальные мысли, глянула вниз и
удивилась:

— Сухелья? Мама разрешила тебе одной выйти
на улицу?

Смуглая ручонка вцепилась в мои джинсы.

— Тетя, — тихо сказала девочка, — вы хорошая.

— Спасибо, ты мне тоже понравилась.

— Подвезли маму. Больше никто не хотел.

— Наверное, остальные люди направлялись в
другую сторону. — Я решила не лишать ребенка ил-
люзий.

— Нет, тетя. Они нас обзывают чебуреками!

Я присела и обняла Сухелью.

— Не следует повторять глупости. Тебе ведь неприятно это прозвище?

Сухелья кивнула.

— Не реагируй на него, — посоветовала я. — Если

одноклассники начнут дразнить, не плачь, не показывай, что тебя задели их слова. Наоборот, смейся громче всех, отвечай: «Я не чебурек, а хачапури с сыром. Вы хачапури ели? Моя мама может вас угостить! Лепешка с сулугуни вкуснее чебурека, хоть и он неплох!» Очень скоро дети прекратят к тебе приставать. Привязываются лишь к тому, кто обижается.

— Вы про тетю спрашивали, что из поселка прибегала? — округлила черные глаза Сухелья.

— Ты видела ее? — обрадовалась я.

Девочка кивнула и ткнула пальцем в сторону стоящего чуть на отшибе небольшого домика интенсивно зеленого цвета.

— Она к Коле ходила, а потом перестала. Девочки говорят, она Кольке деньги платила. Поэтому бабы Нину презирают.

— Кого?

Сухелья поправила платок, постоянно сползавший с волос.

— Мне уже восемь лет, я большая!

— Конечно, милая, ты взрослая.

— Перешла в третий класс, — солидно заметила Сухелья. — Тут все думают, что Коля Нине изменял с той тетей, а Нина ради денег все терпела. Но это не так!

— А как? — заинтересовалась я.

Сухелья хитро улыбнулась.

— У Коли из гаража есть второй выезд прямо на дальнюю дорогу, и они с той тетей сразу уезжали. Нина ничего дома им не позволяла! Мама рассказывать не захотела, она никогда про чужих не говорит. Но вам же надо?

— Спасибо!

— Вы помогли нам — я вам, — подвела итог Сухелья. — Только маме не говорите.

— Не волнуйся, я умею держать рот на замке, — пообещала я.

— Если сейчас к Николаю пойдете, то Нины нет. Она на рынок уехала, цветами торговать, раньше ужина не вернется, — деловито сообщила Сухелья и, резко повернувшись, убежала.

Я, спотыкаясь о комья засохшей глины, подошла к резной калитке, толкнула ее и очутилась в небольшом, аккуратно прибранном дворе.

С первого взгляда стало ясно: хозяйство тут ведется железной рукой. Метлы, лопаты, грабли торчали в специальных подставках, тачка и несколько ведер стояли рядом. Особенно поразил меня пластмассовый держатель для полотенец, прикрепленный к внешней стене сарая, — на нем висели половые тряпки.

Не успела я восхититься невероятной чистоплотностью женщины, превратившей двор в картинку, как моей ступни коснулось что-то мягкое. Я опустила глаза и чуть не заорала — босоножки обнюхивал здоровенный лохматый пес ростом с крупного пони.

— Хорошая собачка, — заискивающе пробормотала я, — милая...

— Вы ко мне? — спросил мужчина лет сорока, выходя на крыльцо.

Я кивнула:

— Здравствуйте, Коля.

— Привет, — ответил хозяин.

— Вот, заглянула поговорить, — сказала я осторожно.

— Валяйте, — равнодушно прозвучало в ответ.

— Можете ее убрать?

— Кого? — удивился Николай.

— Собаку, — я ткнула пальцем в сторону монстра. — Я не могу определить породу, это алабай или азиатская овчарка? Милые животные, но, насколько мне известно, они не любят чужих.

Коля зевнул.

— Эта не тронет.

— Знаете, один раз меня цапнул симпатичный эрдельтерьер, а хозяин тоже уверял, что песик ласковый.

— Машка не злобничает, — перебил меня Коля.

— Странное имя для собаки, — удивилась я.

— Нормальное. Ваще-то она овца, — пояснил Коля и засмеялся.

— Ну и дура же я! Спутать овцу с собакой! — смутилась я.

— Ничего, — продолжал веселиться хозяин, — еще не такое случается. Эй, Маня, иди погуляй.

Животное подняло морду. Я вздохнула — действительно, овечка.

— Если дачу хотите снять, — по-прежнему приветливо продолжал Коля, — то мы не сдаем, места у нас мало. Могу посоветовать обратиться к Ереминым, у них специальная избушка для москвичей отстроена.

— Спасибо за совет, но я приехала с иной проблемой.

— Какой же?

— Мне сказали про вашу дружбу со Светланой Краминовой.

Николай моргнул раз, другой, третий, потом, абсолютно не изменившись в лице, предложил:

— Заходите, чего на дворе болтать.

Проводив меня в небольшую, до блеска вычищенную кухню, Николай опустился на стул и спросил:

— Чего вы хотите?

Я огляделась. Похоже, хозяин увлекается чтением. На столе чашка с недопитым чаем и раскрытая, перевернутая вверх обложкой толстая книга «Хиромантия от Алексея Звездного. Часть I».

— Вы дружили со Светланой?

— Которой? У нас их в деревне две, — прикинулся он идиотом.

— Речь идет о жене Краминова.

— Не знаком с ним.

— Охотно верю, но с супругой его вы встречались.

Николай зевнул.

— Некогда мне с бабами ля-ля разводить, дел по горло, я работаю.

— И кем?

— Столяром.

— А Светлана вам книжные полки заказывала? — гнула я свою линию.

Хозяин стукнул себя по коленям.

— Сказано уже — не видал я такую.

— Жена Павла Львовича Краминова сгорела, — сказала я.

В глазах Николая мелькнула тень.

— И где эта ваша баба жила? — опять прикинулся он дурачком. — Может, ближе к пруду? Хотя о пожаре у нас народ мигом узнает. Вы чего-то перепутали!

Я показала рукой в сторону зеленеющего за окошком леса.

— Вы дружили с женщиной из поселка, она приходила сюда через поле. Дома говорила, что отдыхает в садовом домике, а сама вылезала через шкаф и шла в Голубкино. Если сюда по дороге ехать, то путь составит километров семь-восемь, а напрямик и одного не будет. Ведь так?

Николай засмеялся.

— Прямо любовник леди Чаттерлей получается. На меня поглядите — я простой столяр, лапотный мужик, богатые женщины с такими не водятся. Вы хоть знаете, что за люди в том поселке живут? У них денег как звезд на небе, они любого купить могут! Дома-замки! Стены гранитные, крыши медные.

— Вы только что упомянули классическое произведение, в котором описывается любовная связь между светской дамой и, кажется, садовником, — улыбаясь, сказала я. — Впрочем, я могу и ошибаться, давно перелистывала этот роман, вполне вероятно, что главный герой был столяром.

Николай хмыкнул.

— Я женат, супруга целыми днями в избе толчется. Как с чужой бабой лечь? Не туда вы пришли!

— Начнем сначала, — ответила я, вынимая удостоверение. — Светлана Краминова сгорела, я ищу того, кто облил дачу керосином и бросил спичку.

— Вы не по адресу, — талдычил свое Николай, — я ее никогда не видел.

— А вот люди говорят, что Светлана сюда приходила.

— Деревня! Что с них взять! Еще не то наплести могут! — начал терять самообладание собеседник. — Мы с женой хорошо живем, хозяйство крепкое, кой-кому чужой достаток поперек горла, вот и наврали, неприятностей нам хотят.

— Я ведь могу поговорить с вашей супругой!

— Пожалуйста, — не испугался Николай. — Нинка приедет к вечеру, ждите, а потом трепитесь хоть до посинения. Но только у меня в зале не надо сидеть, на улице стойте. Знаю я вас, ментов, чего-нибудь подсунете, а потом в отделение загребете.

— Я частный детектив, к государственной структуре не имею отношения. Вот документ, посмотрите внимательно.

— Круто! — развеселился Николай, изучив мое удостоверение. — Прямо сериал на дому. Только я с женщиной из поселка связи не имел. Пару раз ходил туда, подрабатывал, но у них там на каждом сантиметре по охраннику.

Я спрятала «корочки» в сумку.

— Коля, вы, похоже, умный и довольно образованный мужчина. Про науку криминалистику слышали?

— Отпечатки пальцев?

— Ну не только. Ни один человек не способен покинуть место преступления, не оставив там следов. Если бы люди знали об этом, побоялись бы шутить с законом. Слышали про ДНК? Одного волоса, маленькой частички эпителия, капли пота или слюны, пусть даже высохшей, достаточно, чтобы узнать: Светлана заходила в избу или сидела в вашей машине. Я не подозреваю вас в убийстве и уж тем более не считаю любовником Краминовой. Вы симпатичный и умный человек, но, думаю, госпоже Краминовой не нужны были постельные утехи. Вы делали для нее некую работу, скорей всего, возили на машине по разным местам. Сделайте одолжение, скажите, куда она ездила каждый день? Мне необходимо получить эту информацию. Если честно расскажете — никаких неприятностей не будет, станете запираться — я приведу людей из лаборатории, они найдут улики, доказывающие вашу связь со Светланой, и беседа уже будет не со мной, а под протокол. Понятно растолковала?

Николай пригладил волосы.

— Она мне платила. Хорошие деньги предложила. Тысячу долларов в месяц за чепуху.

— Какую?

— Работы в деревне нет, кое-кто из наших в Москву мотается, — начал откровенничать столяр. — И я пристроился в контору, которая встроенные шкафы собирает. Видели такие?

Я кивнула. Пока в рассказе Николая нет ничего особенного. Впрочем, не удивило меня и продолжение, в принципе я догадывалась, что услышу.

Однажды Николай приехал в поселок собирать шкаф в загородном доме. В разгар работы появилась хозяйка, назвавшаяся Светланой, — приятная, хорошо воспитанная женщина, абсолютно не похожая на большинство богатых бабенок. Она порасспрашивала Николая о том о сем, узнала, что он из близлежащего села, и попросила:

— В моей спальне плохо закрывается балконная дверь, посмотрите, в чем дело.

— Не сумею исправить, наверное, — отказался Коля.

— Я хорошо заплачу, — улыбнулась Светлана. — Понимаете, я не люблю в свою комнату посторонних людей впускать, но вы мне симпатичны. Неужели не хотите заработать?

— Задаром бы сделал, — вздохнул Николай, — но у вас стеклопакеты, я в них не разбираюсь. Обычную дверь, дубовую, я элементарно налажу, а с пластиком не работаю.

— Все же гляньте, — настаивала Света, — вдруг просто надо винтик подкрутить.

Коля поднялся наверх, хозяйка закрыла дверь в комнату и спросила:

— Вам деньги нужны?

— Конечно, — кивнул столяр.

— Вы приехали на машине. Она ваша?

— Да.

— И давно водите?

— Всю жизнь, с четырнадцати лет, — ответил Николай, не понимая, куда клонит дама.

— Умеете держать язык за зубами?

— Не из сплетников, — пожал плечами Коля. — Я ж не баба, простите, конечно.

— Ничего, — усмехнулась Света, — я тоже не баба. Хотите подработать? Тысяча долларов в месяц вас устроит?

— За что же такие деньжищи? — изумился Николай.

— В принципе, за ерунду, — пояснила Светлана, — будете меня в город возить.

Николай изумился. Краминова вполне способна нанять себе профессионального водителя, который приучен часами сидеть за баранкой и ждать в машине хозяйку. В любом агентстве моментально составят список кандидатов, только свистни. В стране безработица, многие мечтают попасть на службу в богатый дом.

— У вас небось «Мерседес», — протянул Коля, — коробка автомат. А я не хочу вас обманывать, не приучен врать — на механике езжу. Конечно, соблазнительно иметь хороший оклад, но лучше вам подыскать водилу, который иномарки досконально знает.

Светлана улыбнулась.

— Я на ваших «Жигулях» покатаюсь!

Вот тут Коля не сумел сдержать удивления.

— Шутите, да? В тачке нет ни подушек безопасности, ни кондиционера, пробег почти шестьдесят тысяч километров. Да вам муж не разрешит!

Светлана села в кресло.

— Могу я быть с вами откровенной?

Николай кивнул, и тут Краминова выдала такую историю. У нее есть любимый человек, Андрей, встречаться с которым ей открыто нельзя. С мужем у нее отношений нет, но любовника он не потерпит, а Света обожает Андрея. В общем, она все продумала: на участке имеется домик, и если сделать в нем потайной выход, то можно незаметно ускользнуть, пробежаться по полю и сесть в Колину машину.

— И вы согласились, — уточнила я, когда Николай завершил рассказ.

— Ага, — признался он. — Прорубил в беседке в шкафу дверь. Светлане оставалось только поле пересечь и подойти сзади к моему гаражу.

— Ничего себе! И вас никто не застукал?

Коля развел руками.

— Нина, конечно, в курсе, но она язык за зубами умеет держать. Светлана хорошо платила, не хотелось денег лишиться. Дома на Свету внимания не обращали, она у них, как я понимаю, вместо кошки — у мужа бизнес, в особняке домработница заправляла. Светлана уходила в домик и вроде как там сидела. Хорошо же к ней в семье относились: никто не поинтересовался, чем мать и жена дни напролет занимается! Один раз Света в машину села и говорит: «Ну ничего, я покажу им всем, поймут правду, да поздно будет». Крепко она на своих родственников обижалась, что они ее за человека не считали. Вроде не одна жила, а одинокая. Дом мой последний на улице, если с огорода тихонько подойти, то и не видно. У нас только приезжие в соседях, да Мадина с нашими не общается. Вот так и сохранили тайну. Светлана садилась в «Жигули» — я стекла-то по полной программе затонировал, — и в Москву уезжали. Кто там на заднем сиденье маячит, не понять.

— И куда вы ее доставляли?

— На улицу Живописную, — пояснил Николай. — Она вдоль Москвы-реки тянется, там парк есть, вот у входа я ее и высаживал.

— И куда Светлана потом шла?

— Вот уж об этом понятия не имею, она мне не рассказывала. Забирал я ее там же, обычно часов в семь. Если задерживалась — ждал спокойно.

— Вы же видели, с какой стороны она подходит!

Николай насупился.

— Ну, она от газетного киоска шла, там еще трамвай проезжает. Да я и не рассматривал, книгу читал. Она подойдет, в окошко постучит. Я ее никогда ни о чем не спрашивал, не мое это дело. Отвез-привез — первого числа бабки. А потом стройку затеяли, через пустырь стало не пройти. И че делать? К их центральным воротам подъезжать? В общем, прибегает она один раз и говорит: «Уж извини, Коля, но больше ты мне не нужен. Кончилась моя любовь с Андреем. Вот тебе зарплата за три месяца вперед, давай расстанемся без печали». Делать нечего, взял я бабки, и все, лишился хорошей службы. Нинка моя, правда, сказала: «Небось она, хитрая бестия, нашла другой способ в город мотаться».

— Больше вы со Светой не встречались?

— Нет, — помотал головой Николай, — не довелось.

Глава 25

У парка на Живописной улице оказался один центральный вход. Я встала сбоку от железных ворот, пару минут понаблюдала за мамашами с колясками, потом повернула голову влево и увидела газетный киоск. Похоже, Николай не соврал, все как он описывал: трамвайные пути и ларек, витрину которого украшают разноцветные журналы.

Я подошла к торговой точке и приветливо поздоровалась.

— Добрый день, — мрачно буркнула в ответ женщина примерно моих лет.

— Газеты свежие?

— Это не колбаса, чтобы тухнуть, — схамила продавщица, но я решила не обращать внимания на грубость и попросила:

— Давайте «Семь дней», «Караван историй», журнал «Атмосфера» и еще «Друг», люблю про кошек и собак почитать. О, у вас новая книга Татьяны Поляковой? Ее тоже прихвачу.

— Еще Устинову привезли, — газетчица почуяла во мне выгодную покупательницу.

— На прилавке ее нет.

Торговка заговорщицки подмигнула.

— Наш хозяин — урод. Сто раз ему говорила: доставь побольше детективов, влет уходят. Не все, конечно, а Полякова с Устиновой точно. Да ему разве объяснишь? Опять только три книжки припер!

Устинову я себе приберегла, но так и быть, вам отдам.

— Ну спасибо! — обрадовалась я.

— Хорошего человека издалека видно, — польстила мне торговка.

— А литературы у вас и впрямь немного, — отметила я.

— Говорю же: дебил! — возмутилась женщина. — Тут парк рядом, люди с детьми гуляют, постоянных покупателей полно, берут томик — и на скамеечку. Пока ребятки в песочнице возятся, мамочки отдыхают. Но наш козел упирается: не стану, мол, детективы возить, тяжело мне. Я на себе пачки таскаю — смотаюсь на склад в издательство и прихватываю нужное, чуток к цене накину, и все довольны.

— В вас пропал бизнесмен, — улыбнулась я.

— А то! — гордо откликнулась тетка. — Я заказы принимаю! Тут одни и те же покупатели, всех знаю, кто на работу с работы на трамвае катит, кому в парк. Вон видишь красную коляску? Большую, на двоих...

— Да, — кивнула я.

Женщина встала, распахнула дверь и высунулась из ларька.

— Лара! — заорала она. — Лариса!

Девушка, толкавшая экипаж с близнецами, оглянулась.

— Чего тебе, Наташа? — крикнула она в ответ.

— Я привезла «Питание по знакам Зодиака», — ответила газетчица.

— Через час возьму. Смотри не отдай кому!

— Не учи ученую! — завопила Наташа. Потом, сев на место, подытожила: — Вот так и работаю, мне копейка — людям радость. Ну когда Ларке с двумя-то пацанами в книжный магазин бегать? Да и нет его тут поблизости, я одна — форпост культуры!

— Вы молодец, — отметила я. — Положите, пожалуйста, мои журналы в пакет.

Наташа полезла под прилавок.

— Во черт, — забубнила она, — куда ж я сумки сунула...

Продолжая бормотать, продавщица выложила на столешницу толстый том. Я сделала стойку — уже видела подобное издание! «Хиромантия от Алексея Звездного». Только на столе в избе у Николая лежал том первый, а тут после названия стоит большая римская цифра «II».

— Готова поспорить, что книгу заказал Коля, — сказала я.

Наташа резко выпрямилась.

— Какую, эту? Точно. Знаешь Кольку? Куда он подевался? То каждый день тут торчал, а теперь давно нету. Попросил ему двухтомник достать, я первую часть привезла, он сразу купил, а когда вторую приволокла — исчез. Я прямо расстроилась! А ведь четыреста рублей книжка стоит! И никому больше эта ерунда не нужна, лежит и лежит. Может, и нашелся бы еще идиот на покупку, но второй том, без первого...

— Могу вас выручить. Давайте «Хиромантию», я отвезу книгу Коле.

Наташа подпрыгнула на стуле.

— Вот удача! Извини, что нахамила тебе сначала. Вижу, ты не из своих, думала, просто язык потрясти подошла. А ты откуда Кольку знаешь?

— А ты как с Николаем скорешилась? — не ответив, спросила я.

Наташа схватила с прилавка резинку-махрушку и стянула волосы в хвост.

— Он сюда по два раза в день приезжал. Вон там становился, видишь дерево?.. Утром, правда, не задерживался, высадит хозяйку и улетит. А по вечерам иногда долго стоял. Ну прямо цирк!

— Что ж тут смешного?

Наташка округлила глаза.

— Он бабу возил, а та — натуральный Штирлиц. Через дорогу глянь, там пятиэтажка серая.

— Ну вижу, — кивнула я, — обычный дом.

— А в подвале медицинский центр, — пояснила Наташа. — У них там какие-то целители принимают, самый главный — Равиль.

— Равиль? — переспросила я. — Ты не путаешь?

— Нет, — замотала головой Наташа. — К нему много народу ездит. Некоторые с трамвая сойдут, по-озираются и ко мне: «Здрассти, где здесь клиника?» Мне даже интересно стало, что у них там лечат, если все идут: дети, старики, мужики молодые, бабы. А потом Ларка, ну та, что с двойняшками, рассказала: там экстрасенсы сидят, руками машут. Но я в такое не верю. По мне, человек должен таблетки есть или к хирургу идти.

— В принципе, я согласна с тобой, — подхватила я, — аппендицит от пассов не пройдет.

— Так вот Колькина хозяйка туда лечиться бегала, — самозабвенно сплетничала Наташа, — но шифровалась почище шпиона. Колька легко мог ее к двери подвезти, ан нет, она из его машины выйдет, подождет, пока он уедет, и в трамвай сядет, вроде как прочь отвалила. Только минут через пятнадцать она в другом возвращалась. Причем кофточку снимет, платочек завяжет — небось в сумке вещи таскала — и за дом шмыг! Да я ее все равно узнавала. А вечером она наоборот поступала, на трамвае подкатывала и на глазах у Коли высаживалась. И чего спектакль устраивала?

— Почему вы решили, что Светлана ходила в клинику?

— А куда ж еще? Там больше ничего нет, один дом стоит.

— Но он довольно большой. Может, она квартиру снимала?

Наташа погрозила мне пальцем.

— Уж не дура, соображение имею! Утром приезжала — вечером уматывала. Какая жилплощадь? Смешно.

— Может, работала у кого, — не сдавалась я. — Например, няней, репетитором, горничной.

Газетчица засмеялась.

— Ага, работала... На ней одежда шикарная, туфли в три мои зарплаты, сумка за нереальную стоимость! Я тут пока сижу, все журналы листаю, научилась в шмотках разбираться. Нет, денег у бабы хватало. Вот только почему она с Колькой каталась в «Жигулях» убогих? И чего скрывалась? Так берешь «Хиромантию»?

Я вынула кошелек.

— Сунь в тот же пакет. Скажи, а в клинику трудно попасть?

— Не знаю. Наверное, записаться надо.

— Пусть пока у тебя покупка полежит, я схожу к тамошним врачам.

— Лучше найди нормальную больницу, — посоветовала Наташа. — Думаю, все эти колдуны обманщики.

— Да у меня есть бабушка, — соврала я, — очень ей охота ревматизм у знахаря полечить.

— Валяй, коли деньги девать некуда, — усмехнулась Наташа. — Пакет твой сохраню, никто не тронет.

Вход в медицинский центр украшала скромная табличка с названием «Икар».

Я моментально вспомнила Кристину, подругу покойной Беатрисы Мальчик. Девушка никак не могла вспомнить название центра, в котором служил Равиль, пообещавший исцелить Беату от смертельной болезни Сомари—Вильсон. Кристина необразованна, имя сына Дедала, Икара, мечтавшего долететь до солнца на самодельных крыльях, ей было незнакомо, вот девушка и повторяла: «Название этакое... «Итал», «Имал», «Ипал». Перебрала несколько звукосочетаний, а мне не пришло в голову, что имеется в виду «Икар».

Почему я решила, что именно сюда приезжала Мальчик? Имя Равиль не самое распространенное в Москве, парень — экстрасенс, работает в центре «Икар». А Беатриса бегала к целителю Равилю, который вел прием в клинике под названием то ли «Итал», то ли «Инал», то ли «Имал». Не надо быть семи пядей во лбу, чтобы сделать правильный вывод.

Вообще-то мне следовало созвониться с Кристиной, она обещала найти координаты и Равиля, и профессора Зарецкого, доброго старичка, отправившего Беатрису к чудо-доктору. Кстати, если бы Равиль требовал с Мальчик денег, я бы не удивилась. Но Кристина утверждала: знахарь действовал бескорыстно, попросил только сделать «доброе дело». Значит, он в курсе ситуации с Павлом Львовичем... Нет, я определенно дура! Впрочем, не стоит себя ругать, я работаю одна, везде просто не успеть. Я бы непременно вспомнила про Равиля, просто временно увлеклась другой версией. И вот новый поворот в расследовании, и я все же оказалась на пороге «Икара».

Я толкнула створку, очутилась в просторном холле, увидела ресепшен и полную девушку за стойкой с бейджиком «Дарья» на блузке.

— Здравствуйте, — участливо сказала она. — Что хотите?

— Такое необычное у вашей клиники название, — улыбнулась я, — Скорее уж подходит не медцентру, а фирме, которая выпускает летательные аппараты.

Дарья приветливо посмотрела на меня.

— Не вы первая удивляетесь. Только наша клиника существует много лет. И никакого отношения к юноше, мечтавшему парить, как птица, не имеет. Основали ее четыре человека: Иван Мастеров, Константин Ахов, Алексей Громов и доктор Равиль. Иван, Константин, Алексей, Равиль. Берем первые буквы имени, получаем «ИКАР». Наверное, сейчас, когда из первых владельцев остался лишь Равиль, можно и поменять вывеску, да только у «Икара» замечательная репутация. Вы записаны на прием?

— Нет, но хочу попасть как раз к доктору Равилю.

Дарья взяла с полки, стоявшей у нее за спиной, журнал.

— Давайте сначала оформим документы. Ваше имя?

— Елена, — не колеблясь, ответила я.

— Отчество?

— Андреевна.

— Фамилия?

— Э-э... Романова.

— День, месяц и год рождения? — спокойно продолжала Дарья.

Узнав и эту информацию, она не успокоилась.

— Семейное положение?

— Разведена.

— Можете сообщить сведения о муже?

— Нет, — вздохнула я. — Связь потеряна[1], мы много лет не общаемся.

— Дети есть?

— Двое.

— Работаете?

— Конечно.

---

[1] Подробности биографии Лампы рассказаны в книге Дарьи Донцовой «Маникюр для покойника», издательство «Эксмо».

— Где?

— Играю на арфе.

Дарья подняла голову.

— Простите?

Я сделала быстрое движение пальцами, словно перебираю струны.

— Окончила Московскую консерваторию, играю в оркестре. Есть такой инструмент — арфа, здоровенная бандура, около которой сидят на табуреточке.

— Знаю, — улыбнулась девушка. — Наверное, здорово быть музыкантом. Гастроли, весь мир можно увидеть...

— На самом деле артист в основном хорошо изучает аэропорты и вокзалы, у него нет времени на посещение музеев и осмотр достопримечательностей, — ответила я.

Дарья опять взяла ручку.

— Вы заполняете историю болезни по старинке? — запоздало улыбнулась я. — Не вбиваете данные в компьютер?

— У нас здесь нет никаких аппаратов — ничто не должно нарушать биополе, — пояснила Дарья. — Поэтому мы всегда просим своих посетителей отключать мобильные. Видите табличку?

Пухлый палец девушки указал на белый лист, на котором красовалось изображение трубки, перечеркнутое жирной черной чертой.

Я сделала вид, что не замечаю намека. Мало ли что случится дома! Нет уж, лучше останусь на связи.

— Вот оно, очередное зло цивилизации, — переносной телефонный аппарат. А еще радио, телевизор, о компьютере я уж и не говорю. Основные болячки у людей от научно-технического прогресса. Какая у вас проблема со здоровьем? — частила Дарья, которую не обозлило то, что клиентка не отключила телефон.

— В «Икаре» все лечат?

— Мы пытаемся помочь людям в меру таланта, отпущенного богом, — ушла от прямого ответа Дарья.

— Мне хочется попасть к Равилю, — напомнила я.

— Пожалуйста, — легко согласилась девушка, — я запишу вас на двадцатое ноября. Хорошо?

— Почти через полгода?

— Увы, к Равилю огромная очередь.

— Так и умрешь, не дождавшись помощи.

— Могу посоветовать другого доктора.

— Но я хочу именно к Равилю. У него лечилась моя лучшая подруга. Результат потрясающий!

— Кто, если не секрет? — проявила любопытство Дарья.

— Светлана Краминова, — не подумав, брякнула я.

— Не припоминаю такую. Извините, клиентов очень много, — прощебетала администратор.

— Света бегала сюда несколько лет.

— Нет, нет, вы ошибаетесь, стандартный курс лечения занимает три недели.

— Его можно повторить?

— Да.

— Вот Света и лечилась бесконечно.

— Право, вы путаете, — перебила меня Дарья.

— Нет, — продолжала я спорить.

— Очевидно, подруга вам сообщила неверные сведения. Сюда так долго ходить незачем. Тем более к Равилю! — ажитированно воскликнула девушка. — Равиль людей очень быстро исцеляет.

— Всех?

— Абсолютно.

— У него нет кладбища, как у остальных врачей? Дарья отшатнулась.

— Что вы такое говорите? Если познакомитесь с Равилем, то будете жить еще двести лет!

Наглое вранье администраторши привело меня в возмущение. Ладно, я понимаю, что в этом лечебном заведении зарабатывают тысячи на несчастных больных, от которых отказалась официальная медицина, или стригут немалые деньги с тех, кто боится лечь на операционный стол. Вот, например, моя лучшая подруга Катюша — добрый, сострадательный человек, всегда готовый прийти на помощь, — бывает порой безжалостной. Профессия обязывает! Хирург честно предупреждает больного:

— Сделаем две операции, проведем лечение, вы будете принимать гормоны, и вам полегчает...

Далее, как правило, никто не слушает, люди тихо сползают со стула. Воображение рисует им страшного толстого урода, всего в шрамах. А уж слово «гормоны» доводит многих до обморока. Но, поверьте, ничего ужасного хирург не сказал. Да, предстоит тяжелый год, но вы справитесь, останетесь живы, сумеете вырастить не только детей, но и внуков. И если не станете обжираться взбитыми сливками, то не превратитесь в ожиревшую свинку. Намного хуже услышать от врача: «Мы не будем делать вам операцию, уже поздно!»

Но человек, сидя в кабинете доктора, как правило, лишается способности мыслить, воспринимает лишь отдельные слова и легко поддается панике. Правда, потом люди остывают и начинают соображать: все закончится хорошо.

Но иногда в момент наибольшего морального напряжения на пути больного появляется мужчина или женщина с чарующим голосом.

— Ерунда, — проникновенно говорит мошенник, — не стоит беспокоиться. Мы вылечим тебя, вот поводим руками над головой, и ты побежишь по жизни, как молодой. Операции не надо, таблетки не пей, исцелим недуг без мучений...

И к кому вы пойдете? Лично я, стиснув зубы, отправлюсь к хирургу. Но человек слаб, кое-кто двинет к ласковой тетечке, и она его обманет по всем пунктам. Как молодой, ее клиент не побежит, операция и таблетки ему точно не понадобятся. Знаете почему? Трупы не лечат.

Глава 26

И Вовка Костин, и Катюша, и Кирик с Сережкой, и даже Лизавета с Юлечкой не устают повторять: «Лампа, думай, прежде чем говорить». Я стараюсь следовать их совету, но изредка на меня налетает такая злость, что разум отказывает. Вот и сейчас я гневно заявила Дарье:

— Зря вы говорите, что Равиль безупречный целитель. Другой моей подруге он совсем не помог!

— Ошибаетесь, — дудела в одну дуду девушка, — Равиль гений.

— Что же он не спас Беатрису Мальчик? — пошла я вразнос. — Она у него лечилась и умерла!

Выпалив эту фразу, я прикусила язык. Черт меня побери! Зачем я пришла в «Икар»? Вовсе не для того, чтобы обличать мошенников. Мне необходимо побеседовать с Равилем, выудить из него кое-какую информацию, а что получилось? Я испортила все дело. Сейчас Дарья заявит: «Если вы не доверяете врачу, утверждаете, что он угробил Беатрису Мальчик, зачем тогда рветесь к нему на прием?»

Но девушка поступила иначе:

— Только не волнуйтесь! Не все люди говорят правду. Вполне вероятно, что ваша... Как вы ее назвали?

— Беатриса Мальчик, — повторила я.

— У нас и не лечилась, — завершила фразу Дарья, — это раз. Теперь два. Увы, бывают порой, очень редко, летальные исходы. Как правило, в крайне запущенных случаях. Равиль старается вытащить любого человека, но он не бог. Хотя я не припоминаю тех, кто, увы, ушел на тот свет. И потом...

Дарья тихо журчала, меня стало покачивать.

— Посидите минуточку, — вдруг резко вскочила девушка, — я сейчас приду.

Я плюхнулась в мягкое кресло и почувствовала, как тело одолевает дремота. Руки-ноги потяжелели, голова стала заваливаться набок. Похоже, в лечебном учреждении нет ни одного посетителя, вокруг стоит, простите за некорректное сравнение, могильная тишина.

Кстати, недавно, проезжая по улице, я увидела забавный рекламный щит. «Клиника «Меск», все медицинские услуги, включая ритуальные». Помнится, у меня мороз побежал по коже. Интересно, что испытывают пациенты, когда их взор натыкается на такое сообщение у ворот больницы? Хуже только плакат «Готовим на глазах», который недавно повесили возле нашего дома. Хотя, может, у меня просто слишком развито воображение? Прочитала «Готовим на глазах» и представила, как ко мне подходит повар, швыряет на очи сосиски, солит их, перчит, переворачивает... Мрак! Лучше бы написали: «Вы увидите, как мы жарим мясо» или «Раз, два, три, суп, кипи!» А то — «Готовим на глазах»... На чьих? Ясно, не на своих, а покупателей.

Туман окончательно заполнил голову, я подавила желание вытянуть ноги, в приемной звучала тихая музыка и ненавязчиво пахло ванилью.

Резкий звонок мобильного спицей воткнулся в ухо. Я, мгновенно очнувшись, вскочила, перевела дыхание и схватила трубку.

— Лампудель, ты где? — нежно пропел Кирюша. — Наверное, еще не обедала? А длительное голодание вредно для человека.

— Что случилось? — испугалась я.

— Почему, как только я начинаю проявлять заботу, ты моментально пугаешься? — с обидой спросил Кирик.

Я вновь села на диван. Когда Кирюша учился в младших классах, я всегда, едва войдя в дом, знала, какие отметки он сегодня получил. Если ботинки расшвыряны по углам, а куртка валяется у зеркала, значит, проблем нет: по сочинению четыре, а по математике честно заработанная тройка. Но коли кроссовки аккуратно поставлены в калошницу, а верхняя одежда висит на «плечиках», то день не задался, дневник полон «лебедей». Особенно тревожно сжималось сердце при виде тщательно вымытой посуды. А один раз я заметила, что по дому прошлись с пылесосом, и чуть не упала в обморок: неужели Кирюша взорвал школу?

Только не подумайте, что Кирик маленький лицемер и подхалим. Нет, он просто хотел подсластить мне пилюлю и приносил таким образом извинения за доставленные переживания. Теперь, правда, эпоха мытых полов миновала, но всякий раз, угодив обеими ногами в неприятность, Кирюша начинает трогательно обо мне заботиться.

— Что случилось? — повторила я.

— Ничего!

— Совсем?

— Ну да, — ответил мальчик. А через пару секунд добавил: — Если не считать таинственных исчезновений Капы.

— Мопсиха опять спряталась?

— Она сегодня уже трижды проделывала этот фокус, — заявил Кирик, — пропадает без следа, потом вдруг — здрасти, вернулась! Понять не могу, где она ныкается.

— Может, под столом в комнате у Кати? — предположила я. — Вроде там ее любимое место.

— Было! — уточнил Кирюша. — Теперь другая нора образовалась, и я пока не нашел ее. А что ты делаешь?

— Ничего, — быстро ответила я, — так, чепуха на постном масле.

— Очень занята?

— В принципе нет.

— Можешь отложить дело на час? Нет, даже на полчаса?

— Наверное, да. А что?

— Выручи, а?..

— Говори, — велела я.

— Отвези на вокзал Олимпиаду Тимофеевну Березняк.

— Это еще кто такая? — поразилась я. — Откуда она взялась? Впервые слышу.

— Олимпиада Тимофеевна Березняк — мама Леонида Радько. А у него есть четки из нефрита, которыми пользовался сам Будда.

— Да? — усомнилась я. — Небось дико дорогая вещь!

— Леонид сейчас в Тибете, — затараторил Кирюша, — живет в монастыре, а его мать собралась в гости к родственникам в город Брыльск. Олимпиада Тимофеевна уже пожилая, ей одной до вокзала не добраться.

— А я тут при чем?

— Лампа, слушай внимательно. Хочешь домик в деревне?

— Олимпиаду Тимофеевну на что-то меняют! — осенило меня.

— Молодец! — похвалил меня Кирюша. — Ты становишься сообразительной. Если мы посадим бабулю в поезд и помашем ей ручкой, то Клара, жена Леонида, даст нам нефритовые четки. Я выменяю на них икону, а потом... Дальше неважно, ты запутаешься. Женщина вообще не способна удержать в голове всю цепочку. Главное, знай: Олимпиада идет за четки, а они очень нужны.

— Почему бы невестке самой не проводить свекровь?

— Она рожает.

— Олимпиада Тимофеевна? — обалдела я. — Вот так фокус!

— Лампудель, — устало перебил меня Кирюша, — хватит идиотничать. Всех дел на тридцать минут. Я сам не могу, не спрашивай почему, долго объяснять. Беременна не бабка, а ее невестка, Клара.

— Ну ладно, — с некоторой долей сомнения ответила я, — говори адрес.

Записав на бумажке необходимые сведения, я вышла из клиники, так и не дождавшись Дарью. Визит к Равилю временно придется отложить, но я непременно вернусь и побеседую с целителем.

Газетчица Наташа, увидав меня, радостно заулыбалась.

— Вот, держи свою прессу и «Хиромантию».

— Спасибо, — поблагодарила я.

— Тебе мерси! Приходи еще.

— Непременно, — сказала я, сделала шаг назад и наткнулась на какого-то человека.

— Что же вы ушли? — воскликнул знакомый голос.

Я чуть посторонилась и поняла: только что наступила на ногу Дарье.

— Вот здорово! — укоризненно заявила она. — Я по кабинетам бегаю, пытаюсь вам помочь, а выходит, зря? Хорошо, что увидела через окно, как вы по трамвайным путям топаете. Возвращайтесь, Равиль вас примет.

Я заколебалась, но потом представила, какие слова я услышу от Кирика, если я не отвезу Олимпиаду Тимофеевну на вокзал, и ответила:

— Извините, мои планы изменились. Завтра я непременно забегу, скажите, во сколько.

Вместо того чтобы спокойно назвать время и мирно уйти, Дарья вцепилась в мое плечо.

— С ума сошла! — с жаром воскликнула она. — Тебе нельзя медлить!

— Почему? — попыталась я выкрутиться из ее цепких пальцев.

— Знаешь, по какой причине Равиль согласился всех клиентов из-за тебя бросить? — вытаращила глаза Дарья.

— Теряюсь в догадках, — пропыхтела я, интенсивно дергая плечами. Наверное, придется снять кофту и остаться в футболке, может, тогда я сумею освободиться от хватки Дарьи.

— Равиль настроился на твою волну, — деловито сказала девушка, — и увидел. Ой, пусть он сам расскажет.

— Завтра со всем вниманием я его выслушаю, — твердо ответила я.

— Сегодня! — с пеной у рта настаивала Дарья. — Ладно, скажу! У тебя рак! В мозгу! Жуть! Огромная опухоль! Пошли скорей назад, ни минуты терять нельзя.

Несмотря на то что я была абсолютно уверена в отличном состоянии своего здоровья, мне стало страшно. И тут на помощь пришла Наташа.

— Ничего себе, красиво вы клиентов ищете! — рявкнула она на Дарью. — Чего примоталась? Сказано: завтра придет. Отпусти человека, а то ментов кликну, вон они, шаурму жрут!

У ларька с надписью «Лучшая еда», в паре метров от нас, и впрямь мирно ели лепешки с мясом два тонкошеих сержанта.

Дарья разжала пальцы.

— Я хочу помочь, — нервно сказала она. — Хорошо, завтра непременно приходи, в любое время, Равиль сразу примет. Очень уж плохо, прямо черно у тебя.

— Непременно примчусь, — пообещала я и побежала к машине.

— Кольке привет! — заорала газетчица. — Пусть заезжает, небось в своей деревне без книг очумел. Он говорил, в ихнем Голубкине даже продуктового магазина нет, не то что книжного.

— Телепрограмма есть? — вдруг заинтересовалась Дарья.

— А как же! — Наташа забыла про неприязнь к назойливой администраторше. — Во, выбирай.

Я завела мотор и помчалась по указанному Кирюшкой адресу. На душе было неспокойно.

Некоторое время назад я совершенно случайно проходила мимо одной печально известной онкологической клиники и была поражена огромным количеством объявлений, наклеенных на фонарные столбы и забор. «Лечу рак. 100%-ная гарантия», «Убираю метастазы», «Обратитесь ко мне — и станете навсегда здоровым. Любые опухоли уходят за 10 сеансов. Безболезненно. Дорого». И самое ужасное: «Детская онкология любых стадий. Без операций. Только обратившись к нам, вы получите своего ребенка исцеленным. Восстановление иммунитета. Гарантия от онкологии на всю жизнь»[1]. Я редко испытываю припадки бешенства, но в тот день у меня буквально потемнело в глазах, а руки сами начали срывать бумажки.

— Эй, девушка, нельзя мусорить! — сказал чей-то голос.

Я повернула голову и увидела двух милиционеров, стоявших чуть поодаль от меня.

— Не швыряйте клочки, — сказал один.

— Так и на штраф нарваться можно, — лениво протянул другой.

— Как вам не стыдно! — налетела я на парней в форме. — Полрайона заклеено объявлениями! Вдруг

---

[1] Увы, объявления подлинные. Автор сама читала их.

кто поверит и поведет своего ребенка к шарлатану? Надо немедленно уничтожить рекламные листовки!

— Смысла нет, — процедил более молоденький сержант, — эти сдерем, тут же другие наклеят.

— Здесь везде телефоны! — пошла я вразнос. — Надо позвонить, узнать адрес, записаться на прием, задержать шарлатана за незаконную медицинскую деятельность! Голову на отсечение даю, у большей части «докторов» нет за плечами даже фельдшерского образования. Одного арестуете, второго, третьего, живо перестанут объявление расклеивать.

— Это не наша забота, — в один голос сказали патрульные и сочли за благо испариться.

А я осталась методично обдирать объявления. И не успокоилась, пока не извела все листки. Интересно, напиши кто-нибудь: «Продаю гексоген по сходной цене» или «Полоний оптом», сотрудники правоохранительных органов тоже равнодушно пройдут мимо? А чем отличаются «знахари» от убийц? Только тем, что люди, поверившие обманщикам, приходят к ним добровольно? Конечно, в больного человека не стреляют, его не душат веревкой, не бьют ножом, но тем не менее лишают жизни. В конце концов, имеется же в УК статья, предусматривающая наказание за неоказание медицинской помощи, так почему нельзя привлечь к ответу человека, который, наоборот, слишком рьяно пытался ее предоставить, не имея на то никаких прав? Или я ошибаюсь и псевдоцелителя можно-таки посадить за решетку? Тогда почему этого никто не делает?

Вот та же Дарья, к примеру. Сначала она дотошно расспросила меня, оценивающим взглядом окинула потенциальную клиентку, сообразила, что я, наверное, не очень богата, и побежала советоваться к начальству. Женщины моего вида самые подходящие объекты для обмана! Я сказала, что имею двоих детей, значит, отчаянно хочу поправить свое здоровье — ребят-то надо ставить на ноги. И если вы полагаете, что мошенники предпочитают иметь дело с богатыми и знаменитыми, то жестоко ошибаетесь. У VIP-персон много связей, если они раскусят обман — беды не оберешься. Нет, лучший вариант — простой человек средней обеспеченности. Такой, чтобы сохранить работоспособность, продаст все, его легче запугать. А именно это попыталась проделать со мной Дарья. Я непременно поеду завтра к Равилю, и тогда посмотрим, кто кого переиграет. Теперь я не сомневаюсь: именно он «лечил» Беатрису Мальчик и к нему по какой-то причине ездила Светлана.

Я изо всей силы вцепилась в руль. В голову только что пришло соображение: Краминова всю свою жизнь посвятила семье, самоотверженно вела домашнее хозяйство, воспитывала детей, но вот ни уважения, ни любви близких не обрела. Ладно, не о том речь! Светлана привыкла заботиться об окружающих. Что, если ее напугали, сообщили о неизлечимой болезни и начали тянуть из несчастной деньги? У Краминовой имелся миллион, неожиданно полученный ею от отца. Может, она тратила его в клинике? Пыталась избавиться от какой-то напасти?

Я притормозила у тротуара и вытащила ключ из зажигания. Что ж, тогда многое можно объяснить. Светлана не хотела пугать домашних — несмотря на хамское к себе отношение, она любила и жалела близких — и нашла способ незаметно ездить к целителю. И... и вполне вероятно, что она покончила с собой. Вот почему женщина уехала на старую дачу! Наверное, приняла яд, а пожар устроила специально — не хотела, чтобы родные страдали. Она же не знала, что любимый сыночек начал охоту на мамин миллион и придумал спектакль с Беатрисой! Или, наоборот, как раз была в курсе всего и надумала освободить мужа от себя.

Ну и семья! Каждый за себя! Павел не рассказывает о неудачной операции, прячет от всех мочеприемник, Светлана молчит о проблемах со своим здоровьем... Зачем они жили вместе? Краминовы давно стали чужими друг другу! Что их объединяло? Штамп в паспорте? Общая жилплощадь? Но у Павла полно денег, мог купить жене дом и обрести свободу. Ладно, сейчас надо выбросить из головы проблемы с расследованием и заняться Олимпиадой Тимофеевной Березняк.

Не успел мой палец нажать на кнопку звонка, как дверь распахнулась, и я увидела симпатичную бабусю, облаченную в голубое платье. Бесстрашно открытую шею украшало жемчужное ожерелье, в ушах покачивались бирюзовые серьги, а волосы прикрывала тонкая ажурная сетка. Моя мама когда-то натягивала подобную перед сном, чтобы сохранить укладку.

— Ирина! — всплеснула руками пенсионерка. — Ты откуда? Извини, дорогая, но я уезжаю!

— Здравствуйте, Олимпиада Тимофеевна, — нежно сказала я, — меня зовут Евлампия, но лучше просто Лампа. Леонид попросил проводить вас.

— Я вспомнила, вы отвезете меня на вокзал, — закивала Олимпиада. — У меня, кстати, потрясающая память!

— Совершенно точно, — подтвердила я.

— Очень мило! Меня зовут Олимпиада Тимофеевна, — с достоинством произнесла бабушка, — а вы... э...

— Лампа, — напомнила я.

— Чудесное имя, — одобрила старушка, — запоминающееся. Не желаете чаю?

— Я думаю, нам лучше поторопиться, — улыбнулась я. — Когда отходит ваш поезд?

Олимпиада сдвинула насурьмленные брови.

— Точное время не назову, но ведь можно посмотреть в билете.

— Замечательная идея. И где он?

— Лежит на рояле! — бойко отрапортовала бабуля. — Деточка, пройдите в комнату и найдите его, а я пока проверю краны, газ, захлопну форточки. Кстати, меня зовут Олимпиада Тимофеевна.

— Очень приятно, Лампа, — кивнула я, скинула обувь и двинулась в глубь необъятной квартиры.

— Замечательное имя! — крикнула мне вслед бабуля. — Легко запомнить! Лампа... Очень мило.

Глава 27

Обежав пять комнат и не обнаружив ни в одной хоть какой-либо намек на рояль, пианино, фисгармонию, клавесин или синтезатор, я пошла искать Олимпиаду Тимофеевну. Бабулю я нашла на кухне — пенсионерка старательно кромсала морковь, а на плите закипала кастрюлька с водой.

— Что вы делаете? — изумилась я.

— Суп сварить надо, — пояснила старушка, — Алиса придет из школы, а обеда нет.

Кто такая Алиса, осталось загадкой, но я не собиралась ее решать. Я быстро выключила горелки.

— Олимпиада Тимофеевна, вы уезжаете. Где билет?

— На рояле, душечка.

— Простите, но в вашей квартире нет никаких музыкальных инструментов!

Бабуля дробно засмеялась.

— Ох уж мне нынешняя молодежь! Не увидеть пианино! Впрочем, может, вы просто не знаете, что это такое? Грубо говоря, ящик с клавишами, белыми и черными, нажимаешь на них, и раздается звук.

Упоминать о моем консерваторском дипломе мне показалось лишним.

— Олимпиада Тимофеевна, сделайте одолжение, покажите, где стоит фортепияно, — попросила я.

— Так в спальне! — изумленно воскликнула хозяйка. — Сюда, налево.

В просторной комнате бабулю поджидал сюрприз.

— Тут одна кровать! — удивилась она.

— И шкаф, — не к месту добавила я.

— Может, дети рояль в шифоньер убрали? — выдвинула предположение старушка.

— Маловероятно, — усомнилась я, — он просто не поместится в гардероб.

— Пианино маленькое, — настаивала на своем Олимпиада Тимофеевна, — мы его на дачу легко возим. Сын берет и несет.

Понимая, что это глупо, я на секунду поверила хозяйке и пошла к трехстворчатому монстру. В свое оправдание могу сказать лишь одно: на свете существуют так называемые «будуарные» варианты музыкальных инструментов, они отличаются от обычных малыми размерами и предназначены для дам, которые способны сыграть одну несложную пьеску. Но внутри шкафа, естественно, обнаружились только вешалки с одеждой.

— Ангел мой! — вдруг закричала Олимпиада Тимофеевна. — Где мы находимся?

— В спальне, — напомнила я.

— Да! Но в чьей?

— Если учесть большое двуспальное ложе, скорее всего, вашего сына и невестки.

— Конечно, — счастливо засмеялась Олимпиада. — А пианино у Алисы! Сюда, скорей!

Чуть не упав от возбуждения, старушка резко повернулась и ринулась по коридору. Я полетела за ней и очутилась в бело-розовой детской, где, судя по игрушкам, жила девочка лет восьми.

— Пианино тут! — воскликнула бабуся.

Я окинула взглядом комнату и приуныла. Кровать, письменный стол, стул, кресло, мешок с куклами, полка с книгами, на подоконнике замок, собранный из конструктора, и никакого намека на, как выразилась пенсионерка, «ящик с клавишами». Похоже, Олимпиада Тимофеевна ошибается, в апартаментах нет пианино. Куда же бабушка дела билет? Найти небольшую бумажку в захламленной квартире практически нереально, но без проездного документа Березняк не посадят в вагон, Кирюша не получит четки, он до конца жизни будет меня попрекать, потому что я, как всегда, исполнила роль курицы, попавшей в бульон.

— Душечка, — закричала Олимпиада Тимофеевна, — берите билет!

— Где он? — вздрогнула я.

— На рояле.

— Его тут нет!

— Ох, молодежь... Не читаете книг и не знаете, как выглядит рояль, — вновь укорила меня бабуся. — Вот же оно, на полу, у полки.

Пропустив мимо ушей очередной пассаж старухи, я уставилась на пол. Ну все, или я сошла с ума, или там ничего нет.

— Неужели не видите? — ехидно осведомилась бабуля.

— Нет, — ошарашенно призналась я.

Олимпиада Тимофеевна сделала пару шагов, наклонилась, вытянула руку... Я лишилась дара речи. На мохнатом ковре стояло кукольное пианино размером чуть больше губки для обуви, сверху розовел листок бумаги.

— Ну! — торжествующе воскликнула бабуся. — Говорила ведь: рояль купили Алисе, отличная вещь, на дачу его с собой берем. Кстати, меня зовут Олимпиада Тимофеевна.

— Разрешите представиться, Лампа, — безнадежно ответила я.

— Замечательное имя! — закивала бабуся. — Запоминающееся!

Дорога на вокзал прошла без приключений, и до перрона мы добрались удачно. Олимпиада Тимофеевна, к счастью, оказалась любительницей путешествовать налегке, у нее имелась лишь одна багажная сумка, совсем не тяжелая, я спокойно ее несла. Несмотря на то что отправление было через час, состав уже стоял на пути, а около открытых дверей вагонов тосковали проводники.

— Здравствуйте, это поезд номер две тысячи сто? — вежливо спросила я блондинку в форме.

Та кашлянула.

— Нет!

— Но в табло указано: две тысячи сто отходит с пятого пути! — возмутилась я.

— Нет, — прозвучал меланхоличный ответ.

Я схватила Олимпиаду Тимофеевну за руку и поволокла ее к справочному окошку. Естественно, там клубилась очередь. В конце концов мы оказались перед стеклом, в котором было сделано несколько круглых отверстий, с той стороны сидела грузная баба в синем пиджаке.

— Поезд номер две тысячи сто с какого пути отправляется? — спросила я.

— Кхм, хр, фр, — прозвучало в ответ.

— Простите, не слышу!

— Тр, бр, др, кха, кха.

— Повторите еще раз!

— По-человечески говорю, — загремело вдруг над очередью, — тр, бр, фр... кха... кха...

— Номер пути! — завопила я, понимая, почему тетка сидит за толстым стеклом, — наверняка некоторые слишком нервные пассажиры испытывают непреодолимое желание схватить ее за горло.

— Гр, бр, фр... пять.

— Но там стоит другой состав!

— Фр, кр, дыр... кха... кха... Все вы сумасшедшие! — побагровела баба.

Я поволокла Олимпиаду назад к составу, подошла к другой проводнице и поинтересовалась:

— Поезд две тысячи сто?

— Угу, — кивнула девушка.

— Вы уверены?

— Угу.

— А почему вон та женщина сказала, что у состава другой номер?

— Угу, другой, — согласилась девица, — верно.

Я вспотела и задала следующий вопрос:

— Где ваш бригадир?

— В штабном вагоне сидит!

— Номер скажите!

Девчонка противно захихикала.

— У Сергея Степаныча его нет.

— Вагона! — заорала я.

— Так он у меня.

— Кто?

— Я при штабном стою, — пожала плечами проводница. — И чего народ такой нервный?

— Позовите свое начальство, — в полном изнеможении потребовала я.

— Серега-а-а... — сиреной завыла девушка.

Послышался топот, на перрон спрыгнул юноша.

— Что у нас плохого? — бойко выкрикнул он. — Двойники?

— Почему ваши сотрудники издеваются над пассажирами? — налетела я на него.

— Не может быть! — резво отбил подачу парень. — У нас фирменный состав, вежливость и безукоризненное обслуживание — наши принципы.

— Давайте без демагогии! — взвилась я. — А ну ответьте, какой номер у состава?

— Две тысячи сто, — отрапортовал бригадир, — Москва — Брыльск.

— Замечательно. Тогда по какой причине вон та проводница заявила, что поезд совсем другой? Безобразие! Я с пожилым человеком и багажом к справочной бегала. Немедленно накажите нахалку.

— Тамара не солгала, — заявил Сергей, — ейный вагон от другого состава, он двенадцатым идет.

— Вы меня идиоткой считаете? — обозлилась я. — Поезд-то один!

— Ну да, — закивал парень. — Сейчас объясню. Тут одна часть вагонов от две тысячи сотого, а вторая от двенадцатого — сдвоили поезд из экономии. До города Тульска он единым цугом пойдет, а там расцепимся. Двенадцатый к Вронску покатит, а мы на Брыльск. Ясненько?

— Бред!

— Не я это придумал, — зевнул Сергей. — Вы всех проводников, а не одного спрашивайте, так и разберетесь.

Я кивнула, и мы с Олимпиадой Тимофеевной пошли вдоль перрона. Девятый вагон, восьмой, седьмой... И вдруг пятнадцатый!

— Простите, — окликнула я проводника, на этот раз мужчину лет сорока, — вы на Брыльск?

— Ну... — прозвучало в ответ.

— А где шестой вагон?

— Мой пятнадцатый.

— Но он стоит на месте шестого!

— Значит, ваш после четырнадцатого, — логично заметил дядечка.

Я вновь подхватила сумку и бабушку, мы пошлепали по перрону. Двенадцатый, одиннадцатый, снова восьмой... Их что, два? Хотя, очевидно, один идет в Брыльск, а другой в Тульск! Но где же шестой вагон?

И тут я увидела здоровенную цифру «6», намалеванную на темно-зеленой двери. Но дверь почему-то оказалась закрыта, пришлось барабанить кулаком по стеклу.

— Эй! Откройте!

Никакого эффекта.

— Отворите!

Снова тишина.

— Пассажир пришел!

— Чего бесишься? — спросил толстый мужчина, подходя к нам. — Я за лапшой бегал, купил себе поесть, дорога длинная.

— Вы из этого вагона? — заликовала я.

— Ну да.

— Слава богу! Возьмите бабушку.

— На фиг она мне нужна? — изумился проводник, старательно удерживая башню из пластиковых упаковок с макаронами мгновенного приготовления.

— Прекратите грубить! Забирайте пассажира. Вы обязаны это сделать.

— Только на ходу, — заявил вдруг дядька, — не на стоянке.

Я онемела от возмущения, потом топнула ногой.

— Хотите сказать, что в шестой вагон люди вскакивают во время движения? Знаете, я встречала хамов, но вы уникальный вариант. Неужели не видите, что перед вами очень пожилая женщина! Шутник фигов!

— Сама идиотка, — беззлобно ответил проводник. — Мы вагон-ресторан!

Я заморгала.

— Но тут номер! Шестой!

— Точно, но не вагона, а ресторана, — пустился в объяснения повар, — мы шестые по пищеблокам. Пятый, например, прицепили к Морску, четвертый ушел на...

— Где шестой вагон? — взвыла я. — Не с кастрюлями, а с полками?

— Не знаю, — меланхолично ответил кулинар и уронил коробку с лапшой.

Я наклонилась, подняла невесомый лоточек и внезапно удивилась еще больше:

— Зачем вам малоаппетитная лапша? Ведь вы служите в вагоне-ресторане.

— Че, я похож на самоубийцу? — заржал повар. — Чтоб я тут ел? Да никогда!

Я схватила старушку за локоть.

— Олимпиада Тимофеевна!

— Да, милая? — ласково заулыбалась бабуля.

— Если захотите пообедать, ни в коем случае не ходите в местный трактир на колесах!

— О, в поезде можно кофе попить? — обрадовалась старушка. — Великолепная идея.

Тяжело дыша, я доставила Олимпиаду назад к штабному вагону и завизжала:

— Сергей!

— Опять вы? — изумился бригадир. — Что на сей раз?

— Отправление поезда две тысячи сто через пять минут, — ожило радио, — провожающих просят освободить вагоны. Поезд номер двенадцать отходит через десять минут.

Я потрясла головой. Если составы сдвоили, то как они могут стартовать в разное время? Но не в этом проблема.

— Где шестой вагон?

— Ну там, — неопределенно махнул рукой бригадир, — в конце. Дайте билет!

Я протянула ему розовую бумажку.

— Ерунда какая-то, — почесал в затылке юноша. — Место номер сто шестьдесят четыре... Вечно в кассе напутают! Ладно, иди туда. Через три вагона твой.

Я оглянулась, бабушка исчезла.

— Олимпиада Тимофеевна, — в ужасе заорала я, — вы где? Ау!

Никто из снующих по перрону людей не обратил внимания на мой истошный крик, царящая вокруг неразбериха напоминала ад. Впрочем, думаю, у чертей больше порядка, чем на вокзале. Толпы потных людей тащили в разные стороны багаж, плакали дети, матерились мужики, ругались женщины. На общем фоне легко можно было вычислить сотрудников МПС — они сохраняли пофигистский вид и и невозмутимое молчание. Зато радио надрывалось по полной программе:

— Граждане провожающие! Поезд бр-бр-бр-бр отправляется с хр-мр пути. Счастливой вам дороги!

Состав, около которого в почти обморочном состоянии находилась я, дернулся и лихо покатил вперед, мои глаза закрылись. Все, можно прощаться с жизнью. Я не сумела посадить в вагон Олимпиаду Тимофеевну, потеряла старуху, навряд ли ее невестка теперь отдаст Кирюше четки...

— Очень вкусное мороженое, — затараторило рядом знакомое контральто, — я взяла и вам тоже.

Я приподняла одно веко. Вот она, милая бабушка, улыбается и протягивает мне пломбир.

— Олимпиада Тимофеевна! Душенька! Куда вы запропастились? — старательно сохраняя спокойствие, спросила я.

— За рожком отлучилась вон к тому киоску, — мирно сообщила пенсионерка.

— Что же нам теперь делать? — риторически поинтересовалась я.

— Случилась неприятность? — испугалась Олимпиада.

— Дела идут отлично. Вы не помните телефон вашего сына?

— Ленечка в Тибете, — разумно ответила бабуля, — в монастыре, там звонки запрещены.

— Хорошо. А где невестка?

— Кларочка? Так в родильном доме, — вновь продемонстрировала ясную память Березняк.

— Алиса когда придет домой? — цеплялась я за последнюю надежду.

Олимпиада засмеялась.

— Ангел мой! Кларочка великолепная мать. Леня

уже полтора года безвылазно в монастыре, а невестке скоро рожать. Вот она все и предусмотрела — дочку Алисочку отослала к своей матери в Ижевск, а меня вот тоже вон из Москвы. Понимаете, боюсь я одна оставаться. Днем еще ничего, а ночью страшно, совершенно не сплю. Кларочка две недели в клинике проведет, вот и решила меня малой скоростью к своей сестре отправить, как кошку на передержку. Ха-ха-ха! А где наш самолет? Скоро взлетим? Вы не представляете, как я внука жду! Надеюсь, у Кларочки родится мальчик.

Моя голова пошла кругом. Олимпиада явно пребывает в маразме, теперь мне это ясно. Понятно и другое: старуху невозможно оставить одну дома. Поезд мы упустили. Однако Клара хороша! Муж полтора года кукует в Тибете, а супруга собралась рожать. Простите, от кого? Или монахи отпускали Леонида на побывку? Ладно, это не мое дело. Но как же теперь поступить?

— Это Брыльск? — вдруг обрадовалась Олимпиада. — Как мы быстро добрались! Вот вам и компьютерные технологии, зря их ругают. Я моргнуть не успела.

— Пошли, — приказала я.

В конце концов, у нас дома живут Эльза, Руди, кенгуру и Степаныч, Олимпиада Тимофеевна компании не испортит. Пока оставлю бабушку на попечение кого-нибудь из гостей, а Кирюша пусть решает, что с ней делать. Кто заварил кашу, тот ее пусть и расхлебывает. Лично мне уже никакого домика не хочется!

Дверь нашей квартиры открыл Степаныч.

— Никаких происшествий с личным составом не произошло! — отрапортовал он. — Эльза и Руди на работе, Кирилл приедет через час. Номер четвертый, мопс Капа, исчез. Но группа собак помещение не покидала, мопс Капа находится в квартире. Осуществляю локальные поиски. За побег накину срок.

— Это Олимпиада Тимофеевна, — представила я спутницу. — Степаныч, возьми ее на довольствие. Она, того, очень хорошая.

— Принято к исполнению, — кивнул вояка. — Место в бараке организовать?

— Сделай милость, — кивнула я. — То есть... Выполняйте!

— Вообще-то здесь старший по званию я, — обиженно сказал Степаныч и без перехода вскрикнул: — Номер четвертый, гад ползучий, где отсиживался? Я всю территорию обрыл!

Капа, из любопытства вышедшая в прихожую, демонстративно чихнула и села у вешалки. Из гостиной послышались мерные шлепки — очевидно, Зема разминала лапы. Ощущая себя хозяйкой сумасшедшего дома, я пошла на кухню попить воды и увидела на сковородке очередные котлеты. Сегодня бифштексы были кислотно-оранжевого цвета. Может, Эльза смастерила их из жирафа? Интересно, есть ли у них в цирке экзотические животные?

Слегка отдышавшись, я вышла в прихожую и нашла там страшно довольную старушку.

— Мне присвоили номер, — гордо сообщила она, — досталось счастливое число, я зачислена в команду!

Я опустила глаза. Очень надеюсь, что милейшая дама никогда не узнает, что остальные члены подразделения собаки и кенгуру, а Степаныч ничего не перепутает и не выведет госпожу Березняк во двор на поводке.

— Кстати, милая, — заулыбалась бабуся, — меня зовут Олимпиада Тимофеевна.

— Лампа, — покорно отозвалась я, завязывая шнурки.

— Очень хорошее имя, — кивнула Олимпиада, — легко запоминается.

Глава 28

Отыскав возле метро «Тушинская» автобус под номером 549, я постучала снаружи в дверь водителя.

— Чего шумишь? — выглянул тот из окошка.

— Остановка «Поселок Мечникова, дом один» далеко?

— Почти конец маршрута.

— А как туда ехать?

— Садись, довезу.

— Я на машине.

— Вот поэтому нам и покою нет, что все за руль сели, — начал брюзжать шофер.

Я пожала плечами и хотела отойти, но к водителю неожиданно вернулось хорошее настроение.

— Не дуйся, — миролюбиво сказал он, — сейчас объясню. По МКАД едешь до Новорижского, затем свернешь на Ильинку, до развилки на Петрово-Дальнее, а там рукой подать.

— Ясно, — кивнула я и помчалась к машине.

В мае поздно темнеет, поэтому никаких трудностей я не испытала — нашла и остановку, и урну. Вот только крохотный магазинчик оказался закрыт и народу вокруг не было. Для подмосковных жителей, которым предстоит ехать рано утром на первом автобусе в столицу на работу, уже наступила ночь.

Я припарковала машину у церкви, прошла двадцать метров, бросила в урну заранее приготовленный пакет и спряталась за ларьком.

Нет, все же хорошо жить за городом! Москва никогда не успокаивается, недалеко от нашего дома неустанно шумит проспект, поток машин практически не ослабевает и после полуночи. А здесь тихо и пахнет восхитительно. Может, Кирюше все-таки удастся выменять домик? Воображение стало рисовать картину: зеленая лужайка, на ней резвятся собаки, в шезлонге сидит Катюша, Вовка жарит шашлык...

Вдалеке послышался звук мотора, я навострила уши. Хватит мечтать, даром ничего не получишь, на избушку придется зарабатывать. Лучше проявить внимание и помнить о солидной сумме, которую Павел Львович обещал заплатить мне за выполнение его поручения.

На противоположной стороне дороги остановилась древняя побитая «пятерка», из нее вылезла хрупкая невысокая девушка в длинном ситцевом халате, на голове у нее сидела бейсболка, ноги обуты в обычные резиновые шлепки. Проводив взглядом привезшего ее «бомбиста», девица постояла несколько минут, огляделась по сторонам, бочком подобралась к урне, без всякой брезгливости запустила в нее руку и выудила брошенный мной пакет.

— Супер! — вырвалось у нее.

Повеселев, незнакомка встала у обочины, она явно хотела поймать машину. Я надвинула на лоб козырек своей бейсболки и вышла из-за ларька со словами:

— Машину ловите?

— Ой, напугала, — тоненьким голоском ответила девушка. — Да, а что?

— Могу подвезти. Тебе куда?

— Тут неподалеку есть фитнес-клуб.

— Дорогу покажешь?

— Легко. Но больше ста рублей не дам, — решила она поторговаться.

— Отлично, — согласилась я и пошла к своей малотиражке.

Некоторое время мы ехали молча, потом я спросила:

— Спортом заняться решила?

Попутчица кивнула.

— Поздновато, — заметила я.

— Фитнес круглосуточный, — лениво протянула незнакомка.

— Наверное, вечером тяжело заниматься на тренажерах.

— Крути рулем, не отвлекайся! — нервно воскликнула девушка и еще ниже опустила на лицо козырек кепки.

Я улыбнулась и резко повернула налево.

— Эй, ты куда? — испуганно спросила красавица.

— Спокойно!

— Мне не сюда!

— Не надо нервничать.

— Сейчас позову милицию!

— Вот это, Полина, навряд ли, — засмеялась я и сняла свой головной убор.

Маленькая фигурка шарахнулась к дверце и прижалась к ней.

— Кто вы? Откуда знаете мое имя? Я не Полина! Вы меня с кем-то перепутали! Притормозите, мне надо выйти. Вот возьмите стольник...

— Неужели ты меня не узнала? Да сдерни шапку, все равно твое инкогнито раскрыто, — заявила я.

Тоненькая ручонка взметнулась вверх.

— Ага, так я и думала! — удовлетворенно сказала я. — А куда вы с Олегом дели Тину?

— К-кого? — начала вдруг заикаться Полина.

— Тину, — спокойно повторила я. — Или ты не в курсе, что твой любовник женат?

— Ч-что? — лязгнула зубами Полина.

Я припарковалась возле трансформаторной будки, одиноко торчащей в поле. Полина начала дергать ручку двери.

— Послушай, — со вздохом сказала я, — ну включи разум: дверь заблокирована. В принципе, приложив недюжинную силу, можно сломать замок, но куда ты денешься? Кругом одни поля! Давай спокойно поговорим. Пойми, я догадалась почти обо всем.

— Ты кто? — прошептала Полина.

— Мы виделись в доме у Павла Львовича Краминова, где ты успешно изображала Тину.

Девушка спрятала голову в колени.

— Должна отметить, что ты обладаешь хорошими актерскими способностями, — отметила я. — Хотя задача не так уж и сложна: вы с Тиной отдаленно похожи, да и рост, фигура... У тебя на голове парик?

— Н-нет!

— Скажи, пожалуйста, как здорово! — восхитилась я. — Значит, дело было так. Олег убил жену. Она ему до смерти надоела, на Тине сыну приказал жениться отец — обменял счастье своего отпрыска на финансовое вливание в бизнес. У Тины был ум двенадцатилетнего ребенка. Но, как отметила домработница Оля, физически девушка была вполне развита и хотела интимных отношений. Бедный Олег, скрипя зубами, заглядывал к ней в спальню раз в месяц, зато в другие дни он себя вознаграждал.

— К-как... К-как вы догадались? — пролепетала Полина, сжимаясь в комок.

Я вздохнула.

— Думала, думала и додумалась. Сложила вместе полученные от разных людей сведения.

— Не понимаю, — тряслась Полина.

— На самом деле все более чем просто. Ну смотри. По словам горничной Оли, Тина постоянно ела шоколад, только один вид конфет — круглые бонбошки в золотой фольге, другие ей не нравились. Обертки жена Олега, особо не мучаясь, вышвыривала в сад. Но потом вдруг Тина перешла на леденцы без сахара. Маловероятно, что невестка Краминова решила позаботиться о фигуре, ей в голову подобные мысли не приходили. А вот ты, дорогуша, не хочешь полнеть, отсюда и леденцы. Еще гардероб. Ну зачем бы Тина стала его целиком менять? Тебе было противно надевать чужие вещи? А еще мне помогла Маша.

Полина сидела, закрыв лицо руками.

— Какая? — глухо спросила она.

— Ты ее не знаешь. Она в ларьке курами торгует, — охотно пояснила я. — Они с сестрой всех дурачат, переодеваются, париком пользуются. Я все никак сообразить не могла, ну почему постоянно думаю о тех девушках. Потом, бац, поняла! Сойти за другого человека в принципе просто, в особенности там, где ты никого не интересуешь. У Краминовых замечательная семейка, никто друг на друга не обращает внимания. Тебе оставалось лишь одеться в детские, коротенькие платьица, обвеситься драгоценностями, занавешивать личико волосами и нести чушь тоненьким голоском. Когда прислуга, хихикая, рассказала мне о невероятной сексуальной активности, которую Олег внезапно стал проявлять к жене, я сразу смекнула — тут дело нечисто. С какого перепугу Краминов-младший вдруг полюбил жену? К тому же мне поведали про то, что Тина исправила внешность — сбегала к пластическому хирургу, чтобы понравиться Олегу. Вы с ним удивительно безрассудны! Как не побоялись, что обман раскроется? Или так полагались на грим, которым ты маскировала лицо?

— Мы не хотели, это случайно... получилось... Знаешь, что тут? — вдруг оживилась Полина, протягивая мне пакет. — Возьми себе, отпусти меня!

— В бумаге трехрублевая бижутерия, купленная мной у метро «Тушинская», — вздохнула я. — Не пустой же кулек везти... Хочешь совет? Лучше расскажи правду. Не ровен час Антон Петрович, отец Тины, всполошится — вот уж начнется буря! Его-то тебе не обмануть.

— Антона Петровича нет, — прошелестела Поля. — Он уехал в Испанию, у него там дом, раньше октября не вернется.

— Отсроченная казнь. Значит, вам осенью кирдык наступит, — заметила я.

Полина заплакала:

— Это ужасно!

— Понимаю. Вернее, нет, не понимаю. Я никогда не убивала людей.

— Она уже была мертвой! Упала там... В общем, прибежала, и мы растерялись. Орала: «Мама меня предупредила». Но ведь... Ой, не могу! Заколка прямо в глаз ей воткнулась!

Я протянула Полине бутылку воды:

— Успокойся, выпей и объясни внятно, что стряслось в офисе у Краминова.

Полина всхлипнула, двумя глотками осушила емкость и начала рассказ...

Олегу очень нравятся миниатюрные блондинки с длинными волосами, а Полина как раз такая. Стоит ли удивляться, что между начальником и подчиненной вспыхнул служебный роман? До Вулых Олег никогда не заводил любовниц на работе, но ради Полины забыл про «птичкино правило». Однако, несмотря на вспыхнувший в крови пожар, Олег окончательно головы не лишился, он великолепно понимал, как обозлится Павел Львович, если до него дойдет весть о шалостях чада. Поэтому на службе Полина и Олег делали вид, что их ничто не связывает. Олег, как обычно, прикатывал в офис около полудня, пару часов играл на компьютере и уходил. Полина же была вынуждена оставаться на службе — она не могла ускользнуть, приходилось пахать, иначе лишилась бы места.

Полю мучила дикая ревность. Олег не был образцом верности — поклявшись в вечных чувствах, он не переставал посматривать вокруг. Представляете, сколько в столице щуплых блондинок с голубыми глазами? Им несть числа! Сыновей богатых папочек, мажоров на шикарных тачках и с золотыми кредитками в кармане на порядок меньше. В любую минуту Олег мог бросить Полю и переметнуться к другой.

Вулых боялась потерять любовника, старалась изо всех сил и совершила почти невозможное — из девочки для постельных утех превратилась в подругу. Олег перестал скрывать от Полины свои похождения, мог позвонить ей около часа ночи и попросить:

— Слышь, я тут с бабой познакомился, а теперь не знаю, как ее вон послать. Прилипла, блин! Приезжай, наведи порядок.

Полина вылетала из дома и мчалась выцарапывать красотке глаза. Она люто ненавидела всех цыпочек, протягивающих к Олегу загребущие лапы с гелевыми ногтями, но к Тине у нее злости не было. Олег рассказал подружке, почему он женился на умственно отсталой девушке. Вообще сын Павла имеет похвальную черту — практически никогда не врет своим бабам, считая, что его должны любить таким, каков он есть, а кому не нравится — может не кушать. Вот только с Тиной ему приходилось лукавить.

— Я к ней раз в месяц заглядываю, — пояснил он Поле, — еле-еле себя заставляю, а у Тины, как назло, аппетит непомерный. Пришлось ей весь секс-шоп скупить, перевожу жену на самообслуживание. У врача консультировался, может, таблетки какие есть от разбушевавшегося зова инстинкта, да только доктор ничего, кроме валерьянки, не посоветовал.

Полина понимала, что Олег не может бросить Тину. Он однажды заикнулся было о том, что супруга ему в тягость, но Павел Львович моментально прижал сына к ногтю. Но, даже зная, что на ее пути всегда будет стоять Тина, Полина жалела идиотку — той ведь, по сути, было двенадцать лет, и она плохо ориентировалась в жизни. «Ничего, — думала Полина, ворочаясь бессонными ночами под одеялом, — когда-нибудь Павел Львович умрет, вот тогда и настанет мой час! Лучше меня Олегу не найти, войду в его дом хозяйкой». А мать Олега, Светлану, Полина не считала за человека. Он рассказал ей, что та абсолютно никчемная личность, полностью задавленная авторитарным мужем.

Вот таким было положение вещей на тот момент, когда Поля встретила на улице бывшую одноклассницу. Сандра пожаловалась, что не может найти хорошую работу, и тут Вулых сообразила: вот она, возможность избавиться от части служебных обязанностей.

— Я тебе помогу, — пообещала она. И на самом деле пристроила Сандру.

Спустя некоторое время, когда Сандра окончательно разобралась в делах, Полина начала потихоньку переваливать на нее работу. В конце концов Вулых обнаглела, и Сандра одна потащила весь воз. Поля не ощущала никакого дискомфорта — одноклассница нуждалась в деньгах и получала весьма весомые суммы. Полина была счастлива, теперь она повсюду следовала за Олегом, исполняла при своем избраннике множество ролей: любовницы, друга, секретаря, волшебной палочки, психотерапевта, стилиста. Полина четко знала: счастье ждет впереди, но его надо добиваться! Рано или поздно настанет день, когда Краминов-старший сойдет в могилу, Олег возглавит семью, и тогда... Одна беда — Павел Львович прекрасно выглядел и пока на тот свет не собирался.

Бежали месяцы, старший Краминов даже гриппом не болел, а Олег безостановочно тратил папочкины деньги. Парень пристрастился к игре. Весть о новом увлечении сына дошла до отца, и он живо перекрыл дитятке кислород — прихлопнул его банковский счет, оставил только зарплату.

Олег кинулся папе в ноги, обещал навсегда забыть про карты. Сердце Павла дрогнуло, он вернул сыночку материальные блага, но предупредил:

— Даже не приближайся к казино! Иначе...

А потом грянула беда.

Однажды вечером, в районе девяти, Олег позвонил Полине и нервно сказал:

— Немедленно приезжай в контору.

— Ты уже там? — удивилась Вулых.

— Да.

— Так ведь еще нет десяти! — поразилась Полина. — Ты раньше приехал? Вот странность.

(Тут надо дать небольшое пояснение. Полина живет в убогой комнатенке, в коммунальной квартире с бесчисленными соседями, основная часть из которых алкоголики. В туалет вечно толпится очередь, на кухню Поля даже не заглядывает — там постоянно кипятят белье и ругаются из-за свободных горелок, а в ванную Поля не суется из брезгливости. Разве можно представить, что Олег приходит домой к любовнице? Об этом не было и речи. Краминов-младший вполне обеспечен, он мог снять Полине хорошую жилплощадь. Мог, но не считал нужным тратить деньги. Парочка устраивалась в офисе на диване. Напомню, что фирма Павла Львовича занимала два последних этажа. Олег сделал ключи от чердака, любовники входили в соседнее здание, самое обычное, никем не охраняемое, и через чердак попадали в свой офис. Просто и красиво. Охранник, стерегущий центральный вход, ничего не подозревал. Обход территории секьюрити не проводили, Олег и Полина могли сколько угодно кувыркаться в офисе, обстановка их даже заводила. И в тот день свидание было назначено на двадцать два ноль-ноль.)

— У меня неприятность, — судорожно зашептал Олег, — приезжай скорее.

Полина бегом бросилась на его зов...

— Ловко, — не выдержала я, — хитрый фокус с чердаком.

— Ага, — повеселела Полина. — Сколько мы бегали — никто не дотумкал! В любое время, даже в рабочее, мы могли испариться куда угодно вместе.

— И вас ни разу не хватились?

— Сандра прикрывала, — ответила Полина.

— Так что случилось дальше? — вернулась я к основной теме разговора.

— Олег, несмотря на обещание, опять проиграл кучу денег, — грустно сказала Полина. — Но, к сожалению, сражался он не с автоматами.

— Почему к сожалению? — изумилась я.

— Потому что автомат — просто железный ящик, если его жетонами не покормить, он работать не станет. Закончились бабки — ступай вон, волей-неволей уйдешь, — помрачнела Полина. — Олежек сел за карточный стол, и его каталы развели, в долг вогнали. Понимаешь?

— В принципе, да, — кивнула я. — Ты права, связаться с профессиональным шулером — настоящая катастрофа.

Глава 29

Игра происходила на квартире. От Краминова-младшего потребовали немедленно оплатить долг, и Олег кинулся в офис. Он очень хорошо знал, что у отца в рабочем кабинете всегда находится большая сумма денег. Сыночек решил разыграть ограбление — представить дело так, словно кто-то из нечистых на руку сотрудников залез к боссу в несгораемый шкаф и унес купюры.

— Глупее и не придумаешь, — отметила я. — Павел Львович мигом затеял бы разбирательство, небось у него есть служба безопасности.

— Десять жирных идиотов, — хихикнула Полина. — Олег совсем не дурак, он хорошо соображал. Во-первых, вошел через чердак, на входе его не видели. Во-вторых, он знает шифр сейфа. Ну зачем Олегу замок взламывать? Он же так мог деньги взять. Нет, на него никак не могли подумать. Вся фишка была во взломанном замке! И что вышло?

— Олег не сумел справиться? — предположила я. — Вскрыть несгораемый шкаф непросто.

— Круче! — замотала головой Поля. — Сейф исчез.

— То есть как исчез? — изумилась я.

— Просто, — сказала Полина, — Олег вошел к отцу в кабинет и обалдел: нету железной бандуры.

— И куда же она подевалась?

Полина махнула рукой.

— Полнейшее идиотство! Наутро выяснилось: у сейфа замок забарахлил, Павел Львович вызвал мастера, а тот на месте не справился, и ящик в мастерскую увезли. А содержимое хозяин переложил к главбуху. Представляешь, какой облом? Именно в тот день, когда Олегу так понадобились деньги, их не оказалось. До этого лежали себе спокойно и после, через сутки, вернулись на место. Прямо мистика!

— Бог шельму метит, — пробормотала я.

— Что? — осеклась Полина.

— Ничего, продолжай, пожалуйста, — опомнилась я.

— Олег пришел в ярость, не справился с собой и в порыве гнева сбросил со стола отца бумаги, они помялись. Хуже всего досталось отчету нашего отдела — его Олежек просто разодрал. Потом опомнился и позвал меня, нужно было заново отпечатать документы, привести кабинет Краминова в порядок. И тут...

Полина замялась.

— Случилось нечто экстраординарное, — решила я ей помочь.

— Пойми, — прижала кулачки к груди Полина, — мы страстно любим друг друга! Желание может прийти к Олегу в любой момент!

Я деликатно опустила взор.

Женщины — странные существа, готовы обманывать себя бесконечно. Олег не скрывал от Полины свои мимолетные связи, и вот вам пожалуйста — сейчас она с жаром заявляет о страстной любви. Думаете, она врет? Вовсе нет, искренне верит в свои слова. Хотя порой и мужчинам свойственно обольщаться. «Ах, обмануть меня не трудно! Я сам обманываться рад!» Кому из великих поэтов принадлежит высказывание? Забыла фамилию автора. Может, Пушкин?

— В общем, он меня обнял... Олегу нравится экстрим... — лепетала Полина.

— Поняла, — кивнула я. — Ничего удивительного ты мне не сообщила. Многие мужчины успокаивают нервы сексом, тащат партнерш в кровать после моральной встряски. Значит, вы устроились в кабинете Краминова-старшего и...

— Там не было кровати, — вдруг хихикнула Полина.

— Неважно. Что случилось потом?

— В самый интересный момент дверь распахнулась, и я услышала голос, громкий, пронзительный. Он мне прямо в мозг вонзился! «А-а-а! Мамочка права! Она подружку прислала! А та предупредила: «Иди через чердак тихонько!» Олег отпрянул, а я смотрю: стоит девушка. Сначала подумала, что его сестра. Платье розовое в оборочках, челка до бровей, волосы в хвостиках, вся фенечками обвешана. А уж духами облилась! И запах сладкий-сладкий. Гляжу я на нее и медленно соображаю — сестре Олега примерно столько лет, сколько и ему, а тут, блин, семиклассница, и вдруг я поняла: это же Тина! Олег тоже прифигел. Так мы друг на друга втроем и пялились, как в зоопарке. Потом Тина в коридор понеслась. Бежит и приговаривает: «Папочке расскажу! Ты меня не любишь! Не хочу у вас жить! Папуля, забери Тиночку домой! Папуля-а-а!» Ну мы с Олегом за ней бросились, чтобы Тину остановить! Еще, не дай бог, и правда расскажет Павлу Львовичу о том, как застала нас в офисе поздно вечером. У него сразу вопрос возникнет: как мы в помещение, минуя охрану на первом этаже, проникли и что искали в его кабинете?

— А Тина, хоть и была не большого ума, быстро скумекала, что муж ей изменяет с другой. Вот радость-то для Павла Львовича! — безжалостно сказала я. — Интересно, с какой скоростью папочка Тины вытащил бы свою долю из бизнеса Краминова, узнай он об адюльтере и моральной травме дочери? Вот почему вы убили Тину.

— Нет, нет, — в ужасе отпрянула Полина, — что ты такое говоришь! Убили... Мы ее пальцем не трогали!

— Да ну? Куда же подевалась жена Олега? Ты весьма удачно исполняешь ее роль, отлично скопировала манеру одеваться и поведение. Но где оригинал? Она жива? Спрятана в укромном месте?

Полина затараторила со скоростью пулемета, проглатывая окончания слов, но я все равно уловила суть.

Тина, как всегда, сделала себе прическу из двух длинных хвостов. Вверху волосы были собраны махрушками, а концы девушка украсила заколками, похожими на большие невидимки. И, ясное дело, щедро обсыпанными стразами. Когда бежавшая Тина споткнулась и начала падать, один из хвостиков попал ей под лицо, заколка воткнулась несчастной прямо в глаз. Хлынула кровь...

Полина затряслась в ознобе.

— Ступенька, проклятая ступенька! Ой, мамочка, сколько было крови! Треклятая ступенька! Тина умерла сразу. Ступенька!

— Перестань причитать! — дернула я Полину за руку. — Я уже поняла, что произошло. Дальше!

— Мы испугались, Олег впал в истерику. Вцепился в меня и шепчет: «Делай что хочешь. Если замнешь ситуацию — женюсь на тебе!»

— Настоящий мужчина, — кивнула я, — храбрый вояка.

— Олег не трус, — Полина с жаром бросилась защищать любовника, — это все от стресса. Кстати, он быстрее меня пришел в себя и начал действовать. Притащил крепкий мешок, мы стали убирать. Извели весь запас бумажных полотенец из кладовки. Тело запихнули в мешок. Тина маленькая, мы ее скрутили, словно веревку...

Полина вздрогнула и принялась вытирать вспотевшие ладони о ситцевый халат.

— В общем, засунули тело, — тихо продолжила она, — и тут Олег говорит: «Она браслет потеряла, жемчуг с бриллиантами! Всегда его носит, отец ей подарил, типа талисман. Ищи!» Мы офис осмотрели — ничего. А время-то идет, надо до утра успеть! Олег мне сказал: «Я пойду машину раздобуду, а ты тело на чердак подними. Прикачу тачку, мы Тину туда погрузим». Я его даже не спросила, куда он собрался труп увозить. Он ушел и пропал. А я одна. С мешком. Чуть с ума там не сошла! Ну и позвонила Сандре.

— Вот уж идиотизм! — не удержалась я от комментария.

— Да! — закричала Полина. — Меня Олег потом едва не убил. Но я боялась! Очень! Он слишком долго крал тачку!

— Краминов угнал чужую машину?

— Точно. Позвонил мне на мобилу, буркнул: «Я внизу, неси мешок».

— Здорово! Как же тебе его одной поднять?

— Вот, ты все правильно понимаешь! Я ему и ответила: «Сейчас мы с Сандрой спустимся». Ой, чего тогда Олег мне наговорил! Потом рявкнул: «Я спрячусь, Сандре обо мне ни слова». Кстати, спасибо ей — Сандра заметила, что кровь Тины окрасила швы между плитками. Я пол раз восемь вымыла, а потемневшую затирку не заметила. Но я Сандре ничего про труп не сказала. Утром пришлось...

— Эй, погоди, давай сначала разберемся с вечером! Вы погрузили мешок и что?

— Сандра уехала домой, я отчет нашего отдела распечатала, кабинет Петра Львовича в порядок привела. До утра проколупалась, а в полдевятого Олег пришел. Ему пришлось самому себе нос и губу разбить, ну вроде он на ступеньке упал, отсюда и кровь.

Я вздохнула. Более нелепой истории в жизни своей еще не слышала. Но, самое интересное, это правда. Олег с Полиной совершили кучу глупостей, их непременно должны были застичь на месте преступления. По логике «жанра», когда тело Тины лежало в коридоре, должен был появиться какой-нибудь сотрудник, забывший в столе свои ключи от дома. Но этого не произошло. И в ту минуту, когда девушки запихивали в краденые «Жигули» пакет с трупом, во дворе не прогуливались собачники, не шел припозднившийся прохожий, не гуляли влюбленные подростки. Некая таинственная сила оберегала парочку.

— Утром Олег придумал план, — зашептала Полина. — Он со смешком заявил экономке Римме: «Тина в клинику легла, гель в губы закачивает».

— И домработница поверила?

— Конечно! Тина часто говорила о своем желании усовершенствовать внешность, вот Олег этим и воспользовался.

— И ты подменила жену Олега?

— Да. Сначала я боялась, а потом поняла: ничего страшного, — заявила Полина. — Тину вроде как никто в доме и не замечал! Только заведешь, засюсюкаешь: «Ой, папочка пришел!» — как Павел Львович убирался бочком в свою спальню. Римма вечно прислугу жучит, горничные на хозяев даже смотреть боятся. Там ваще никто друг другом не интересуется, живут вместе, а хуже, чем чужие.

— Я тоже это заметила. Вам повезло, что Антон Петрович уехал в летнюю резиденцию за границей. Но ведь такое положение вещей не может продолжаться вечно.

Полина обхватила себя за плечи.

— Такой узел завязался! В ночь, когда Тина умерла, погибла Светлана, мать Олега. Про меня ваще забыли: похороны, поминки. Мы-то с Олегом планировали уехать в Грецию.

— Зачем?

— Вроде отдыхать. Нанять там катер, уйти в море и изобразить несчастный случай: лодка перевернулась, я, в смысле Тина, утонула, а Олег выплыл. Он мне говорил, что за границей туристы часто гибнут и местная полиция особо не морочится. Наши же менты не привяжутся — происшествие не в России стряслось.

— Ловко!

— Пройдет немного времени, Олег меня в Москве «встретит», и сыграем свадьбу.

— В вашем плане много прорех, нитки торчат в разные стороны. Допустим, каким образом...

— Но смерть Светланы спутала все наши планы, — бесцеремонно перебила меня Полина. — Какой отдых, когда в доме покойник? Следовало выждать. Вот до сих пор все и тянется!

— Где тело Тины?

— Не знаю.

— Куда его увез Олег?

— Понятия не имею.

— Он тебе не сказал?

— Нет.

— Как он выпутался из истории с карточным долгом?

— Отдал деньги, — ответила Поля.

— И где он их взял?

— Не объяснил. Сказал только, что не украл, взял свои.

Я вздохнула. Ну что ж, перстень из сейфа Павла Львовича действительно украл любимый сыночек — отключил камеру и спер изумруд с брюликами. Глупый поступок. Только и раньше Олежек тоже не очень умно себя вел, но ему все сходило с рук. А если человек безостановочно делает глупости и никто их не замечает, то рано или поздно он начинает верить в свою безнаказанность, появляется хамская уверенность: мне можно все.

— Ясно, — кивнула я, — теперь следующий вопрос. Зачем Олегу понадобилось устраивать историю с Беатрисой?

Полина вздрогнула.

— С кем?

— Мальчик, — коротко бросила я. — Только не надо мне врать. Теперь я хорошо знаю — ты в курсе всех дел любовника.

Я произнесла фразу уверенным тоном, но на самом деле понимала: Олег не всегда был откровенен с Полиной. Он ничего не рассказал ей про перстень, и, похоже, девушка не слышала про миллион, оставленный сыну столь вовремя погибшей мамой.

— Олег никогда не интересовался парнями! — с возмущением заявила Полина. — У него были только бабы!

— Она и есть баба. Беатриса Мальчик.

— Не было такой!

— Ты уверена?

— Абсолютно. Даже не слышала идиотского имени.

— Ладно, скажи, где сейчас Олег?

Полина скуксилась.

— Не знаю. Все пошло наперекосяк.

— А именно?

— Он исчез. Пропал. Мне не звонит. Вернее, не так! Звякнул один раз и сказал: «Я вляпался по полной программе! Не поднимай шума, помни — ты Тина. Ходи по дому, пой песни, никто ничего не должен заподозрить. Я скоро за тобой приеду, мы умчимся далеко-далеко, на острова, станем жить счастливо! У нас будет очень-очень много денег. Ты даже не представляешь сколько!» И все, больше от него ни гугу! Мне с каждым днем все страшней становится. Но пока никто ничего не заподозрил. С работы я под предлогом болезни уволилась. Справку надыбала, вроде я в Склифе с переломанными ногами лежу. У нас о людях не заботятся. Заболела? Хрен с ней. Но сколько мне еще Тиной прикидываться? Больше сил нет! А что делать, когда Антон Петрович вернется? Он же сразу обман раскусит!

— И ты решила смыться?

— Ага, — кивнула Полина. — Поехала с шофером в фитнес-клуб, вылезла через окно раздевалки, схватила «бомбиста» и сюда, за браслетом. Мне деньги понадобятся. Хочу... Неважно! Я Олега выручила, а он удрал. Ей-богу, не понимаю, что произошло! Олежек отца до смерти боится, тот его вечно деньгами шантажирует: «Дам — не дам, карточку прихлопну, живи на зарплату, вон выгоню». Очень некрасивое поведение. Разве так можно с сыном? Папочка Нюту обожает, Олега козлом считает. У них в семье дети поделились: Анюта папина, Олег мамин. Брату меньше повезло, сестрице папахен все отдаст, а Светлана Олегу ничего подарить не могла, она нищая, от мужа полностью зависела.

— Одним словом, ты надумала бежать. Не испугалась?

Полина замотала головой.

— Не-а. Олег, похоже, у папочки деньги спер — Павел Львович последние дни чернее тучи ходил, даже на Римму орал, а она ему вроде матери. Ну я и поняла: все, не видать мне замужества. Если еще в их особняке посижу, сама виноватой стану. Собрала Тинины цацки — у нее драгоценностей куча! — и в фитнес подалась.

— Странное поведение.

— Ты не понимаешь! — оживилась Полина. — Это чистая психология. Только я хотела еще и браслет прихватить. У Тинки к нему ожерелье есть, а комплект дороже стоит, чем один ошейник. А мне оченьочень деньги нужны! И че? Подарить той дуре браслет?

— Но как ты догадалась, что он у Сандры?

Полина довольно засмеялась:

— Я ее на фу-фу взяла. Мы с Олегом офис обыскали и его не нашли. Олегу главное было, чтобы жемчуг случайно утром офисные тетки не обнаружили. Нельзя было, чтобы даже мысль о визите Тины в контору пришла в голову Павла Львовича. Олежек о стоимости украшения не думал, а я поразмыслила, и жалко стало. Конечно, Тина могла его на улице обронить, в машине посеять...

— Кстати! Тина не говорила, кто ее привез?

— Нет, — пожала плечами Полина. — Ой, а правда, кто? Сама она не рулит. Мы не подумали об этом!

— Ладно, рассказывай дальше.

— Но потом меня как стукнуло — это Сандра. Она через чердак шла и схапала. Воровка! Сперла чужое! Разве хорошо?

— Очень плохо! — не сумев скрыть издевку, отметила я. — Со стороны Сандры было жутким безобразием сцапать то, что хотела заграбастать Полина.

— Я ей звякнула и конкретно сказала: «Верни жемчуг! Знаю точно — ты украла!» Она могла это отрицать, но Сандра так испугалась! Сразу зачирикала: «Да, да, сберегла его. Не воровала, забыла тебе сказать. Обязательно верну, скажи, куда привезти». Ну я ей про урну на остановке и выдала.

Я попыталась переварить услышанное. Чем дольше занимаюсь историей, тем гаже кажутся все ее участники. Ай да Сандра! Уж не знаю, собиралась ли она на самом деле ехать в Подмосковье, мне-то девица сообщила, будто продала украшение и отдала деньги маме на лечение больной сестры. В разговоре со мной Сандра мигом сориентировалась и подставила Полину, прямо навела меня на нее. Зачем? Ответ очень прост: Сандра боялась за свое место, хотела стать полноправной заведующей отделом, а не и. о. Вот и поведала мне историю про мешок и кровь. Сандра небось отлично понимала: в офисе совершилось преступление, но ей ничего не будет. Она просто выносила пакет, Полина пару раз повторила во время своего рассказа, что ничего ей не говорила. Хороший адвокат мигом отмажет девушку. Другое дело, захочет ли Павел Львович держать на работе сотрудницу, которая замарала свое честное имя. Похоже, об этой стороне вопроса Сандра не подумала. А еще, полагаю, одноклассница завидовала Полине, которой достался жирный кусок торта — Олег Краминов. Небось сын хозяина нравился самой Сандре! Но отчего не сделать гадость заклятой подружке, не сдать ее в лапы частного детектива? Сандра же останется белой и пушистой: «Кто звонил? Понятия не имею. Помогите, меня шантажируют браслетом! Да, я некрасиво поступила, взяла чужую вещь. Но она же валялась на чердаке! А деньги отдала маме, для больной сестрички». Мне оставалось только поехать и поймать Полину. Я заглотила крючок и ринулась на автобусную остановку.

Внезапно у меня закружилась голова. А собеседница говорила без остановки:

— Думала, получу браслет, вернусь незаметно в фитнес, сниму идиотский халат с тапками, оденусь Тиной, сяду в машину, выну телефон и скажу: «Олежек! Еду к тебе». Велю шоферу в Москву ехать, вылезу у ресторана «Макс», и тю-тю, ищите меня...

— Так водитель через некоторое время бучу поднимет!

— И пусть! Меня не заподозрят! — воскликнула Полина. — Никому в голову не придет, что именно я Тину изображала. Я ваще по бумагам с переломами в Склифе валяюсь.

— Ты дура! — не выдержала я. — Нарубила дров! Да Павел Львович всю Москву на уши поставит, не говоря уж об Антоне Петровиче.

— Вот отцу Тины он ни словечком не обмолвится! — торжествующе перебила меня Полина. — Побоится денег лишиться. И пока Краминов дергается, я убегу, спрячусь. Целый мешок брюликов с собой! Тине не копеечные штучки папашка дарил — уникальные вещи.

— Ну ты и жадная! — не выдержала я. — Украла гору драгоценностей и поехала за браслетом.

— Ага. А что ж, Сандре его отдать? Фиг ей! — заявила Полина.

Я обхватила голову руками и на секунду прикрыла глаза. Нет, таких людей я еще не встречала. Каждый участник событий гадок по-своему. Но, если верить Полине, Олег не устраивал спектакля с Беатрисой Мальчик. Возникает вопрос: правду ли сказала сейчас девушка? Думаю, да. Ее удивление при упоминании Беаты выглядело абсолютно искренним. Я, проделав большой путь, узнала про смерть Тины, но так и не продвинулась ни на шаг в нужном направлении, не выяснила, кто и зачем хотел подставить Павла Львовича. Олег? Чего он хотел добиться? А если не сын Краминова режиссер пьесы, то кому потребовалось «подшучивать» над бизнесменом?

— Послушай, — зашептала Полина, — немедленно выпусти меня!

— Как бы не так! — хмыкнула я.

— Мне надо в туалет!

— Потерпишь!

— Не могу, — заерзала девица. — Еще секунда, и машину испачкаю. Живот схватило, сил нет! Вон там дерево стоит, я мигом!

В ту же секунду по салону поплыл неприятный запах.

Я приоткрыла окно и обозлилась:

— Неужели нельзя вести себя прилично? Меня сейчас стошнит.

— Прости, — смутилась Полина. — Как понервничаю — беда!

Пришлось разблокировать двери.

— Беги.

— У тебя есть салфетки? — нервно воскликнула Поля.

— В боковом кармане двери, — ответила я.

— Ой, спасибо! — воскликнула девушка и ужом выскользнула наружу.

Я не стала поднимать боковое стекло и вынула сигареты. Курю я редко, пару сигарет в неделю, навряд ли это можно назвать дурной привычкой. И тут я задумалась над новым вопросом: кто привез Светлану на старую дачу? Не сама же она туда пешком дошла. Эх, почему-то нужные мысли приходят мне в голову с запозданием.

Глава 30

Сигарета докурилась, вдалеке послышался визг тормозов, я глянула в боковое зеркало: никого. Может, мне послышалось? Никаких автомобилей и в помине нет.

Я высунулась из окна.

— Полина!

Девушка не ответила.

— Эй, ты где?

Реакции не последовало.

— Сколько тебя еще ждать! — заорала я, начиная испытывать беспокойство.

Вокруг нет ни души, небольшое поле плавно перетекает в лесок. И хотя в конце мая не бывает абсолютно темных ночей, ничего не было видно. Вдруг Полине стало плохо и она упала в обморок...

Я вышла из машины и, повторяя на разные лады: «Полина!», двинулась к стоявшим чуть поодаль елям.

Спустя пять минут я сделала несколько неприятных открытий. Посадки — не густой лес, а всего лишь небольшая полоска деревьев, за ней овраг, а дальше идет довольно широкая дорога. Полина исчезла, она прекрасно знала местность. Может, у нее и прихватило желудок, но, думаю, она просто обманула меня. Вулых замечательная актриса, вон как талантливо изображала Тину. И меня вокруг пальца обвела. Она выскочила на шоссейку, поймала попутку — я же слышала звук торможения — и сейчас, наверное, уже вытаскивает из шкафчика в фитнес-клубе украденные драгоценности Тины. Мне можно не кидаться за ней, я безнадежно отстала. Пока узнаю, в какой спортклуб записана невестка Павла Львовича и где он находится, Полина уже окажется далеко. Девица хитра до невозможности! Она прикинулась испуганной, была предельно откровенна и сумела удрать. Хотя что особенного рассказала мне фальшивая Тина? Что Олег задумал обокрасть родного папу? Некрасиво, конечно, но Павел Львович не подаст в суд. А Тина умерла от несчастного случая, никто не виноват.

Я села за руль и поехала в сторону Москвы. Хорошо смеется тот, кто стреляет последним. Пока один — ноль в пользу Полины, но мы еще посмотрим, кто кого. Я непременно отыщу девушку! Сдается мне, она великолепно знает, куда подевался Олежек.

Бог дороги лишил меня своего покровительства, и я попала в жуткую пробку — на МКАД произошла авария, движение встало намертво. Поэтому домой я вползла очень поздно, искренне надеясь, что наши квартиранты спят.

На кухне, на сковородке, как всегда, лежали котлеты. На сей раз они были абсолютно белые, словно вылепленные снежки. Есть хотелось до дрожи, и я, забыв о благоразумии, схватила один бифштекс и отправила его в рот. Я ошиблась, ужин сварганили не из снега, а из ваты, у него нет никакого вкуса. Ей-богу, Эльза удивительный повар.

Я плюхнулась на табуретку и увидела на столе лист бумаги.

«Штрафы» — гласила надпись наверху. Мне стало интересно. Что-то новенькое! «Опоздание к раздаче пайка — 10 очков. Неправильное построение — 15. Одежда не по форме (номера с первого по шестой носят ошейники постоянно) — 20».

— Лампа! — зашептал Кирюша, входя на кухню.

Я оторвала взгляд от объявления.

— Ты не спишь? Уже очень поздно. Что это такое?

— Не обращай внимания, — отмахнулся мальчик, — Степаныч чудит. У него собаки к мискам строем ходят. Завтра забирают Зему.

— Здорово! — обрадовалась я.

— Есть еще одна новость, — загадочно произнес Кирик.

— Плохая, очень плохая или ужасная? — предусмотрительно поинтересовалась я.

— Сказать?

— Да.

— В полдень я получаю машину «Чайка»! — завопил Кирик. — Ее прикатят прямо в наш двор! В обмен на Зему!

У меня отвисла челюсть.

— Хочешь сказать, что ты сумел выменять автомобиль?

— Да! — ликовал мальчик. — Финита, домик наш! Мария Мортман уже заказала билет на самолет.

— Такого просто не может быть...

— Ты ошибаешься. Кенгуру оказалась последним звеном в цепочке.

— Поднадзорному контингенту немедленно занять места в отведенных баракоместах! — загремел Степаныч, врываясь на кухню. — Эй, чего разгалделись? ШИЗО и БУР[1] еще никто не отменял!

— Здесь все свои, — ответил Кирюша.

Степаныч моргнул и, сбавив тон, сказал:

— Все равно не положено. Ночью спят, днем разговаривают, исключений нет.

— Сами-то не спите! — не выдержала я.

— Во, — заворчал Степаныч, — дожили! С полковником спорим!

— Мы ночные дежурные, — заявил Кирик, — будем осуществлять обход территории. Лампа на вышке, я по периметру пойду.

Старик приосанился.

— Хвалю! Выполняйте!

— Есть! — гаркнули мы с Кирюшкой, а в ответ из коридора послышалось бойкое тявканье Мули.

Степаныч развернулся и ушел.

— По-моему, Мулька ощущает себя настоящим сержантом, — захихикал Кирюша. — А Капа продолжает исчезать. Прячется, потом хоп, и вот она. Где сидит, вычислить невозможно. Просто волшебство!

— Тебе не кажется, что Степаныч псих? — забыв про этику, спросила я.

— Вообще-то дедок со странностями, — начал

---

[1] ШИЗО и БУР — штрафной изолятор и барак усиленного режима.

было Кирюша, но тут меня вдруг осенило, и я бесцеремонно перебила мальчика:

— Послушай! Завтра заберут Зему?

— Ну да, — подтвердил Кирюша. — Пригонят «Чайку», а кенгуру сразу повезут в Шереметьево. Земфира в Питер полетит!

— А Степаныч? — заорала я. — А Олимпиада Тимофеевна Березняк? Их куда денем?

Кирюша разинул рот.

— Получается, я их зря выменял...

— Верни назад!

— Куда?

— Туда, где взял, — затопала я ногами. — Бабуся, конечно, смирная, не в пример активному полковнику. Но все равно я не хочу иметь у себя лишних жильцов, даже милую пенсионерку.

— Ага, — растерянно закивал Кирюша, — не волнуйся. В конце концов они уедут. Наверное.

Я лишилась дара речи. Когда, интересно, настанет «конец концов» и почему Кирюша произнес «наверное»?

Утром я вскочила очень рано, имея четкий ответ на вопрос, кто отвез Светлану на старую дачу. Наверное, мой мозг устроен странным образом: днем он не способен решить некоторые задачи, зато ночью становится прозорливым. Иногда мне кажется, что я мешаю серым клеточкам, заставляя их обслуживать свой организм, несчастные следят за аппетитом, двигают моими руками и ногами, на мыслительную деятельность сил у них уже не остается. А вот ночью, когда хозяйка спит, можно развернуться. Кто доставил Краминову на дачу? Так Николай! Света привыкла пользоваться его машиной, вот и обратилась по старому адресу. Коля солгал мне, рассказал о работе шофером и ни словом не обмолвился о том, что прежняя хозяйка общалась с ним совсем недавно. Почему он соврал? Побоялся быть замешанным в неприятность! Деревня находится недалеко от коттеджного поселка, думаю, кое-кто из Голубкина подрядился на службу к богатым соседям, узнал про трагедию Краминовых. А слухи распространяются быстро, сельские жители любят посудачить.

Коля вначале вообще ничего не собирался рассказывать, но я напугала его рассказом про ДНК. Дескать, обыщут машину, найдут волосы или частицы кожи, и водитель мигом сообразил: лучше признаться, что работал у Краминовой. Тут все чисто, он получил расчет до смерти Светланы. А вот то, что отвез ее на старую дачу, не сообщил. Испугался. И теперь на ДНК его не взять. Откуда волосы на сиденье? Так ведь он объяснил: погибшая регулярно ездила в «Жигулях»!

Со скоростью молнии я оделась и выскочила во двор. Ну, Коля, держись! Сначала я сделаю вид, будто приехала отдать тебе второй том Алексея Звездного, поговорим о хиромантии, а затем задам неприятный вопрос. Нет, я не стану интересоваться, возил ли он Свету к месту ее гибели, спрошу другое: «Краминова заплатила вам за поездку в дачное место целую тысячу долларов. Почему сумма так велика?» Пусть думает, что я абсолютно не сомневаюсь в участии Николая! Послушаю, как Коля станет возмущаться: «Вы чего? Какая тысяча? Она и ста баксов не отсчитала!»

Подгоняемая нетерпением, я въехала в деревню, миновала дом Мадины, повернула налево и ахнула.

Аккуратная избушка исчезла вместе с любовно покрашенным забором. Там, где еще вчера простирался уютный двор и радовали глаз ухоженные клумбы, раскинулось пожарище: обгорелые бревна, покрытые сажей кирпичи и одиноко торчащая печная труба.

Я кинулась к дому Мадины и забарабанила в калитку. Спустя пару минут железная дверь приоткрылась.

— Привет, — без особого удивления сказала многодетная мать. — Кофе хочешь?

— Что там случилось? — не обратив внимания на радушное приглашение, закричала я.

— Николай сгорел, — буднично ответила Мадина.

— По какой причине?

— Кто его знает? Проводку замкнуло, или свечку уронил, — пожала она плечами. — Факелом заполыхало! Один Ибрагим тушить кинулся, остальные даже не шелохнулись, сбежались посмотреть, и все. Муж в горящую избу бегает, Нину вытащил, за Колей бросился, а местные перешептываются, но не шевелятся. Вот народ! У нас бы всем миром навалились.

— И у вас сволочей хватает! — рявкнула я. — Не надо делить людей по национальному признаку. Есть хорошие и плохие, добрые и злые, люди и монстры, другой шкалы нет. Так Нина с Колей живы?

Мадина кивнула.

— Их в больницу увезли.

— В какую?

— Не знаю. А тебе зачем?

— Я книгу Николаю привезла, — тихо ответила я, — редкую, он просил достать.

— Теперь он ее не скоро прочитает, — без всякой злобы заметила Мадина. — Его совсем плохого в «Скорую» грузили, может, по дороге помер.

Я села в машину и понеслась в сторону Москвы. Светлану Краминову сожгли на старой даче, криминалисты обнаружили на пожарище следы керосина. Николай и Нина тоже горели в огне, они пока живы, но кто знает, сколько им еще отпущено времени? Преступники — рабы привычек, если один раз задушил человека поясом от брюк, то и в следующий раз непременно схватится за ремень. Именно по этой причине следователи говорят о почерке убийцы и в конце концов ловят его. Если в разных местах города находят тела молодых женщин, блондинок с голубыми глазами, в красных сапогах, то рано или поздно дела объединят в одно и сотрудники МВД начнут искать «серийника». Вполне вероятно, что его возьмут на «живца» — отправят гулять по ночным улицам блондинку с голубыми глазами, в красных сапогах. Почему я вдруг заговорила о серийных убийцах? Светлана погибла на пожаре, изба Николая и Нины сгорела — тут явно орудовала одна рука! И кажется, я знаю чья. Сейчас главное — не совершить ошибки, тогда поймаю негодяя.

Увидав меня около газетного ларька, продавщица Наташа обрадовалась.

— Привет! Приехала в клинику?

— Решила заняться здоровьем, — улыбнулась я.

— Брось, там же шарлатаны, — возмутилась Наташа.

— Послушай, — весело сказала я, — помнишь, как их администатор вчера подбежала и стала рассказывать про опухоль в моей голове?

— Ой, не верь! — возмутилась продавщица. — Разве так диагноз ставят? Здорово они клиентов находят — на улице народ пугают.

Я слушала ее, мерно кивая в такт ее словам. Наташа ошибается. Дарья вначале не была любезна с посетительницей. Она, правда, заполнила историю болезни, задала для проформы вопросы и записала меня к Равилю на осень. Засуетилась Дарья лишь после того, как услышала фамилию Мальчик. Вот тут девица мгновенно побежала к местному начальству, оставив меня ждать развития событий. Слава богу, позвонил Кирюша с просьбой проводить Олимпиаду Тимофеевну, и я бросилась выполнять поручение. Что же Дарья? Она ринулась следом, предприняла героические усилия, пытаясь затащить меня назад. Если учесть, как Дарья вела себя вначале, то возникают нехорошие подозрения.

— О чем ты разговаривала с девушкой из клиники? — спросила я у Наташи.

— Она программу купила, два журнала и еще книгу заказала.

— Какую?

— Да эту, хиромантию дорогущую, — пояснила Наташа. — Увидела у тебя в руках второй том и спросила: «Где это пособие можно достать? Столько слышала про него! Очень нужно мне для работы».

— Хочешь, я угадаю, что ты ей ответила?

— Попробуй, — улыбнулась Наташа.

— Пообещала привезти издание со склада! Но только второй том, потому что первый давно уже продан, даже в издательстве нет. Верно?

— Ага! Ты че, в клинику не лечиться, а на работу устраиваться идешь? Типа ясновидящей? — засмеялась газетчица.

— Дарья расстроилась, — продолжала я.

— Очень, — подтвердила Наташа.

— Начала спрашивать, нет ли у тебя знакомых, кто приобрел первую часть, нельзя ли его адрес получить, она хочет отксерокопировать том.

— Ты все слышала! — покачала головой Наташа. — Признайся, что стояла за ларьком!

— Нет, я уже уехала к тому моменту. Но, думаю, ты ей рассказала про Николая?

— Ну да.

— Назвала деревню Голубкино?

— Чего плохого? Бабе книжка до зарезу нужна, а Кольке копейка перепадет, он бесплатно копию делать не разрешит, — занервничала Наташа.

— И о чем еще болтали?

Газетчица навалилась на прилавок.

— О пустяках. Дарья знаешь сколько всего купила? Больше, чем ты! «Караван историй», «Семь дней», «Крестьянку», «Работницу», «Офисьель», «Мари Клер», «Космополитен»...

— Можешь все не перечислять.

— С такой клиенткой надо быть любезной!

— И каковы были темы вашего разговора?

— Колька, — пожала плечами Наташа, — его хозяйка, как она на трамвае туда-сюда каталась... О тебе, извини, посудачили. Дурного не несли, не волнуйся.

Я, забыв попрощаться с расстроенной Наташей, пошла к машине. Ох, не следовало продавщице много болтать: держи она рот на замке, Коля сейчас бы, живой и здоровый, поливал свой огород.

Глава 31

Мне свойственны необдуманные поступки, но сейчас я решила проявить осмотрительность. Я вышла на след убийцы Светланы. Кто он? Врач Равиль. Отчего я пришла к такому выводу? Ну это элементарно, Ватсон! Доктор — мошенник, который обманывает несчастных больных. Одна из его жертв Беатриса Мальчик, которая поверила мерзавцу и умерла. Светлана Краминова тоже «лечилась» у Равиля. Не знаю, что там стряслось, но несчастная скончалась, и экстрасенс решил замести следы. Ну а потом внезапно приехала я, начала говорить про Беату, упомянула фамилию Краминовой и убежала. Дарья бросилась за мной, она небось в курсе всех дел, услышала, как Наташа крикнула: «Передай привет Коле в Голубкино», и начала выяснять у нее, кто я такая. А болтливая Наташа, решив заполучить еще одну постоянную клиентку, проговорилась, что шофер возил в «Икар» Светлану Краминову, и участь Николая была решена. Он ведь единственный свидетель поездок жены Павла

Львовича в «Икар». Наверное, Равиль требовал от бедной Светы соблюдения тайны!

Конечно, в моей версии полно дыр, возникает куча вопросов, на которые пока я не способна ответить, но основная канва правильная. И кто следующий кандидат в труп на пожаре? Я. Вот и отлично!

Я схватила телефон и набрала нужный номер.

— Косарь! Слушаю! — бойко откликнулась майорша.

— Нина, это Евлампия Романова, частный детектив, помните дело Светланы Краминовой?

— Здорово, как жизнь? — обрадовалась Нина.

— Я нашла убийцу жены Павла Львовича. И знаю имя поджигателя избы Николая и Нины, жителей села Голубкино.

— Это кто такие? — сделала стойку Косарь.

— Непременно расскажу, чуть позднее. Слушай, мы поймаем его на живца...

— Не смей приближаться к «Икару»! — приказала Нина, уяснив мой план. — Дела так не организовывают.

— Мы упустим Равиля!

— Никуда он не денется.

— Он напуган, свернет дела и исчезнет, спрячет концы в воду. Я замечательная наживка, чудо-доктор непременно ее заглотит.

— Повторяю: не ходи в «Икар».

— Это наш единственный шанс! Ты возьмешь Равиля в тот момент, когда он нападет на меня!

— Немедленно уезжай.

— Никогда!

— Я приказываю!

— Прости, но я не твоя подчиненная. — Увы, я сама не имею права никого арестовывать, я думала, что Нина Косарь настоящий опер, захочет обезвредить преступника. Эх, жаль, мой Вовка Костин бродит по Парижу, вот он мигом бы прискакал вместе с ОМОНом.

— Сейчас же приезжай ко мне!

— Времени нет.

— Черт тебя побери! «Икар» нельзя трогать! Уходи! — заорала Нина.

Я отбросила трубку, как ядовитую змею. «Икар» нельзя трогать». Что хотела сказать Косарь этой фразой?

Очень давно, когда мы только познакомились с Вовкой, он частенько повторял: «Все врут».

Помнится, я один раз возмутилась, закричала в ответ:

— Нет, люди в основном живут честно!

— Ага, — закивал Вовка, — живут честно, но врут. По пять раз в день. Одни по ерунде — скажем, возраст преуменьшают, свой статус преувеличивают, другие по-крупному. Исключений нет.

— И ты брехун? — налетела я на приятеля, исчерпав аргументы.

— Конечно, — не моргнув глазом согласился Костин. — Вот сегодня сказал тебе: «Лампа, у тебя шикарная прическа», а на самом деле твоя голова похожа на шалаш после урагана, зря ты ходила в салон. Но ведь деньги потрачены, так зачем человека расстраивать...

Я хлестнула Костина кухонным полотенцем, мы оба остались при своем мнении. С тех пор прошел не один год, а я по-прежнему считаю: честных людей больше, чем лгунов. Но иногда я теряю иллюзии.

Нина Косарь показалась мне хорошим человеком. Но почему она сейчас бросила странную фразу: «Икар» нельзя трогать»? Увы, я наслышана о людях в форме, которые за деньги «крышуют» криминальный бизнес.

Значит, я осталась одна — Косарь мне не помощница, а Вовка Костин сейчас мирно разглядывает

картины в Лувре. Может, побеспокоить Павла Львовича Краминова? У него же есть служба безопасности.

Я схватила телефон. «Извините, абонент включил
режим запрета входящих звонков. Попробуйте позвонить позднее». Ладно, звякнем Павлу домой.

— Резиденция Краминова! — раздался голос
«Снежной королевы».

— Позовите Павла Львовича.

— Он на службе.

— Но его мобильный не отвечает.

— Значит, выключен.

— Римма, это вы?

— Да.

— Здравствуйте, это Лампа.

— Что надо? — сурово спросила экономка.

— Павла Львовича.

— Сказано: он отбыл.

— А почему он не отвечает по сотовому?

— Не хочет! — гаркнула Римма и отсоединилась.

Я решила не сдаваться и набрала номер офиса.

— Секретарь Анастасия, слушаю.

— Мне бы Павла Львовича.

— Он на объекте.

— Мне очень, очень нужно с ним связаться!

— Если у вас есть номер мобильного, то попытай-
тесь позвонить по нему.

— Он заблокирован.

— Господин Краминов сейчас в новом районе
Сантеево, — вежливо сообщила Настя, — там, наверное, пока нет ретрансляторов.

Я прижала телефон к груди. Один в поле не воин?
Как бы не так! «Давай, Лампа, осторожно топай в
пасть к тигру. Не убьет же он тебя сразу!» — сказала я
себе. Как-нибудь выкручусь. Буду предельно внимательна. Если сейчас не поймать Равиля, он смоется,
уйдет безнаказанным...

Увидав меня у стойки ресепшена, Дарья не смогла сдержать радости:

— Пришли!

— Конечно, — сказала я. — Ночь напролет глаз не сомкнула! Еле-еле утра дождалась! Опухоль под черепной коробкой... Вы меня вылечите?

— Сначала надо сделать томографию, — засуетилась Дарья. — Пошли!

— Вчера вы сказали, что не пользуетесь аппаратами, — напомнила я.

— Так мы Елену Геннадиевну зовем, — засмеялась Дарья. — Сюда, налево, прямо, направо. Леночка, я привела к тебе больную!

Полная дама, сидевшая спиной ко входу, обернулась, положила ручку на стол и участливо сказала:

— Садитесь!

Я умостилась на табуретке.

Врач встала, вынула из стеклянного шкафа пузырек, вынула пробку и протянула его мне:

— Пейте.

— А что там? — проявила я бдительность.

Елена Геннадиевна заулыбалась.

— Витамины и лично мной разработанный состав. Через пару минут после приема смесь пойдет по сосудам мозга, и я определю, где у вас не все в порядке.

Я покосилась на препарат. Меня считают дурой? Ну что ж, это хорошо.

— Пейте, душенька, — замурлыкала толстуха. — Не волнуйтесь, это не горько, легкий клубничный вкус.

— Ой! — взвизгнула я. — Таракан! Фу, ну и поликлиника...

— Где? — изумилась Елена.

— На потолке, там, у двери!

Слонопотам обернулся, я живо выплеснула содержимое склянки в свою сумку.

— Вам почудилось, — заявила дама, поворачиваясь к «больной».

— Извините, — пролепетала я.

Елена прищурилась.

— Не беда. Начнем работу.

Чтобы не томить вас, скажу: у меня нашли злокачественное образование размером с голубиное яйцо. Увы, обычный хирург никогда не возьмется делать операцию больной, которой осталось полчаса до смерти, но Елена пообещала мне полнейшее выздоровление. Затем меня отвели к милой девочке, которая, помахав вокруг меня руками, определила брешь в моем биополе. Следующим этапом оказался старичок, бормотавший нечто вроде: «Эники, беники...»

Никаких лекарств мне не предлагали, уколов не делали, чаем не угощали, и я немного успокоилась. Более того, из-за жары, неожиданно установившейся в столице, во всех кабинетах были открыты окна, а «Икар» расположен на первом этаже. Вот и славно, в случае явной опасности будет совсем не трудно выскочить наружу. Последнее обстоятельство меня почти успокоило.

Через час разгуливания по кабинетам я наконец-то очутилась перед Равилем. Следует признать, что врач выглядел замечательно: седовласый мужчина лет сорока пяти в полотняном белом халате и шапочке, на шее у него висел стетоскоп. К такому человеку мигом возникает доверие. Да еще Равиль начал прием со слов:

— Не волнуйтесь, мои услуги бесплатны.

— Правда? — удивилась я. — Это странно. Во всех клиниках берут деньги.

— А у нас нет, — улыбнулся Равиль. — Если захотите отблагодарить, сделайте пожертвование в фонд, мы существуем на благотворительные взносы. Один человек даст сто рублей, другой десять, так и накапливается некая сумма, которую мы потом тратим в основном на тех, кому совсем плохо.

— Таких, как я?

— У вас ничего серьезного!

— Точно?

— Я никогда не лгу. Позанимаемся с вами немного, и опухоль исчезнет. Но ходить сюда надо регулярно, каждый день, не пропуская сеансов.

— Да! Конечно! Непременно!

— Есть еще момент.

— Слушаю.

— Болезнь никогда не дается человеку просто так, — гудел Равиль, — это расплата за грехи, а их надо искупить.

— Деньгами? — насторожилась я.

Равиль воскликнул:

— Эка вас демон стяжательства крутит! Нет, казначейские билеты ненужная вещь!

— Вот тут вы ошибаетесь, — усмехнулась я, — без монет — никуда.

— Любовь, ласку, заботу, уважение не купишь, — менторски заявил Равиль. — Не в презренном металле счастье! Мы пытаемся объяснить сию простую истину нашим больным, врачуем душу, и когда она внемлет, плачет, кается, тут и происходит телесное выздоровление. Знаете, почему огромное количество недугов не поддается врачам? Ученые придумают антибиотики — возникают новые вирусы, разработают они методы лечения рака — получат СПИД. Ну отчего так?

— Я никогда не задумывалась над этой проблемой.

— Врачуют следствие, а не причину! Затаптывают саму болезнь, а не то, что ее вызвало. Ясно?

Я кивнула.

— Вот и отлично. Завтра в девять, не опаздывайте.

— На сегодня все?

— Да.

— А лечиться?

— Уже начали, — прожурчал Равиль.

— Но никаких процедур не было!

— Мы поговорили, а это лучшее лекарство. Давайте я вас провожу.

— На улицу? — глупо спросила я, ожидавшая, что на меня начнут нападать.

Равиль поднял брови.

— Конечно. Сядете на трамвай, доедете до метро.

Доктор вывел меня в коридор.

— Равиль! — кинулась к нему девушка лет шестнадцати.

— Алиса... — явно обрадовался врач. — Как дела?

— Отлично, мама уже ходит! Вот только плачет по цветам, по тем черным тюльпанам... А мне некогда поехать!

Равиль повернулся ко мне:

— Господь щедр, он послал вам шанс. Вы готовы совершить доброе дело? В качестве первой ступени к здоровью.

— Да! — твердо заявила я.

— Вот Алиса, она все объяснит. Алиса, это Елена, — представил меня Равиль и быстро ушел.

— Ой, как вам повезло! — зашептала девушка. — Он мою маму спас. У нас участок есть в Манихине, не в самой деревне, а поодаль...

Минут десять Алиса объясняла мне дорогу. С каждой секундой меня охватывало все большее изумление. Никто не собирается убивать Лампу, меня преспокойно отпускают, дав задание. Велено совершить хорошее дело: съездить в Манихино, на участок Алисы, собрать там любимые цветы ее мамы и доставить ей букет. Именно с этого доброго поступка начнется мое выздоровление.

Пока Алиса говорила, я расслабилась. Все правильно, Равилю трупы в клинике не нужны, на меня нападут в Манихине! Надо тщательно подготовиться. Итак, кого позвать на помощь? Попытаться соединиться с Краминовым? Может, он уже объявился?

Без всяких препятствий я вышла во двор и направилась к своей машине. И тут зазвонил телефон.

— Лампа, — закричал Кирик, — отъезд Земы откладывается на несколько дней, ее в Питере некому встретить. Она еще немного у нас поживет? Ты согласна?

— У меня есть выбор? — спросила я.

— Не злись! Главное, «Чайка» во дворе! Я, правда, не смогу пока ее поменять на домик, это произойдет после передачи кенгуру, но ведь она, в смысле машина, уже тут. Мы получим дом! Ура-а-а!

Продолжая голосить, Кирюшка отсоединился, а я вздохнула. Что-то здесь не так! Невозможно получить дом в Подмосковье из ничего! Кирюшу обманывают!

— Девушка! — крикнул пожилой пенсионер, возившийся около древнего «Москвича», стоявшего без колес.

— Вы мне? — повернулась я.

— Тут больше никого нет, — разозлился божий одуванчик. — Подай ключ! Уронил, а наклониться не получается. Ну, чего стоишь? Ох, молодежь пошла, никакого уважения к людям! Ленивые, только о деньгах и думают... Вот почему Россия загибается!

Я сделала пару шагов влево, увидела лежащую между кирпичными столбиками, которые служили «Москвичу» подпорками, изогнутую железку, присела... и свет померк.

Глава 32

— Эй, мать моя, хорош спать, — потряс меня кто-то за плечо.

Я с трудом разлепила веки и увидела Нину Косарь.

— Дрыхнешь как сурок, — засмеялась тетка, — вторые сутки пошли! Уж и не такая большая доза была. Ну ты, блин, дура, поперлась-таки в «Икар». Велено же было: не суйся! Я сто раз повторила: не ходи.

— Боишься приработка лишиться? — еле-еле ворочая языком, ответила я. — Красиво! Пусть Равиль всех поубивает, Ниночке бабло нужно!

Косарь разинула рот, потом повертела пальцем у виска.

— Ты того? Совсем?

— Не прикидывайся! Я поняла, что ты крышуешь «Икар».

— Ну ты даешь! — Нина была вне себя. — Других слов не найти — дура!

— А ты пособница убийц. — Я вскочила на ноги, тут же почувствовала головокружение и села на постели. — Вот вернется Володя Костин, мой приятель, майор, он тебе покажет!

Косарь сложила руки на груди.

— Дура!

— Тебя заело? — с издевкой спросила я.

— Ой! Дура!

— Оборотень в погонах!

— Не могу! Дура! — твердила Нина. — А еще частный детектив... Дура!

— Ну хватит, сейчас тебе мало не покажется! — рявкнула я.

— Сначала на ногах удержись.

— Не беспокойся! Чем меня накачали?

— Скажи спасибо, что Стас шприц заметил! А то бы уж давно отговорилась.

— Кто такой Стас? — удивилась я.

— Богатырев. Наш сотрудник, — неожиданно мирно сказала Нина.

— Ничего не понимаю, — протянула я.

— А полезла, — вновь укорила меня Косарь. — Коза упрямая! «Икар» давно пасут, туда Стаса внедрили, осторожно подбирались. Сейчас не то что раньше: нет веских доказательств, прокурор санкции не даст, а бла-бла к делу не пришьешь. А ты вломилась, давай там шуровать... И что вышло? Кого ты поймала? Пенсионера сумасшедшего? Дедка с «Москвичом»? У старика справка: псих со стажем, легко впадает в агрессию, всегда с собой шприц таскает, не хочет попасть на принудительное лечение. Ты ему нахамила, дедок решил отомстить и вколол хамке свое лекарство. Чего ты добилась? А еще обзываешься... Обидно ведь!

Нина по-детски шмыгнула носом.

— Прости, — устало бормотнула я, — давай расскажу, по какой причине я торопилась. Узнала много интересного.

— Начинай! — приказала Нина.

Мой рассказ занял много времени, и, когда он иссяк, Нина округлила глаза.

— Интересно.

— Теперь твоя очередь!

— Распространять информацию о находящемся в производстве деле нельзя.

— Так нечестно! Я тебе все рассказала!

Косарь усмехнулась и пересела со стула на мою кровать.

— Ладно, слушай. Дело затеялось давно...

Некоторое время назад к дежурному по отделению, где служит Косарь, ворвалась женщина и закричала с порога:

— Мою дочь убили! Где здесь главный по преступникам?

Находящуюся в истерике гражданку препроводили к Нине, и та попыталась выяснить, что же случилось. Сначала с прямотой милиционера она спросила:

— Где труп?

— Анечку уже похоронили, — зарыдала тетка.

Косарь крякнула, сообразив, что у посетительницы от горя поехала крыша. Не надо считать всех милиционеров бессердечными. Не всех интересуют только квартальный отчет, процент раскрываемости и необходимость уложиться в двухмесячный срок, отведенный для следствия. Нина сострадательный человек, мать двоих детей, она понимает, какие эмоции испытывает родитель, потерявший ребенка, поэтому налила в стакан воды, протянула его посетительнице и сказала:

— Успокойтесь.

— Вы накажете убийц? — тряслась тетка.

У Нины заканчивался рабочий день, она могла спокойно отфутболить бабу и ехать к семье, но Косарь вздохнула и сказала:

— Рассказывайте. Помогу, чем смогу.

Нина решила поработать психотерапевтом, на крайний случай она собралась вызвать «Скорую». Отпускать женщину, находящуюся в состоянии стресса, жалостливой Косарь не хотелось.

И та рассказала странную историю.

Звали посетительницу Зинаида Ефимовна Гиндова. Пять лет назад она насмерть поссорилась с родной дочерью Аней. Мать воспитывала девочку одна, без отца, одевала, обувала, учила на медные копейки, дотащила до института. Сама Зинаида без высшего образования, простой бухгалтер, поэтому спала и видела, как дитятко получит диплом. И тут Аня внезапно перечеркнула все ее мечты — безголовая восемнадцатилетняя девица решила выйти замуж.

— Я люблю Сергея, — заявила она притихшей от ужаса матери, — хочу родить ребенка и заниматься домашним хозяйством.

— А учеба? — простонала Зинаида.

— Ну ее! — весело махнула рукой Аня. — Ко мне пришла любовь всей жизни.

— С ума сошла! — взвыла Зина. — Не смей бросать институт!

— Сережа хочет нормальную жену, а не ученую, — запальчиво заявила Аня.

— Мерзавец! — не выдержала мать. — Свадьбе не бывать!

— Я уже взрослая, — топнула ногой дочь, — твоего согласия никто не спрашивает.

Слово за слово — и они поругались, Аня убежала из дома. С тех пор мать ее не видела, Анечка порвала с ней отношения. Через день Зинаида забеспокоилась, поехала в институт и узнала, что дочь отчислилась. Никто из подруг Ани не мог ничего рассказать о ее женихе, Зина не знала ни фамилии, ни адреса, ни телефона парня, даже не была уверена, что его на самом деле зовут Сергеем. В полном отчаянии мать побежала в милицию, но там ей сказали:

— Анна совершеннолетняя, и, если она приняла решение не жить с матерью, мы ничего поделать не можем.

Пять лет Зинаида ничего не слышала о дочери. И вот десять дней назад к ней в квартиру позвонила незнакомая женщина лет сорока, худая, жуткая.

— Вам что надо? — спросила Зина, глядя на экран видеофона. — Я ничего не покупаю у коробейников и не подаю попрошайкам, уходите с миром.

— Мама, — прошептало существо, — это я, Аня. Впусти меня, пожалуйста!

В полном ужасе Зинаида распахнула дверь.

— Врете, — прошептала она, — вы не моя дочь! Это неправда!

Но это была ее Аня. Когда Зина пришла в себя, дочь рассказала ей свою историю. Брак с Сергеем девушка не оформила, они прожили вместе год и разбежались. Возвращаться к матери Аня не захотела. Во-первых, она была очень обижена на нее, во-вторых, явиться с повинной означало признать правоту Зины, которая была против скоропалительного замужества. Вычеркнув мать из своей жизни, Аня думала, что одна не пропадет, но ничего хорошего у нее не получилось. Менялись мужики, никто из них не предлагал ей надеть обручальное кольцо, Аня снимала комнату, работала официанткой. В принципе, ничего ужасного не случилось: просто не очень обеспеченная жизнь не слишком серьезной девушки. Анечка была большой любительницей потусоваться, поплясать и совершенно не хотела общаться с Зиной. Мать начнет приставать с учебой, заставит ее сесть за книги. Закончится пусть бедное, но зато веселое существование.

Потом у Ани заболел зуб. Дело обычное, девушка отправилась к стоматологу. Где она его нашла? Увидела у метро вывеску: «Ставим одну пломбу, вторая бесплатно». Врач оказался приятным, он вколол ей обезболивающее и ловко справился с воспаленным нервом. Аня ушла очень довольная, но наутро ей стало плохо, начал раздуваться флюс. Девушка побежала назад к дантисту, тот нахмурился. В общем, выяснилась ужасная вещь: у Ани страшная инфекция, болезнь Сомари—Вильсон.

— Погоди, — перебила я Нину, — но та же штука приключилась и с Беатрисой Мальчик! Более того, очень похожа сама ситуация. Певичка из «Королевы Марго» тоже обратилась к стоматологу.

— Ты слушай, — остановила меня Нина, — дальше будет еще интересней.

Выслушав Зинаиду Ефимовну, Косарь очень удивилась. Дело в том, что не так давно она занималась делом о самоубийстве. Молодая девушка, чуть старше двадцати лет, выпрыгнула из окна высотного дома и, вопреки всякой логике, не умерла до приезда «Скорой». Нине даже удалось поговорить с самоубийцей. Та сказала, что ее на страшный поступок толкнула не безответная любовь и не материальные трудности, а болезнь Сомари—Вильсон, неизлечимая и практически неизвестная российским врачам.

— Лучше убить себя, чем погибать в мучениях, — успела сказать девушка.

Бедняжка умерла по дороге в клинику, а Нина, напуганная заявлением о незнакомой болячке, начала наводить о ней сведения. Вдруг она заразна? У Косарь дети, не хватало самой подцепить эту дрянь. С огромным трудом Нина сумела отыскать специалиста, который поразился и сказал:

— Сомари—Вильсон? Очень редкая штука, в России практически неизвестна, описано всего несколько случаев в мире, все с летальным исходом. Лечить болезнь современные врачи не умеют, как она распространяется, не знают, понятно лишь, что Сомари—Вильсон относится к иммунным нарушениям. Самоубийца с таким диагнозом? Кто ей его поставил? Обычный врач наверняка и не слыхивал о такой экзотике. Я бы хотел получить кровь девушки на анализ.

На вопрос о терапевте, который распознал болезнь, Нина ответить не могла, самоубийца уже умерла, а вот кровь у трупа взяли, и ученый заявил:

— Чистейшая ерунда. Нормальная картина, никаких признаков Сомари—Вильсон. Необходимо найти того доктора. В сущности, он убил пациентку, поставив ей неправильный диагноз.

Дело спустили на тормозах — девушка сама спрыгнула вниз, ее не сталкивали, состава преступления нет. Что же касается болезни Сомари-Вильсон, то неизвестно, откуда несчастная о ней узнала. Самоубийца была одинокой, вела уединенный образ жизни, ни с кем ни откровенничала. Единственное, что сумела раскопать Нина: о болезни бедняга, очевидно, узнала случайно, сходив к стоматологу. Сообщила коллеге по работе, что идет ставить пломбу, а на следующий день не вышла на службу, потому что покончила с собой.

— Это уже третий случай, если вспомнить Беатрису Мальчик, — подскочила я.

Косарь кивнула.

— На момент, когда я сообразила, что тут не все чисто, было два дела. Но все равно очень странно. До недавнего времени в России болезнь не встречалась, и тут вдруг типа эпидемии. Не стану утомлять тебя рассказом о том, как я добилась разрешения заниматься этим делом и каким образом вышла на «Икар». Но я поняла, как орудуют негодяи!

Нина примолкла и начала рыться в сумке.

— Ну, говори, — поторопила я ее.

— Схема, в принципе, очень простая, — подняла голову Косарь. — Равиль законченный трус, начал давать показания, едва увидел милицейское удостоверение. «Я не виноват! Являюсь жертвой! Она меня заставила, запугала». Спасает свою шкуру, вываливает кучу информации, очень спешит, боится, что подельники его опередят. С одной стороны, хорошо, когда в сеть попадает болтливый пескарь. С другой — противно до омерзения!

— Так что рассказал Равиль? — с нетерпением воскликнула я.

Нина вытащила из ридикюля мятную конфету, сунула ее в рот и прошепелявила:

— «Икар» существует не первый год и имеет неплохую репутацию. В клинику ходят люди, которые предпочитают лечиться нетрадиционными методами. Давай не будем сейчас обсуждать, насколько действенно экстрасенсорное воздействие.

...Некоторое время назад у лечебницы поменялся хозяин, вместо прежнего, Сергея Анатольевича Жигунова, у руля встала женщина, очень бойкая и оборотистая Анюта Павловна. Откуда у нее деньги на покупку «Икара», Равиль, естественно, не интересовался, но дама повела себя жестко. Сначала она уволила тех, кто считал себя гениальным. В «Икаре» остались не самые талантливые, зато весьма послушные люди. Анюта Павловна конкретно велела:

— Клиенты приходят сюда не столько за физической, сколько за моральной помощью, вот и оказывайте ее, убеждайте, что вылечите их, не сразу, но непременно будет положительный результат. Кто не хочет работать так, как надо, может идти на улицу.

Равиль не считает себя бесталанным, он верит в энергетическое лечение, но высказать собственное мнение Анюте Павловне побоялся. Сейчас люди стали менее доверчивыми, чем в начале девяностых годов, тогда можно было повесить на заборе объявление: «Исцелю все. Лечил членов ЦК КПСС» — и утонуть в море клиентов. Теперь же народ предпочитает посещать медицинские центры, но не во всяком возьмут в штат специалиста по биоэнергетике. Поэтому Равиль сидел тише воды ниже травы, боялся лишний раз поднять голову, сталкиваясь в коридорах с Анютой Павловной.

Наверное, хозяйка оценила подобострастие доктора. Однажды она позвала его в свой кабинет и спросила:

— Хочешь хорошо зарабатывать?

— Да! — кивнул врач.

— Тогда будешь мне помогать.

— Конечно, — заверил экстрасенс. И тут же испугался: а вдруг Анюта Павловна захочет нечто... этакое?

Хозяйка, не замечая его испуга, выложила перед Равилем план: к специалисту иногда на прием станут приходить не совсем обычные пациенты, в основном очень молодые девушки. Они будут во взвинченном состоянии и расскажут о своей неизлечимой болезни под названием Сомари—Вильсон. Молодые особы покажут Равилю визитную карточку некоего Ивана Петровича Зарицкого...

— Доктора наук, профессора, академика, милого старика-ученого! — закричала я. — Он случайно, по ошибке, забрел в «Королеву Марго», решил, что это обычный ресторан, увидел Беатрису Мальчик, восхитился пением девушки, узнал о ее проблеме и...

— ...отправил певичку к Равилю, — подытожила Нина. — Понимаешь схему? Стоматолог — болезнь Сомари—Вильсон — Зарицкий — Равиль.

— Ну, — протянула я, — примерно да.

Косарь нахмурилась.

— А я теперь точно знаю, что придумала шельма Анюта Павловна! Стоматолог — первая ступенька в длинной лестнице из приходящих к нему на прием женщин...

— Почему именно из них? — перебила я. — Мужчин не задействовали?

— Нет, — спокойно пояснила Нина. — Негодяйка отлично просчитала, кто нужен: девушки до двадцати пяти лет. Такие наиболее внушаемы и не обладают достаточным жизненным опытом. Кроме того, в юном возрасте человек не задумывается о смерти и если внезапно узнает, что жить ему осталось считаные дни, то почти впадает в кому. К будущей жертве предъявлялись не только возрастные требования: ей следовало быть не очень обеспеченной, одинокой, без мужа, родителей и большого количества друзей. Лучше всего, если объект не имеет высшего образования и работает в непрестижном месте. Скажем, торгует на рынке, исполняет стриптиз в третьеразрядном клубе, принимает заказы в какой-нибудь «Быстроцыпе», стоит парикмахером в салоне на окраине спального района. Все сведения о девочках узнавал стоматолог — он ведь заполнял медицинскую карту, — а потом, когда спираль делала последний виток и одураченные, испуганные глупышки прибегали к Равилю, их еще раз «интервьюировала» на ресепшен Дарья. Так, на всякий случай, чтобы лишний раз убедиться: у новых «добрых ангелов» нет никого, с кем можно посоветоваться, и около них не найдется взрослого, разумного человека, способного сказать: «Нельзя сразу верить одному врачу, давай уточним диагноз у другого специалиста».

Я вспомнила, как Дарья, заполняя на меня карточку, задавала много вопросов, и недоуменно спросила:

— Добрые ангелы? Это кто такие?

— Уно моменто! — округлила глаза Нина. — Сейчас доберемся и до них, идем по порядку, не забегаем вперед. Значит, так. Стоматолог находит нужную кандидатуру, лечит ей зуб, причем очень хорошо и безболезненно, но обрабатывает десну особым препаратом. Сначала девушка ничего не ощущает, а к утру начинается дискомфорт. Во рту возникает язвочка, кое у кого раздувается флюс. И как поступит бедолага?

— Побежит назад к врачу!

— Верно, — кивнула Нина. — А дальше стоматолог хватается за голову, рассказывает про страшную болезнь Сомари—Вильсон и дает таблетки. Ни одна из глупышек, получив из рук мошенников пилюли, не спросила: «Погодите, если Сомари—Вильсон столь ужасна и загадочна, почему у вас в кабинете нашлось средство от нее?»

— Думаю, мерзавец быстро бы нашел ответ, — прошептала я. — Беатрисе наболтали про какие-то лабораторные исследования. Кстати, она ходила к дантисту вместе с подругой Кристей. Почему их приняли вдвоем?

Нина пожала плечами.

— Кристина такая же дурочка, у нее ума как у кошки, и она тоже сразу поверила доктору, решила, что Беатриса умирает. Никакой опасности от стриптизерки не ждали, наоборот, она невольно помогла мошенникам своей заботой о подруге. Вот заявись Беатриса с отцом или мамой, тут бы она в мгновение ока «вылечилась».

— И что за пилюли дали Мальчик?

— Как и всем. Полный состав не назову, да он тебе и не нужен, важно понять действие, которое «лечение» оказывало на организм. Девушек начинало тошнить, они слабели, теряли аппетит, возникал понос или желудок вообще переставал работать, кое у кого пучками выпадали волосы. И тут совершенно неожиданно судьба сталкивает несчастных с профессором Иваном Петровичем Зарицким. Милый старичок и большой ученый отправлял «больных» к Равилю, и, о чудо, неприятные симптомы начинали пропадать, потому что...

— ...экстрасенс приказывал не глотать таблетки! — воскликнула я. — Делал пасы, и к дурочкам начинало возвращаться здоровье.

— Точно! — кивнула Нина. — Как ты думаешь, кем становился Равиль после этого для «добрых ангелов»?

— По меньшей мере богом! Думаю, они верили каждому его слову.

— Именно так. А еще Равиль не берет денег, лечит бесплатно и постоянно повторяет: чтобы окончательно выздороветь, необходимо совершить доброе дело. Мол, не получится избавиться от Сомари—Вильсон без того, чтобы не побыть «добрым ангелом». Кумекаешь?

— Да! А доброе дело предлагал сам Равиль. Он давал им поручение.

— Молодец! — одобрила Нина. — И Анюта Павловна у нас молоток. Она получала в свое распоряжение абсолютно безотказных исполнителей, готовых на все. По приказу Равиля девушки залезали в чужие квартиры, крали документы, деньги, вещи, уносили спящих детей, изображали свидетелей преступлений, — поле деятельности было очень широко. Желая полностью выздороветь, они не останавливались ни перед чем. Ведь их толкал на совершение «доброго дела» гуру, а наградой должно стать возвращенное здоровье. Анюта Павловна хоть и не имела образования психолога, очень точно выстроила цепочку. Хозяйка принимала заказы, шифровалась, как иностранный шпион, вывешивала объявления в интернете, вроде такого: «Решу любые ваши проблемы. Дорого. Эффективно. Честным путем». И все переговоры вела через всемирную паутину. С заказчиками она не встречалась, исполнители — девушки — понятия не имели об Анюте Павловне. Причем второй раз одну и ту же «больную» не использовали. Никогда! На каждый случай имелся свой «добрый ангел».

— А куда он девался после выполнения работы? — прошептала я. — Их убивали?

— Нет, — замотала головой Косарь, — Равиль вручал девушке билет на поезд, допустим в Екатеринбург, и говорил: «Вот тебе проездной документ и пара тысяч рублей. Срочно покидай Москву и не возвращайся раньше чем через три года, иначе Сомари—Вильсон вернется. Задержишься в столице — умрешь через неделю».

— И они слушались?

— Конечно, он же их вылечил, — грустно ответила Нина. — Еще раз напоминаю о контингенте, который служил «добрыми ангелами»: все без высшего образования, продавщицы, стриптизерки, не слишком востребованные парикмахерши, всякие коробейницы, без семьи, без детей. Они и в чужом городе легко приживутся. Это был безошибочный расчет.

— Но Аня! Та самая, которая вернулась умирать к маме!

— Я ведь объяснила: Анна порвала с матерью и на

вопросы стоматолога ответила: у меня никого нет. Рано или поздно любой преступник прокалывается, — философски заметила Косарь.

— Но Аня умерла!

— Да, — кивнула Нина, — только Сомари—Вильсон здесь ни при чем. Иногда среди «добрых ангелов» встречались особо внушаемые экземпляры. Помнишь ту девочку, которая прыгнула из окна? Она поверила «врачу» и решила, что не стоит дальше жить. Аня была мизантропкой, она хоть и попыталась лечиться, но в глубине души ни на минуту не сомневалась, что скоро умрет. И на самом деле скончалась. Опытные врачи подтвердят: если человек сдался, сложил лапки и решил, что его болезнь неизлечима, то смерть не заставит себя ждать, заберет абсолютно здорового человека. Понимаешь, мы способны сами себя в могилу загнать! Аню зомбировали, она оказалась чрезмерно впечатлительной, да еще разгульная жизнь ослабила ее здоровье.

— Но все равно получается, что и самоубийцу, и Аню лишили жизни подручные Анюты Павловны! — подскочила я.

— Верно, — согласилась Нина. — но психологию к делу не пришьешь. Нужны улики.

Глава 33

— Значит, историю с Беатрисой Мальчик заварила Анюта Павловна? — спросила я.

— Ну да, — кивнула Нина.

— Роль Павла Львовича исполнял Олег? Его непутевый сын?

— Нет, — усмехнулась Косарь, — нанятый актер, хорошо загримированный. Он, кстати, ничего толком не знал, думал, что участвует в невинном розыгрыше.

— Но если кто-то захотел, чтобы Беатрису Мальчик приняли за любовницу Краминова, то почему так топорно действовали?

— Ты о чем? — подняла брови Нина.

— Допустим, о покупке свитера.

Нина искоса посмотрела на меня.

— Это была совершенно особая для Анюты Павловны ситуация. Последнее дело. После него она собиралась прекратить работу с «добрыми ангелами». А когда придаешь делу слишком большое значение, непременно совершишь ошибку. Это как с чашкой: если хочешь донести полный до краев сосуд, не расплескав ни капли, рука непременно задрожит и вода выльется. Идея со свитером показалась Анюте Павловне восхитительной. Помнишь, продавщица из «Поля» сказала тебе, что свитер, который схватила Беатриса, был зарезервирован для покупателя?

— Да, — кивнула я.

— Его заранее отложила Анюта Павловна, — сказала Косарь, — и Мальчик были даны Равилем исчерпывающие инструкции: «Свитера в продаже не будет, но он лежит на полке. Делай что хочешь, но получи его и помни: это твой путь к здоровью!» Анюта Павловна считала себя самой хитроумной, она не предполагала, что кто-либо способен понять историю с пуловером. Павел Львович очень полюбил белый свитер и часто его надевал, Краминова должны были быстро вычислить по одежде. Кстати, ты ведь могла спросить у продавщицы, кто же «забронировал» свитер. Но такой вопрос не пришел тебе в голову, и вначале ты попалась на удочку. Не заметила, что родинка у «Краминова» не на месте и уши у артиста другой формы. Да, Анюта Павловна допустила просчет. Но сначала-то все шло замечательно! Павла ухитрились запереть на чердаке у клиента, чтобы ты могла пойти за подставной парочкой. А актер стал целоваться с «добрым ангелом» Беатрисой на глазах у детектива Евлампии Романовой. Ты должна была представить Светлане стопроцентные доказательства измены.

И тут меня словно стукнуло по голове:

— Анюта Павловна! Дочь Павла Львовича — хозяйка «Икара». Господи, где вечная студентка взяла денег на покупку клиники? Маловероятно, что ей их дал отец. Павел Львович уже финансировал несколько проектов дочурки и понял — его любимая Аня не бизнесмен, пусть уж лучше накапливает теоретические знания. Ой, погоди! Светлана-то долго ходила лечиться в «Икар». Она что, тоже «добрый ангел»? Нет, не получается, у нее муж, дети и она мать хозяйки предприятия. Ничегошеньки не понимаю!

— Не горячись, — улыбнулась Косарь, — давай заедем с другой стороны. Что ты знаешь о Краминовых?

— Не всех людей, живущих под одной крышей, можно назвать семьей, — горько сказала я, — и Краминовы тому пример. Павел Львович вполне успешный бизнесмен. Некоторое время назад его дело пошатнулось, но Краминов сумел выплыть благодаря женитьбе сына на Тине. Олега Павел Львович терпеть не может, хоть и пристроил к себе на фирму и дает ему деньги. Но папочка поддерживает сыночка лишь по одной причине — боится, как бы по столице не пошел слух, что у Краминова наследник-неудачник. Вот Анюта его любимая девочка! Павел Львович ею гордится, хотя, на мой взгляд, восхищаться там абсолютно нечем. У Краминовых в доме жесткий патриархат. Светлана не имела права голоса, она всего лишь мать детей. Муж считал ее дурой, правда, внешне не показывал своего пренебрежения, но домашние отлично видели, как глава фамилии относится к супруге. Когда-то Света вела хозяйство, но с течением времени и по мере роста капитала выпустила вожжи из рук. В особняке правит домработница Римма, которая смотрела на Свету сверху вниз. Анюта не любила мать, в глаза называла ее «клушей», Светлана, думаю, тоже не очень-то радовалась при виде доченьки. Вот Олег изображал любовь к матери. Именно изображал, другого глагола не подобрать! Но, полагаю, Светлана верила в чувства сына. Отношения в семье очень дистанцированные, ее члены настолько чужие друг другу, что Павел Львович не захотел рассказать жене про свою операцию. Он, конечно, объяснил свое поведение заботой о здоровье супруги, у той, мол, больное сердце, но в действительности Светлана стала ему совершенно посторонней. Павла не волнует ничего, кроме дела, ради процветания фирмы он не разрешил Олегу развестись с Тиной. Да, чуть не забыла! Светлане повезло: она получила наследство, миллион долларов, но не вложила его в предприятие мужа. Небольшой штришок, но он о многом говорит. Вот так они и жили! Правда, Света начала впадать в истерики, один раз даже разбила лопатой клумбу, на которую не захотел обратить внимание муж. Вот тут Павел Львович наконец понял, что с супругой творится неладное, и пошел к врачу. Специалист рассказал ему про климакс и посоветовал придумать жене занятие. К чести Краминова следует отметить: он решил помочь Светлане — предложил купить ей гимназию и еще что-то, но та отказалась. Жаль, что она не захотела попытаться изменить свою жизнь.

— Знала бы ты, как ошибаешься в оценке Светы! — азартно воскликнула Косарь. — Она хорошо знала цену детям и мужу, только не представляла, как сломать существующее положение. Тут на нее свалилось наследство, и Краминова сообразила: вот он, шанс. Как ты думаешь, что она сделала?

— Даже не догадываюсь!

— Купила «Икар» и придумала «добрых ангелов». Наверное, эта идея зрела давно, просто не было возможности ее осуществить. А тут, спасибо практически незнакомому отцу, прибыл миллион в валюте.

— Хозяйку лечебницы зовут Анюта Павловна, — глупо уточнила я.

Нина широко улыбнулась.

— Чувство юмора Светланы можно назвать своеобразным. Она могла представиться сотрудникам хоть Елистратой Калиоповной, подчиненные у начальников документов не спрашивают, но ей показалось прикольно назваться именно Анютой Павловной.

— Прикольно, — повторила я. И заорала: — Ничего не понимаю!

Нина довольно заулыбалась.

— Сейчас разберешься. Эх, мне определенно следовало учиться на психолога, и очень жаль, что у нас в штате нет подобного специалиста. Вот ведь кажется, что никакого логичного объяснения ее поступкам нет? Но оно есть! Смотри, Света за короткий срок сумела организовать бизнес. Она не захотела воспользоваться помощью Павла. Ну примет жена из рук мужа какой-нибудь там цветочный магазин, все равно домочадцы уважать ее не станут. Понимаешь, Краминова решила доказать, на что способна, и преуспела. Ее страшно увлекла игра: сначала дама ездила в город на машине Николая, потом, когда на поле затеяли стройку, прикинулась коллекционеркой. Свете нравилось дурачить Павла Львовича, Анюту, Олега и Римму. Они считали ее дурой. А в идиотах-то оказались сами! Единственная вещь портила ей удовольствие: никто не знал, чем она ворочает. Между тем деньги текли к Светлане, она оказалась удачливым дельцом, хоть ее способ заработка и нельзя назвать честным. Света не только вернула потраченный на «Икар» капитал, но и приумножила его. Но как сообщить семье о своих успехах? И тут Павел Львович грубо обижает жену, в присутствии прислуги кричит:

«Молчи, дура, твое место у забора!» Ох, зря он так сказал... Светлана-то уже не та. Она сильно изменилась, а муж относится к ней хуже, чем к кошке. Надо же, «место у забора»!

— Горничная Оля рассказала мне о некрасивой сцене, — кивнула я. — Она же вспомнила, что хозяйка встала, спокойно пошла к себе, но по дороге схватила статуэтку и сильно сжала ее. Фигурка развалилась, осколки ранили Свете руку. Оля бросилась к ней с вопросом: «Вам больно?» Но Краминова чуть ли не с радостью ответила «Нет, надо было скрепить договор».

— Ага, а с кем подписывают договор кровью? — перебила меня Косарь.

— С дьяволом, — ошарашенно ответила я.

— Именно! В тот момент Света и решила отомстить мужу. Фраза про забор оказалась роковой. «Анюта Павловна» заваривает кашу с Беатрисой Мальчик, нанимает Лампу, прикидывается милой, приятной дамой. Получает наглядное свидетельство супружеской измены и... готовится к своей смерти.

— К чему она готовится? — переспросила я.

— К смерти, — спокойно повторила Нина. — План ее прост. Светлана Краминова погибает на старой даче, где возникает пожар. А через короткое время, если специалисты сами не насторожатся, в милицию придет анонимное письмо со снимками и сообщением: Краминов убил жену, пожар подстроен. Стоит экспертам выехать на место происшествия, как все сомнения отпадут — на пожарище полно следов керосина, которому в доме просто неоткуда взяться. Кстати, ты говорила, что отдала все фотки клиентке?

— Да, это условие контракта.

— Так откуда появились присланные мне снимки? Вот она, одна из прорех в замечательном на первый взгляд плане, — торжествующе отметила Нина.

— А еще она забыла заплатить мне деньги, — не к месту вставила я.

— Скорее пожадничала, — резонно возразила Косарь. — Зачем тратиться, если можно сэкономить, все равно Краминовой «умирать». Хороший бизнесмен обычно немного скряга. Светлана надеялась, что начнется следствие. Уж не знаю, что бы из этой истории получилось. Скорее всего, хороший адвокат отмазал бы бизнесмена, Краминов не сел бы в тюрьму за убийство жены. Но его репутация! Не забудь, Павел Львович занимается ремонтом квартир, и не каждый захочет иметь дело с человеком, который проходил в качестве подозреваемого по делу об убийстве с поджогом. Желтые газеты обожают «жареные» темы, думаю, и «Желтуха», и «Треп», и иже с ними получили бы исчерпывающий материал от лица, пожелавшего остаться неизвестным. Что происходит дальше по сценарию Светланы? Бизнес Краминова начнет хиреть, он продаст дом, Олег и Анюта будут вынуждены отправиться на работу, станут ломаться за копейки, а большего парочка бездельников на рынке труда и не стоит. Вот это месть! Светлана не только подняла свое дело, но и утопила мужа! Пройдет пара лет, и Краминова, шикарно одетая, войдет в грязную нору, где обитают ее муженек и дети, встанет посреди комнаты и заявит: «Ну что? Не ждали?» А потом расскажет им все и предложит: «Хотите снова жить в шоколаде? Ладно, отсыплю вам чуть-чуть денег, если попросите!» И как тебе ее план?

— По-моему, она сумасшедшая, — вздрогнула я. — По крайней мере я хоть понимаю теперь, зачем Света поехала на старую дачу. Только давай я не стану комментировать «пьесу», придуманную дамочкой! В ней много ошибок и нестыковок. Но какова злоба, с которой внешне милая мамочка задумала отомстить всей своей семье!

— Бойтесь домашних хозяек, — усмехнулась Ни-

на, — иногда они заводят дружбу с дьяволом. А насчет поездки на дачу... Света же хотела, чтобы Павла
обвинили в убийстве, и тут ответ напрашивается сам
собой: ее привез муж, чтобы уничтожить.

— На дачу Светлану доставил Николай.

— Верно, она попросила его об услуге. Потом велела уехать. Светлана поставила в комнате заранее
припасенную канистру с керосином... Интересно,
почему она не подумала, что тело не сгорает дотла?
А трупа-то у мадам нет! Вот это была ошибка! И
тут... — Нина сделала эффектную паузу, глянула на
меня и тоном актрисы МХАТа продолжила: — Тут
дьявол решил помочь своей подруге. У ворот дачи остановилась машина. Светлана, спрятавшись в шкафу, увидела Олега. Как ты думаешь, зачем мальчик
прибыл на дачу?

— Он привез тело Тины!

— Правильно! Светлана с изумлением увидела,
как сыночек запихивает под диван большой мешок, а
потом спешно убегает вон.

— Погоди, он не зарыл останки Тины?

— Нет.

— Почему? Он что, идиот — оставить тело, можно сказать, на виду?

— А кто тебе сказал, что Олег умен? — вопросом
на вопрос ответила Нина. — Но свой расчет, думаю, у
него имелся. Дачей не пользовались много лет, сын
знал, что родители не собираются ни избавляться от
дома, ни ездить туда. Наверное, он побоялся рыть
землю, не умел пользоваться лопатой, устал... Ис-
тинную причину мы узнаем, когда его найдем. А
Светлана дождалась отъезда Олега, вытащила мешок
и обнаружила в нем Тину. Вот уж, наверное, изумилась! Но Краминова умеет мгновенно принимать решения, недаром она успешно руководила «Икаром».
Теперь у нее было тело, и она использовала это обстоятельство. Маленькая деталь: у свекрови и невест-

ки похожи фигуры — обе щуплые, тонкокостные, что облегчало заботу Краминовой. Светлана поменяла Тине одежду, надела ей на шею свой крест, а на палец собственное обручальное кольцо.

— С ума сойти! Она просто железная леди! Проделать такое не всякому по силам.

— Верно, — Нина подняла вверх палец. — Раздевать-обряжать труп нелегкая задача, но наша робкая домохозяйка справилась. А еще она бросила на улице, у калитки, свою сумку с документами, плащ, мобильный. Все выглядело так, словно Светлана от кого-то убегала. Потом она налила побольше керосина на труп и бросила спичку. Экспертиза подтвердила, огонь возник именно на теле.

— Но Павел Львович опознал жену!

Нина усмехнулась.

— Это чистая психология. Обгорелый труп выглядит, мягко говоря, не очень приятно. Даже специалисты при виде его порой теряют самообладание, чего же требовать от родственников? Краминова не ночевала дома, на пепелище, как я уже говорила, найдены ее документы и вещи. Что должен думать муж, который ни сном ни духом не подозревает о тайной жизни супруги? Все указывает на то, что погибшая — Светлана Краминова. Останки идентифицированы и погребены с миром. Только я интуитивно ощущала: что-то здесь не так. Слишком много свидетельств, словно мне их нарочно подсовывают. Ну а потом все в один узел связалось — я же работала еще по делу «Икара». Помнишь про Аню, дочь Зинаиды, и про бедную девушку-самоубийцу? Я выяснила, что владелица фирмы «Икар» Светлана Краминова, ну и начала тянуть за нити. Не скрою, я предполагала, что Свету убил-таки муж, но считала, что не из желания жениться на Беатрисе Мальчик, а решив получить бизнес жены.

— Она оформила «Икар» на себя?

— А что тут такого? — пожала плечами Нина. — Клиника по оказанию биоэнергетической помощи населению — разрешенный бизнес. Налоги платятся, отчетность в порядке. Краминова не хотела неприятностей. Никто же не знал про «добрых ангелов». Отличное прикрытие. Но когда я увидела, чье имя стоит в документах... Вопросы есть?

— Их полно!

— Вываливай.

— Сначала о Тине.

— Тебе не все понятно?

— Конечно. Кто сообщил Тине про измену Олега? Кто, в конце концов, привез ее в офис?

Нина обхватила руками колено.

— Сама сейчас ответишь. Тина пришла через чердак?

— Ну да, она потеряла по дороге браслет.

— Кто знал про тайный ход?

— Олег и Полина.

— А еще?

— Сандра?

— В точку. Девушка завидует Поле — та оторвала классного любовника. Олег, по мнению Сандры, хорош собой, богат и мог бы принадлежать ей. Сандра пытается строить парню глазки, но он не заводит интрижек в офисе, боится гнева папы, только Полина стала исключением из «птичкиного правила». Потерпев фиаско, Сандра решила устроить любовникам небольшое представление. Полина и сын хозяина не стесняются Сандры, иногда обсуждают при ней свои дела. А еще она не раз заставала по утрам в комнате беспорядок и понимала: вечером Олег и Полина были тут. Значит, они частенько устраивают свидания в офисе. В день, когда заварилась каша, Полина сказала уходившему с работы Олегу: «Как всегда? В десять здесь? Я буду ждать». Поля не знала, что в тот момент Сандра стояла за дверью и слышала ее слова. «Ага», —

буркнул парень и убежал. Сандра сообразила: парочка собралась весело провести время в офисе.

— Странное место, — не выдержала я.

— А где еще им было встречаться? — усмехнулась Нина. — У Полины соседи, условия не позволяют привести парня, да и не пойдет Олег в нищую комнату. А снять жилплощадь он не хочет, это уже попахивает семейными отношениями, к тому же все деньги младший Краминов спускает в казино. В офисе же уютно, красиво, кожаные диваны, на окнах можно опустить рулонки, и никого нет! Секьюрити сидят внизу, наверх, в помещение фирм-арендаторов, они не ходят.

Давай попробуем реконструировать события того дня. Итак. Любовники давно используют рабочий кабинет и очень довольны.

Убирая по утрам разбросанные бумаги и поправляя подушки на диване, Сандра злится. Конечно, Полина привела ее на работу, можно сказать облагодетельствовала, но с какой целью! Сандра теперь пашет за троих, а бывшая одноклассница весело проводит время с богатым мажором. А ведь на месте Полины могла быть и Сандра. Хитрая девица отлично понимает: если разразится скандал, Павел Львович моментально вышвырнет Полину, с сыночком же разрывать отношений не станет. Ну поорет папаша, может, даже пощечину Олегу отвесит, но потом-то все вернется на круги своя. Полины не будет, зато есть Сандра. Олег бабник, он не устоит. Вот он — путь к вершине карьеры и к деньгам! Надо только устранить Полину, и лучший способ для этого — сцена ревности, устроенная Тиной. От Полины наша карьеристка знает о неполноценном умственном развитии невестки владельца фирмы.

Сообразив, что сладкая парочка собирается оторваться вечером в кабинете, Сандра позвонила Тине и сказала:

— Я подруга твоей покойной мамы.

— Ой, здорово! — радуется простодушная Тина.

— Хочу показать тебе что-то интересное.

— Здорово! — восхищается дурочка.

— Скажи, что делают сейчас люди в вашем доме? — предусмотрительно интересуется Сандра.

— Папочки и Олежека еще нет, а Риммочка телик смотрит.

— Пойди скажи ей, что у тебя голова болит, — приказывает Сандра, — а сама вылезай в окно, выходи из поселка. У вас там недалеко автобусная остановка, там я тебя и посажу в свою машину.

Сандра планировала акцию давно и заранее разведала обстановку.

Тина выполняет ее указание. Охрана не замечает девушку — парни в форме реагируют только на снующие туда-сюда машины, маленькая фигурка в толстовке с капюшоном не привлекает к себе внимания. Тина садится к Сандре, и они едут к офису. Организаторша действа проводит жену Олега через чердак и говорит ей:

— Иди открой кабинет. Увидишь, как тебе обрадуется Олежек.

Сама же быстренько убегает прочь.

Но Сандра не предполагала, что Тина упадет, споткнувшись о злополучную ступеньку, и напорется на свою дурацкую заколку. И вот ирония судьбы: именно Сандру, подстроившую беду, Полина зовет на помощь. С другой стороны, к кому она еще могла обратиться?

— Вот почему бедняжка кричала, что ее послала мама, — грустно сказала я. — Бедная Тина, зря окружающие считали ее подростком, похоже, у нее был ум семилетнего ребенка.

— Мне удалось устроить в «Икар» своего человечка, — неожиданно поменяла тему Нина. — Понимаешь теперь, почему я отговаривала тебя от визита в лечебницу? Дело было на мази, следовало подождать чуток, и мы бы спокойно взяли мерзавцев. У меня был замечательный план, я понимала, что Равиль не удержится, жадность заставит его играть по моим картам. И тут ты! Явилась, напугала Дарью, завела разговор про Беатрису Мальчик, упомянула Светлану Краминову. Последнюю Дарья не знала, но хватило и слов про певичку. Администратор ринулась к Равилю, тот мигом соединяется с Анютой Павловной, она отдает приказ во что бы то ни стало задержать странную женщину, которая, похоже, слишком информирована. Но ты уходишь. Администратор «Икара» совсем не глупа, она понимает, что таинственная тетка может и не вернуться, надо каким-то образом выяснить, кто она. Вполне вероятно, что посетительница сообщила фальшивые данные при заполнении карточки, поэтому Дарья бежит на улицу, пытается запугать «Елену». И тут Наташа кричит тебе вслед: «Передай привет Коле!» Дарья делает стойку, скупает почти весь ларек, а продавщица...

— ...любит поболтать, — перебила я, — и рассказывает про Николая и Голубкино.

— Верно, — кивнула Нина. — Дарья передает сведения Равилю, тот мгновенно ставит в известность Анюту Павловну, и дом Николая сгорает. Это «доброе дело» совершает очередная из «смертельно больных» девушек. Не забудь: в распоряжении Краминовой таких несколько. Света прекрасно понимает: Николай для нее опасен, он свидетель ее поездок в «Икар», остальным ничего не известно. Даже Равиль не знает настоящего имени хозяйки. Светлане не нужен скандал, она готовилась исчезнуть — бизнес ею продан некой Майоровой Ольге Анатольевне. Никто в «Икаре» не видел новой хозяйки, та назначила управляющим Равиля, и сделку от лица Ольги оформлял адвокат. Понимаешь?

Я кивнула.

— Да. Старая уловка, Майорова — это сама Светлана Краминова. Знаешь, у меня во время осмотра ее спальни в особняке возникли смутные подозрения. Показалось, что есть во всем этом некая странность. В комнате было так прибрано! Все по полочкам, никаких личных бумаг, даже флаконы в ванной стояли по ранжиру. Теперь-то я понимаю: Светлана подготовилась к исчезновению. Но в день приезда в особняк я поразилась редкостной аккуратности хозяйки, а потом решила: в коттедже полно прислуги, она и постаралась.

— Странно они жили, — вдруг вздохнула Нина, — словно не родные, а соседи. Совсем друг другом не интересовались!

— Иной раз соседи семьей становятся, но бывает и наоборот, — протянула я. — Значит, ты, приглашая меня в отделение, уже многое знала?

— Да, — кивнула Нина.

— Зачем же я тебе понадобилась?

Косарь улыбнулась.

— Тебя упомянули в анонимке, я должна была с тобой познакомиться. Это раз. Потом, ты была необходима для беседы с Павлом. Я же не думала, что он наймет тебя как детектива и такое закрутится. А ты дурочка! Ведь велено было не ходить в «Икар». Здорово Равиль обводит людей вокруг пальца — сначала приказал тебя по кабинетам протащить, мозги запудрить, потом девчонку с букетом подсунул. Тебе и в голову не пришло, что милый старичок с неисправной машиной тоже человек Равиля. Скажи спасибо, что Стас, мой человек в клинике, которому я велела пасти тебя, глупенькую, увидел, как Равиль готовит у себя в кабинете шприц, а потом передает его пенсионеру, и понял, что задумано.

— А что было в шприце?

— Снотворное. Равиль собирался отвезти тебя в укромное место. А перед тем, как избавиться навсегда от настырной клиентки, хотел вытрясти из нее правду: кто она и кем послана. Понимаешь? — вздохнула Нина.

— Постой! — вдруг подскочила я. — Нестыковочка!

— Какая? — быстро спросила Косарь.

— Я только сейчас сообразила! Девушек — «добрых ангелов», — по твоим словам, не убивали?

— Да, это так, — закивала Нина.

— Их отправляли подальше от Москвы, запугав рецидивом болезни Сомари—Вильсон?

Нина склонила голову набок.

— Ну? Дальше.

— А Беатрису Мальчик отравили! Это странно, если учесть, что Светлана наверняка планировала ее появление в суде как свидетеля, чтобы рассказать о связи с Павлом. С какой стати ей подсунули отравленные рыбные консервы?

Косарь усмехнулась.

— Молодец! А я уж думала, что ты не обратишь на это внимания. Поэтому имею предложение: не хочешь работать вместе со мной?

— В смысле? — изумилась я.

— Мой приятель организовал частное детективное агентство, — пояснила Нина, — я ухожу к нему, увольняюсь со старой работы и предлагаю тебе присоединиться к нам. Твой Юрий Лисица полный идиот. Я навела о нем справки — на уме у мужика одни бабы! Делом не занимается, контору тащит на себе Лампа Романова. У нас тебе будет намного лучше. Так как? Заметано? Поверь, мы легко заткнем Пинкертона за пояс!

Я растерялась.

— Сразу не отвечу.

— Ладно, — согласилась Косарь, — подумай пять минут.

— Так почему убили Мальчик? — вернулась я к интересующей меня теме.

Нина стукнула кулаком по тумбочке, стоявшей у кровати.

— Краминовой ее смерть не нужна. Равилю тоже. А кому выгодна?

— Не знаю!

Косарь положила ногу на ногу.

— Узнав о своей болезни, Беатриса тут же завещала квартиру Кристине. Стриптизерка преданно ухаживала за умирающей, и тут вдруг выясняется: Мальчик-то выздоровела, жилплощадь уплыла из-под носа!

Я вздрогнула и прошептала:

— Когда я разговаривала с Кристей, та вдруг расплакалась, убежала в ванную, стала из-за двери повторять: «Не знала, что будет так тяжело». Ее мучила совесть!

— Ага, — кивнула Нина, — именно. Это только кажется, что лишить подругу жизни легко. Кристина до такой степени извелась, что после твоего ухода прибежала ко мне и призналась в отравлении Беатрисы. Совершив преступление, Кристина предполагала, что тело певички вскроют, обнаружат болезнь Сомари—Вильсон и решат: Мальчик скончалась от заразы. Только к делу Беатрисы отнеслись халатно, сочли ее кончину некриминальной. Да и Кристина при подготовке убийства проявила неожиданную сообразительность: порылась в мусорных бачках, нашла там банку рыбных консервов с давно истекшим сроком годности, купила в магазине точь-в-точь такую же, но свежую, вскрыла обе емкости, подмешала к хорошим шпротам пару тухлых, размяла вилкой, добавила репчатый лук, немного растительного масла и пару крутых яиц — получился салат, самый обычный, какой часто делают на скорую руку. Кристина слышала о ботулизме и надеялась, что правильно приготовила отраву. Она сделала подружке ужин, а та его съела.

— Не во всяких консервах образуется яд, — пробормотала я.

Нина пожала плечами.

— Верно. Но Кристине, если можно так выразиться, повезло. Оцени ее замысел — на столе остатки салата, в помойном ведре пустая банка из-под шпрот. Запах репчатого лука и аромат нерафинированного масла забили вкус несвежей рыбы. А ботулин может образоваться и в консервах с нормальным сроком годности. Уже потом, когда мне принесли анонимное письмо, я начала копать. А Кристину тем временем мучили кошмары — убитая подруга являлась ей во сне, спрашивала: «За что?»

— Такая красивая девушка, — вздохнула я, — знаешь, когда я увидела Кристину в первый раз, она показалась мне похожей на Венеру Милосскую, очень женственная фигура и лицо, словно у античной статуи!

— Скажешь тоже! — фыркнула Нина. — Фанера Милосская, вот она кто! Богиня невероятной жадности. Лично мне Кристина совершенно не понравилась внешне, а уж о внутреннем содержании и говорить не хочу.

— А Светлана Краминова жестокая убийца! — продолжила я. — Если бы не она, Беатриса осталась бы жива, Кристина не превратилась бы в преступницу. Корень всех бед в жене Павла Львовича!

— А может, в самом бизнесмене? — возразила Нина. — Согласись: уважай он жену, той бы не пришло в голову создавать бизнес «добрых ангелов». Нет, моя милая, каждый сам виноват! Не у всех жен хорошие, заботливые мужья, но основная масса женщин и не помышляет о преступлении. У многих подруги оказываются в реанимации, стоят одной ногой на краю могилы, потом выздоравливают, но их не отправляют на тот свет насильно, желая заполучить наследство.

— У Павла Львовича получилась жуткая семейка, — вздрогнула я, — Олег, Тина, Нюта, домработница Римма, Светлана. Нет ни одного доброго человека!

— Подобное притягивает подобное, — фыркнула Нина, — черное не смешивается с белым. Если вас окружают подонки, следовательно, вы сами мало чем от них отличаетесь. Измени себя, и изменится твой ближайший круг. Каждый муж достоин своей жены, любая супруга соответствует своей второй половине, мы имеем ту семью и тех друзей, которых заслуживаем. Так что ты решила про работу? Согласна?

ЭПИЛОГ

Как вы уже, наверное, догадались, Светлана Краминова арестована, ее сдал со всеми потрохами Равиль. Жена Павла Львовича не стала запираться и, как мне показалось, с радостью рассказала о своем бизнесе. Она настолько ненавидела мужа, так хотела сообщить ему о своих удивительных способностях, что не испугалась большого срока. Правда, следствие пока не закончено, окончательно судьбу гражданки Краминовой решит суд.

Павел Львович был шокирован и напуган открывшимися обстоятельствами, а отец Тины поклялся отомстить Краминовым до седьмого колена. Уж не знаю, сдержал ли он обещание или Павел сам принял решение покинуть Москву, но Нюта, ее отец и Римма куда-то уехали.

Неизвестна мне и судьба Олега. Теперь-то я понимаю, какой ужас обуял парня, когда он узнал, что на пожаре погибла его мать. Сначала его на месте измены застукала Тина, потом она погибла, пришлось увозить тело. Старая, никем не посещаемая дача показалась мажору лучшим местом, где можно спрятать труп, а Полина тем человеком, который прекрасно справится с ролью умственно отсталой девушки. Олег не подумал о том, что случится, когда Антон Петрович вернется в Москву и захочет встретиться с дочкой. Младшему Краминову вообще несвойственно думать на пару шагов вперед, он раб своих желаний. Хочет играть — и просаживает деньги в казино. Мысль о том, что Павел Львович рассвирепеет и лишит сыночка дотации, в момент азарта не волнует Олега. Он берет из сейфа перстень и не думает о том, что отец поймет, кто залез в семейный «алмазный фонд».

Несмотря на отнюдь не детский возраст, Олежек, по сути, избалованный, очень эгоистичный ребенок. Он отвозит тело несчастной Тины на старую дачу и возвращается домой. Несколько дней Олежек проводит в особняке вместе с Полиной. Парню кажется, что он превосходно замел следы, даже придумал версию о визите жены в косметическую клинику. Дочь Антона Петровича настолько всем надоела, что ни свекор, ни Римма, ни прислуга не замечают подмены. От Тины всегда отмахивались, не слушали ее: заведет несчастное создание беседу, все мигом уходят. Конечно, после возвращения Антона Петровича разразилась бы буря, но, повторюсь, Олег так далеко не загадывает. Он рад, что пока все спокойно: карточный долг оплачен украденным перстнем, «Тина» на месте. Очень вовремя сгорела дача, вот только как там оказалась мать?

Светлана тем временем недовольна. Ей повезло, тело невестки принято за ее труп, но есть Олег, который точно знает, что на даче находились останки Тины. Если он проговорится... Хотя не должен, младший Краминов не совсем дурак, он же поселил дома «жену». Но Светлане все равно не по себе.

— Она убила сына! — закричала я.

— Нет, — замахала руками Нина, — просто напугала его так, что тот спешно убежал из дома. Позвонила сынишке на мобильный и, изменив голос, заявила: «А на даче было еще и тело Тины. Кто же живет в вашем доме? Лучше уноси ноги подальше, следующее мое обращение будет к Антону Петровичу». Светлана отлично знает сына, тот моментально поступил как детсадовец: убежал и спрятался. Краминов-младший полагает, что ситуация будет развиваться как всегда: сначала папа, узнав правду, посердится, потом простит его, и жизнь потечет своим чередом. Ни о Полине, ни о матери он не беспокоится, и уж меньше всего его волнует судьба Тины. Интересно, пытался ли Олег получить причитавшийся ему по завещанию миллион долларов и как отреагировал, узнав, что его мать всех обманула?

Впрочем, желтые газеты долго обсасывали историю Краминовых, и Олег, очевидно, не пошел к нотариусу. «Желтуха» и «Треп» в деталях описали произошедшее, корреспонденты попытались сделать из Кристины и Сандры жертв обстоятельств. Но первой придется отвечать за убийство Беатрисы Мальчик, а вот вторая, похоже, избежит наказания. В сущности, она не совершила ничего криминального, в Уголовном кодексе не предусмотрено кары для девицы, которая решила одним ударом разрушить чужие отношения и карьеру. Тина-то погибла в результате несчастного случая. Полину так и не нашли — ушлая Вулых, прихватившая большое количество драгоценностей, сумела отлично спрятаться. Может, она сейчас живет где-нибудь в Сочи, купила небольшой домик и радуется жизни.

Кстати, о доме. Первое, что сделал Кирюша, увидав меня на пороге нашей квартиры, — бросил на стол ключи и завопил:

— Лампудель, Мария Мортман оформила бумаги на Мопсино. Вот, читай: «Владелец К. Романов». Это я!

Я села на стул и потрясла головой.

— Не может быть.

— Может, может! — ликовал мальчик. — Представь лица наших! Я выменял особняк из ничего! Зема уже летит в Питер! Эльза и Руди уехали на гастроли, но они вернутся через шесть месяцев. Мы же их приютим, да?

— «Он улетел, но обещал вернуться», — пробубнила я, пытаясь прийти в себя.

И тут истерически завопил телефон. Не мобильный, а стационарный аппарат. Я, моментально вспотев от непонятного страха, схватила трубку.

— Романову позовите! — гаркнули мне в ухо.

Начало разговора не предвещало ничего хорошего.

— Слушаю, — промямлила я.

— Шереметьево беспокоит, Ларин Сергей Николаевич.

Мне стало еще страшней.

— Что случилось?

— В нашем распоряжении находится принадлежащее вам животное. Забирайте его немедленно.

— Зема! — ужаснулась я. — Она улетела, но обещала вернуться! С ума сойти! Чертова кенгуру! Как вы узнали наш телефон?

— На ошейнике висит жетон, — неожиданно мирно сообщил Ларин. — На нем написано: «Капа Романова. Вознаграждение...» И цифры!

— Капа?! У вас не кенгуру?

— Вроде собака, — вздохнул Сергей Николаевич. — Правда, странная, я таких не встречал. Морда черная, пучеглазая. Так вы едете?

— Лечу! — заорала я и кинулась к двери.

— Ты куда? — заинтересовался Кирюшка.

— В Шереметьево! Там сидит Капа!

Мальчик бросился к вешалке.

— Я с тобой!

Не успели мы сесть в мою машину, как Кирик спросил:

— Как она туда попала?

— Не знаю, — нервно ответила я.

— Не пешком же пришла!

— Не знаю.

— Шереметьево далеко! Капе до аэропорта за год не добрести на ее кривых лапах, — недоумевал Кирюшка.

— Не знаю, — тупо твердила я.

— Может, тебя разыграли? — захихикал мальчик.

Я вздрогнула. Действительно! Хотя кому, кроме самого Кирюши, могла прийти в голову столь замечательная идея?

— Это не я, — тут же сказал подросток.

— Ты сегодня Капу видел? — спросила я.

Кирюша нахмурился.

— Она гуляла, ела, а потом спряталась. Помнишь, я говорил, что Капендель новую нору нашла и я пока не обнаружил, куда она девается.

— Похоже, Капуся прогуливается до Шереметьева и обратно, — вздохнула я, паркуя машину. — Пошли посмотрим, кто там в кабинете у Ларина.

— Капа! — заорали мы в один голос, переступив порог.

— Ваша? — поинтересовался Сергей Николаевич.

— Да! — кивнула я.

— Но как она сюда попала? — догадался спросить Кирюша.

Ларин взял со стола бумагу.

— Пишите расписку о получении собаки. А история более чем странная. Сегодня в Питер отбывал пассажир Ревунов с кенгуру.

— Зема! — подпрыгнула я. — Надеюсь, он не снял с нее ласты!

— На животное были оформлены необходимые

документы, — продолжал Ларин, — но сотрудница у трапа заметила, что в сумке кенгуру кто-то есть, и проявила бдительность. А Ревунов конкретно сказал: «Пес не мой».

— Вот куда пряталась Капа! — ахнул Кирюша. — Сумка-то у Земы растягивается! Ну и дрянь!

— Негодяйка! — подхватила я. — Любительница спать в тепле нашла идеальное убежище на животе Земы!

Мопсиха смотрела на нас недоумевающим взором, и весь ее вид говорил: люди, я не виновата, там было уютно!

Получив Капу, мы с Кирюшей стали пробираться сквозь толпу и вдруг услышали радостные крики:

— Лампуша!

Возле газетного ларька стояли Катя, Сережка и Юлечка.

— Вы нас встречаете! — обрадовалась подруга.

Мы с Кирюшей начали кивать, как китайские болванчики. В суете последних дней мы совсем забыли, что наши сегодня прилетают из Парижа.

— А где Вовка? — поинтересовалась я.

— Сейчас явится, — ответил Сережка. — А почему вы с Капой?

Я не нашла что сказать, а Кирюшка тонким голосочком завел:

— Знаешь, она так просилась, просто умоляла взять ее в Шереметьево! Говорила: «Я никогда не видела, как взлетают самолеты!»

Брови старшего брата поползли вверх, но тут появился Вовка, и разговор потек в другом направлении.

Поскольку в мою малолитражку помещается не так много народа, мы взяли еще такси. Наемный экипаж примчался домой раньше меня. Я довольно долго парковала «букашку», поднялась на наш этаж, увидела на лестничной клетке тень, подняла взгляд и заорала:

— Зема!

У трубы мусоропровода действительно стояла кенгуру.

— Ты вернулась... — в изнеможении простонала я. — Где ласты? Извини, но тебе все же придется отправиться в Питер! Уж не обижайся, но ты являешься звеном обмена.

— Это я, — прошептало животное.

Я остолбенела. Так, Зема уже научилась говорить. Только болтливых кенгуру мне не хватало!

— Не узнала меня? — заговорщицки спросила Зема и... сняла голову.

В первую секунду я зажмурилась, потом приоткрыла один глаз и попятилась.

— Верка! Ну какого рожна ты карнавал устраиваешь? То в черта обрядилась, теперь вот костюм сумчатого нацепила. Небось тоже у себя в театре взяла?

— Ты ж сама посоветовала, — уперла руки-лапы в бока жена Кости.

— Я?!

— Ну да. Сказала, раз алкоголика черт не испугал, ищи другой образ. Вот я и выбрала! Твоя кенгуру моего Якобинца два раза так охреначила, что он ее боится. Сам говорил. Стою вот, жду, он скоро с работы припрет. Если пьяный, то мало ему не покажется. Вот, видишь?

Верка вытащила из-за железной трубы бейсбольную биту.

— Ясно, — выдохнула я, вытирая пот со лба.

Зема не вернулась, она в Питере, здесь всего лишь Верка, решившая нестандартным образом бороться с мужем-пьянчугой.

— Если Костя пожалуется, что его кенгуру по башке лупит, народ ему не поверит, — деловито продолжала Верка, — решат: он до белочки ужрался, в клинику засунут, к психам. Я хоть отдохну от него.

Подъехавший со скрипом лифт раскрыл двери, из

кабины выпал Якобинец. Я прилипла к стене, Верка шагнула к супругу, сжимая в руках-лапах биту.

— Где был? — взвизгнула она.

— Мамочки! — завопил Константин и ломанулся в квартиру.

— Действует, — констатировала Верка и, подметая хвостом лестницу, ринулась за алкоголиком.

Я открыла наконец нашу дверь и тут же наткнулась на Юлю.

— Почему холодильник забит селедкой? — возмущенно спросила она. — Рыба везде! Даже в масленке!

— Эльза жарила котлеты, — вздохнула я, — они очень нравятся Руди.

— Это кто такие? — покраснела Юля. — И что за безумный старик орет в ванной? С какой стати он присвоил мне номер? А в гостевой старуха сидит, называет меня Кларочкой и требует показать младенца.

— Спокойствие, только спокойствие! — затараторила я. — Самые сложные вопросы имеют простые ответы. Степаныч и Олимпиада Тимофеевна Березняк лишние звенья в цепи обмена. Это случайно получилось. Кирюша все уладит. Зато у нас есть дом! Мопсино!

— А ну иди сюда! — приказала Юля и впихнула меня на кухню, где все пили чай. — Народ, прошу внимания, сейчас Лампа нам кое-что расскажет.

— Нет, — запротестовала я, — говори ты, Кирюша. Начинай с сайта «Шило-мыло».

— Держите меня семеро! — завопил Сергей, когда младший брат завершил повествование.

— Если ты упорно гребешь, пробуешь снова и снова, не обращая внимания на неудачи, то рано или поздно придет твоя волна и вынесет тебя на вожделенный берег, — вдруг произнес Костин.

Я с изумлением посмотрела на майора. Вот уж не ожидала от него столь романтичной фразы! Может, сейчас самое время сообщить, что я приняла решение уйти от Лисицы и хочу работать вместе с Ниной Косарь? Хотя лучше повременю, две новости сразу — это слишком. Пусть наши сначала переварят информацию о приобретении дома.

— Ужасно! — запоздало возмутилась Юля. — «Шило-мыло»! Полнейшая безответственность! Я бы никогда не решилась на столь безумное мероприятие. Нужно всегда сохранять здравую голову.

Я покосилась на жену Сережки. В принципе, она права. Здравая голова — залог душевного и физического равновесия. Тот, кто имеет ее на плечах, проживет жизнь без потрясений, но, согласитесь, безумие гораздо интересней.

Продюсер козьей морды

главы из нового романа

Глава 1

Если женщина не хочет иметь с тобой ничего общего, значит, она у тебя уже все отобрала.

Я мирно разбирал бумаги общества «Милосердие», когда раздался звонок моего мобильного. Очевидно, слишком теплый и погожий для Москвы июнь подействовал на меня расслабляюще, поэтому вместо привычной фразы: «Подушкин слушает» — я игриво произнес:

— Алло, что веселого скажете?

— Ты пьян? — возмутилась Николетта.

Хорошее настроение мигом испарилось, в последнее время маменька постоянно заводит разговоры о моем алкоголизме. Только не подумайте, что я забулдыга, проводящий большую часть времени в обнимку с канистрой самогона. Мне несвойственно злоупотреблять горячительными напитками, пара порций хорошего коньяка, который я позволяю себе по вечерам, не в счет. Но полгода назад Николетта начала при каждой возможности горько вздыхать и с трагической интонацией заявлять:

— Боже! В жизни много горя, но есть люди, которым всемогущий Господь отсыпает неприятности, забыв про меру. Это я! Мальчик — пьяница! Кто хуже?

Последний вопрос, заданный с мелодраматическим всхлипом, явно риторический, маменька вовсе не желает получить на него ответ, а я порой с трудом сдерживаюсь, ловлю на кончике языка вполне спра-

ведливое замечание: «Кто хуже алкоголика? Наркоман, убийца, садист, сексуальный маньяк, впрочем,
даже обычный мужик, не совершающий противоза-
конных поступков, но сидящий на шее у матери-
пенсионерки, потому что «честному человеку трудно устроиться на хороший оклад», — тоже, на мой
взгляд, порядочный гад».

Хотя можно ли назвать нормальным мужиком того, кто существует за счет пожилой дамы? Ладно, до-
лой отступления, сейчас речь идет обо мне и Николетте, а я никогда не залезал в кошелек к маменьке.
С одной стороны, я не имею наклонностей альфон-
са, с другой... Вытащить у Николетты копейку невозможно, она не принадлежит к армии бабушек, которые, получив пенсию, несутся покупать любимым
внукам фрукты и познавательные книжки. Правда,
внуков у маменьки нет. Я не женат и не настроен ве-
шать на шею ярмо брака. Что же касаемо стенаний об
алкоголизме, то я великолепно понимаю, откуда у
«проблемы» ноги растут. Николетта любит быть объ-
ектом жалости. После смерти моего отца, популяр-
ного в советские годы писателя Павла Подушкина,
маменька без устали рассказывала окружающим о
своей «нищете». У нее не было белого «Мерседеса»,
раритетной шубки из розовой шиншиллы, а количество бархатных коробочек в секретере после того, как
ушел из жизни муж, к ее глубокому сожалению, не
увеличилось. Николетте не повезло так, как ее заклятой подружке Коке, вот у той завелся зять — владелец
нефтяных скважин, и маменька на фоне тещи олигарха чувствовала себя казанской сиротой. Только не
подумайте, что несчастная вдова литератора стояла у
метро, продавая пирожки собственного изготовле-
ния. Николетта не умеет готовить, всем хозяйством у
нее занимается домработница, а еще я всегда давал
ей деньги. Другое дело, что достаточной эта сумма

казалась только мне, Николетта же постоянно повторяла:

— Ужасно жить в нищете, — чем будила во мне комплекс неполноценности.

Увы, я не способен поднять собственное дело, работаю секретарем у весьма успешной бизнесвумен Элеоноры, а заодно являюсь сыщиком в созданном ею же частном детективном агентстве «Ниро». Поэтому о белом «Мерседесе» и прочих внешних атрибутах богатства Николетте приходилось лишь мечтать, и тут судьба послала ей Владимира Ивановича[1].

Сейчас Николетта имеет все: шикарный «Бентли», раритетные драгоценности, платиновую кредитку, а шубы она давно перестала считать. Жить бы да радоваться, но маменьке не угодишь. Дело в том, что она потеряла статус «несчастненькой», ну кому захочется жалеть женщину, летающую в Париж на частном самолете только для того, чтобы вечером посидеть на концерте в знаменитой «Опера»? Какой, скажите, надо отыскать повод, чтобы воскликнуть: «О! Бедная Нико! Ей так не везет, живет в страданиях, мужественно переносит падающие на голову несчастья».

Сетовать на слишком мелкие бриллианты? Рыдать из-за того, что в Африке запретили отстрел уникальных антилоп-альбиносов и теперь ей не купить манто из их шкур? Вы испытаете сочувствие к подобной даме? То-то и оно! А маменьке необходима жалость, и она сумела-таки найти выход из положения: объявила меня алкоголиком. Стоит мне на глазах у Николетты взять рюмку с коньяком, как раздается возглас:

— Вава! Помни о своем здоровье, твои сосуды

---

[1] См. книгу Дарьи Донцовой «Пикник на острове сокровищ», издательство «Эксмо».

давно подточены безудержными возлияниями. Не рви сердце матери, не пей!

При этом учтите, что Николетта бывшая актриса, учили ее в советские времена, а тогда еще были живы уникальные преподаватели сценической речи. Поэтому театральный возглас маменьки слышен не только в гостиной, его слышат люди в соседних домах. Двух «выступлений» Николетты хватило для того, чтобы по тусовке полетела сплетня: ни к чему не пригодный Вава Подушкин пьет горькую, несчастная Николетта, нет ей радости в жизни, она, правда, весьма удачно вышла замуж за богача, но беспокойство за сына скоро сведет ее в могилу.

— Вава, — стенала в трубку маменька, — посмотри на будильник! Который час?

Вопрос меня удивил, если хочешь уточнить время, можно и самой бросить взгляд на циферблат, но жизнь с Николеттой приучила меня ничему не поражаться.

— Без пяти минут полдень, — спокойно ответил я.

— Раннее утро на дворе, а ты уже навеселе, — сказала маменька и драматично всхлипнула.

На беду, я обладаю острым слухом, поэтому уловил доносящееся из трубки тихое покашливание и характерный хруст фольги. Маменька любит по утрам съесть свежеиспеченную булочку из кондитерской «Мале»[1], их привозят ей на дом в коробке, которая тщательно запакована в металлизированную бумагу, сейчас Николетта, рыдая над сыном-пьянчугой, одновременно попивает кофий, а кашляет, очевидно, Кока, которая сидит рядом. Дамы собрались совершить набег на магазины.

Внезапно мне стало жутко обидно, и я резко ответил:

---

[1] Название выдумано автором, совпадения случайны.

— Ты великолепно знаешь, что я практически не пью.

— Вава! Не сердись на мать! Я переживаю за твою судьбу, — отбила подачу Николетта.

Я постарался обрести душевное равновесие. Еще прошедшей зимой Николетта старалась не предавать огласке тот факт, что у нее есть сын, мягко говоря, не юного возраста. Не так давно я на время стал героем прессы[1], пришлось давать интервью, и один из журналистов поинтересовался:

— Сколько вам лет?

Поскольку никаких причин скрывать свой возраст у меня нет, я честно озвучил цифру.

— Но ваша... э... мама... — забормотал обалдевший писака, — получается... она моложе вас!

Я на секунду растерялся, потом решил обратить дело в шутку, но тут Николетта разинула рот и произнесла историческую фразу:

— Да! Сын старше матери, и, если честно, это обстоятельство мне совершенно не нравится!

Это был один из редких случаев, когда Николетта призналась в своем материнстве прилюдно. Хотя, согласитесь, смешно в компании тех, кто общается с тобой всю жизнь, несколько десятилетий прикидываться молодой бездетной девушкой. Светское общество в курсе наших родственных отношений, и тем не менее маменька всегда звала меня просто «Вава». Но в последнее время Николетта стала обращаться ко мне «сыночек», и это понятно: нельзя же считаться матерью алкоголика, не имея чада.

— Твое поведение ранит мое любящее сердце, — простонала Николетта и отсоединилась.

Попытка сосредоточиться на бумагах не увенчалась успехом. Мобильный ожил вновь.

---

[1] См. книгу Дарьи Донцовой «Мачо чужой мечты», издательство «Эксмо».

— Подушкин слушает, — официально ответил я.

— Фу-ты ну-ты! — ехидно отозвалась Николетта. — Как красиво! Впрочем, сразу понятно, что у аппарата сам мерзавец и негодяй!

В первую секунду я изумился. Николетта никогда не опускается до брани. «Мерзавец и негодяй!» Это не ее репертуар! У маменьки роль «бедной козы», и с ее помощью Николетта добилась многого. Начни она сейчас истерично рыдать и требовать на дом врача, потому что из-за пьяницы Вавы у нее случился инфаркт, инсульт, рак, туберкулез, язва желудка, кессонная болезнь[1] и далее по списку, я бы не удивился. Но столь откровенное хамство! Меня охватило беспокойство, все-таки Николетта не молода, вдруг у нее и впрямь нелады со здоровьем?

— Думал скрыться? — продолжала маменька. — Решил отказаться от ребенка! А не вышло!

Я окончательно растерялся.

— Прости, что ты имеешь в виду?

— Гоблин! — взвизгнула Николетта.

И только тут, услыхав неприемлемое для госпожи Адилье слово, я сообразил: на том конце провода абсолютно неизвестная мне женщина, просто тембр ее голоса, визгливо-раздраженный, с четко выраженными истерическими нотками, напоминает маменькин.

— Вы ошиблись номером, — вежливо ответил я.

— Не строй из себя невинную овцу, — еще сильнее обозлилась девица.

— Скорей уж барана, — я решил слегка разрядить ситуацию.

---

[1] Кессонная болезнь — эта напасть случается с водолазами, которые нарушают правила пребывания под водой и подъема на сушу.

— При чем тут муж козы? — опешила собеседница.

— Овцы! — терпеливо поправил я. — Эта особь строит семью с бараном, а коза пара козлу!

— Слушай меня внимательно, — прошипела незнакомка, — ты сам себе нагадил, если до сих пор я хотела уладить дело миром, то после твоих хреновых шуточек всякое желание идти тебе навстречу пропало. Теперь получишь по полной программе, заплатишь мне за моральный ущерб! Еще алименты на новорожденного! Хочешь сесть в тюрьму?

Я покосился на определитель, в окошечке светились одни нули, сумасшедшая баба звонила либо из телефона-автомата, либо у нее так называемый скрытый номер. Все ясно! Я стал жертвой телефонной террористки, увы, так просто от психопатки не отделаться! Возможно, мне даже придется сменить сим-карту.

— Тебе светит хороший срок! — с нескрываемым злорадством заявила хамка.

— За отцовство? — не выдержал я. — В Уголовный кодекс со вчерашнего дня внесена статья, карающая мужчину, который сделал ребенка?

Не успело едкое замечание вырваться наружу, как я пожалел о совершенной глупости. Ведь я знаю: если в вас вцепился «шутник», ни в коем случае нельзя поддерживать беседу, нужно немедленно отсоединиться и ехать в офис телефонной компании за новым номером. Едва террорист почувствует, что его усилия достигли цели, жертва занервничала, он утроит свои старания и превратит вашу жизнь в ад, начнет трезвонить с утра до ночи.

— Ах ты... — заорала баба.

Я живо отключил телефон и предпринял очередную попытку сосредоточиться на бумагах. Так, посмотрим, что у нас там. Алевтина Петровна Селезнева, болезнь Альцгеймера. Элеонора оплачивала для молодой, но окончательно потерявшей разум женщины сиделку, а потом перевела больную в коммерческий приют. Моя хозяйка молодец, она умеет считать деньги и, активно занимаясь благотворительностью, не хочет быть расточительной. Содержание Селезневой в медицинском учреждении дешевле, чем индивидуальный присмотр. Так, здесь все в ажуре, плата внесена по июль. Едем дальше. Сергей Олегович Ефимов, ветеран первой чеченской войны, просил протез ноги, но только не российского производства. Что тут за пометки? Он имел протез, сделанный во Франции, лишился его вследствие драки, наркоман со стажем. Элеонора поставила Сергею условие: либо он лечится от дурной привычки, либо до свидания. Может, кому-то позиция Норы и покажется жестокой, но моя хозяйка считает, что человеку можно и нужно дать шанс, однако потакать любителю героина она не станет. Ага, вот и квитанция из клиники. Сергей Ефимов сделал правильный выбор, он проходит курс детоксикации.

Я аккуратно уложил бумаги ветерана в папку и взял следующее дело. Людмила Константиновна Воронко, 15 лет, сирота, просит денег на обучение в колледже, хочет стать дипломированным юристом. Что ж, у девочки хорошие намерения, другие в ее возрасте мечтают «попасть в телевизор», стремятся на сцену, а Люда нацелена на получение образования. Но Нора ей отказала. Интересно почему?

Я полистал бумаги и тут же вспомнил Воронко. Как секретарь общества «Милосердие», я произвожу тщательную проверку всех, кто претендует на материальную помощь. Вы представить себе не можете, какое количество людей путает благотворителя с Дедом Морозом. Мне приходится ежедневно читать слезные письма, и всякий раз я не перестаю удивляться человеческому желанию решить свои проблемы за чужой счет. «Купите мне машину, а то на метро ездить ломает», «у меня старая мебель, поэтому не могу выйти замуж», «нашей семье необходима дача, так как муж смертельно болен алкоголизмом»... Послания нумеруются, подшиваются, а потом я отправляю людям ответ: «Ваша просьба рассмотрена на собрании совета общества «Милосердие». К сожалению, мы не можем помочь вам с покупкой машины (дачи, мебели, бриллиантового кольца, шубы). С уважением, секретарь И.П. Подушкин».

Каждый раз ставя на стандартном бланке закорючку, я испытываю огромное желание добавить внизу пару строчек от себя. Нацарапать нечто типа: «Дорогая моя! Тебе тридцать лет! Перестань ходить по миру с протянутой рукой, сама заработай себе на мебель, не клянчи подачки, лучше найди хорошо оплачиваемую работу и паши с утра до вечера. Непременно увидишь результат, в доме появятся новые шкафы, но замуж они тебе выйти не помогут, дело не в мебели, а в характере. Вспомни Золушку, она день и ночь проводила на кухне, среди грязных кастрюль, и все равно сумела познакомиться с принцем и попасть во дворец».

Но, как понимаете, подобный пассаж невозможен. Среди массы наглых просьб попадаются и настоящие крики о помощи. И вот тогда Элеонора отправляет Ивана Павловича осуществить, так сказать, разведку на месте. Иногда мне приходится делать малоприятные открытия, как в случае с девочкой Людой, сиротой, попросившей денег на образование. Прибыв по указанному адресу, я на самом деле обнаружил бедно обставленную, маленькую, но чистенькую квартиру и пятнадцатилетнее конфетно-зефирное создание. У девочки была очень светлая кожа, почти белые волосы, глаза-незабудки и тихий-тихий голосок. На первый взгляд она напоминала ангела, на второй — черта.

Людочка не соврала, она была сиротой, но жила не в приюте, а в любовно свитом родной бабушкой гнездышке. Старушку звали Феодосия Ивановна, и она изо всех сил старалась, чтобы у внучки было все, как у других детей. Феодосия Ивановна человек старого склада, поэтому она покупала Людочке одежду сообразно своим вкусам: белый верх, черный низ, капроновые бантики, не отпускала ее на дискотеки, не подарила девочке мобильный, ведь в газетах пишут, что он провоцирует рак. Зато бабушка накопила средств на репетиторов и отправила Людочку на дополнительные занятия. Десятый и одиннадцатый классы ученица должна была провести в одном из лучших колледжей Москвы, выпускные экзамены в нем одновременно являются вступительными в престижный вуз. Попасть в колледж на бесплатное отделение трудно, следует пройти тесты и другие испытания. Вот Феодосия Ивановна и решила подготовить Людочку.

Мой приход чуть не убил бабушку.

— Деньги на обучение? — непонимающе вопрошала она. — Мы не просили, я никогда не попрошайничаю. Люда, иди сюда!

Через десять минут выяснилась нелицеприятная правда. Внучка обманула старуху, ни на какие дополнительные занятия она не ходила, а деньги, которые Феодосия Ивановна давала ей на оплату репетиторов, тратила на косметику, кино, запрещенные гамбургеры да жвачку. И у нее теперь имелся мобильный, рваные джинсы и майки с хамскими надписями. Хорошо оторвавшись на с трудом сэкономленные бабушкой средства, Людочка сообразила: дело пахнет керосином, в колледж на бесплатное место ей не попасть. Когда внучка провалится на вступительных экзаменах, бабуля придет в ужас, решит призвать репетиторов к ответу, и правда вылезет на свет божий. Девчонка призадумалась и решила избежать проблем за счет общества «Милосердие», всем же понятно, в этой организации сидят богатые идиоты, которым некуда девать награбленные у народа деньги. Ясное дело, никакой дотации Людмила не получила. Мне не жаль было девчонку, а вот на Феодосию Ивановну я старался не смотреть, у несчастной пенсионерки во время нашей беседы на лице возникло выражение оторопи и ужаса. Вот пообщаешься с такой семьей, посмотришь на Людочку и невольно подумаешь: а хорошо, что у меня нет детей, похоже, горя от наследников больше, чем радости.

— Ваня! — закричала Нора.

Я сложил папки в стопку и пошел за зов.

Глава 2

— Чем занимаешься? — без улыбки спросила Нора.

Предложения сесть не последовало, поэтому отчитываться о проделанной работе я начал стоя, великолепно понимая, что сейчас разразится буря.

Как все дамы, Элеонора подвержена перепадам настроения. Но у моей хозяйки они связаны не с гормональным фоном, фазами луны и погодой. Элеоноре плевать, стоит на улице пятидесятиградусная жара или Москву завалил трехметровый слой снега. В состоянии повышенной раздражительности хозяйка находится в тот период, когда в детективном агентстве «Ниро» нет клиентов. Напомню, на дворе июнь, основная часть народа планирует отпуск либо уже проводит его на море или дачных участках. Погода в нынешнем году на редкость замечательная, поэтому все проблемы отложены людьми до начала осенней депрессии. Элеонора находится в простое. Ну, держись, Иван Павлович!

— Надеюсь, все бумаги в порядке? — процедила она, когда я отчитался.

— Сложены в папки, подшиты, снабжены комментариями, — отрапортовал я.

— На письма дал ответ? — Элеонора решила поискать недочеты в другом месте.

— Так точно! — рявкнул я.

— Прекрати, — поморщилась хозяйка, — и немедленно сядь, что за демонстрация!

Я опустился на стул.

— Ты знаешь Варвару Чижову? — вдруг спросила Нора.

— Нет, — удивился я, — а кто она такая?

Нора побарабанила пальцами по столу.

— Девушка.

Я отвел глаза в сторону. Хороший ответ, а то я наивно полагал, что человек по имени Варвара является здоровенным мужиком с окладистой бородой.

— Не припоминаешь ее? — изогнула бровь Элеонора. — Чижова. Напрягись!

Я попытался вспомнить:

— Минуточку. В этом году я точно не занимался этой дамой.

— Уверен?

— Абсолютно! Хотя...

— Что? — обрадовалась Элеонора. — Память вернулась?

— Если разрешите, пойду посмотрю копии отказов, вполне вероятно, что Варвара Чижова рассчитывала на бриллиантовую диадему ко дню рождения, — улыбнулся я.

Но Элеонора не оценила шутку.

— Нет, — сурово перебила она меня, — Чижова хотела денег на роды и получила нужную сумму — кстати, по ее словам, немалую — наличными. Младенец появился на свет в хороших условиях, ему сейчас почти год.

— Ага, — закивал я, — мне надо порыться в папках из архива. Прямо сейчас этим и займусь. Но если Чижовой была оказана помощь, то что случилось?

— У Варвары дочь, — процедила Элеонора, — Нина.

— Очень милое, слегка подзабытое нынче имя, — кивнул я, не понимая, куда клонит хозяйка.

— К сожалению, девочка больна.

— А-а-а! Ясно!

— И что ты понял? — неожиданно покраснела Элеонора.

— Варваре нужны средства на лечение. Но вы ведь регулярную помощь оказываете лишь в редких случаях, не хотите превращать фонд в дойную корову. Человек должен сам решать свои проблемы, иначе он станет захребетником. Чижова получила деньги на роды, теперь ей потребовались средства на врача, следующий этап — оплата детского сада, школы. Вы же терпеть не можете подобные ситуации!

— У Нины серьезная болезнь! — перебила меня Нора.

— Бедняжка, — покачал я головой, — хотите, чтобы я связался с хорошим педиатром?

— Нет, Ваня, — тихо сказала Элеонора, — я желаю услышать от тебя правду.

— Какую? — изумился я.

— Про Варвару Чижову, — начала злиться хозяйка. Я встал.

— Разрешите поднять архив?

— Зачем?

— Не помню дело Чижовой, сейчас я принесу ее папку.

— Не надо!

— Но почему?

— Иван Павлович! Мне нужна правда про Варвару Чижову, — с упорством, достойным лучшего применения, повторила Нора.

— Мне необходимо взять папку, — тупо ответил я.

— Ну хватит! — Элеонора стукнула кулаком по столу. — Давай, Ваня, колись!

— Простите, не понимаю, — растерянно сказал я.

Хозяйка откинулась на спинку кресла, закурила вонючую папиросу и, нехорошо усмехаясь, сказала:

— Вчера в районе полуночи мне позвонила Варвара Чижова и рассказала такую историю. Около двух лет назад у нее случился роман с Иваном Павловичем Подушкиным. Кстати, сейчас Варе шестнадцать лет, значит, отношения с тобой она завела в четырнадцать. Ваня, ты давно читал Уголовный кодекс?

— Бред! — возмутился я. — Нора, вы знаете меня не первый год и великолепно понимаете, что я скорей прыгну в огонь, чем стану растлителем малолетних! Мы никогда не беседовали с вами на интимные темы, но сейчас считаю своим долгом пояснить: я завожу отношения только со взрослыми женщинами, исключительно замужними. Меня привлекает лишь... э...

— Секс! — рубанула Нора. — Вполне понятная позиция мужика, которому нет ни малейшей охоты содержать семью.

— Верно, — кивнул я, — от связи с замужней женщиной не ждешь неприятностей. Взрослые люди доставляют друг другу удовольствие и спокойно расходятся. Надеюсь, я не сильно упал в ваших глазах, но это моя принципиальная позиция. Если встречу ту самую, единственную, то, очевидно, изменю свой взгляд на брак, но пока этого не случилось. И еще, я никогда не был любителем зеленых персиков. Простите, Элеонора, но женщины умнеют лишь к тридцати годам, а мне не по нутру общение с идиотками.

Нора прищурилась.

— Может, оно и так, — запальчиво заявила она, — но у вас, мужиков, ситуация намного хуже. До пятидесяти лет вы напоминаете младенцев, о вас трепетно заботятся сначала мамы, потом жены, а после полувекового юбилея вы плавно въезжаете в старческий маразм, светлого промежутка нет. Пусть бабы умнеют на пороге четвертого десятка, зато потом мы до ста лет вполне действенны, активны и разумны.

— Вернемся лучше к Чижовой, — деликатно предложил я.

— Так ты признаешься? — подпрыгнула Нора.

— В чем? — испугался я.

— Варвара сообщила тебе о своей беременности, — рубанула Элеонора, — она сирота, живет с полоумным дедушкой, у которого есть лишь одно желание: хорошо поесть. От такого родственника помощи не жди. Варя честно рассказала мне обо всем. Половой контакт с тобой был у нее всего пару раз, потом ты бросил малолетку — правда, сделал ей щедрый подарок.

Чем дольше говорила Нора, тем сильнее я терялся. Происходящее напоминало пьесу абсурда. Глупая Варя не сразу поняла, отчего в ее организме стали происходить изменения. Сначала у нимфетки появился зверский аппетит, а когда вырос живот, дурочка посчитала сей факт результатом обжорства. Только на седьмом месяце Чижова сообразила: дело нечисто, сбегала к врачу и была ошарашена новостью: ей скоро рожать.

Дедушка отнесся к этому пофигистски.

— Ребенок? — переспросил он. — Я не против, но денег не дам, пенсии едва на еду хватает.

И тогда Варя позвонила любовнику. Иван Павлович не испытал ни малейшей радости, но все же не-хотя заявил:

— Хорошо, я выделю сумму на детское приданое и оплачу твое пребывание в клинике, но ответственности за малыша брать на себя не хочу. Впредь прошу меня не беспокоить.

Варвара произвела на свет Ниночку и начала воспитывать ее, как умела. Чижова не собиралась более обременять Подушкина, но пару месяцев назад крошка заболела.

Элеонора замолчала и потянулась за новой папиросой.

— Глупее ничего не слышал, — воспользовался я паузой, — эта Варвара настоящий барон Мюнхгаузен! Кстати!

— Что? — устало спросила Нора.

— Два часа назад мне звонила женщина, кричала что-то о ребенке, но я не стал ее слушать!

— Почему? — насторожилась Элеонора.

— Решил, что девица ошиблась номером или она телефонная хулиганка, — пожал я плечами.

И тут из коридора послышался мелодичный звук.

— Ну вот, — вздохнула Элеонора, — это Варвара Чижова. Она пообещала приехать и показать тебе Ниночку. Ты готов к разговору?

— Восхитительная наглость, — усмехнулся я, — с другой стороны, я рад: вы сейчас сами поймете, что это все чушь собачья.

— К вам пришли, — всунулась в кабинет домработница Ленка, — девчонка какая-то с лялькой. Во дела! Самой еще в куклы играть, а она уже мать!

— Зови, — приказала Элеонора и покосилась на меня.

Я закинул ногу на ногу, у меня нет никакой причины для беспокойства, даже интересно посмотреть на «любовницу».

Девочка, вошедшая в кабинет, выглядела, на

мой взгляд, ужасно. Щуплое тело недокормленного ребенка обтягивало слишком короткое ярко-красное платье, щедро усыпанное стразами. Огромное декольте подчеркивало полное отсутствие груди, на тощей шейке болтались пластмассовые бусы ядовито-зеленого цвета, такой же браслет обвивал запястье. Не особо густые, явно крашенные ярко-рыжие волосы были причесаны в стиле «Пожар на макаронной фабрике», к тому же она явно переборщила и с макияжем. Губы у гостьи были интенсивно бордовые, щеки приторно-розовые, ресницы напоминали колья забора, намазанные гуталином, и от очаровательного создания исходил густой аромат псевдофранцузских духов, такой едкий, что мы с Норой одновременно чихнули.

— Эй, потише, — с интонацией дитя пьяной окраины отреагировала Варвара, — вы че? Больныя? Ребенка мне заразите! Ей и так фигово!

Затем, забыв поздороваться, красотка плюхнулась в кресло и посадила на колени крошечную девочку, размером чуть больше двухмесячного котенка. Дочка Чижовой и впрямь выглядела больной, у здоровой не будет такой прозрачно-бледной кожи, темных синяков под глазами и апатичного вида. Я, конечно, не педиатр, но все виденные мною до сих пор младенцы выглядели иначе.

— Варвара, — бесстрастно сказала Элеонора, — перед тобой Иван Павлович Подушкин. Узнаешь его?

— А то, — скривилась Чижова.

— Почему же не здороваешься? — не успокаивалась хозяйка.

— Я женщина, ему первому начинать, — шмыгнула носом «дама».

— Значит, вы знакомы? — продолжала Нора.

— Угу, — кивнула наглая врунья.

Нора глянула на меня.

— Первый раз ее вижу, — пожал я плечами.

— Брешет, — поддержала беседу нимфа.

— И где же вы встречались? — допрашивала ее Нора.

— В постели, — зевнула Варвара, — у меня дома.

— У тебя же дедушка, — напомнила Элеонора.

— И че? — пожала плечами Чижова. — У нас квартира большая, две комнаты. Я в своей могу все делать, дед не сунется.

— Мило, — кивнула хозяйка.

— Он хороший, — похвалила старика девчонка, — не то что у других. Вон у Лидки Самойловой мать. Чума с холерой! Как начнет: где была? С кем? Куда ходила? У кого ночевала? Офигеть. Мой деда спокойный! Сам живет и другим дает!

Я посмотрел на вялого младенца, результат пофигизма старика, и подавил вздох.

— Ты утверждаешь, что отец Нины — Иван Павлович? — поинтересовалась Нора.

— Ага, — ответила Чижова.

— Деточка! Я никогда тебя не видел! — возмутился я.

— Все мужики врут, — кивнула Варвара, — понятное дело! Неохота алименты платить!

— Ну ты и нахалка! — не выдержал я. — Врешь и даже в лице не изменилась.

— Чтоб Нинке сдохнуть, если я вру! — воскликнула Варвара.

— Не смей так говорить, — возмутилась Элеонора, — никогда нельзя клясться жизнью ребенка.

— А че он гонит? — обиженно протянула Варвара и опять шмыгнула носом. — У меня до этого никого не было! Кто мне целку порушил? Ваще, блин, да не надо мне ни фига от гоблина! Нинку жаль! Больная совсем! Без денег скорехонько помрет!

— А что с девочкой? — спросил я.

— Не выговорить, — неожиданно дружелюбно

ответила Варя, — брынц... тынц... гынц... напридумывали названий! Во! Ща!

Тонкие пальчики с ногтями, покрытыми чудовищным зеленым лаком, раскрыли некогда белую сумку из клеенки и вытащили оттуда пухлую папку с надписью: «Нина Чижова. Детская клиника имени академика Кладо»[1].

— Дай сюда, — приказала Нора и принялась перелистывать странички.

Я отвернулся к окну, в ту же секунду послышался шорох и на мои колени словно кошка села.

— Не урони ребенка, — велела Варя. — Где у вас тут сортир?

Не дожидаясь ответа, девчонка выскочила в коридор, мне пришлось держать малышку, которая не проявила ни негодования, ни недоумения, очутившись в чужих руках. Никаких положительных эмоций Нина у меня не вызвала, вдобавок ко всему от нее неприятно пахло чем-то кислым, и я постарался дышать не глубоко.

— Тут сказано, что у несчастной редкая болезнь крови, — констатировала Нора, — я ничего не понимаю в анализах, но, похоже, они жуткие! История болезни оформлена по всем правилам. Ну-ка, уно моменто!

Быстрым движением Элеонора схватила телефон и воскликнула:

— Клиника академика Кладо? Простите, с кем я разговариваю? Очень приятно. Вас беспокоит председатель правления благотворительного общества «Милосердие». Можете звать меня просто Элеонора. У нас находится на рассмотрении вопрос об оказании помощи Нине Чижовой, которая наблюдается в вашем заведении. Нет, я понимаю! Никакой инфор-

---

[1] Название лечебного заведения выдумано, любые совпадения случайны.

мации не надо, для детальной беседы прибудет наш представитель. Просто скажите, у вас наблюдается такая девочка? Ага, спасибо!

Элеонора положила трубку и протянула:

— Варвара не врет, малышка Чижова состоит на учете.

— Я ваще никогда не брехаю! — послышалось из коридора, и в кабинет вошла Варя. — За фигом врать-то? Если честно говоришь, жить легше!

Советы

от
безумной
оптимистки

Дарьи
Донцовой

Обращение к читателям

Дорогие мои, я очень люблю вас, но, увы, не имею возможности сказать о своих чувствах лично каждому читателю. В издательство «Эксмо» на имя Дарьи Донцовой ежедневно приходят письма. Я не способна ответить на все послания, их слишком много, но обязательно внимательно изучаю почту и заметила, что мои читатели, как правило, либо просят у Дарьи Донцовой новый кулинарный рецепт, либо хотят получить совет. Но как поговорить с каждым из вас? Поломав голову, сотрудники «Эксмо» нашли выход из трудной ситуации. Теперь в каждой моей книге будет мини-журнал, где я буду отвечать на вопросы и подтверждать получение ваших писем. Не скрою, мне очень приятно читать такие теплые строки.

Совет № раз
Рецепт
«Пальчики оближешь»

Рис с апельсиновым соком

Что нужно:
1 стакан риса, 1 ст. ложка сливочного масла,
по 4 ст. ложки мелко нарубленного лука и сельдерея,
2 ст. ложки мелко нарубленной зелени,
1 стакан апельсинового сока,
соль и сахар по вкусу.

Что делать:
Рис отвариваем в двух стаканах воды до
полуготовности. Лук и сельдерей обжариваем на
сливочном масле. Как только лук станет прозрачным,
смешиваем его и сельдерей с рисом. Добавляем соль,
сахар и апельсиновый сок. Прокипятим на слабом огне
примерно 15 минут до полной готовности риса.
Перед подачей на стол посыпаем мелко нарубленной
зеленью. Этот гарнир хорош к дичи или свинине.

Приятного аппетита!

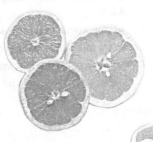

Совет № два

Простые правила ухода за губами

• Чтобы губы осенью и зимой не обветрились, перед выходом на улицу нанесите на них гигиеническую губную помаду.

• Для устранения шелушения на губах ежедневно массируйте их при помощи мягкой зубной щетки, смазанной медом, растительным маслом или питательным кремом.

• Чтобы кожа на губах была гладкой, регулярно делайте маски, например, на основе кисломолочных продуктов. Возьмите в равных количествах морковный сок и кислый творог, смешайте. Получившейся маской смажьте губы. Через 5 – 7 минут смойте маску водой.

• В уголках рта губы могут потрескаться от недостатка витаминов, поэтому, если это произошло, начните принимать витамины А и В.

• Если после использования губной помады на губах появились покраснения или трещинки, то откажитесь от этой помады – она вызывает аллергию на коже губ.

Письма читателей

Дорогие мои, писательнице Дарье Донцовой приходит много писем, в них читатели сообщают о своих проблемах, просят совета. Я по мере сил и возможностей стараюсь ответить всем. Но есть в почте особые послания, прочитав которые понимаю, что живу не зря, надо работать еще больше, такие письма вдохновляют, окрыляют и очень, очень, очень радуют. Пишите мне, пожалуйста, чаще.

Дорогая Дарья Аркадьевна!

Не хочу отрывать Вас от дел, но все же дочитайте мое письмо до конца. Я обожаю Ваши детективы, просто зачитываюсь ими. В них лихо закручен сюжет, пока не дочитаешь до конца, не поймешь, кто преступник. Я восхищаюсь Вашим творчеством, пишите дальше свои великолепные романы!

Сейчас я понимаю – жить без Ваших книг не могу. Не могу обходиться без любимых героев: Подушкина, Вилки, Даши, Лампы. В каждом из них есть Ваша частичка, а я Вас люблю!

Я тоже пробую писать детективы, но у меня пока не очень-то получается. Слышал, что Ваш автограф приносит удачу. Поэтому очень прошу – вышлите мне Ваш автограф, буду Вам очень признателен и благодарен... Понимаю, Вас это затруднит, но все же...

Я всегда мечтал с Вами встретиться и поговорить, с личностью, которую не останавливают ни трудности, ни преграды. Но так как этому не суждено сбыться, просто поделитесь частичкой своего тепла, передав мне ее на бумаге...

С любовью! Всего хорошего!
Спасибо за то, что Вы есть.
Михаил

Здравствуйте, уважаемая Дарья!

Пишу для того, чтобы выразить Вам свою признательность и благодарность за то, что Вы пишете такие замечательные вещи! Ваши книги читаю и покупаю очень давно! Мне они очень нравятся и помогают уйти от суеты! Часто, читая Ваши книги, я смеюсь от души, а по жизни от меня смех слышен редко! Спасибо Вам!

Никто из писателей мне никогда так не нравился, как Вы! Всегда переживаю за Лампу и ее семью. Часто смеюсь от души. Нахожу что-то полезное для себя.

Когда уезжаю отдыхать, то каждый раз прихватываю Ваши томики. Они отвлекают от грустных мыслей и поднимают настроение! Спасибо за то, что Вы есть!

Желаю Вам удачи и процветания!

С искренним уважением, Олеся, 24 года.

СОДЕРЖАНИЕ

ФАНЕРА МИЛОССКАЯ. *Роман* 5

ПРОДЮСЕР КОЗЬЕЙ МОРДЫ.
Главы из нового романа. 349

СОВЕТЫ ОТ БЕЗУМНОЙ ОПТИМИСТКИ
ДАРЬИ ДОНЦОВОЙ 371

Донцова Д. А.

Д 67   Фанера Милосская: Роман. Продюсер козьей
морды: Главы из нового романа. Советы от безумной
оптимистки Дарьи Донцовой: Советы / Дарья Донцова. — М.: Эксмо, 2008. — 384 с. — (Иронический
детектив).

Как же я, частный детектив Евлампия Романова, не люблю следить за изменщиками-супругами! Но что делать, работа есть работа. Только на сей раз простое расследование обернулось неприятной историей: мало того, что клиентка не заплатила, получив от меня компромат на мужа, так еще взяла и... погибла на пожаре. Конечно, подозрения падают на ее благоверного! И естественно, бизнесмен Павел Краминов все отрицает. Более того — нанял меня разобраться, кто же его так подставил. Сам-то он почти уверен: гнусный злодей — его собственный сыночек, бездельник, игрок и бабник. Только при чем здесь какие-то «добрые ангелы» и эпидемия неизвестной болезни, поражающая молоденьких девушек?.. Но тот ли преступник, кто на виду? И кто это прячется в тени?..

УДК 82-3
ББК 84(2Рос-Рус)6-4

ISBN 978-5-699-25374-6   © ООО «Издательство «Эксмо», 2008

Оформление серии *В. Щербакова*

Литературно-художественное издание

Дарья Донцова

ФАНЕРА МИЛОССКАЯ

Ответственный редактор *О. Рубис*
Редактор *И. Шведова*
Художественный редактор *В. Щербаков*
Художник *Е. Шувалова*
Технический редактор *О. Куликова*
Компьютерная верстка *А. Пучкова*
Корректор *Н. Сгибнева*

ООО «Издательство «Эксмо»
127299, Москва, ул. Клары Цеткин, д. 18/5. Тел. 411-68-86, 956-39-21.
Home page: **www.eksmo.ru** E-mail: **info@eksmo.ru**

Подписано в печать 29.11.2007.
Формат 84x108 ¹/₃₂. Гарнитура «Таймс». Печать офсетная.
Бумага Classic. Усл. печ. л. 20,16.
Тираж 250 000 экз. (1-й завод — 170 000 экз.) Заказ №0729800.

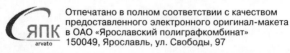

Отпечатано в полном соответствии с качеством
предоставленного электронного оригинал-макета
в ОАО «Ярославский полиграфкомбинат»
150049, Ярославль, ул. Свободы, 97

Оптовая торговля книгами «Эксмо»:
ООО «ТД «Эксмо». 142700, Московская обл., Ленинский р-н, г. Видное,
Белокаменное ш., д. 1, многоканальный тел. 411-50-74.
E-mail: **reception@eksmo-sale.ru**

**По вопросам приобретения книг «Эксмо»
зарубежными оптовыми покупателями** обращаться в ООО «Дип покет»
E-mail: **foreignseller@eksmo-sale.ru**

International Sales:
International wholesale customers should contact «Deep Pocket» Pvt. Ltd. for their orders.
foreignseller@eksmo-sale.ru

**По вопросам заказа книг корпоративным клиентам,
в том числе в специальном оформлении,**
обращаться в ООО «Форум»: тел. 411-73-58 доб. 2598.
E-mail: **vipzakaz@eksmo.ru**

**Оптовая торговля бумажно-беловыми
и канцелярскими товарами для школы и офиса «Канц-Эксмо»:**
Компания «Канц-Эксмо»: 142702, Московская обл., Ленинский р-н, г. Видное-2,
Белокаменное ш., д. 1, а/я 5. Тел./факс +7 (495) 745-28-87 (многоканальный).
e-mail: **kanc@eksmo-sale.ru**, сайт: **www.kanc-eksmo.ru**

Полный ассортимент книг издательства «Эксмо» для оптовых покупателей:
В Санкт-Петербурге: ООО СЗКО, пр-т Обуховской Обороны, д. 84Е.
Тел. (812) 365-46-03/04.
В Нижнем Новгороде: ООО ТД «Эксмо НН», ул. Маршала Воронова, д. 3.
Тел. (8312) 72-36-70.
В Казани: ООО «НКП Казань», ул. Фрезерная, д. 5. Тел. (843) 570-40-45/46.
В Ростове-на-Дону: ООО «РДЦ-Ростов», пр. Стачки, 243А.
Тел. (863) 268-83-59/60.
В Самаре: ООО «РДЦ-Самара», пр-т Кирова, д. 75/1, литера «Е».
Тел. (846) 269-66-70.
В Екатеринбурге: ООО «РДЦ-Екатеринбург», ул. Прибалтийская, д. 24а.
Тел. (343) 378-49-45.
В Киеве: ООО ДЦ «Эксмо-Украина», ул. Луговая, д. 9.
Тел./факс: (044) 501-91-19.
Во Львове: ТП ООО ДЦ «Эксмо-Украина», ул. Бузкова, д. 2.
Тел./факс (032) 245-00-19.
В Симферополе: ООО «Эксмо-Крым» ул. Киевская, д. 153.
Тел./факс (0652) 22-90-03, 54-32-99.

Мелкооптовая торговля книгами «Эксмо» и канцтоварами «Канц-Эксмо»:
117192, Москва, Мичуринский пр-т, д. 12/1. Тел./факс: (495) 411-50-76.
127254, Москва, ул. Добролюбова, д. 2. Тел.: (495) 780-58-34.

Полный ассортимент продукции издательства «Эксмо»:
В Москве в сети магазинов «Новый книжный»:
Центральный магазин — Москва, Сухаревская пл., 12. Тел. 937-85-81.
Волгоградский пр-т, д. 78, тел. 177-22-11; ул. Братиславская, д. 12, тел. 346-99-95.
Информация о магазинах «Новый книжный» по тел. 780-58-81.
В Санкт-Петербурге в сети магазинов «Буквоед»:
«Магазин на Невском», д. 13. Тел. (812) 310-22-44.

**По вопросам размещения рекламы в книгах издательства «Эксмо»
обращаться в рекламный отдел. Тел. 411-68-74.**

Дарья ДОНЦОВА

С момента выхода моей автобио-
графии прошло три года.
И я решила поделиться с читате-
лем тем, что случилось со мной
за это время...

В год, когда мне исполнится сто лет, я выпущу еще одну книгу,
где расскажу абсолютно все, а пока... Жизнь продолжается, в ней
случается всякое, хорошее и плохое, неизменным остается лишь
мой девиз: "Что бы ни произошло, никогда не сдавайся!"